DEBOUT DANS LA TOMBE
D'UN AUTRE

DU MÊME AUTEUR

DANS LA MÊME COLLECTION

Nom de code : Witch
Double détente
Du fond des ténèbres
La Colline des chagrins
Une dernière chance pour Rebus
Traques
Cicatrices
Fleshmarket Close
L'Appel des morts
Exit Music
Portes ouvertes
Plaintes
Les Guetteurs

www.lemasque.com

Ian Rankin

DEBOUT DANS LA TOMBE D'UN AUTRE

Traduit de l'anglais (Écosse) par Freddy Michalski

ÉDITIONS DU MASQUE
17, rue Jacob 75006 Paris

Titre original
Standing in Another Man's Grave
publié par Orion Books Ltd (Royaume-Uni)

Couverture :
Maquette : We-We
Photographie : Douglas Mark Black/Arcangel Images

ISBN : 978-2-7024-3928-9

RIP Jackie Leven

PROLOGUE

1

Il avait fait en sorte de ne pas se placer trop près de la tombe béante.

Les rangs serrés des proches de la famille le séparaient d'elle. Les porteurs de cordon n'avaient pas été appelés par leur nom mais par leur numéro – six en tout, en commençant par le fils du défunt. La pluie ne tombait pas encore mais serait bientôt au rendez-vous. Plutôt récent, le cimetière était situé dans les faubourgs sud-est de la ville. Il n'avait pas assisté au service religieux et, de la même façon, il ferait l'impasse sur les boissons et les sandwichs qui seraient servis ensuite. Il se consacrait à l'examen des nuques et des crânes, notant au passage les épaules voûtées et les tressaillements, les éternuements et les raclements de gorge. Il connaissait des membres du cortège funèbre, mais pas beaucoup. Un espace se dégagea dans les premiers rangs, laissant entrevoir les côtés de la tombe, recouverts de lés de tissu vert, comme pour masquer la dure réalité du lieu et du moment. Des paroles lui arrivaient aux oreilles sans qu'il parvienne à les saisir complètement. Il n'entendit pas le mot cancer. Jimmy Wallace avait été « emporté par une maladie cruelle », laissant une veuve, trois enfants et cinq petits-enfants. Les gamins devaient certainement être au premier rang, la plupart trop jeunes pour comprendre ce qui se passait. Leur grand-mère avait poussé un cri perçant, un seul, et on la réconfortait.

Seigneur, il avait envie d'une cigarette.

Avait-il seulement bien connu Jimmy Wallace ? Il ne l'avait pas revu depuis quatre ou cinq ans, mais ils avaient travaillé ensemble dans le même poste de police plus d'une décennie auparavant. Wallace appartenait aux Uniformes et non au CID, la Criminelle, mais c'était le genre de gars avec lequel on causait volontiers. Un échange de plaisanteries ou de potins au passage et aussi, de temps à autre, un tuyau vraiment utile. Son départ en retraite remontait à six ans, à peu près au moment où on lui avait diagnostiqué sa maladie et son cortège obligé, chimio et perte de cheveux.

Supportées avec l'humour qui était sa carte de visite...

Peut-être bien, mais mieux valait être malheureux et toujours en vie. Il sentait le paquet de cigarettes dans sa poche, savait qu'il pouvait reculer de quelques mètres, voire se cacher derrière un arbre et s'en griller une. Une réflexion qui lui rappela l'école de sa jeunesse, avec ses abris à vélos empêchant le directeur de les voir depuis sa fenêtre. Des profs y débarquaient de temps à autre, pour demander du feu, ou une cigarette, ou tout le foutu paquet.

Une figure bien connue de la communauté où il résidait...

Bien connue également des criminels qu'il avait aidé à mettre à l'ombre. Possible même que quelques vieux récidivistes soient venus lui rendre un dernier hommage. On descendait le cercueil dans la tombe et il entendit un nouveau cri, la veuve encore, ou alors une de ses filles. Deux minutes plus tard, tout était terminé. Il savait qu'une petite pelle mécanique se cachait non loin : elle avait excavé le trou et c'est elle également qui le comblerait. Le monticule de terre avait été lui aussi recouvert du même tissu vert épais. Un ensemble du meilleur goût. Peu de gens s'attardèrent sur les lieux. Un homme au visage profondément marqué, la mâchoire toujours pendante, fourra les mains dans les poches de son manteau en laine noire et s'approcha de lui en le saluant d'un petit signe de la tête.

— John, dit-il.

— Tommy, répondit Rebus en le saluant de la même façon.

— Ce sera notre tour un de ces quatre, hein ?

— Mais pas tout de suite.

Ils se dirigèrent ensemble vers les grilles de la sortie.

— Tu veux que je te ramène ?

Rebus fit non de la tête.

— J'ai ma voiture, dit-il.

— La circulation est infernale, comme toujours.

Rebus lui offrit une cigarette, mais Tommy Beamish lui apprit qu'il avait arrêté depuis deux ans.

— Sur le conseil du médecin, ça ralentit la croissance.

Rebus alluma sa clope et inhala.

— Il y a combien de temps que tu n'es plus dans la partie ? lui demanda-t-il.

— Ça fait douze ans et des plumes et je suis du côté des veinards. Il y en a trop comme Jimmy – ils s'offrent une montre en or et peu de temps après se retrouvent entre quatre planches.

— Agréable, comme perspective.

— C'est pour ça que tu continues à bosser ? J'ai entendu dire que tu travaillais aux Affaires classées.

Rebus hocha lentement la tête. Ils étaient pratiquement arrivés aux grilles. Les premières voitures s'en allaient déjà, les membres de la famille à l'arrière, les regards fixés droit devant sur la route. Il ne savait plus quoi dire à Beamish. Grades différents, lieux d'affectation différents. Il se creusait les méninges pour tenter de faire ressurgir des noms de collègues communs.

— Ach… bon…

Beamish avait peut-être autant de difficulté que lui à se souvenir et lui tendit la main. Il la serra.

— À la prochaine, hein ? dit Beamish.

— Tant que ce n'est pas l'un de nous dans le costume en sapin, répondit Rebus.

Beamish étouffa un rire et s'en fut, remontant son col pour se protéger de la pluie. Rebus écrasa sa cigarette sous son talon, attendit quelques instants et se dirigea vers sa voiture.

La circulation à Édimbourg était effectivement un cauchemar. Feux tricolores temporaires, fermetures de routes, déviations. Des files de voitures partout, pare-chocs contre pare-chocs. Et tout ça, ou presque, pour la construction d'une unique ligne de tramway entre l'aéroport et le centre ville. En plein embouteillage, il consulta son téléphone et ne fut pas surpris : il n'avait pas de message. Aucune affaire urgente sur le feu : il travaillait désormais sur les morts du passé, des victimes de meurtres oubliées du reste du monde. Le SCRU, *Serious Crime Review Unit*, l'Unité de révision des crimes graves, avait onze dossiers en instance. Des affaires qui remontaient loin, la plus ancienne à 1966, la plus récente à 2002. La première étape obligée de chaque enquête était les tombes des victimes et si tombes il y avait, il les avait vues. Familles et amis continuaient à en fleurir encore quelques-unes et il avait dûment noté sur son calepin les noms sur les cartes de visite, pour les ajouter au reste du dossier. À quelle fin ? Il ne savait pas vraiment. Quand il brancha le lecteur CD de sa voiture, une voix profonde et viscérale sortit des hauts parleurs : celle de Jackie Leven, « *standing in another man's grave* » – debout dans la tombe d'un autre homme. Rebus fronça le sourcil. Un instant il se retrouva au cimetière, à fixer des têtes et des épaules, somme toute sans déplaisir. Il tendit le bras vers le siège passager et réussit tant bien que mal à sortir le livret texte de son boîtier. La chanson avait pour titre « *Another Man's Rain* », la pluie d'un autre homme. Il avait mal compris : Jackie Leven était debout sous la pluie d'un autre homme.

— Il serait temps d'aller te faire ausculter les oreilles, marmonna-t-il pour lui-même.

Jackie Leven était lui aussi décédé. Plus jeune que lui d'une année, à peu de choses près, mais issu du même milieu – tous deux étaient originaires de Fife – et il se demanda si son école avait jamais joué au football contre celle du chanteur – jadis, c'était pratiquement la seule occasion de rencontrer les élèves d'autres établissements. Mais c'était sans importance : de toute façon, on ne le choisissait jamais pour jouer dans l'équipe première et il se retrouvait immanquablement relégué sur la touche, sur l'herbe gelée, à encourager ses copains de la voix à mesure que tacles et buts s'accumulaient sous les volées d'insultes.

— « Et debout sous la pluie de chaque connard », dit-il à haute voix. Monsieur s'impatiente.

Le klaxon de la voiture qui le suivait retentit. Le conducteur était pressé, des réunions l'attendaient, des gens importants comptaient sur lui. Le monde allait s'effondrer et partir en fumée si la circulation ne se remettait pas en branle. Il se demanda combien d'heures de sa vie il avait gaspillées de cette façon. Ou alors en planque pour des surveillances. Ou encore à remplir des formulaires, des demandes de fournitures, des tableaux de présence. Lorsque son portable tinta annonçant un message, il vit que c'était son patron.

15 h vous aviez dit !

Il consulta sa montre. 15 h 5. Encore vingt minutes et il serait au bureau, plus ou moins. Dans un passé révolu, il aurait peut-être disposé d'une sirène, d'un gyrophare. Il se serait peut-être engagé à contresens dans la voie opposée en croisant les doigts, s'en remettant au destin pour ne pas finir aux urgences. Mais par les temps qui couraient, il ne disposait même pas d'une carte officielle digne de ce nom, puisqu'il n'était plus en exercice. Désormais simple flic à la retraite, il travaillait avec le statut de civil pour la police de Lothian and Borders. Son patron était le seul membre de l'unité à être policier de plein droit, et pas du tout heureux de sa toute dernière affectation, l'encadrement de vieillards. Ni d'ailleurs du retard de Rebus à sa réunion de 15 heures.

C'est quoi l'urgence ? lui renvoya-t-il par texto, rien que pour mettre un peu d'huile sur le feu. Après quoi il monta le volume en reprenant la piste précédente. Jackie Leven semblait toujours debout dans la tombe d'un autre homme.

Comme si la pluie ne suffisait pas…

2

Il se débarrassa de son manteau, le laissa goutter sur le sol et traversa la pièce pour l'accrocher à la patère du mur opposé.

— Merci de vous être donné la peine, dit Cowan.

— Excusez-moi, Danny.

— Daniel, le corrigea l'autre.

— Désolé, Dan.

Cowan s'était assis sur une table, ses pieds suspendus au ras du sol offrant aux regards des chaussettes rouges en cachemire au-dessus de chaussures en cuir noir brillant comme deux sous neufs. Rien d'étonnant : cirage et brosse étaient en bonne place dans le troisième tiroir au bas de son bureau. Un petit secret que Rebus avait découvert un jour que son chef était sorti de la pièce : ce dernier tiroir, il l'avait ouvert, non sans avoir vérifié d'abord le contenu des deux premiers.

— Qu'est-ce que tu cherches ? lui avait demandé Elaine Robison.

— Des indices, lui avait-il répondu.

Robison était maintenant devant lui et lui tendait un mug de café.

— Comment ça s'est passé ? demanda-t-elle.

— Comme un enterrement, dit-il en portant le mug à ses lèvres.

— Si nous pouvions commencer, les tança sèchement Cowan.

Avec ses épaulettes trop marquées et ses revers trop larges, son costume gris ne collait pas vraiment avec le personnage. Il passa la main dans ses cheveux avec un air de défi.

Rebus et Robison prirent place sur leurs sièges respectifs à côté de Peter Bliss, qui donnait toujours l'impression de respirer avec difficulté, même au repos. Mais il avait déjà ce même souffle court et sifflant d'asthmatique vingt ans auparavant, et peut-être même les vingt années qui avaient précédé. Juste un petit peu plus âgé que Rebus, il était le vétéran de leur unité. Il se tenait assis, les mains croisées sur un ventre prodigieux, comme s'il mettait l'univers au défi de lui montrer quelque chose qu'il n'aurait encore jamais vu. Il est sûr que des sergents inspecteurs de l'acabit de Daniel Cowan, il en avait rencontré son comptant. Il l'avait d'ailleurs confié à Rebus le jour où celui-ci était entré dans leur unité.

— Y pense qu'on est indignes de ses talents. Y se croit trop bon, les chefs le savent et l'ont mis au placard ici le temps de lui rabaisser son caquet d'un cran ou deux.

Juste avant sa retraite, Bliss était arrivé au grade d'inspecteur de la Criminelle – comme Rebus. Elaine, elle aussi de la Criminelle, n'avait que le grade de constable, le plus bas de la hiérarchie. Une seule raison à cet état de fait, avait-elle expliqué : elle avait toujours fait passer sa famille avant sa carrière.

— Et tu as bien fait, lui avait dit Rebus, ajoutant (au bout de quelques semaines, après avoir fait plus ample connaissance avec elle) que son propre mariage avait perdu la bataille contre son boulot dès les premières années.

Robison venait d'avoir cinquante ans. Son fils et sa fille avaient quitté la maison et obtenu leur diplôme universitaire avant de descendre vers le sud pour trouver un emploi. Leurs portraits encadrés trônaient sur son bureau, à côté d'autres clichés montrant leur mère en train de poser en haut du Harbour Bridge de Sydney et assise aux commandes d'un petit avion. Tout récemment, elle avait commencé à se teindre les cheveux, ce à quoi Rebus ne trouvait rien à redire, vu qu'avec ses mèches grises, on lui aurait déjà donné dix ans de moins, sinon plus. Elle aurait même pu passer pour une femme de trente-cinq ans – l'âge de Cowan.

C'est lui qui avait dû disposer les chaises, estima-t-il. Bien alignés devant son bureau, ils allaient tous devoir relever les yeux vers son auguste personne.

— Vous portez ces chaussettes à cause d'un pari, Danny ? demanda Rebus derrière son mug.

Cowan détourna son petit commentaire d'un filet de sourire.

— Est-ce que j'ai bien entendu, John ? Vous voulez vous réengager et vous avez posé votre candidature ?

Il attendit que Rebus confirme cette petite vérité : l'âge de la retraite ayant été repoussé, les flics de la classe de Rebus pouvaient reprendre du service.

— N'oubliez pas, poursuivit-il, c'est *moi* qu'on viendra voir pour appuyer votre candidature. Ou non. Vu votre comportement, ce ne sera pas une lettre de fan.

— Je vous donne quand même mon autographe quand vous voulez, lui assura Rebus.

Il était difficile de savoir si les sifflements d'asthmatique de Peter Bliss venaient de changer de tonalité ou s'il étouffait un rire. Robison baissa la tête et sourit. Cowan, pour sa part, secoua lentement la tête.

— Puis-je vous rappeler à tous, dit-il sans s'émouvoir, que cette unité est en danger. Et si elle ferme, seul l'un d'entre nous sera accueilli les bras ouverts à son retour au sein de notre belle congrégation, précisa-t-il en pointant un doigt sur sa propre poitrine. Un résultat, ce serait bien. Un progrès quelconque, ce serait bien.

Ils savaient tous de quoi il parlait. Les services du procureur général de la Couronne mettaient en place une Cold Case Unit, une unité de spécialistes qui centraliserait les affaires classées pour toute l'Écosse, y compris celles qui les occupaient. Si on leur enlevait le pain de la bouche, ils pourraient dire adieu à leur emploi. La CCU disposerait d'une base de données de quatre-vingt-treize affaires dont certaines remontaient aux années 1940, en y incluant celles qui relevaient pour l'instant de la police de Lothian and Borders. Une fois la CCU lancée et opérationnelle, viendraient inévitablement les questions relatives à leur petite équipe d'Édimbourg et à leur utilité. Les cordons de la bourse étaient fermés et il se murmurait déjà dans les couloirs que le dépoussiérage de vieilles affaires non résolues ne menait pas à grand-chose. En revanche, le coût de son fonctionnement grevait d'autant les enquêtes en cours (beaucoup plus urgentes, elles) dans la ville même et ses environs.

— Un résultat, ce serait bien, répéta Cowan.

Il sauta de son bureau, le contourna à grandes enjambées et arracha une coupure de presse épinglée au mur qu'il brandit bien haut pour un meilleur effet.

— Unité des affaires classées en Angleterre, entonna-t-il. Un suspect inculpé pour le meurtre d'une adolescente commis il y a presque cinquante ans.

Il parada devant eux en leur collant l'article à la figure.

— ADN… analyse de scène de crime… témoins taraudés par leur conscience. Nous savons comment ça marche, alors que diriez-vous d'essayer de la *faire* marcher, notre machine ?

Il donnait l'impression d'attendre une réponse mais en fut pour ses frais. Rien. Le silence s'étira jusqu'à ce que Robison prenne la parole.

— Nous ne disposons pas toujours des mêmes ressources, rétorqua-t-elle, sans même parler de preuves concrètes. Difficile de faire une recherche ADN quand les vêtements de la victime se sont perdus au fil des années.

— Il existe un grand nombre de cas où nous disposons de ces vêtements, est-ce que je me trompe ?

— Et pouvons-nous exiger de tous les hommes de la ville qu'ils nous offrent un échantillon de leur ADN pour établir une éventuelle comparaison ? ajouta Bliss. Et que dire aussi de ceux qui sont décédés entre-temps ou qui ont disparu de la circulation ?

— C'est justement cette attitude si positive qui fait que je suis de tout cœur avec vous, Peter.

Cowan posa la coupure de presse sur le bureau et croisa les bras.

— Je dis cela dans votre intérêt à tous, dit-il. Pas dans le mien – pour moi, tout va pour le mieux, je vous remercie –, mais dans *votre* intérêt. (Petite pause pour l'effet dramatique.) Dans votre propre intérêt, nous devons faire en sorte que ça marche.

De nouveau, grand silence dans la pièce, juste ponctué par la respiration de Bliss et un soupir de Robison. Cowan fixait Rebus, lequel se consacrait tout entier à vider ce qui restait de café dans son mug.

3

Bert Jansch était décédé lui aussi. Au fil des années, Rebus l'avait vu plusieurs fois jouer en solo à Édimbourg. Jansch y était né, mais c'est à Londres qu'il s'était fait un nom. Ce même soir, sa journée de travail terminée, seul dans son appartement, Rebus s'était passé deux albums de Pentangle. Sans être expert en la matière, il était capable de faire la différence entre le jeu de guitare de Jansch et celui de John Renbourn, l'autre guitariste du groupe. À sa connaissance, John Renbourn était toujours de ce monde – peut-être vivait-il dans les Borders. Ou s'agissait-il de Robin Williamson ? Un jour, il avait emmené sa collègue Siobhan Clarke en voiture à un concert Renbourn/Williamson, et parcouru tout le chemin jusqu'au Folk Club de Biggar – qui n'était pas la porte à côté – sans lui donner la moindre explication. Lorsque les deux musiciens étaient apparus sur la scène – l'air aussi réveillés que s'ils venaient de se sortir avec bien du mal de leur fauteuil face à une belle flambée dans la cheminée –, il s'était penché vers elle.

— L'un d'eux a joué à Woodstock, tu sais, lui avait-il murmuré à l'oreille.

D'ailleurs, le billet d'entrée au concert devait toujours traîner quelque part. Une manie qu'il avait, même s'il savait pertinemment que ce serait un truc de plus à virer à la poubelle quand il ne serait plus là. À côté de son tourne-disque était posé un médiator en plastique. Il l'avait acheté des années auparavant, un jour qu'il traînait sans but précis dans un magasin de musique, en racontant au jeune gars à la caisse qu'il repasserait peut-être pour s'offrir une vraie guitare. Le vendeur lui avait précisé que le médiator en question était fabriqué par un Écossais du nom de Jim Dunlop, qui faisait également des pédales à effets. Au fil des années, il avait fini par effacer toutes les inscriptions du médiator, sans jamais s'en être servi sur une quelconque guitare.

— J'ai pas non plus appris à piloter un avion, se dit-il pour lui-même.

Il examina la cigarette qu'il tenait à la main. Lors de la visite médicale qu'il avait subie quelques mois auparavant, il avait eu droit aux mêmes sempiternels conseils. Son dentiste lui aussi vérifiait toujours d'éventuels signes d'un désastre à venir. Jusque là, tout allait bien.

— La chance finit toujours par tourner, John, lui avait-il dit. Fais-moi confiance.

— Tu me la jouerais gagnant-placé, celle-là ? lui avait-il répondu.

Il écrasa sa cigarette dans le cendrier et compta combien il en restait dans le paquet. Huit, c'est-à-dire qu'il en avait fumé douze jusque-là dans sa journée. C'était pas si mal, non ? Fut un temps il les aurait grillées toutes avant d'ouvrir un nouveau paquet. De la même façon, il ne buvait plus autant : deux bières dans la soirée, avec peut-être un soupçon ou trois de whisky avant de se coucher. Il avait une bière ouverte devant lui – sa première de la journée. Pas plus Bliss que Robison n'avaient eu envie de boire un verre après le boulot et il n'était pas d'humeur à inviter Cowan, qui avait tendance à s'attarder dans le bureau jusqu'à une heure avancée. Ils étaient installés au QG de la police sur Fettes Avenue, l'occasion pour leur petit chef de croiser dans les couloirs, par inadvertance bien sûr, quelques officiers supérieurs susceptibles de l'aider dans sa carrière, des messieurs toujours bons à connaître qui ne manqueraient pas de le complimenter sur le brillant de ses godasses et prendraient bonne note de ses manières impeccables quand il s'adressait à eux avec tout le respect qui leur était dû.

Rebus l'avait d'ailleurs surpris un jour dans ses œuvres, riant à gorge un peu trop déployée à une plaisanterie éculée que lui servait un des assistants du chef de la police.

— On appelle ça du harcèlement, l'avait-il prévenu. Et je remarque aussi que lui, vous ne le reprenez pas quand il vous appelle Dan…

Mais par certains côtés, il avait aussi pitié de lui. Il existait certainement des officiers de police moins talentueux qui étaient pourtant parvenus à gravir les échelons avec succès, et Cowan devait le sentir dans sa chair. Cette idée le rongeait de l'intérieur au point qu'il ne restait plus de lui qu'une coque vide ou presque. Avec pour résultat que l'équipe en avait souffert, et c'était dommage, songeait Rebus. Car personnellement, bien des aspects de son travail lui plaisaient. Il sentait un petit frisson d'excitation chaque fois qu'il ouvrait le classeur d'une vieille affaire. Avec des boîtes et des boîtes de documents à suivre, chacune prête à l'emmener dans un voyage vers le passé. Des journaux jaunis rapportant le crime, bien sûr, mais aussi des articles plus généraux sur l'état du monde et de la nation, sans oublier le sport et les publicités. Il demandait à Elaine Robison de deviner combien coûtait une voiture ou une maison en 1974, lisait les résultats des matchs de football à Peter Bliss qui avait le don de retenir les noms des joueurs et des entraîneurs. Pour finalement ne plus se concentrer que sur le crime proprement dit, les rapports détaillés, les interrogatoires, les pièces à conviction et les témoignages de la famille : *quelqu'un croit qu'il s'en est tiré…* sait *qu'il s'en est tiré.* Il espérait que tous ces tueurs étaient encore là quelque part, de plus en plus mal à l'aise au passage des années en lisant les progrès faits par la détection scientifique et la technologie. Quand leurs petits-enfants voulaient regarder *Les Experts* ou *Meurtres en sommeil*, peut-être quittaient-ils la pièce pour aller s'asseoir dans la cuisine. Peut-être ne supportaient-ils plus la vue d'un journal, ou se retrouvaient-ils incapables d'écouter la radio ou les infos télé l'esprit tranquille, par crainte d'entendre parler de la réouverture de l'enquête.

Il avait d'ailleurs soumis l'idée à Cowan : obtenir des médias qu'ils signalent régulièrement de nouveaux développements, vrais ou faux, dans le seul but de flanquer la frousse aux coupables.

— Il pourrait en sortir quelque chose, on ne sait jamais.

Mais Cowan n'avait pas donné son aval : les médias n'étaient plus en odeur de sainteté, trop de leurs histoires avaient été fabriquées de toutes pièces.

— Mais ils n'y seraient pour rien, avait-il insisté. Ce serait *nous* les responsables.

Cowan s'était contenté de faire non de la tête.

Le disque se termina et il souleva le bras de lecture du vinyle. Il n'était pas encore 21 heures, beaucoup trop tôt pour aller se coucher. Il avait déjà mangé, déjà décidé que la télé n'offrait rien d'intéressant. Sa bouteille de bière était vide. Il alla jusqu'à la fenêtre et contempla le vieil immeuble d'en face. Deux gamins en pyjamas le fixaient depuis une fenêtre du premier étage. Quand il les salua, ils décampèrent aussitôt pour se mettre à courir en cercle au milieu de leur chambre, à petits bonds, sur la pointe des pieds, pas endormis pour deux sous, en le chassant complètement de leur univers.

Il comprit pourtant ce qu'ils lui disaient : là, au dehors, existait tout un autre monde. Et cela ne pouvait signifier qu'une chose.

— Pub, dit-il à haute voix.

Il attrapa son portable et ses clés, éteignit ampli et platine et remarqua au passage son médiator. Lui aussi serait de la fête, décida-t-il.

PREMIÈRE PARTIE

Un homme disparaît au bas des marches d'un bar
Emportant avec lui un fragment de ciel blessé…

1

Rebus était seul dans le bureau quand le téléphone sonna. Cowan et Bliss étaient partis à la cantine et Robison avait rendez-vous chez le médecin. Il décrocha, c'était la réception.

— Une dame demande à parler à l'inspecteur Magrath.

— En ce cas vous vous trompez de bureau.

— Ce n'est pas ce qu'elle dit.

Bliss réapparut au même moment, un soda dans une main, un sandwich dans l'autre et le rebord d'un paquet de chips serré entre les dents.

— Ne quittez pas, dit-il au combiné. Un inspecteur du nom de Magrath, ça te dit quelque chose ? demanda-t-il à Bliss.

Bliss déposa le sandwich sur son bureau et ôta le sachet de sa bouche.

— C'est lui qui a démarré cette unité, répondit-il.

— Qu'est-ce que tu veux dire ?

— Le premier patron du SCRU – on est tous ses bébés, pour ainsi dire.

— Il y a combien de temps ?

— Une quinzaine d'années, je dirais.

— Il y a quelqu'un en bas qui le demande.

— Je lui souhaite bonne chance, dit Bliss avant de s'expliquer devant le regard de Rebus. Oh, non, il vit toujours. Il a pris sa retraite il y a six ans et s'est acheté une maison plus au nord, sur la côte.

— Il y a six ans que l'inspecteur Magrath ne travaille plus ici, déclara Rebus au combiné.

— Est-ce que quelqu'un peut recevoir cette dame ? s'entendit-il répondre.

— On est un peu pris… De quoi s'agit-il ?

— Une personne disparue.

— Ce n'est pas vraiment de notre ressort.

— Apparemment, elle a déjà eu affaire à l'inspecteur Magrath. Il lui a donné sa carte.

— Elle a un nom ?

— Nina Hazlitt.

— Nina Hazlitt ? répéta Rebus à l'intention de Bliss.

Lequel réfléchit un instant avant de secouer la tête.

— En quoi pense-t-elle que nous pouvons l'aider ? demanda-t-il à la réception.

— Ce ne serait pas plus simple de lui poser la question vous-même ?

Rebus réfléchit une seconde. Bliss était à son bureau, occupé à ouvrir son sandwich aux crevettes sauce Marie Rose – invariablement à son menu à chaque retour de la cantine. Cowan ne tarderait pas, ses doigts embaumant les chips parfum bacon. Un petit passage au rez-de-chaussée n'était peut-être pas une si mauvaise idée.

— Cinq minutes, dit-il au combiné en coupant la communication.

Il demanda à Bliss si leur bureau s'était déjà intéressé à des cas de personnes disparues.

— Tu ne trouves pas qu'on a déjà largement de quoi nous occuper ? répondit Bliss en cognant du bout du pied un carton d'archives aux relents de moisi parmi la demi-douzaine qui s'empilaient à côté de lui.

— Peut-être que Magrath travaillait aux Personnes disparues avant de venir ici.

— Pour autant que je me souvienne, il était à la Criminelle.

— Tu le connaissais ?

— Je suis toujours en contact avec lui. Il me téléphone de temps à autre pour vérifier que le SCRU est toujours de ce monde.

C'est lui qui m'a recruté – c'est pratiquement la dernière chose qu'il ait faite avant de prendre sa retraite. Après lui, ç'a été Eddie Tranter et ensuite est arrivé Cowan.

— Aurais-je les oreilles qui sifflent ?

Cowan apparut sur le seuil, touillant un cappuccino à l'aide d'une cuillère en plastique blanc. Rebus savait qu'il allait ensuite la lécher jusqu'à la dernière goutte de mousse avant de la jeter à la poubelle. Puis il boirait son café bruyamment en consultant ses mails. Et la pièce s'emplirait des arômes conjugués de bacon fumé et de crevettes vinaigrées.

— Pause cigarette, dit Rebus en enfilant sa veste.

— Ne la faites pas durer trop longtemps, l'avertit Cowan.

— Je vous manquerais déjà ? lui répondit Rebus en lui soufflant un baiser avant de se diriger vers la porte.

*

L'espace réservé à la réception n'étant pas bien grand, elle ne fut pas bien difficile à repérer, vu qu'elle était seule à occuper une chaise de l'unique rangée offerte aux visiteurs. Le voyant s'approcher, elle se leva mais le sac qu'elle tenait sur ses genoux tomba au sol et elle dut s'accroupir pour en ramasser le contenu. Des morceaux de papier, plusieurs stylos, un briquet, des lunettes de soleil et un téléphone portable. Il décida de ne pas intervenir, le temps qu'elle remette tout en place et se relève pour rajuster vêtements et coiffure et faire bonne figure.

— Je m'appelle Nina Hazlitt, lui dit-elle en lui tendant la main.

— John Rebus, répondit-il en la serrant.

Belle poigne, songea-t-il. Plusieurs bracelets en or dansaient à son bras. Des cheveux blond-roux courts avec une coupe qu'il aurait qualifiée de carré à la Jeanne d'Arc. Une bonne quarantaine d'années et des pattes d'oie de part et d'autre de ses yeux bleu pâle.

— L'inspecteur Magrath a pris sa retraite ?

Il acquiesça et elle lui tendit la carte de visite grisée et écornée par les années.

— J'ai bien essayé de téléphoner…

— Il y a longtemps que ces numéros sont hors service, dit-il. Qu'est-ce qui vous amène chez nous, madame Hazlitt ? demanda-t-il.

Il lui rendit sa carte et mit les mains dans ses poches.

— J'ai parlé à l'inspecteur Magrath en 2004 et il n'a pas été avare de son temps.

Les mots semblaient se bousculer dans sa bouche.

— Finalement, il n'a pas pu m'aider mais il a fait ce qu'il pouvait. Tout le monde n'était pas comme lui – et aujourd'hui, c'est tellement différent. Donc j'ai pensé que ce serait bien d'aller le revoir.

Une pause.

— C'est vrai qu'il est à la retraite ?

Nouvel acquiescement de Rebus.

— Depuis six ans maintenant, dit-il.

— Six années…

Elle fixait le vide derrière lui sans le voir, les yeux dans le vague, à croire qu'elle se demandait où tout ce temps avait filé.

— On m'a appris que vous étiez ici à propos d'une personne disparue, dit-il pour l'inciter à poursuivre.

Elle cligna des paupières, le temps de revenir à ici et maintenant.

— Ma fille Sally.

— Quand a-t-elle disparu ?

— À la Saint-Sylvestre de 1999, récita-t-elle.

— Aucun signe d'elle depuis ?

Elle baissa la tête et fit non, en silence.

— Je suis vraiment navré de l'apprendre, dit Rebus.

— Mais je n'ai pas baissé les bras, ajouta-t-elle en prenant une profonde inspiration avant de croiser son regard. Tant que je ne connaîtrai pas la vérité, je ne pourrai jamais faire une chose pareille.

— Je peux très bien le comprendre.

Son regard bleu s'adoucit quelque peu.

— On m'a dit très exactement la même chose tellement de fois…

— Je n'en doute pas une seconde, répondit-il, la tête tournée vers la fenêtre. Écoutez, je me préparais justement à aller fumer une cigarette dehors – peut-être que ça vous ferait du bien à vous aussi.

— Comment savez-vous que je fume ?

— J'ai vu le contenu de votre sac à main, madame Hazlitt, dit-il en l'invitant délicatement à gagner la porte.

Ils avancèrent lentement sur l'allée à voitures conduisant à la rue. Elle avait décliné son offre d'une Silk Cut, elle préférait ses mentholées. Lorsque le briquet jetable de Rebus refusa de marcher, elle fouilla son sac et en sortit un Zippo.

— On ne voit pas beaucoup de femmes avec ça, dit-il.

— C'était celui de mon mari.

— Était ?

— Il n'a tenu qu'un an après la disparition de Sally. Les docteurs ont décidé que c'était une embolie. Ça ne se fait pas d'inscrire « cœur brisé » sur le certificat de décès.

— Sally était fille unique ?

Hazlitt confirma de la tête.

— Elle venait tout juste d'avoir dix-huit ans. Encore six mois et elle aurait fini ses études secondaires. L'université l'attendait, elle voulait étudier l'anglais. Tom était professeur d'anglais…

— Tom étant votre mari ?

Nouveau hochement de tête.

— Une maison pleine de livres. Pas étonnant qu'elle ait attrapé le virus. Quand elle était petite, Tom lui racontait toujours une histoire avant qu'elle ne s'endorme. Un soir, je les ai surpris tous les deux en pensant qu'il lui lisait un livre illustré, mais non, c'était *Les Grandes Espérances* de Dickens.

À ce souvenir, elle sourit, son visage plissé de rides d'expression. Il lui restait la moitié de sa cigarette mais elle la jeta d'une pichenette sur la chaussée.

— Sally et un groupe de ses amis avaient loué une sorte de chalet non loin de Aviemore. Notre cadeau de Noël avait été sa participation au prix de la location.

— Le Millenium, avança Rebus. Ça ne devait pas être donné, j'imagine.

— Non, effectivement. Mais c'était prévu pour quatre personnes et ils s'y sont entassés à six. Ce qui a réduit le loyer d'autant.

— Elle skiait ?

Hazlitt secoua la tête.

— Je sais que la ville est célèbre pour ça et au moins deux des filles savaient skier, mais Sally voulait juste se retrouver entre copains et prendre du bon temps. Ils étaient tous partis à Aviemore même, invités à deux soirées. Les autres membres du groupe ont simplement pensé qu'elle avait choisi d'aller au réveillon où ils n'étaient pas. Il n'y avait pas eu de dispute ni rien.

— Elle avait bu ?

— Je présume, répondit Hazlitt en boutonnant sa veste trop légère pour le froid qu'il faisait. J'avais beau savoir que son portable avait une réception aléatoire même quand les conditions étaient bonnes, je m'attendais quand même à recevoir un coup de fil à minuit. Le lendemain matin, ses amis ont pensé qu'elle avait rencontré quelqu'un et récupérait de sa nuit ailleurs que dans le chalet.

Elle s'arrêta brutalement et croisa son regard.

— Ce n'était pourtant pas son genre.

— Avait-elle un petit ami ?

— Ils avaient rompu l'automne précédent. Il a été interrogé à l'époque.

Il ne se souvenait pas du tout de l'affaire, mais il est vrai qu'Aviemore était bien loin au nord d'Édimbourg.

— Tom et moi avons dû remonter jusqu'en Écosse…

— Au départ d'où ? l'interrompit-il, ayant pris pour argent comptant qu'elle vivait à Édimbourg malgré son accent anglais.

— Londres, l'informa-t-elle. Crouch End. Vous connaissez ?

Rebus secoua la tête.

— Nous avions eu de la chance, quand nous nous sommes mariés, les parents de Tom nous ont aidés pour l'achat de la maison. Ils avaient hérité. (Un temps de silence.) Pardonnez-moi, je sais que rien de tout ça n'est pertinent.

— Quelqu'un vous a dit ça en ces termes ? devina Rebus.

— Un grand nombre d'officiers de police m'ont répondu ça, reconnut-elle avec un nouveau sourire triste.

— Mais comment avez-vous fini par vous adresser à l'inspecteur Magrath ? demanda Rebus, sincèrement curieux.

— Je me suis adressée à *tout le monde* – tous ceux qui avaient du temps à me consacrer. Le nom de l'inspecteur Magrath avait été cité dans un journal. Il était spécialisé dans les crimes non résolus. Et après le deuxième…

Constatant soudain qu'elle avait toute son attention, elle prit une profonde inspiration, comme si elle se préparait à réciter un texte connu.

— Mai 2002, A834 près de Strathpeffer. Elle s'appelait Brigid Young. Elle avait trente-quatre ans et travaillait comme comptable. Sa voiture était garée sur le côté de la route. Avec un pneu à plat. Elle, on ne l'a plus jamais revue. Il y a tant de gens qui disparaissent chaque année…

— Mais qu'est-ce qu'elle avait de si spécial, cette disparition ?

— Eh bien, il s'agit de la même route, non ?

— Vous êtes sûre ?

— Strathpeffer est juste en bordure de l'A9 – vérifiez sur une carte si vous ne me croyez pas.

— O.K., dit Rebus.

— Je reconnais ce ton de voix, lui dit-elle avec un regard dur. Il signifie que vous commencez à vous poser des questions à mon sujet.

— Vraiment ?

Elle l'ignora et poursuivit son exposé.

— La troisième remonte à 2008, sur l'A9 proprement dite – une jardinerie entre Stirling et Auch… (Elle fronça le sourcil.) Là où se trouve le Gleneagles Hotel.

— Auchterarder ?

Elle confirma d'un signe de tête.

— Une jeune femme de vingt-deux ans du nom de Zoe Beddows. Sa voiture est restée dans le parking toute la journée du lendemain et le jour suivant. C'est ce qui a éveillé les soupçons.

Rebus avait fumé sa cigarette jusqu'au filtre.

— Madame Hazlitt…

Il n'eut pas le temps de poursuivre, elle l'avait arrêtée en levant la main.

— Je l'ai entendu trop souvent pour ignorer ce que vous êtes sur le point de me dire. Il n'y a pas de preuves, aucun cadavre n'a jamais été retrouvé et pour ce qui est de vous autres, il n'y a pas crime. Je suis juste une mère dont la raison a disparu en même temps que son enfant. Est-ce que cela vous suffit, inspecteur ?

— Je ne suis pas inspecteur, répondit-il paisiblement. Je l'ai été mais désormais, je suis retraité. Je travaille pour la police comme civil. En dehors des Affaires classées, je n'ai aucune autorité, ce qui signifie que je ne peux guère vous être utile.

— Mais c'est quoi, ce que je viens de vous dire, sinon des affaires classées ?

Sa voix avait monté d'un cran et commençait à trembloter.

— Il est possible que je connaisse quelqu'un à qui vous adresser.

— Vous voulez parler du CID ? La Criminelle ?

Elle attendit sa confirmation en nouant ses bras autour d'elle et détourna la tête.

— J'en viens, justement. C'est tout juste si l'inspecteur a accepté de me parler.

— Peut-être que si je lui en touche un mot d'abord…, dit-il, prêt à sortir son téléphone de sa poche.

— Non, pas « lui », elle. Clarke, elle m'a dit qu'elle s'appelait.

Elle se retourna pour lui faire face.

— C'est arrivé une nouvelle fois, vous comprenez. Et ça va continuer.

Elle s'interrompit, les paupières crispées. Une larme, une seule, glissa lentement le long de sa joue gauche.

— Sally n'a été que la première…

2

— Hé, toi, dit Rebus en descendant de sa voiture.

— Qu'est-ce qui ne va pas ? demanda l'inspecteur Siobhan Clarke en tournant la tête vers le bâtiment dont elle venait de sortir. Les mauvais souvenirs t'empêchent d'y entrer ?

Rebus s'attarda un moment sur la façade sinistre de l'immeuble de deux étages, le poste de police de Gayfield Square.

— Je viens juste d'arriver, expliqua-t-il alors qu'il attendait depuis quatre ou cinq minutes dans sa Saab en pianotant sur le volant. On dirait que tu sors de bonne heure aujourd'hui…

— Excellente déduction, répondit-elle avec un sourire.

Elle avança de deux pas et lui fit une bise sur la joue.

— Alors qu'est-ce que tu deviens ?

— Ma bonne vieille rage de vivre ne m'a pas encore lâché, je crois.

— Toujours gnôle et nicotine, tu veux dire ?

Il répondit par un haussement d'épaules et lui rendit son sourire sans dire un mot.

— Pour répondre à ta question, dit-elle, je m'offre un déjeuner tardif. Je vais souvent dans un café sur Leith Walk.

— Si tu me proposes de me joindre à toi, je pose mes conditions.

— Et lesquelles, si je puis me permettre ?

— Pas de chips au bacon fumé ni de crevettes.

Elle fit mine de réfléchir un instant.

— Tu prends des risques, je ne suis plus très sûre de vouloir, répondit-elle, avant de montrer sa Saab. Si tu la laisses là, tu vas prendre un PV. Tu peux stationner de l'autre côté de la rue, mais c'est payant.

— À une livre quatre-vingts de l'heure ? N'oublie pas, je suis à la retraite.

— Tu veux aller voir s'il y a de la place dans le parking ?

— Je préfère le parfum du danger.

— Cet emplacement, là, est réservé aux voitures de patrouille. J'ai déjà vu des civils se retrouver en fourrière.

Elle fit demi-tour et remonta le perron en lui demandant une minute. Il se rendit compte que son cœur battait plus vite qu'à l'accoutumée et posa la main sur sa poitrine. Elle ne s'était pas trompée sur ses réticences à franchir le seuil de son vieux poste de police – c'est là qu'il avait travaillé avec elle, jusqu'à son départ en retraite. Une moitié de vie à faire le flic et voilà que d'un coup, la police n'avait apparemment plus eu besoin de ses services. Il repensa une nouvelle fois au cimetière, à la tombe de Jimmy Wallace, et bien malgré lui, ne put s'empêcher de frissonner. La porte qui lui faisait face s'ouvrit sur Clarke agitant quelque chose dans sa direction, une pancarte rectangulaire portant les mots ENQUÊTE OFFICIELLE DE POLICE.

— On garde ça derrière la réception pour les urgences, expliqua-t-elle.

Il déverrouilla la Saab et plaça la pancarte contre son pare-brise.

— Et rien que pour ça, tu m'offres une pomme de terre au four…

*

Pas n'importe quelle patate, cependant. En robe des champs, certes, mais farcie au fromage blanc avec des morceaux d'ananas. Les couverts étaient en plastique, le Formica des tables graisseux et le thé servi en gobelets de carton, la ficelle du sachet pendant à l'extérieur.

— Classieux, dit-il, en sortant le sien pour le déposer sur sa serviette en papier, la plus petite et la plus mince qu'il eût jamais vue.

— Tu ne manges pas ? lui demanda Clarke en entaillant la peau de sa pomme de terre dans les règles, en vraie pro.

— Beaucoup trop occupé pour ça, Siobhan.

— La vie d'archéologue, ça te plaît toujours ?

— Il y a des métiers bien pires en ce bas monde.

— Je n'en doute pas un instant.

— Et toi alors ? Ta promotion te convient ?

— La charge de travail n'a aucun respect pour le grade.

— Bien payée, néanmoins.

Elle n'allait pas le nier et but une gorgée de thé suivie par une fourchetée de fromage blanc. Lui se creusait la tête pour calculer le nombre d'années qu'ils avaient passées ensemble dans le même bureau – pas tant que ça, finalement. Ils ne se voyaient plus vraiment à présent. Elle avait un « ami » qui vivait à Newcastle où elle passait souvent ses week-ends. À quoi s'ajoutaient toutes les fois où elle l'avait appelé ou lui avait envoyé un texto et qu'il avait prétexté tout et n'importe quoi pour ne pas aller à son rendez-vous, sans jamais trop savoir pour quelle raison il se défilait, même au moment d'envoyer sa réponse.

— Tu ne peux pas le reporter éternellement, tu sais, lui dit-elle en lui agitant sa fourchette devant le nez.

— Quoi ?

— Le service que tu vas demander.

— Et c'est quoi, ce service, tu veux me le dire ? Un vieux pote ne peut plus passer te voir pour rattraper le temps perdu ?

Elle le fixa sans mot dire en mastiquant sa bouchée, jusqu'à ce qu'il craque.

— D'accord, finit-il par reconnaître. Il s'agit d'une personne qui est venue te voir à la première heure ce matin.

— Sally Hazlitt ?

— Sally, c'est sa fille, corrigea-t-il. C'est à Nina que tu as parlé.

— Après quoi elle s'est dépêchée de courir jusqu'à toi ? Comment pouvait-elle savoir ?

— Savoir quoi ?

— Que nous étions collègues dans le temps.

Il avait cru une seconde qu'elle allait dire « proches ». Mais non. Elle avait choisi le mot « collègue », de la même façon qu'un peu plus tôt, elle avait préféré « civils ».

— Elle n'en savait rien. Un dénommé Magrath dirigeait le SCRU par le passé et c'est lui qu'elle voulait voir.

— Elle avait besoin de s'épancher sur une épaule compatissante ? devina Clarke.

— Il y a douze ans que sa fille reste introuvable.

Clarke regarda alentour pour s'assurer qu'il n'y avait pas d'oreilles indiscrètes.

— Nous savons l'un et l'autre qu'elle aurait dû faire son deuil depuis longtemps. Une bonne fois pour toutes. Peut-être que ce n'est plus possible, mais elle a moins besoin de nous que d'une thérapie.

Un moment de grand silence. Et elle qui semblait avoir soudain perdu tout intérêt pour le reste de son repas.

— 2,95, ça m'a coûté, se plaignait-il en montrant l'assiette de la tête. Elle a trouvé que tu t'étais débarrassée d'elle un peu trop facilement.

— Pardonne-moi si je ne suis pas tout sucre et tout miel au quotidien dès huit heures et demie du matin.

— Mais tu l'as quand même écoutée ?

— Naturellement.

— Et ?

— Et quoi ?

Rebus laissa le silence s'installer pendant quelques secondes. Dehors, les piétons se dépêchaient sur le trottoir. Tous autant qu'ils étaient, ils avaient une histoire à raconter, songea-t-il, mais trouver une oreille complaisante n'était pas toujours facile.

— Alors où en est l'enquête ? finit-il par demander. Elle avance ?

— Quelle enquête ? demanda Clarke.

— La gamine qui a disparu. Je présume que c'est pour cette raison qu'elle a fini par se retrouver dans ton bureau.

— Elle a dit à la réception qu'elle disposait de nouvelles informations, répondit Clarke.

Elle sortit de sa poche un calepin qu'elle feuilleta jusqu'à la page du jour :

— Sally Hazlitt, entonna-t-elle, Brigid Young, Zoe Beddows. Aviemore, Strathpeffer, Auchterarder. 1999, 2002, 2008. (Elle referma son calepin.) Tu sais aussi bien que moi que c'est mince.

— Au contraire de la pelure de cette pomme de terre, apparemment, rétorqua-t-il. Et oui, je suis d'accord, c'est bien mince – tel que c'est là. Alors parle-moi de cette toute dernière enquête.

— Certainement pas si tu prends les choses sous cet angle-là, dit-elle en secouant la tête.

— Très bien, dans ce cas. Ce n'est pas une enquête, rien qu'une personne disparue.

— Depuis trois jours, ce qui signifie que la probabilité est encore forte pour que la gamine rentre à la maison et demande pourquoi on a fait un tel plat de son absence.

Elle se leva, alla jusqu'au comptoir et revint avec un exemplaire du matin de l'*Evening News*. La photo était en page cinq. Une gamine de quinze ans au visage renfrogné, de longs cheveux noirs et des yeux pratiquement cachés par sa frange.

— Annette McKie, poursuivit Clarke, connue par ses amis sous le nom de Zelda – la princesse du jeu vidéo.

Devant la mine de Rebus, elle expliqua :

— Aujourd'hui, les gens jouent aux jeux vidéo sur leur ordinateur. Ils ne sont plus obligés d'aller au pub et de mettre des pièces dans une machine.

— J'ai toujours su que tu cachais des mauvais penchants, marmonna-t-il en reprenant sa lecture.

— Elle se rendait à Inverness en bus pour aller à une soirée, poursuivit Clarke. Invitée par quelqu'un qu'elle avait rencontré en ligne. Nous avons vérifié, tout colle. Mais elle a dit au chauffeur qu'elle ne se sentait pas bien et il s'est arrêté près d'une station-service à Pitlochry pour la laisser descendre. Le bus suivant passait deux heures plus tard mais elle lui a dit qu'elle ferait probablement du stop.

— Elle n'est jamais arrivée à Inverness, dit Rebus en regardant à nouveau la photo.

Renfrognée ? Boudeuse ? Était-ce vraiment le terme adéquat ? Le regard lui semblait trop affecté. Cette gamine copiait un look et un style, sans que le cœur y soit complètement.

— Vie familiale ? demanda-t-il.

— Il y a mieux. Elle a beaucoup séché les cours, pris un peu de drogue. Parents séparés. Le père en Australie, la mère à Lochend, avec les trois frères d'Annette.

Il connaissait Lochend. Ce n'était pas vraiment le faubourg le plus chic de la ville, mais l'adresse d'Édimbourg expliquait pourquoi Clarke était concernée. Il finit de lire l'article et laissa le journal ouvert sur la table.

— Rien qu'elle ait envoyé depuis son portable ?

— Juste une photo qu'elle a adressée à quelqu'un qu'elle connaissait.

— Quel genre de photo ?

— Des collines… des champs. Probablement les abords de Pitlochry, répondit-elle en le fixant, avant d'ajouter, non sans sympathie : Avec ça, tu n'as pas vraiment grand-chose à te mettre sous la dent, John.

— Qui a dit que je voulais faire quoi que ce soit ?

— Tu oublies une chose : je te *connais*.

— J'ai peut-être changé.

— C'est possible. Mais dans ce cas, il faudrait étouffer dans l'œuf la rumeur que j'ai entendue.

— Et elle dit quoi, cette rumeur ?

— Que tu as posé ta candidature pour revenir au bercail.

Il la fixa à son tour.

— Qui voudrait d'un vieux jeton comme moi ?

— Excellente question, répondit-elle en repoussant son assiette. Il faut que j'y retourne.

— Et tu n'es pas impressionnée ?

— Par quoi ?

— Par le fait que je ne t'ai pas traînée dans le premier pub sur notre chemin.

— Il se trouve justement qu'il n'y en a aucun.

— Ça doit être pour ça, alors, dit-il en hochant la tête pour lui-même.

*

De retour à Gayfield Square, il ouvrit la Saab et voulut lui rendre sa pancarte.

— Garde-la, lui dit-elle. Ça pourrait te servir, on ne sait jamais.

Sur quoi elle le surprit par une accolade et un dernier bisou sur la joue avant de disparaître dans le poste de police. Il monta dans sa voiture et contempla la pancarte qu'il venait de poser sur le siège passager.

ENQUÊTE OFFICIELLE DE POLICE.

Grammaticalement parlant, c'était correct, ça ? Et pourquoi pas ENQUÊTE DE POLICE OFFICIELLE ? Ou tout simplement POLICE ? Un mot dont il ne parvenait pas à s'arracher. Il lui avait donné tellement de sa vie, mais à mesure que les années passaient, il s'était demandé ce qu'il voulait dire et quelle était sa place dans ses rangs. *Avec ça, tu n'as pas vraiment grand-chose à te mettre sous la dent, John*… Son téléphone lui apprenait qu'il avait un message.

S'agit-il simplement de moi ou est-ce que votre petit bol d'air se transforme en tentative de record du monde pour la cigarette la plus lente jamais fumée ?

Encore Cowan. Il décida de ne pas répondre et choisit de sortir une carte de visite de sa poche. Il l'avait échangée à Nina Hazlitt contre une des siennes. D'un côté, nom et profession de l'inspecteur Magrath ; de l'autre, un numéro de téléphone gribouillé à la va-vite, avec le nom de Nina Hazlitt dessous. Il la glissa sur le siège voisin, sous la pancarte, et mit le contact.

3

L'arrivée de la première fournée de dossiers s'étala sur une bonne partie de la semaine. Rebus avait d'abord passé une journée entière au téléphone, à essayer de dénicher les bons contacts dans les bons services de la Central Scotland Constabulary et de la Northern Constabulary. Les services de police de Central couvraient bien la jardinerie près de Auchterarder, alors qu'au départ, on lui avait répondu de s'adresser à la police de Tayside. Ceux de Northern couvraient à la fois Aviemore et Strathpeffer, mais les enquêtes avaient été confiées à deux divisions différentes, et donc, coups de fil supplémentaires à Inverness et Dingwall.

Mais tout cela allait changer et se simplifier – paraît-il. Le projet existait de fusionner les huit régions en une force unique, ce qui ne l'avait aidé en rien alors qu'il sentait le combiné chauffer sous ses doigts à force de le serrer.

Bliss et Robison lui avaient demandé ce qu'il fabriquait et il les avait invités à la cafétéria pour s'expliquer.

— Et nous ne disons rien au chef ? avait demandé Robison.

— Tant que nous n'y sommes pas obligés, lui avait-il répondu.

Après tout, à l'œil, tous les classeurs se valaient bien, non ? Le premier arrivé – vagues relents de moisi et une tache plus sombre sur la couverture – lui avait été transmis par Inverness. Le dossier de Brigid Young. Il passa une demi-heure dessus et arriva rapidement à la conclusion que l'essentiel de son contenu n'était que du remplissage. Sans piste sérieuse, les flics locaux avaient interrogé tous ceux qu'ils avaient pu trouver, n'ajoutant rien de tangible aux faits, hormis des pages de transcriptions décousues. Les photos non plus n'apportaient pas grand-chose. Young conduisait une Porsche blanche aux sièges de couleur crème. Son sac à bandoulière n'avait pas été retrouvé ni son trousseau de clés, et son attaché-case était sur le siège passager. Pas d'agenda, mais il y en avait un à son lieu de travail, à Inverness. Elle avait eu une réunion à Culbokie et se rendait à un autre rendez-vous à l'hôtel en bordure du Loch Garve. Elle n'avait contacté personne par portable pour se faire dépanner, ni même prévenu le client à l'hôtel qu'elle ne serait pas là à l'heure dite, pour une bonne et simple raison : elle avait oublié son téléphone sur le lieu de sa précédente réunion. Le classeur contenait quelques photos de famille et des coupures de journaux. Elle, il l'aurait qualifiée de belle plutôt que jolie : une solide mâchoire carrée et une façon très directe de regarder l'objectif, comme si la photo n'était qu'une tâche comme les autres à accomplir avant de la rayer de sa liste. Une note disait que son attaché-case, sa voiture et tout son contenu avaient été rendus à sa famille. Pas de mari : elle vivait seule dans une maison sur la rivière Ness. La mère habitait non loin, dans la même maison que la sœur de Brigid. Les rajouts à son dossier avaient été au mieux sporadiques après 2002 : un appel à renseignements lancé pour le premier anniversaire de sa disparition et une reconstitution diffusée par une chaîne locale d'informations télévisées, sans pour autant qu'il en sorte de nouvelles pistes. La mise à jour la plus récente se limitait à une rumeur selon laquelle l'entreprise de Brigid Young étant en difficulté, elle aurait pu prendre la fuite de son propre gré. Une théorie sans fondement.

Sa journée de travail terminée, Rebus avait décidé d'emporter le classeur chez lui plutôt que de le ranger là où Cowan serait susceptible de le trouver. Une fois rentré dans son appartement, il en avait vidé le contenu sur la table où il prenait ses repas, dans le salon. Très vite, il avait compris qu'il serait plus logique de tout laisser sur place plutôt que de faire des allers-retours quotidiens avec son classeur jusqu'à Fettes : grâce à quelque punaises dénichées dans le placard, il avait commencé à épingler photos et coupures de presse au mur au-dessus de la table.

À la fin de cette première semaine, les photos de Zoe Beddows et de Sally Hazlitt avaient rejoint celle de Brigid Young sur le mur, mais la masse de documents occupait toute sa table et aussi une partie du plancher et du canapé. Sally Hazlitt était bien la fille de sa mère, même charpente et mêmes yeux. Son dossier comprenait des photographies des recherches effectuées les jours qui avaient suivi sa disparition : des dizaines de volontaires avaient passé les collines au peigne fin, accompagnés par un hélicoptère de sauvetage en montagne. Rebus s'était acheté une carte d'Écosse dépliable et l'avait punaisée au mur elle aussi, en soulignant au gros marqueur rouge l'itinéraire de l'A9, depuis Stirling jusqu'à Auchterarder, de Auchterarder à Perth puis, passant par Pitlochry et Aviemore, jusqu'à Inverness et au-delà, pour s'arrêter sur la côte nord à Scrabster, juste aux abords de Thurso – rien à voir là-bas hormis le ferry qui vous emmenait à Orkney.

Il était assis dans son appartement, à fumer et à réfléchir, quand il entendit qu'on cognait à sa porte. Il se frotta le bas du front, essayant de chasser la migraine qui commençait à s'installer entre ses sourcils, gagna le couloir et ouvrit.

— Quand est-ce qu'on le répare, cet escalator ? demanda son visiteur.

Massif, le crâne rasé, il avait son âge et le souffle un peu court après les deux volées de marches qu'il venait de grimper.

— Mais qu'est-ce que tu fous ici ? répondit Rebus.

— Tu oublies quel jour on est ? Je commençais à me faire du souci pour toi.

Rebus consulta sa montre. Presque 20 heures. Ils avaient un petit rituel tous les deux : un verre au pub tous les quinze jours.

— J'ai perdu la notion du temps, dit-il sans vouloir paraître s'excuser.

— J'ai essayé de te téléphoner.

— J'ai dû mettre mon portable en mode silence.

— En tout cas, t'es pas mort le nez dans la moquette du salon, et c'est ce qui importe.

Cafferty souriait, mais ses sourires étaient plus chargés de menace que les mauvais regards de la plupart des gens.

— Je vais chercher mon manteau, lui dit Rebus. Attends-moi là.

Il revint sur ses pas jusqu'au salon et éteignit sa cigarette. Son portable était sous une pile de paperasses, et il en avait effectivement coupé la sonnerie. Un appel manqué. Son manteau était sur le canapé et il l'enfila tant bien que mal. Leur rituel du pub avait commencé peu après la sortie de Cafferty de l'hôpital où on lui avait appris qu'il avait fait un arrêt cardiaque et ne devait sa survie qu'à Rebus. Ce qui n'était pas tout à fait la vérité, avait protesté ce dernier. Il n'empêche que Cafferty avait insisté pour lui payer un verre, sa manière à lui de dire merci, puis s'était arrangé pour le réinviter quinze jours plus tard, et ainsi de suite.

À une époque, c'est lui qui avait la haute main sur la ville d'Édimbourg – en tout cas, ses bas-fonds. Drogue, prostitution et racket. Aujourd'hui, il se tenait bien en retrait de ces affaires-là ou ne s'y intéressait plus du tout. Rebus n'était jamais sûr de rien et se contentait des informations que Cafferty choisissait de lui donner et encore, avec une confiance très relative, car il avait bien du mal à croire la moitié de ce qu'il entendait de sa bouche.

— C'est quoi tout ça ? lui demanda Cafferty depuis l'entrée du salon, en désignant les documents punaisés au mur et en avisant les dossiers dispersés sur la table et au sol.

— Je t'avais dit d'attendre dehors.

— Ramener du travail à la maison, c'est jamais bon signe, répondit Cafferty, les mains dans les poches, en s'avançant dans le salon.

Il ne manquait plus à Rebus que ses clés et son briquet… Bon Dieu, où est-ce qu'il les avait foutus ?

— Dehors, ordonna-t-il.

Mais Cafferty étudiait la carte d'Écosse épinglée au mur.

— L'A9 – excellente route.

— Ah ouais ?

— Moi aussi, elle m'a bien servi, par le passé.

Rebus avait retrouvé briquet et clés.

— Ça y est, on est bons, dit-il.

Cafferty, apparemment, n'était pas pressé de partir.

— Toujours avez tes vieux disques, hein ? Il serait peut-être temps…

Du menton, il montra la tête de lecture tournant à vide en bout de sillon sur un album de Rory Gallagher. Rebus releva le bras et éteignit la chaîne.

— Là, maintenant, t'es content ?

— Le taxi est en bas, répondit Cafferty. Tout ça, c'est des vieilles affaires classées, non ?

— C'est pas tes oignons.

— T'en sais rien du tout, répondit Cafferty toujours avec ce même sourire. Mais rien que des femmes, à ce que je vois ? Ça n'a jamais été mon style…

— Et en quoi l'A9 t'a-t-elle été utile exactement ? demanda Rebus en le fixant du regard.

— On pourrait appeler ça des décharges interdites, répondit Cafferty.

— Tu veux dire, du largage de cadavres ?

— T'as déjà pris l'A9 ? Des landes et des forêts, avec des pistes forestières qui conduisent au milieu de nulle part. Mais le cadre est magnifique.

— Des femmes ont disparu au fil des années – tu ne saurais rien sur le sujet, par hasard ?

Cafferty secoua lentement la tête.

— Mais je pourrais me renseigner – si tu me le demandes.

Silence.

— Je vais y réfléchir…, finit par répondre Rebus avant d'ajouter : Si tu me rendais un service, est-ce qu'on serait quittes ?

Cafferty fit mine de poser la main sur son épaule mais Rebus s'écarta à bonne distance.

— Alors, on va le boire, ce verre ? dit-il en poussant son visiteur vers le palier.

4

Il était 22 h 30 à son retour à l'appartement. Il remplit la bouilloire et se prépara un mug de thé avant de retourner au salon où il n'alluma qu'une lampe et la chaîne hi-fi. Van Morrison : *Astral Weeks*. Son voisin du dessous était sourd et âgé. Au dessus, un groupe d'étudiants qui ne faisaient pas beaucoup de bruit sauf pour une soirée de temps en temps. Quant à ce que cachait le mur du salon… aucune idée des gens qui vivaient là derrière et il n'avait jamais éprouvé le besoin de savoir. La population de ce quartier d'Édimbourg devenu son chez lui – Marchmont – n'était pas vraiment du genre sédentaire. Beaucoup d'appartements étaient des locations, la plupart à court terme. Cafferty en avait d'ailleurs parlé au pub, justement. *Tout le monde veillait sur tout le monde… Imagine que tu casses ta pipe à ton étage, combien de temps crois-tu qu'il s'écoulera avant qu'on vienne frapper à ta porte ?*

Rebus avait réfuté son argument en déclarant que ce n'était pas beaucoup mieux jadis. Il en avait vu, des appartements et des maisons dont les occupants étaient décédés dans leur lit ou leur fauteuil préféré. L'odeur et les mouches, plus des tas de factures qui s'empilaient derrière la porte. Peut-être que quelqu'un était passé et avait frappé, mais c'était tout ce qu'il avait fait, sans plus.

Tout le monde veillait sur tout le monde…

— Je parie que toi aussi tu avais tes veilleurs, pas vrai, Cafferty ? marmonna-t-il pour lui-même. Quand tu enterrais tes cadavres…

Tout en sirotant son thé, il fixait la carte au mur. Il lui était arrivé d'emprunter l'A9 à quelques occasions. Une route frustrante, seules quelques sections étaient à quatre voies. Des tas de touristes dont beaucoup tractaient des caravanes, plus des successions de virages qui rendaient les dépassements difficiles. Des poids lourds et des camions de livraison qui se traînaient dans les côtes. Inverness n'était qu'à cent soixante kilomètres au nord de Perth, mais il fallait compter deux heures et demie de trajet sinon trois. Et pour couronner le tout, une fois à destination, on se retrouvait à Inverness. Un DJ qu'il écoutait à la radio avait surnommé l'endroit Dolphinsludge[1]. On trouvait effectivement quelques dauphins plutôt coriaces dans le Moray Firth, l'estuaire, et il ne doutait pas un instant qu'il y eût aussi de la vase.

Aviemore... Strathpeffer... Auchterarder... et maintenant Pitlochry. Il avait fini par raconter une partie de l'histoire à Cafferty, avec pour seule réserve qu'une simple coïncidence était une forte probabilité. Cafferty avait écouté avec une moue songeuse en faisant tourner son whisky dans son verre. Le pub avait été des plus tranquilles – c'était comique de voir combien les clients avaient tendance à sécher leur verre avant de vider les lieux au plus vite chaque fois que Cafferty mettait le pied dans un établissement. Le barman ne s'était pas contenté d'emporter les verres vides, il leur avait aussi essuyé la table.

Et les deux premières tournées avaient été cadeau du patron.

— Je doute fort de t'être utile, avait reconnu Cafferty.

— Je n'ai pas dit que je te demandais un coup de main.

— Quand même... S'il s'agissait de garces qui se faisaient la malle, parce qu'elles s'étaient peut-être mis à dos les gens qu'il ne fallait pas...

— Pour autant que je sache, c'était des femmes tout à fait ordinaires, ni plus ni moins – des civiles, pourrait-on dire.

Au cas où un unique individu serait le coupable, à condition bien sûr de le dénicher de son trou, Cafferty avait commencé à

1. *Dolphin* signifie « dauphin » et *sludge* « boues d'égout ». Mot inventé par un chroniqueur de la BBC pour décrire Inverness. (*Toutes les notes sont du traducteur.*)

esquisser les châtiments divers et variés que personnellement il lui aurait destiné en demandant à Rebus, en guise de conclusion, ce qu'il éprouvait chaque fois qu'un coupable échappait au sort qu'il méritait – une peine de prison moindre ou une condamnation moindre.

— Ce n'est pas de mon ressort.

— Malgré tout… Pense au nombre de fois où tu m'as vu sortir libre du tribunal ou même échapper au passage devant le juge.

— J'étais ulcéré, avait reconnu Rebus.

— Ulcéré ?

— Je faisais la gueule, si tu préfères. Une gueule de six pieds de long. Et ça me rendait d'autant plus déterminé à faire tout mon possible pour que ça n'arrive plus la fois suivante.

— Et pourtant nous voici face à face, en train de boire un coup avec plaisir, avait répondu Cafferty en trinquant à sa santé.

Rebus n'avait rien dit de ce qu'il pensait : *offre-moi seulement une moitié d'occasion et je te collerai derrière les barreaux encore aujourd'hui*. Il avait fini son whisky et s'était levé pour une deuxième dose.

Une face de *Astral Weeks* s'était terminée et ce qui restait de son thé était froid. Il s'assit, sortit son téléphone et la carte que Nina Hazlitt lui avait donnée. Il composa son numéro.

— Allô ? répondit une voix d'homme qui le fit hésiter. Allô ? répéta-t-elle, un peu plus fort cette fois.

— Pardonnez-moi, dit-il. Est-ce que j'ai le bon numéro ? Je cherche à joindre Nina Hazlitt.

— Ne quittez pas, elle est là.

Il entendit le téléphone changer de main, avec en fond sonore, une télé en marche.

— Allô ?

C'était bien elle cette fois.

— Désolé d'appeler si tard. C'est John Rebus à l'appareil. D'Édimbourg.

Une brève inspiration à l'autre bout du fil.

— Avez-vous… Il y a du nouveau ?

— Non, ce n'est pas ça, répondit-il en jouant d'une main avec le médiator qu'il avait sorti de sa poche. Je voulais juste que vous sachiez que je ne vous avais pas oubliée. J'ai sorti les dossiers des archives et j'y jette un coup d'œil.

— Vous faites ça tout seul ?

— Pour l'instant… désolé d'interrompre votre soirée…

— C'est mon frère qui a décroché. Il loge chez moi.

— Bien, dit-il, sans trop savoir ce qu'il pouvait ajouter.

Le silence s'éternisa.

— L'enquête sur Sally est rouverte, alors ? demanda Nina, d'une voix partagée entre l'espoir et la crainte.

— Pas officiellement, insista-t-il avec aplomb. Tout dépend de ce que je vais trouver.

— Et jusqu'ici ?

— Je viens à peine de commencer.

— C'est gentil de votre part de vous donner cette peine.

Il se demanda si leur conversation aurait été si convenue sans la présence du frère. Et aussi pourquoi diable il lui avait téléphoné de façon aussi inopinée, tard le soir, alors que la seule raison d'un appel aurait été de nouvelles informations, quelque chose qui ne pouvait attendre le lendemain matin. En lui offrant au passage une seconde d'espoir.

Un faux espoir.

— Bon… je vais vous laisser, dit-il.

— Merci encore. Et appelez-moi, n'importe quand, s'il vous plaît.

— Mais peut-être un peu moins tard, non ?

— N'importe quand, répéta-t-elle. C'est bon de savoir qu'il se passe enfin quelque chose.

Il coupa la communication et fixa tous les papiers qui s'étalaient devant lui.

— Il ne se passe rien du tout, marmonna-t-il tout seul en replaçant le médiator dans sa poche.

Puis il se leva pour se préparer le dernier verre de la soirée.

5

L'ancien policier, en retraite depuis trois ans, répondait au nom de Ken Lochrin. Rebus avait fini par obtenir son numéro après avoir un peu supplié. Il avait trouvé son nom dans le dossier de Zoe Beddows et, apparemment, le gars s'était décarcassé. Son écriture et sa signature apparaissaient au moins à deux douzaines de reprises. Après s'être présenté, il passa les cinq premières minutes à discuter retraite, en échangeant des anecdotes et en expliquant comment fonctionnait le SCRU.

— Moi, mon boulot, y me manque pas du tout, avait dit Lochrin. J'en avais plein le postérieur à la fin, quand j'ai vidé mon bureau.

— Un peu frustré de n'avoir obtenu aucun résultat sur Zoe Beddows ?

— C'est bien pire quand on sent qu'on est tout près de la solution – mais avec elle, ça n'est jamais arrivé. Vient toujours le moment où il faut aller de l'avant – à moins qu'on ne travaille bien sûr aux Affaires classées. Donc vous faites partie de ce nouveau grand projet du procureur de la Couronne ?

— Pas exactement. J'appartiens à une équipe plus réduite basée à Édimbourg.

— Alors comment se fait-il que Zoe Beddows soit apparue sur votre radar ?

— La gamine qui a disparu sur la route d'Inverness.

— Mais Zoe, ça remonte à quatre ans, non ?

— Malgré tout…

Il appréciait le fait que Lochrin ait utilisé le prénom de Beddows. Elle n'était plus à ses yeux un numéro de dossier, elle était devenue une personne.

— Moi aussi, je me suis posé la question, je dois dire.

— Laquelle ?

— Savoir s'il existait un lien. Mais comme j'ai dit… ça fait quatre ans.

— Il y a eu une autre disparition en 2002, près de Strathpeffer, dit Rebus.

— Apparemment, vous avez dû parler à cette femme – celle de Aviemore.

— Nina Hazlitt ?

— Sa fille a disparu le jour de Hogmanay[1].

— Vous la connaissez ?

— Je sais qu'après la disparition de Zoe Beddows, elle a hanté les couloirs du QG de Central à Stirling.

— Mais il ne s'agit pas uniquement d'elle, se sentit-il obligé de préciser. Il y a aussi Annette McKie désormais.

— Connue sous le surnom de Zelda – je lis deux journaux par jour. Ça m'oblige à sortir de chez moi, le temps d'aller jusqu'à la maison de la presse. Sinon, ma chère et tendre deviendrait dingue.

— Je ne vous ai pas demandé où vous vivez, monsieur Lochrin…

— Tillicoultry, célèbre dans le monde entier pour son entrepôt de capitons et de tissus d'intérieur.

— Je crois bien que j'y suis passé, sourit Rebus.

— Vous comme la moitié de l'Écosse. Donc vous essayez d'établir le lien entre cette nouvelle disparue et Zoe Beddows. Plus aussi peut-être avec Strathpeffer et Aviemore ?

— Quelque chose comme ça.

1. Équivalent de la Saint-Sylvestre en écossais.

— Et vous voulez que je vous renseigne sur la photo ?

— Quelle photo ? demanda Rebus après un silence.

— Celle que Zoe a envoyée à son ami. Ce n'est pas ce que je viens de vous dire ? Il s'agit probablement d'une coïncidence, mais je suppose que vous devez vérifier…

*

— L'info se trouvait pourtant bien dans le dossier de Zoe Beddows, expliquait Rebus à Siobhan Clarke en se passant la main dans les cheveux d'un geste distrait. J'aurais dû la repérer mais elle était enfouie dans la transcription d'un interrogatoire. Une simple mention dans le rapport, c'est tout. La photo, elle ne l'a même pas adressée à un ami proche. Et sans le moindre message. Rien que le cliché, envoyé le jour de sa disparition…

Il était dans le couloir en compagnie de Clarke devant l'aile réservée à la Criminelle, au poste de police de Gayfield Square. Clarke l'écoutait les bras croisés mais là, elle leva la main pour l'interrompre.

— Tu as les dossiers ? *Tous* les dossiers ?

— Oui.

— Avec l'aval du sergent Cowan ? demanda-t-elle, en roulant aussitôt les yeux au plafond devant la stupidité de sa question. Suis-je bête ! Qu'est-ce que je raconte ? Bien sûr que non – toujours motus et bouche cousue, et personne au courant.

— Tu me connais trop bien.

Clarke réfléchit un instant.

— Je peux voir la photo ?

— Il faut que je parle à son destinataire. (Pause.) Euh, il n'est pas indispensable que ce soit moi en personne, bien sûr…

— Tu penses que je vais le faire à ta place ?

— Annette McKie a envoyé une photo de son portable le jour où elle a disparu. Et en 2008, Zoe Bellows a fait exactement la même chose sur exactement la même route. Dois-je comprendre qu'on devrait ignorer ce petit détail ?

— Et les deux autres alors – Strathpeffer et Aviemore ?

— Brigid Young n'avait pas son téléphone avec elle. D'ailleurs, est-ce qu'on pouvait envoyer des photos à partir d'un portable à l'époque ?

Un homme apparut à la porte de la Criminelle. Grand, mince et bien habillé.

— Vous voilà, dit-il.

— Me voilà, confirma Clarke avec un sourire un peu forcé.

Le nouvel arrivant fixait Rebus, attendant qu'il se présente.

— John Rebus, s'obligea ce dernier. (Échange de poignée de mains.) Je travaille pour le SCRU.

— Je te présente l'inspecteur-chef Page, lui dit Clarke.

— James Page, précisa l'autre.

— Vous avez un peu changé, dit Rebus.

Regard impassible de Page.

— Led Zeppelin. Le guitariste.

— Ah oui. C'est le même nom, dit Page en s'essayant à sourire, avant de se tourner vers Clarke. Réunion de l'équipe responsable dans cinq minutes, lui annonça-t-il.

— J'y serai.

Le regard de Page s'attarda sur elle une seconde de trop.

— C'est un plaisir de vous rencontrer, dit-il à Rebus.

— Les raisons de ma présence ici ne vous intéressent pas ?

— John..., l'avertit Clarke pour tenter de le faire taire, mais trop tard, il s'était déjà avancé d'un pas vers Page.

— Je présume que c'est vous qui êtes aux commandes et donc je tiens à vous informer qu'il pourrait exister un lien entre Annette McKie et une série d'autres disparitions.

— Oh ?

Le regard de Page passait de Rebus à Clarke et retour quand le portable qu'il avait à la main se mit à vibrer, détournant son attention vers l'écran.

— Je dois prendre ça, s'excusa-t-il. Rédigez-moi un bref récapitulatif, dit-il à Clarke, puis, leur tournant le dos, il retourna vers son bureau, le téléphone à l'oreille.

Le silence dans le couloir dura quelques secondes.

— Tu as besoin d'un coup de main pour ton rapport ? demanda Rebus.

— Merci pour lui. Comme si je n'avais pas assez de boulot.

Elle croisa de nouveau les bras sur sa poitrine. Sur la défensive, peut-être ? se demanda-t-il, n'ayant pas vraiment prêté beaucoup d'attention au cours de « Langage corporel » à l'académie de police. Par l'embrasure de la porte, il voyait clairement le dos de Page. Proprement coiffé, pas de plis à la veste. Il lui donnait trente ans, trente-cinq maxi. Les inspecteurs-chefs étaient de plus en plus jeunes…

— Je croyais que tu voyais quelqu'un à Newcastle ? demanda Rebus comme si de rien n'était.

— Tu n'es pas mon père, le moucha Clarke avec un regard noir.

— Si c'était le cas, j'aurais peut-être quelques petits conseils à t'offrir.

— Tu vas vraiment rester planté là et me faire un cours sur les relations humaines ?

— Peut-être pas, répondit Rebus en feignant une grimace.

— Heureuse de te l'entendre dire.

— Donc le seul objet de discussion possible reste ce bref résumé pour M. *Dazed and Confused*[1].

Il tenta de prendre un ton conciliant et un visage affable.

— Il va falloir que tu sois rigoureuse et précise. Et question rigueur, personne n'est mieux placé que moi pour t'aider, il me semble.

Une seconde ou deux, elle resta sur ses positions avant de céder en poussant un soupir résigné plein de frustration.

— Autant que tu viennes avec moi, dans ce cas, dit-elle.

Dans la salle surpeuplée, des inspecteurs s'affairaient à leur téléphone ou se concentraient sur leur écran d'ordinateur. Il reconnut quelques visages qu'il salua d'un clin d'œil ou d'un signe

1. Titre de Led Zeppelin signifiant « sidéré et déboussolé ». Le procédé sera repris plusieurs fois.

de tête. Apparemment, bureaux et sièges venaient d'ailleurs, réquisitionnés pour l'occasion, et en empruntant le passage encombré qui rejoignait la table en coin de Clarke, il pensa à un labyrinthe avec virages obligés pour éviter les poubelles et les câbles électriques traînant au sol. Elle s'assit et feuilleta la liasse de papiers à côté de son clavier.

— Tiens, dit-elle en lui tendant la copie d'une photographie floue : un champ bordé d'arbres en arrière-plan avec des collines à l'horizon. Envoyée depuis son portable juste après 22 heures le jour de sa disparition. La photo n'a bien sûr pas été faite à cette heure-là, je pencherais personnellement pour la fin de l'après-midi. Aucun des passagers du bus ne se souvient de l'avoir vue prendre le moindre cliché par la vitre, mais en même temps, personne ne lui a prêté grande attention avant qu'elle ne dise qu'elle avait envie de vomir.

Rebus étudia le paysage.

— Ça pourrait être n'importe où, dit-il. Vous l'avez transmise aux médias ?

— Elle a été mentionnée dans les bulletins d'information mais nous ne lui avons guère accordé d'importance.

— Là dehors, il y a forcément quelqu'un qui reconnaîtra l'endroit. Des pâtures ; un fermier saura, si personne d'autre. Est-ce que les bois pourraient être la propriété de la Commission forestière d'Écosse ?

Il releva la tête et la vit sourire.

— Quoi ? demanda-t-il.

— C'est juste que j'avais la même idée en tête au même instant.

— Ça, c'est parce que tu as appris avec le meilleur.

Le sourire commença à se rétracter.

— Mais je plaisantais, lui assura-t-il. Grands esprits et tout le tralala.

Il scruta de nouveau le tirage.

— À qui l'a-t-elle envoyée ?

— Un ami de lycée.

— Un ami en particulier ?

— Juste un ami.

— Est-ce qu'elle avait l'habitude d'envoyer des photos à ses camarades de classe ?

— Non.

— Pareil pour Zoe Beddows, dit-il en la regardant en face : une photo envoyée à quelqu'un qu'elle connaissait mais sans plus. Et pas de message – même chose qu'ici, tu es d'accord ?

— D'accord, concéda Clarke. Et on interprète ça comment ?

— Une photo envoyée dans un moment de panique, imagina Rebus. Peut-être un appel au secours, et dans ce cas, le premier destinataire venu faisait l'affaire.

— Et sinon ? demanda Clarke, sachant qu'il n'en avait pas terminé de ses théories.

Nouvel échange de regards.

— Tu le sais aussi bien que moi, répondit-il.

Elle hocha lentement la tête.

— Envoyée par le kidnappeur – une sorte de carte de visite, dit-elle.

— Il va falloir creuser un peu avant de pouvoir dire une chose pareille.

— Ce qui ne nous empêche pas de le penser, dit Clarke.

Il attendit un instant avant de répondre.

— Alors veux-tu de mon aide sur cette affaire ou pas ?

— Peut-être pendant un moment.

— Et tu réussiras à convaincre *Physical Graffiti* de prévenir mon chef ?

— Tôt ou tard, tu finiras par les épuiser, les titres de Led Zeppelin.

— Mais ce sera drôle tant que ça durera, non ? sourit-il.

— Pour toi, tout baigne, hein, c'est ça ? Sous-entendu, ça te dispensera d'expliquer à Cowan le petit problème des dossiers. En plus de quoi, tu auras l'occasion de rester en contact avec Nina Hazlitt.

— Qu'est-ce qui te fait croire une chose pareille ?

— Parce qu'elle est tout à fait ton type.

— Ah ouais ? Et c'est quoi, le type qui me fait craquer ?

— Désorientée, en détresse, abîmée…

— Je ne suis pas sûr que ce soit l'exacte vérité, Siobhan.

— Alors pourquoi t'es-tu mis d'un coup sur la défensive ?

Elle regardait ses bras, et il regarda à son tour. Il les croisait fermement sur sa poitrine.

6

Le dossier de Zoe Beddows contenait les coordonnées de son ami Alasdair Blunt, adresse personnelle et téléphone. À son premier appel, Rebus eut droit au répondeur. Une voix d'homme, écossaise, éduquée : *Alasdair et Leslie ne sont pas là pour le moment. Laissez un message ou essayez le mobile d'Alasdair*. Rebus en nota le numéro, coupa la communication et le composa. Ça sonnait encore et encore. Il contempla les murs de son salon. Clarke lui avait demandé de récupérer tous les dossiers et de les apporter à Gayfield Square.

— Vous êtes sûr d'avoir la place ? avait-il riposté.

— Nous en trouverons.

Personne ne répondait. Il regarda par la fenêtre, jusqu'à la rue en contrebas. Un contractuel vérifiait les permis de stationnement des résidents ainsi que les tickets d'horodateur. Il avait laissé sa Saab le long d'une ligne jaune unique. Il distingua le regard mauvais du contractuel qui fixait la pancarte ENQUÊTE OFFICIELLE DE POLICE avant de relever la tête et d'inspecter la rue dans les deux sens. Sa veste d'uniforme avait plusieurs tailles de trop, tout comme sa casquette à visière. Il saisit sa machine et commença à rédiger le procès-verbal. Rebus soupira et se détourna de la fenêtre en arrêtant la communication. Il s'apprêtait à rappeler le répondeur de Blunt pour laisser cette fois un message quand son portable se mit à vibrer. Numéro de l'appelant : masqué.

— Allô ? dit-il, en décidant que l'interlocuteur anonyme devrait se contenter de cette simple information.

— Vous venez de me téléphoner.

— Alasdair Blunt ?

— C'est exact. À qui ai-je l'honneur ?

— Mon nom est Rebus, monsieur. Je vous appelle de la part de la police de Lothian and Borders.

— Oh oui…

— Cela concerne Zoe Beddows.

— Est-elle réapparue ?

— J'ai simplement besoin d'avoir confirmation de quelques détails relatifs à la photo qu'elle vous a envoyée depuis son portable.

— Vous voulez dire que l'enquête est toujours ouverte ? demanda-t-il, apparemment incrédule.

— N'est-ce pas le plus cher désir de sa famille et de ses amis ?

Blunt lui donna l'impression de réfléchir à la question et son ton se radoucit.

— Si, bien sûr. Désolé, la journée a été rude.

— Que faites-vous dans la vie, monsieur Blunt ?

— Je suis dans la vente. Mais peut-être plus pour longtemps si les affaires continuent à stagner.

— Ce serait peut-être bien de répondre au téléphone, non ? J'aurais pu être un client potentiel.

— Dans ce cas, vous m'auriez appelé sur mon autre portable, celui que j'utilise pour mes activités professionnelles. C'est la raison pour laquelle je n'ai pas décroché tout à l'heure, j'étais au téléphone.

— Compris.

Blunt souffla bruyamment.

— Alors en quoi puis-je vous être utile ?

— J'ai eu beau vérifier les archives en détail, il ne semble pas qu'il y ait de copie de la photographie que Mlle Beddows vous a envoyée.

— C'est parce qu'elle a été effacée.

Rebus s'appuya de tout son poids sur l'accoudoir de son canapé.

— C'est bien dommage, dit-il. Il n'y avait pas de message ? Rien que le cliché ?

— C'est exact.

— Il montrait quoi exactement ?

Apparemment, Blunt dut faire un effort de mémoire pour répondre.

— Des collines… le ciel… une sorte de sentier sur un côté.

— Des arbres ?

— Peut-être.

— Vous n'avez pas reconnu l'endroit ?

Blunt hésita.

— Non, finit-il par dire.

— Vous n'avez pas l'air très convaincu.

— Si, j'en suis sûr.

Rebus ne dit rien, l'invitant à poursuivre.

— Nous en avons terminé ? demanda Blunt.

— Pas tout à fait. À quelle heure avez-vous reçu la photo ?

— Dans la soirée.

— Pouvez-vous être plus précis ?

— Neuf ou dix heures du soir, dans ces eaux-là.

— Et selon vous, à quel moment de la journée la photo a-t-elle été prise ?

— Je n'en ai aucune idée.

— Le soleil brillait ? Le ciel commençait à s'obscurcir ?…

— La qualité de la photo n'était pas terrible… Au crépuscule, je suppose.

Comme pour Annette McKie, apparemment, nota Rebus.

— Puis-je vous demander comment vous aviez connu Mlle Beddows ?

— Elle me coupait les cheveux.

— Mais vous étiez amis ?

— Elle me coupait les cheveux, répéta Blunt.

Combien de coiffeuses gardaient les coordonnées de leurs clients dans leur mobile ? se demanda-t-il aussitôt. Et combien d'entre elles leur faisaient suivre des photos… ?

— Sur quel téléphone avez-vous reçu le cliché, monsieur Blunt ?

— Quelle importance ?

— Est-ce votre épouse qui l'a vu quand il est arrivé ? Vous a-t-elle demandé qui était Zoe ? Avant peut-être d'effacer la photo ?

— Qu'est-ce que ça vient faire là-dedans ? demanda Blunt, très agacé de nouveau.

— Mais est-ce bien ce qui s'est passé ? Vous aviez vos petits moments d'intimité avec Zoe ? Peut-être en voiture… une petite balade sur un chemin de campagne ?…

— Je n'en étais pas sûr au début, dit Blunt d'une voix calme. Je ne pense pas que la photo signifiait quoi que ce soit pour nous deux. Ça ne ressemblait pas du tout aux endroits où nous étions allés…

— Est-ce que ces questions ont été soulevées à l'époque ?

— Quelques-unes.

Encore un rapport incomplet, songea Rebus en regardant le dossier de Zoe Beddows. Comme beaucoup. Quand on est flic, à la fin d'une longue journée après beaucoup d'autres, on ne rédige que ce qu'on estime important.

— Je ne sais pas bien comment vous le dire, monsieur Blunt, mais avez-vous jamais été considéré comme suspect ?

— Uniquement aux yeux de mon épouse.

— Mais vous avez franchi le cap, vous et Lesley ?

— Lesley est arrivée ensuite. Après que Judith m'a quitté… Zoe avait beaucoup « d'amis », vous savez. Nous avions cessé de nous voir plusieurs mois avant qu'elle ne disparaisse.

— Et vous ne pouvez rien me dire d'autre concernant la photo ?

— Uniquement qu'elle a brisé mon mariage.

— Vous êtes sûr que la rupture n'est pas de *votre* fait, monsieur Blunt ?

La ligne fut coupée. Rebus songea une seconde à rappeler puis changea d'avis. Il y avait peu de chances que Blunt décroche. Il alla revoir de plus près le dossier de Zoe Bellows dont le contenu s'étalait sur la table du salon. Il savait qu'il allait devoir le relire en détail, ligne à ligne, même s'il était quasiment sûr de ne rien trouver de plus sur Zoe et ses « amis ». Si d'autres que Blunt avaient été interrogés, leur relation avec la disparue n'avait pas été signalée. Par paresse, ou alors à cause d'un trop grand sens des convenances de la part des enquêteurs ? Ils devaient savoir ce que les médias en auraient fait sinon : ils auraient recréé une histoire, déformé les faits afin de vendre au public une version autre et ce faisant, Zoe aurait tout de suite éveillé moins de compassion dans les cœurs et les esprits. Il avait déjà vu la chose se produire des dizaines de fois. Les prostituées « l'avaient bien cherché », « elles s'étaient elles-mêmes mises en danger » ; quiconque avait un mode de vie chaotique méritait moins de pitié que la grande masse des lecteurs, ceux qui avaient des familles et des emplois stables, ceux qui se délectaient par personne interposée à la lecture de ces mêmes détails sordides.

Quelqu'un avait décidé en toute conscience de ne s'en tenir qu'aux faits en laissant délibérément de côté toute hypothèse sur l'affaire. Ce qui posait un vrai problème pour ceux qui rouvriraient le dossier sans avoir été impliqués dans l'enquête initiale : l'histoire était faussée, elle n'était pas là dans son intégralité. Il songea un instant à retéléphoner à Ken Lochrin avant de changer d'avis : ça pouvait attendre. Il appela Clarke, plutôt. Elle répondit par une question.

— Quoi ?

— Je pensais à une chose, lui dit-il. Les dossiers que j'ai chez moi, je les ai triés par piles et j'ai épinglé des tas de documents au mur. Est-ce que ce ne serait pas plus facile pour nous de travailler à partir d'ici ?

— Il s'agit d'une enquête de police, John, pas d'un passe-temps. Il faut tout rapporter au poste.

— Compris.

Il reçut un double appel. Un coup d'œil à l'écran.

— Je te verrai d'ici une heure, dit-il à Clarke. Avant de répondre à Cowan : Rebus à l'appareil.

— Je n'aime pas ça, John. Je n'aime pas ça du tout.

— Dois-je comprendre que vous avez eu l'inspecteur-chef Page au bout du fil ?

— S'il s'agit d'une affaire classée, elle devrait relever du SCRU. Et votre place devrait être ici.

— Croyez-moi, monsieur, s'il ne s'agissait que de moi…

— Votre baratin, c'est du vent, John. C'est ainsi que vous faites de la lèche à vos supérieurs ?

— Je ne la joue jamais perso, monsieur. Demandez à Bliss et Robison, ils s'en porteront garants.

— Ce n'est pas eux que vous devez mettre dans votre camp. N'oubliez pas ce que je vous ai dit : sans mon approbation, vous restez retraité.

— Mais ce à quoi j'ai toujours aspiré de toute mon âme, c'est justement votre approbation, Danny…

Lorsqu'il coupa la communication, c'est tout juste si Cowan ne hurlait pas à pleins poumons dans le combiné.

7

— On n'entre pas ici comme dans un moulin, vous savez.

C'était le lendemain matin et la flic en uniforme derrière son bureau à la réception du poste de Gayfield Square n'appréciait pas son look. Rebus pouvait comprendre : il avait probablement les yeux rouges, n'avait pas réussi à dénicher une chemise propre et son rasoir avait vraiment besoin d'une nouvelle lame. Il lui avait présenté ses papiers et attendait qu'elle lui ouvrît la porte donnant accès à l'escalier.

— Avec qui avez-vous rendez-vous ?

— Je suis provisoirement détaché auprès du CID.

— Ce n'est pas ce que dit votre carte.

Il pencha le buste jusqu'à coller pratiquement son visage au Plexiglass qui la protégeait.

— Tous les matins, ce sera la même comédie ?

— Il est avec moi, Juliet, dit Siobhan à son entrée dans le poste. Autant que tu te fasses à sa trogne.

— Il faut qu'il signe le registre visiteurs. Après quoi, je pourrai lui donner un badge.

Clarke la fixa d'un œil sévère.

— Vraiment ? lui demanda-t-elle. Tu es sûre, *vraiment* ? Il est rattaché à l'enquête McKie, jusqu'à nouvel ordre.

— Dans ce cas, j'aurais dû être prévenue.

— Donc, quelqu'un a merdé – il faut bien qu'il y ait une première fois, non ?

— Euh… je suis là, moi, l'interrompit Rebus qui se sentait exclu.

Le visage de la réceptionniste finit par s'éclairer d'un sourire, destiné à Clarke plutôt qu'à lui.

— Une pièce d'identité valide d'ici la fin de la journée…

— Parole de scoute.

— Je croyais t'avoir entendue dire que tu n'avais jamais été scoute.

Son sourire s'était élargi quand elle pressa le bouton qui ouvrait la porte.

Clarke entraîna Rebus dans le dédale de couloirs.

— Il va te falloir une photo d'identité, dit-elle. Tu en as une ?

— Je n'en ai jamais éprouvé le besoin.

— Pas de passeport ? dit-elle, interloquée, en se tournant vers lui.

— Même pas pris la peine de le renouveler. Je suis très heureux là où je suis.

— Et ça remonte à quand, la dernière fois que tu as quitté la ville ? dit-elle en le regardant de plus près. Pour le plaisir, s'entend.

Il haussa les épaules tandis qu'elle le détaillait avec attention, lui et surtout sa tenue.

— James aime que les policiers sous ses ordres soient présentables.

— Possible qu'il soit ton supérieur à l'occasion, mais ce n'est pas mon cas.

— Et c'est tout ce que je peux espérer de ta part, c'est ça ?

Il eut droit à un regard sévère et elle lui demanda où se trouvaient les dossiers.

— Chez moi, répondit-il en levant la main avant qu'elle ne proteste. Je ne fais pas d'obstruction, expliqua-t-il. C'est juste que je suis resté debout jusqu'à trois heures du matin pour les reprendre en détail. Je me suis réveillé tard et je n'ai pas eu le temps de les emballer.

— Ce qui fait donc de toi l'expert, en résidence chez nous, en attendant que quelqu'un y jette un coup d'œil à son tour ?

— Tu pourrais quasiment dire que je vous suis indispensable.

— Tu es loin de la vérité, John.

Ils étaient devant l'entrée de la Criminelle. Par la porte comme d'habitude grande ouverte, il vit deux inspecteurs déjà à leur bureau. Il entra et sentit l'arôme du café frais s'échappant de la cafetière posée sur un classeur à dossiers. Clarke les servit.

— Quelqu'un a du lait ? demanda-t-elle avec, pour seule réponse, des signes de tête négatifs.

— Ce sera donc moi la cavalerie qui arrive à la rescousse, dit James Page en s'avançant au pas de parade, un carton d'un litre dans une main, sa mallette en cuir brun dans l'autre.

— Re-bonjour, dit-il à Rebus.

— Bonjour, monsieur.

— Les prénoms sont de règle ici, John, répondit-il en tendant le lait à Clarke, les yeux toujours rivés sur Rebus. Des nouvelles de vos dossiers ?

— Uniquement qu'ils sont loin d'être complets. Zoe Beddows voyait secrètement un homme marié – c'est à lui qu'elle a envoyé sa photo. Mais je ne l'ai découvert qu'en parlant à ce monsieur en personne. Le rapport le cite simplement comme un de ses amis.

— Et la photo proprement dite ?

— Il ne l'a pas conservée mais il me l'a décrite : des collines, le ciel, un sentier.

— Relativement similaire à celle qu'Annette McKie a envoyée, avança Clarke.

Rebus se sentit obligé de rectifier l'affirmation.

— À condition que ce soit bien elle qui l'ait envoyée.

— Ne sautons pas aux conclusions, le contra Page. Et pour ce qui est d'Aviemore et Strathpeffer ?

— J'ai un peu fouillé sur Internet, dit Clarke. On ne pouvait pas envoyer de photos de mobile à mobile avant 2005 ou 2006.

— Vraiment ? dit Page, en fronçant le sourcil. C'est aussi récent que ça ?

— Il serait peut-être utile de montrer la photo que nous avons à l'amant de Zoe Beddows, suggéra Rebus. Même s'il est peu probable que ce soit le même lieu… Et si je peux ajouter quelque chose…

Il savait que Siobhan retenait son souffle, attendant qu'il dise ce qu'il ne fallait pas.

— Oui ? l'incita à poursuivre Page.

— Il faudrait également diffuser la nouvelle photo. Quelqu'un finira bien par reconnaître l'endroit.

— Une conférence de presse est prévue pour midi, dit Page en consultant sa montre.

— Ah bon ? fit Clarke, agacée de l'apprendre seulement maintenant.

— La mère offre une récompense. Dix mille livres, je crois.

— Une belle somme, dit Rebus. Pour quelqu'un qui vit à Lochend.

— Voulez-vous que je sois présente à la conférence de presse, James ? demanda Clarke.

— Nous serons tous là – il faut montrer au public que nous sommes motivés.

Page s'interrompit en remarquant la chemise de Rebus et son chaume de barbe.

— Mais peut-être pas tout le monde, hein, John ?

— Si vous le dites, James.

— L'image offerte au public et tout ça…

Un mince sourire aux lèvres, il pivota sur les talons et se dirigea vers son bureau. Il dut poser son café et sortir une clé de sa poche pour ouvrir sa porte.

— Je suis sûr que c'était un placard à l'époque où je travaillais ici, dit discrètement Rebus à Clarke.

— C'était, comme tu dis, répondit-elle. Mais James apparemment s'est pris d'affection pour lui.

La porte se referma sur Page. Dans le souvenir de Rebus, c'était une pièce à l'air confiné qui ne disposait d'aucun éclairage naturel mais de toute évidence, Page s'y sentait comme un poisson dans l'eau.

— Ai-je passé l'inspection avec succès ? demanda-t-il à Clarke.

— Tout juste.

— Ce n'est que le premier jour, n'oublie pas ; j'ai largement le temps de me laisser aller.

— Et si, tout simplement, tu t'en abstenais, hein ? Ne serait-ce que pour une fois dans ta vie ?

8

Le proviseur du lycée leur avait proposé son bureau, mais Clarke avait décliné l'offre. Elle en expliqua les raisons à Rebus alors qu'ils attendaient dans le couloir.

— Trop intimidant. Quand tu te retrouves dans cette pièce, c'est que tu as des ennuis. Nous le voulons bavard et décontracté.

Rebus acquiesça sans mot dire. Il regardait la cour par la fenêtre, à double vitrage sauf que la condensation s'était insinuée entre les deux vitres et que le cadre en bois était spongieux.

— Un minimum de soin et d'entretien serait le bienvenu, dit Clarke.

— Soit ça ou alors tout abattre, répondit Rebus.

— De nouvelles écoles pour tous, une fois que nous aurons l'indépendance.

— C'est quoi, ce « nous » ? lui demanda-t-il en se retournant vers elle. Tu oublies que tu as un accent anglais, non ?

— Je suis bonne pour être déportée, c'est ça que tu veux dire ?

— On pourrait juste te garder comme pis-aller en cas d'urgence.

Il redressa les épaules en voyant apparaître dans le couloir un adolescent en uniforme qui, d'abord hésitant, se dirigea vers eux. Ses cheveux lui tombaient dans les yeux à chaque pas et il portait une cravate à rayures au nœud démesuré.

— C'est vous, Thomas ? demanda Rebus.

— Thomas Redfern ? ajouta Clarke.

— Oui, répondit l'ado comme s'il avait un chewing-gum dans la bouche, ce qui n'était pas le cas.

— Vous êtes dans la classe d'Annette ?

Redfern fit oui de la tête.

— Cela vous dérange si nous bavardons ici ?

Il haussa les épaules et fourra les mains au fond de ses poches.

— J'ai déjà dit à la pol…

— Nous savons cela, l'interrompit Clarke. Il nous faut juste éclaircir quelques détails.

— Avez-vous toujours la photo ? demanda Rebus. Celle que Zelda vous a envoyée ?

— Oui.

— Je pourrais la voir ? dit Rebus en tendant la main.

Redfern sortit un portable de sa pochette de blazer et l'alluma.

— Désolés de vous avoir sorti de votre classe, dit Clarke.

— Double cours de chimie, pouffa le gamin.

— En repartant, vous pourrez toujours faire le grand tour par derrière.

Il trouva la photo et, pour leur permettre de voir l'écran, fit pivoter son mobile. Rebus s'en saisit délicatement du bout des doigts. Le cliché n'était pas suffisamment flou pour avoir été pris dans un véhicule en mouvement ni même derrière une vitre et il eut le sentiment que le photographe se tenait debout. Il devait avoir à peu près sa taille.

— Zelda est grande ? demanda-t-il.

— Non, un peu plus petite que moi, je dirais, répondit Redfern en montrant son épaule.

— Un mètre soixante-sept, en conclut Rebus en hochant la tête.

— Elle a pu monter sur un rocher ou quelque chose, intervint Clarke.

— Pas de message avec la photo ? demanda Rebus.

— Non.

— Ça lui arrivait souvent de vous envoyer des trucs ?

— Un texto de temps à autre – peut-être quand il y avait une soirée.

— Saviez-vous qu'elle se rendait à Inverness ?

— Elle l'avait dit à tout le monde.

— Personne d'autre de l'école n'avait été invité ?

— Si, Timmy, mais ses parents n'ont pas voulu qu'elle y aille.

— Les filles étaient au courant de la soirée annoncée sur Internet ?

— Par un gars avec lequel elles communiquaient sur Twitter, confirma Redfern. Un an de plus que nous mais toujours au lycée. On lui a tous dit…

— Dit quoi ? demanda Clarke.

— D'être prudente. Les gens en ligne, vous savez…

— Ne sont pas toujours ce qu'ils paraissent, confirma Clarke en opinant : elle comprenait. Mais nous avons vérifié : il a seize ans et s'appelle Robert Gilzean.

— Oui, c'est ce que m'ont dit les autres policiers.

Clarke continua à faire parler Redfern le temps que Rebus fasse défiler quelques-unes des photos enregistrées sur le mobile. Des gamins faisant des grimaces, des gamins faisant des gestes de la main, des gamins soufflant des baisers. Mais pas la moindre photo d'Annette McKie.

— Est-ce que vous connaissiez bien Zelda, Tom ?

Nouveau haussement d'épaules.

— Étiez-vous ensemble en primaire ?

— Non.

— Donc vous êtes dans la même classe depuis… quoi… trois ans ?

— Je crois bien.

— Vous êtes déjà allé chez elle ?

— Une ou deux soirées. Elle semblait passer tout son temps dans sa chambre.

— Ah oui ?

Redfern faillit rougir.

— Des jeux en ligne, précisa-t-il. Elle frimait, elle voulait montrer à tout le monde combien elle était douée.

— Ce qui n'a pas l'air de vous impressionner.

— Les jeux, c'est bien, mais je préfère les livres.

— Ça fait plaisir à entendre, dit Clarke avec un sourire.

— Qu'avez-vous pensé quand vous avez reçu la photo ? demanda Rebus en lui rendant son téléphone.

— Je n'ai pas vraiment pensé à quelque chose de précis.

— Un peu surpris, peut-être ? 10 heures du soir – ce n'était pas dans ses habitudes.

— Je suppose.

— Et vous lui avez répondu par un texto ?

Redfern le regarda et acquiesça.

— J'ai cru qu'elle s'était trompée, qu'elle voulait l'envoyer à quelqu'un d'autre dans sa liste de contacts.

— Mais elle n'a jamais répondu ?

— Non. Mais elle a envoyé des textos à Timmy depuis le bus. Dans le dernier, elle disait qu'elle avait des nausées.

Il s'interrompit. Son regard passa de Rebus à Clarke puis retour.

— Elle est morte, n'est-ce pas ?

— Nous ne le savons pas, répondit Clarke.

— Mais elle est morte, pourtant, dit Redfern en fixant Rebus.

Lequel n'allait pas soutenir le contraire.

*

Rebus essaya d'entrer dans le bureau de Page mais la porte était verrouillée. Il était seul dans la salle de la Criminelle. Il n'y avait pas de télé, mais Clarke lui avait montré comment suivre la conférence de presse sur son ordinateur personnel. Il ouvrit quelques tiroirs, ne trouva rien d'intéressant. La conférence était diffusée depuis un hôtel dans la rue adjacente à Gayfield Square. Après son départ de l'école, sur le trajet, il avait pris deux chaussons, blancs de poulet et champignons, chez Gregg. Mais son en-cas n'était plus qu'un souvenir, s'il ne comptait pas les miettes de pâte qui s'accrochaient encore à sa chemise et à sa veste. Lothian and Borders avait sa propre caméra à l'hôtel et les images brutes – sans le son – étaient visibles sur le moniteur de Clarke. N'ayant pas réussi à trouver le moindre bouton de volume, il errait comme une âme en peine dans la salle plutôt que de rester à son bureau. Il déterra du Nurofen dans le tiroir de Clarke et en glissa deux cachets dans sa poche de chemise – ça pouvait toujours servir. Il avait bu suffisamment de café et pas le moindre sachet de thé à l'horizon, excepté des tisanes, menthe et rooibos.

À son retour devant le moniteur, la séance avait commencé. Il donna un coup de poing au boîtier en plastique. En vain. Toujours pas de son. Et pas l'ombre d'une radio aux environs. Il savait qu'il pouvait toujours rejoindre sa voiture et écouter la retransmission, à supposer bien sûr qu'une station locale couvre l'événement, mais il choisit de s'asseoir et de regarder. Le cameraman de service aurait certainement eu besoin de relire la notice d'emploi de son appareil ou d'aller rendre visite à son opticien : il faisait sa mise au point au petit bonheur la chance et montrait plus souvent la table que les personnes qui s'y trouvaient assises. D'autres étaient debout. Page était flanqué de Siobhan Clarke et d'un dénommé Ronnie Ogilvie, constable de son état. Derrière la mère d'Annette McKie et le plus âgé de ses frères se tenait un homme qu'il ne reconnut pas immédiatement. Il serrait l'épaule de la mère chaque fois qu'il la sentait flancher et, à un moment, elle parut le remercier en posant sa propre main sur la sienne. Le frère d'Annette eut également droit à son temps de parole et lut une déclaration préparée d'avance. Il paraissait sûr de lui, balayant la foule du regard, offrant aux photographes nombre d'occasions de le saisir plein cadre pendant que sa mère tamponnait ses yeux rougis chargés de désespoir. Rebus ne connaissait pas le nom du jeune gars et lui donnait dix-sept ou dix-huit ans : les cheveux courts en crête sur l'avant chargée en gel, quelques restes d'acné sur le visage. Pâle, émacié, au fait des choses de la rue. Mais d'un coup, tout devint flou, la caméra venait de changer d'angle. C'était le tour de Page. Il semblait fin prêt – pour ne pas dire impatient – à répondre aux questions de la salle. Mais au bout de deux minutes, une interruption l'obligea à tourner la tête vers la gauche. La caméra se braqua sur la mère d'Annette et la suivit chancelant vers la sortie, une main sur la bouche, à cause d'un trop-plein de chagrin ou d'une nausée imminente. Le fils était resté à sa place et seul l'homme l'accompagnait, cherchant Page du regard comme s'il avait besoin d'un conseil : devait-il rester ou sortir ? La caméra balaya la salle, accrochant au passage d'autres caméras, des journalistes, des inspecteurs. Les doubles portes s'étaient refermées sur la mère.

Puis elle fut pointée sur la moquette.

Juste avant que l'écran ne devienne noir.

Rebus resta à la même place jusqu'au retour de l'équipe de la Criminelle. Ogilvie secoua la tête à son adresse, s'épargnant ainsi l'effort de dire quoi que ce soit. Page semblait très agacé d'avoir été coupé en pleine apothéose – s'il y avait une chose à laquelle les équipes de télé s'attachaient tout particulièrement, c'était bien les sorties. Il poignarda sa serrure avec sa clé, ouvrit sa porte et disparut dans son placard. Clarke se faufila entre les tables, ne s'accrochant le pied qu'une seule fois à un câble traînant par terre. Elle tendit à Rebus une barre chocolatée.

— Merci, M'man, lui dit-il.

— Tu as regardé ?

Il fit oui de la tête.

— Mais sans le son, dit-il. Est-ce que Page a pensé à mentionner les photos des portables ?

— Ça a dû lui sortir de la tête quand la mère s'est enfuie.

Elle ouvrit sa barre chocolatée et mordit dedans à pleines dents.

— Le mec debout derrière elle, c'était qui ? lui demanda-t-il.

— Un ami de la famille.

— C'est lui qui offre la récompense ?

Clarke le regarda.

— Allez, crache le morceau.

— Je n'ai pas encore commencé à manger, répliqua-t-il aussi sec, avant de s'amadouer devant son esquisse de sourire. Il s'appelle Frank Hammell. Propriétaire de deux pubs et d'au moins une boîte.

— Tu le connais ?

— Je connais ses pubs.

— Mais pas la boîte de nuit ?

— Elle est située quelque part en territoire voyou.

— Ce qui veut dire ?

— Lothian-Ouest, dit-il avec un signe de tête vers le moniteur. Plutôt sentimental, le mec, j'ai trouvé…

— Et ce n'est pas son genre ?

— Non, sauf s'il est *vraiment* proche de toi.

Clarke arrêta sa mastication et réfléchit un instant.

— Et ça nous mène où, tout ça ?

— Une petite précaution à garder à l'esprit ? finit-il par répondre. S'il est « l'ami » de la maman et qu'elle est toute chamboulée, tu peux parier que lui aussi est chamboulé.

— D'où la récompense ?

— Ce n'est pas la récompense dont nous avons entendu parler qui me tracasse… mais plutôt celle qu'il risque de proposer en sous-main.

— Tu penses qu'on devrait lui dire ? demanda Clarke en désignant de la tête la porte de Page.

— À toi de décider.

Elle réfléchissait à cette possibilité quand il lui posa une autre question :

— Tu peux me rappeler ce qui est arrivé au père d'Annette ?

— Il s'est taillé en Australie.

— Il s'appelle comment ?

— Derek quelque chose… Derek Christie.

— Pas McKie ?

— Ça, c'est la mère – Gail McKie.

Hochement de tête de Rebus qui digérait lentement l'information.

— Et le gamin à la conférence ?…

— Darryl.

— Encore à l'école, j'imagine ?

Clarke appela Ronnie Ogilvie de l'autre côté de la pièce.

— Qu'est-ce qu'il fait dans la vie, Darryl McKie ?

— Il me semble l'avoir entendu dire qu'il dirigeait un bar, répondit Ogilvie. Et il se fait appeler Christie plutôt que McKie.

— Dix-huit ans, c'est un peu jeune pour être aux commandes d'un bar, avança Siobhan.

Un petit rictus étira les lèvres de Rebus.

— Tout dépend du propriétaire du bar, dit-il en se levant pour lui rendre son fauteuil.

9

— Tout comme au bon vieux temps, hein ? dit Rebus. Enfin je vois un peu de notre belle Écosse.

Ils étaient dans la voiture de Clarke, une Audi aux odeurs de neuf. C'est lui qui avait proposé ce petit périple – jeter un coup d'œil à l'endroit où Annette McKie avait été aperçue pour la dernière fois ; chercher de possibles correspondances avec le paysage de la photo. Ils avaient quitté Édimbourg direction nord et franchi le Forth Road Bridge pour s'engager dans le royaume de Fife, et se traîner le long de sections de routes en travaux à une vitesse limitée à 65 km/h avant de contourner Kinross direction Perth, où ils avaient rejoint l'A9. La circulation était à double sens et ils étaient apparemment tombés en pleine presse de milieu d'après-midi. Sortant un CD de sa poche, Rebus le glissa à la place de l'album de Kate Bush que Clarke écoutait.

— Qui t'a permis de faire ça ? protesta-t-elle.

Rebus la fit taire et augmenta le volume sur la chanson n° 3.

— Écoute, c'est tout, dit-il, avant de lui demander, quelques minutes plus tard : Alors c'est quoi ce qu'il chante ?

— Qu'est-ce que tu entends par là ?

— Il dit quoi dans le refrain ?

— Quelque chose à propos d'un homme debout sous la pluie d'un autre homme.

— T'es sûre ?

— Pourquoi ? J'ai mal compris ?

Il secoua la tête.

— C'est juste que je croyais que… Ah, aucune importance.

Il fit le geste d'éjecter le CD mais elle lui dit de le laisser, mit son clignotant et se porta sur la droite pour doubler. Son Audi ne manquait pourtant pas de nerf, mais ce fut juste, à voir les appels de phares du véhicule arrivant en face.

— T'essaies de prouver quelque chose ? lui demanda-t-il.

— Je tiens simplement à arriver à Pitlochry à peu près au même moment que notre disparue. Ce n'est pas ça, le but de la balade ? lui demanda-t-elle en tournant la tête. Et toi, tu ne serais pas par hasard censé chercher l'endroit où la photo a pu être prise ?

— Certainement pas par ici, marmonna-t-il.

Il s'exécuta malgré tout et commença à inspecter le paysage écrasé de nuages. Ils passèrent un panneau indiquant Birnam et une exposition Beatrix Potter. Clarke doubla un autre camion puis, repérant un radar, sauta aussitôt sur les freins, obligeant le poids lourd à ralentir brusquement à son tour en lui servant au passage un coup tonitruant d'avertisseur et un appel de phares furieux. Le CD de Jackie Leven étant terminé, il lui demanda si elle voulait de nouveau Kate Bush, mais elle répondit non de la tête.

— Mais où vont-ils tous comme ça, nom de Dieu ? lâcha-t-il alors en scrutant la circulation qui les précédait. C'est pas vraiment la saison touristique.

— Pas vraiment, non, reconnut-elle. Avant d'ajouter, un peu trop désinvolte : À propos, comment va Cafferty ?

— Qu'est-ce qui te fait croire que je pourrais savoir une chose pareille ? lui demanda-t-il sans la quitter des yeux.

Il fallut un moment à Siobhan pour décider de sa réponse.

— J'ai parlé à quelqu'un des Plaintes…

Les Plaintes, les Affaires internes, les bœufs-carottes.

— Fox ? devina-t-il. Je le vois traîner en douce dans les couloirs du QG.

— Ce n'est plus un secret : toi et Cafferty, les petites séances au pub, les pots que vous prenez ensemble.

Il digéra l'info.

— Est-ce que Fox veut s'en prendre à moi ? Ne traîne pas avec ces raclures, Siobhan. Ça pourrait être contagieux.

— Ce ne sont pas des raclures et tu le sais parfaitement. Et pour répondre à ta question : tu n'es plus officier de police en activité, ce qui signifie qu'en ce moment, je doute fort que Fox puisse te toucher même s'il le voulait.

Elle s'interrompit, fixant la route qui s'étirait devant elle.

— D'un autre côté, Cafferty et toi, ça remonte à loin.

— Et alors ?

— Alors ? Si effectivement les gars des Plaintes viennent fourrer le nez dans tes affaires, trouveront-ils un os à ronger ?

— Tu connais parfaitement mes sentiments à l'égard de Cafferty, déclara-t-il froidement.

— Ça ne signifie par pour autant qu'il n'y a pas eu, à un moment ou à un autre, un petit échange de faveurs.

Il but une gorgée d'eau à même la bouteille qu'ils avaient achetée quand ils s'étaient arrêtés pour prendre de l'essence à Kinross.

— Fox veut que tu me jettes aux lions, c'est ça ?

— Il voulait juste savoir si je te voyais souvent par les temps qui courent.

— Et puis, comme ça, d'un coup, il balance le nom de Cafferty comme un pavé dans la mare ?

Il secoua lentement la tête.

— Et tu lui as dit quoi ?

— Il avait raison, non, en disant que tu voyais Cafferty ?

— Le mec pense qu'il me doit la vie à cause de ce que j'ai fait pour lui à l'hôpital.

— Et c'est désormais boissons gratos à vie ?

— Je paie mes consos.

Elle doubla un camion Tesco. Trois semi-remorques étaient en tête de file, ralentissant inexorablement à chaque montée. Un panneau qu'ils venaient de passer suggérait aux véhicules trop lents de se ranger sur le bas-côté pour permettre aux autres de les dépasser, mais ce n'était qu'une suggestion. Pas de risque que ça arrive aujourd'hui.

— Il y a une portion à quatre voies bientôt, dit Clarke.

— De toute façon, nous sommes pratiquement à Pitlochry, rétorqua Rebus. Et merci de m'avoir prévenu, ajouta-t-il en baissant la voix.

Elle acquiesça, fixant la chaussée droit devant, les mains crispées sur le volant.

— Assure-toi simplement que Fox n'ait pas de munitions à utiliser contre toi.

— À voir son allure, je dirais qu'il a un lourd passé de coups à blanc. Une pause cigarette, ce serait possible ?

— Tu l'as dit toi-même, on est presque arrivés.

— Ouais, mais il est interdit de fumer dans les stations-service.

Raison pour laquelle il s'était dirigé vers le parc de stationnement, à Kinross, pendant que Clarke faisait le plein et achetait des boissons dans la boutique.

— Encore cinq minutes, lui dit-elle. Rien que cinq minutes de plus…

Dix minutes plus tard – sans qu'il les ait comptées pour autant –, ils quittèrent l'A9 pour la bretelle rejoignant Pilochry et passèrent devant la station-service où le bus d'Annette McKie s'était arrêté pour la faire descendre.

Clarke traversa la ville. Ce n'était ni plus ni moins qu'une grande rue, avec des panneaux indiquant le Festival Theatre, le barrage hydroélectrique et les distilleries Bell et Edradour.

— Je suis allée un jour au barrage quand j'étais gamine, dit Clarke. Soi-disant pour voir les saumons sauter.

— Pas de saumons ? devina-t-il.

— Pas de saumons.

— D'un autre côté, une ville avec deux distilleries, on ne peut que l'aimer…

Il ne leur fallut que deux minutes pour arriver à la sortie de Pitlochry où elle fit un demi-tour complet et reprit le même chemin en sens inverse. Il y avait bien un petit poste de police dans la grand-rue mais il n'assurait pas de permanence au quotidien. Avant leur départ, par respect pour le protocole, Clarke avait téléphoné au QG de la division du Tayside à Perth et prévenu un inspecteur local de leur petit périple. En insistant sur le fait qu'il était inutile qu'un policier soit présent pour les accueillir.

— C'est juste une reconnaissance du terrain, rien de plus.

Clignotant en marche, elle s'engagea dans la station-service. Aussitôt la voiture à l'arrêt, Rebus défit sa ceinture et sortit, direction le trottoir, cigarette et briquet à la main. Elle entra dans la boutique et s'avança vers la femme entre deux âges derrière la caisse. Elle lui présenta sa carte de police et deux photos, la première d'Annette McKie, la seconde une copie du cliché envoyé par Annette à Thomas Redfern. Juste en face de la station se dressait la distillerie Bell, masquant en partie les énormes tourelles de ce qui devait être un hôtel. Une autre voiture s'engagea dans la station-service et à voir sa tenue, chemise blanche et cravate jaune pâle, l'homme qui en descendit devait être un commercial. Le fond de l'air était froid. Il enfila sa veste suspendue à un crochet dans son véhicule, ouvrit le capuchon de son réservoir, releva la tête et se tourna vers le trottoir. Apercevant un fumeur en pleine action, il changea de priorité et rejoignit Rebus qu'il salua d'un clin d'œil complice avant d'allumer sa clope lui aussi.

— Ça va geler cette nuit, dit-il.

— Tant qu'il ne neige pas…, répondit Rebus.

— Il ne manquerait plus qu'ils ferment le col de Drumochter.

— Les routes barrées à cause de la neige ? devina Rebus.

— Exactement. L'hiver dernier a été un cauchemar.

— Vous allez à Inverness ?

L'homme hocha la tête.

— Et vous ?

— Je retourne à Édimbourg.

— La civilisation, hein ?

— Cet endroit-ci me paraît plutôt civilisé, non ? dit Rebus en contemplant la ville.

— Je ne pourrais pas vous dire, je ne m'arrête que pour faire le plein.

— Vous voyagez beaucoup ?

— Ça fait partie du métier, pas vrai ? Huit cents à mille kilomètres par semaine, parfois plus, répondit le gars en montrant sa voiture.

Rebus tourna la tête et vit en arrière-plan la caissière qui faisait non de la tête à une nouvelle question de Clarke.

— Ma voiture n'a pas deux ans et elle est déjà en bout de course, lui expliquait le vendeur. Et l'Audi, c'est comment ?

— Pas mal, à première vue. Et vous vendez quoi, exactement ? demanda Rebus, sa cigarette terminée.

— Vous disposez de combien de temps ?

— Disons quinze secondes.

— Alors je vous donne deux mots : « logistique » et « solutions ».

— Merci d'avoir aussi brillamment éclairé ma lanterne, lui répondit Rebus en suivant des yeux Clarke qui regagnait l'Audi.

— Pas de problème, dit l'autre.

Il sortit son mobile pour vérifier ses messages et Rebus rattrapa sa collègue.

— Du nouveau ? lui demanda-t-il en s'installant sur le siège passager.

— Elle ne travaillait pas ce jour-là. Les employés de service ont tous été interrogés. L'un d'eux s'est rappelé avoir vu Annette entrer et demander à aller aux toilettes. Elle a acheté une bouteille d'eau et a repris la direction de la ville.

— Gentil, le bus. Il ne l'a même pas attendue.

— Si tu veux savoir, le chauffeur est mortifié. Mais il n'a fait qu'obéir aux ordres de sa compagnie.

Il inspecta les abords immédiats de la boutique à la recherche de caméras de sécurité.

— Elle est sur les vidéos, dit Clarke. En train de pianoter sur son téléphone.

— Elle aurait pu avoir rendez-vous avec quelqu'un, non ?

— Pas de famille ni d'amis à Pitlochry, répondit Clarke en réfléchissant. Il y a une autre caméra dans la rue principale mais elle ne l'a pas enregistrée et aucun commerçant ne se souvient d'elle.

— Donc peut-être qu'elle a trouvé une voiture quasiment tout de suite…

— Peut-être.

— Tu penses qu'elle aurait pu partir à pied dans la campagne ?

— C'est une fille de la ville, John. Pourquoi irait-elle faire une chose pareille ?

Tout ce qu'il put lui offrir en guise de réponse fut un haussement d'épaules. Clarke consulta sa montre.

— Par rapport à aujourd'hui, elle descendait du bus il y a une demi-heure de ça. Elle aurait pu traverser Pitlochry sans que quiconque la remarque et elle n'a peut-être commencé à lever le pouce qu'une fois arrivée à l'autre bout de la ville.

Elle mit le contact, passa en première et le commercial salua Rebus d'un geste à leur passage.

— Il vend des solutions, expliqua-t-il.

— En ce cas, il devrait monter avec nous, répondit Siobhan.

Une fois Pitlochry derrière eux, ne leur restait guère qu'une possibilité : rejoindre l'A9. Avec pour seule alternative : Perth ou alors plein nord, direction Inverness. Clarke hésita.

— Encore quelques kilomètres, si tu veux bien, dit-il. Le paysage commence à changer : possible qu'il ressemble bientôt à celui de la photo.

— Mais nous n'allons pas jusqu'à Aviemore, je te préviens.

— Mes exploits de skieur sont loin derrière moi.

— Tu ne crois pas que Nina Hazlitt serait impressionnée ?

— Par quoi ? Moi sur des skis ?

— Non, toi lui disant que tu étais passé à Aviemore dans le cadre de ta mission.

— Chaque chose en son temps.

— Ça fait douze ans, quand même. Tu penses sérieusement qu'il reste encore des choses à trouver là-bas ?

— Non, fut-il obligé d'admettre, en remettant le CD de Kate Bush.

S'il ne se trompait pas, elle chantait son amour à un bonhomme de neige.

10

Dès qu'ils eurent rejoint l'A9, ils tombèrent sur des travaux, avec circulation réduite à une seule file et une vitesse d'escargot. Une barrière séparait la voie direction nord de celles qui se dirigeaient vers le sud, et donc, impossible de faire demi-tour.

— On est coincés, fut le seul commentaire de Clarke.

— Réfection totale de la chaussée, expliqua Rebus en lisant un des panneaux. Retards prévus pour une durée de quatre semaines.

— Dans quatre semaines, il est bien possible qu'on soit encore ici tous les deux, dit Siobhan.

— Encore heureux qu'on s'apprécie suffisamment pour se tenir compagnie.

Le pouffement de Clarke se passa de commentaire.

— Au moins, ils travaillent, dit-elle.

Ce qui était vrai. Dans la voie interdite à la circulation, des hommes en gilets fluo charriaient des outils ou maniaient des pelleteuses. Le ciel était rempli de pulsations orangées émises par les gyrophares sur les divers véhicules en action et la vitesse avait été réduite à quarante-cinq à l'heure.

— Un vrai quarante-cinq, ce serait du luxe, se plaignit Clarke. Mon compteur dit trente.

— Qui va lentement va sûrement, récita Rebus.

— Ç'a toujours été ta devise, pas vrai ? lui dit-elle avec un sourire un peu forcé.

Lui regardait les ouvriers.

— Et si tu te rangeais sur le bas-côté ? lui suggéra-t-il.

— Quoi ?

— Si la gamine a fait du stop par ici, impossible que ces gars ne l'aient pas remarquée.

Une ligne de cônes séparait les voies extérieure et intérieure, mais ils étaient suffisamment espacés pour que l'Audi négocie un virage dans un intervalle. Clarke s'arrêta et tira le frein à main.

— C'est pas la pire idée que j'aie eue, apparemment ? fit innocemment Rebus, comme s'il avait lu dans ses pensées.

Ils sortaient de la voiture quand un homme s'avança vers eux d'un pas assuré. Devant la carte de police que Clarke tenait prête, il se raidit.

— Qu'est-ce qui est arrivé ?

La cinquantaine avancée, des boucles de cheveux gris visibles sous son casque de chantier, et plusieurs couches de vêtements sous son gilet à haute visibilité et son pantalon de travail orange fluo, estima Rebus.

— Avez-vous entendu parler de la fille qui a disparu ? lui demanda Clarke.

L'homme regarda d'abord Clarke, puis Rebus, revint sur elle et confirma de la tête.

— Je n'ai pas saisi votre nom, ajouta Rebus.

— Bill Soames.

— C'est vous qui dirigez l'équipe, monsieur Soames ? demanda-t-il.

Par-dessus l'épaule du chef, il voyait les ouvriers qui avaient interrompu leur travail.

— Ils craignent probablement que vous ne soyez de l'Immigration ou des Impôts.

— Et pourquoi ces deux catégories-là poseraient-elles un problème ? demanda Clarke.

— Elles n'en poseraient pas, déclara fermement Soames en affrontant son regard.

Il se retourna et fit signe à ses gars de reprendre le boulot.

— Mais il serait préférable de discuter dans le bureau…

Il contourna l'Audi et leur ouvrit le chemin sur une bande de chaussée remise à nu avec des plaques de macadam empilées en bordure. L'éclairage du chantier était assuré par une batterie de projecteurs temporaires alimentés par des groupes électrogènes dont les moteurs Diesel ajoutaient au bruit et aux fumées des machines.

— Vous travaillez de nuit ? demanda Clarke.

— Par postes de douze heures, confirma Soames. L'équipe de nuit est là-dedans, dit-il en montrant le Portakabin qu'ils longeaient. Six lits, une douche plus une cuisine qu'il vaut mieux éviter.

Venaient ensuite une rangée de trois toilettes de chantier puis un autre Portakabin aux vitres couvertes d'un grillage de protection. Soames ouvrit sa porte et les fit entrer avant d'allumer une lampe et un radiateur électrique.

— Je pourrais probablement vous préparer du thé vite fait…

— Merci, mais ça ne devrait pas prendre bien longtemps.

Sur l'unique table s'étalaient les plans du projet de réfection de la chaussée et Soames les roula pour dégager de la place.

— Asseyez-vous, dit-il.

— Donc vos ouvriers sont polonais ? demanda Rebus.

Soames lui lança un regard interrogateur et Rebus désigna du menton le dictionnaire posé sur le plan de travail. Anglais-Polonais/Polonais-Anglais.

— Pas tous, répondit Soames. Juste quelques-uns. Et leur anglais est parfois un peu rudimentaire.

— Alors comment dit-on macadam en polonais ?

Soames sourit.

— C'est Stefan qui fait fonction de contremaître. Il parle un meilleur anglais que moi.

— Ils dorment tous sur le site du chantier ?

— Le trajet est trop long pour rentrer tous les jours.

— Et ils cuisinent leurs repas sur place ? En résumé, ils vivent sur le bas-côté de la route ?

Soames acquiesça.

— C'est comme ça.

— Et vous-même, monsieur Soames ? demanda Clarke.

— J'habite près de Dundee. C'est la galère mais je rentre malgré tout chaque soir ou presque.

— Il doit y avoir un contremaître de nuit, non ?

Soames opina et consulta sa montre.

— Il sera là dans une heure et demie. Je préférerais qu'il ne me surprenne pas à papoter alors que je suis censé être dehors avec mes gars.

— C'est noté, dit Clarke sans donner l'impression de s'excuser pour autant. Donc vous avez entendu parler d'Annette McKie ?

— Bien sûr.

— Quelqu'un est-il passé vous voir ?

— Vous voulez parler de la police ? (Il fit non de la tête.) Vous êtes les premiers.

— Il est probable qu'elle a fait du stop vers le nord à la sortie de Pitlochry. Ce qui signifie qu'elle aurait dû forcément passer par ici.

— Si elle était à pied, quelqu'un l'aurait remarquée.

— C'est bien ce que nous pensions.

— Eh bien, ce n'est pas le cas. J'ai demandé aux hommes.

— À tous ?

— À tous, confirma Soames. Vu l'heure à laquelle elle serait passée, c'était l'équipe de jour.

— Mais le Portakabin de l'équipe de nuit a des fenêtres, le contra Rebus. Vous avez posé la question à ces gars-là ?

— Non, reconnut Soames. Mais je le ferai, si vous le désirez. Donnez-moi un numéro où je pourrai vous joindre et je vous contacte.

— Ce serait plus simple si vous le faisiez maintenant.

— Certains dorment peut-être encore.

— Réveillez-les. (Une pause.) S'il vous plaît.

Soames réfléchit un instant avant de prendre sa décision. Il pressa les paumes de ses mains sur la table et se prépara à se lever.

— Entre-temps, ajouta Rebus, peut-être pourrions-nous nous entretenir avec Stefan…

Une fois que Soames eut refermé la porte, Clarke se rapprocha du radiateur pour se réchauffer les mains.

— Tu peux imaginer ça ? dit-elle. Travailler vingt-quatre heures sur vingt-quatre et par tous les temps ?

Rebus faisait son petit tour d'inspection, examinant les notices santé et sécurité punaisées à un tableau de liège, les lettres et formulaires qui s'empilaient haut près du dictionnaire. Il vit un chargeur mais pas de téléphone. Le calendrier était illustré par la photo d'une blonde chevauchant une moto rouge vif.

— C'est un boulot, répondit-il. Par les temps qui courent, ça signifie quelque chose.

— Alors quelles sont tes conclusions pour l'instant ?

— Il est impossible qu'elle soit passée ici à pied sans être remarquée.

Clarke confirma sans mot dire.

— Peut-être a-t-elle fait un détour par le champ là-derrière.

— Pourquoi aurait-elle fait ça ?

— Pour éviter les sifflements de ces messieurs. Ça arrive encore, tu sais, dit-elle en le regardant.

— Tu es mieux placée que moi pour le savoir.

— Effectivement, répondit-elle en regardant la pièce. À ton avis, ils font quoi entre deux postes ?

— Je dirais picole, jeux de cartes et porno.

— Et pour ça, c'est toi le mieux placé, lui répondit Clarke en écho, alors que la porte métallique s'ouvrait en vibrant.

Un homme grisonnant, la quarantaine, apparut dans l'entrée, les paupières en berne et une barbe d'une semaine sur les joues et le menton. Il croisa le regard de Rebus.

— Salut, Stefan, lui dit ce dernier. Tu gardes le nez propre, j'espère ?

*

Stefan Skiladz avait passé plus de la moitié de sa vie en Écosse, dont trois années en prison pour coups et blessures aggravés après une journée passée à trop boire dans l'appartement d'un ami à Tollcross. À l'époque, Rebus était déjà à la Criminelle et il avait témoigné devant le tribunal, Skiladz ayant plaidé non coupable malgré le sang sur ses vêtements et ses empreintes sur le couteau de cuisine.

Ils étaient tous trois assis autour de la table et Clarke écoutait les explications de Rebus. Lorsqu'il en eut terminé, Skiladz rompit le silence par une question :

— Mais c'est quoi, tout ça, nom de Dieu ? Pourquoi êtes-vous ici ?

Clarke répondit en poussant la photo d'Annette McKie vers lui.

— Elle a disparu. Aperçue pour la dernière fois à Pitlochry se préparant à faire du stop vers le nord.

— Oui, et alors ?

Skiladz avait ramassé la photo, sans afficher la moindre trace d'émotion.

— Tes gars doivent bien aller à Pitlochry, répondit Rebus. Quelqu'un doit bien se charger de rapporter vodka et tabac.

— De temps en temps.

— Alors peut-être qu'ils ont eu pitié d'elle.

— Pour la déposer ici ? Valait mieux attendre quelqu'un qui l'aurait emmenée plus loin.

Il releva les yeux de la photo.

— C'est pas vrai ?

— Si, certainement.

— Pouvez-vous garder la photo et la montrer autour de vous ? suggéra Clarke.

— Oui, bien sûr.

Il regarda une nouvelle fois la photo.

— Jolie. J'ai une fille, elle lui ressemblerait plutôt.

— Est-ce que ça t'a aidé à éviter les problèmes ?

— J'ai arrêté de boire, répondit Skiladz en le fixant dans les yeux. J'ai retrouvé toute ma tête. Et (il se tapota le front d'un doigt noirci) j'ai cessé de me prendre de bec avec tout le monde.

Rebus réfléchit une seconde.

— Tu as des gars avec un passé ?

— Des problèmes avec la justice, c'est ça ? Pourquoi vous le dirais-je ?

— Parce que sinon, nous devrions revenir ici avec des agents de l'Immigration et peut-être aussi un employé des Impôts. Et tout en vérifiant les noms et le passé de chacun de tes hommes, nous ferons en sorte que ton nom soit cité dans les communiqués…

— Déjà, à l'époque, vous étiez un beau salaud, répondit Skiladz en le fusillant du regard. Juste moins vieux et moins gros.

— Difficile de prétendre le contraire.

— Alors quelle est votre réponse ? intervint Clarke.

— Un ou deux, dit-il en se tournant vers elle.

— Un ou deux quoi ?

— Ont eu des problèmes dans le passé.

Elle se leva, trouva un bloc de papier à lignes et le plaça devant lui en veillant à ne pas masquer la photo.

— Écrivez leurs noms, commanda-t-elle.

— C'est du délire.

Elle tendit un stylo et l'obligea à le lui prendre des doigts. Une minute plus tard, elle récupéra le bloc : trois noms s'y trouvaient inscrits.

— Équipe de jour ? demanda-t-elle.

— Uniquement le premier.

— Thomas Robertson, lut-elle à haute voix. Pas vraiment polonais, non ?

— Il est écossais.

La porte s'ouvrit de nouveau, sur Soames cette fois, qui vit Clarke arracher la feuille du bloc puis la plier en deux avant de la glisser dans sa poche.

— Rien, dit-il, en se retournant pour fermer le battant. Personne ne l'a vue. Tout va bien, Stefan ? ajouta-t-il en posant la main sur l'épaule de Skiladz.

— Je peux partir maintenant ? demanda celui-ci à Rebus.

— Demande à la dame, pas à moi.

Clarke lui signifia que oui de la tête et il se leva.

— Que s'est-il passé ici ? demanda Soames.

Rebus attendit que Skiladz soit dehors.

— M. Skiladz nous a aidés dans notre enquête, dit-il. Une contre-visite est devenue indispensable.

Il se leva et tendit la main à Soames.

Apparemment, ce dernier aurait eu des questions à poser, mais Rebus ouvrait déjà la porte. À son tour, Clarke serra la main du contremaître et lui posa une dernière question, qui la concernait directement.

— Jusqu'où doit-on remonter avant de pouvoir repartir vers le sud ?

— Un petit kilomètre, si vous ne craignez pas de faire demi-tour dans un virage dangereux.

— Ça ne me dérange en rien, dit-elle en le remerciant d'un sourire avant d'emboîter le pas à Rebus.

Une fois dans la voiture, elle lui demanda ce qu'il pensait de tout ça.

— Nous ne pouvons pas simplement faire irruption chez eux et les interroger, lui dit-il avec obligeance. Il faut prévenir la police du Tayside.

— Entièrement d'accord.

— Donc tu leur en touches un mot demain matin et tu reviens plus tard dans la journée. De cette façon, tout sera net et clair.

— Tu ne veux pas être impliqué, c'est ça ?

Il secoua la tête.

— Je ne suis juste qu'un journalier recruté pour l'occasion.

— Jusqu'ici, tu mérites ton salaire.

— Glisses-en donc un mot à *Communication Breakdown*, ce serait bien.

Elle sourit.

— Et pour ce qui est de Stefan Skiladz ?

— Il serait peut-être utile de creuser un peu son passé, mais je doute qu'il en sorte quelque chose.

Elle hocha la tête pour elle-même et démarra.

— Possible que je sois forcée de te payer une pinte quand nous serons rentrés à Édimbourg.

— Qu'est-ce qui te fait croire que je n'ai pas d'autres projets ?

— Tu n'en as pas le type, répondit-elle.

Elle mit son clignotant, prête à s'engager dans la circulation, à supposer qu'un espace suffisant finisse par s'entrouvrir au milieu de ce qui ressemblait à une procession compacte et ininterrompue de poids lourds.

11

Au bout du compte, Rebus la laissa lui payer deux verres. Après quoi, il la raccompagna à sa voiture et déclina son offre de le ramener chez lui.

— Ce n'est pas vraiment ton chemin, se justifia-t-il.

— Donc ou tu prends un taxi pour rentrer ou tu continues à boire.

— Tu fais quoi, là ? Tu exerces tes muscles de fin limier, c'est ça ?

— La journée s'est plutôt bien passée, aujourd'hui. Mais si tu débarques à Gayfield Square en train de suer ta bière de la veille…

— Compris.

Il lui offrit une parodie de salut militaire et regarda l'Audi disparaître au loin. Tout était tranquille, avec un nombre de taxis en maraude bien trop grand pour des clients quasi inexistants. Il leva la main et attendit. Vingt minutes plus tard, il réglait le chauffeur en ajoutant un pourboire d'une livre juste devant un pub, le Gimlet, situé tout à côté d'un rond-point très fréquenté en bordure de Calder Road, un des axes principaux vers le centre-ville pour les véhicules arrivant de l'ouest. Le quartier était un mélange d'immeubles résidentiels et de magasins – salles d'exposition de voitures, bâtiments commerciaux de faible hauteur mais aussi alignements de maisons mitoyennes à un étage avec leurs habituelles guirlandes de paraboles pointées vers le ciel.

Le Gimlet remontait aux années 1960. Un cube trapu sans voisins immédiats, avec en façade un panneau d'homme sandwich proposant des soirées quiz et karaoké et petit déjeuner bon marché toute la journée. Il se demanda s'il faisait toujours office d'entrepôt de recel pour les voleurs à l'étalage et les cambrioleurs.

— Il n'y a qu'une seule façon de le savoir, se dit-il.

La musique beuglait au sortir des haut-parleurs et une blonde glamour à la télé lisait les résultats sportifs de la journée. Une demi-douzaine de buveurs maussades le détaillèrent au passage quand il se dirigea vers les pompes à bière sur le comptoir. Il étudia les marques proposées puis jeta un œil au rafraîchissoir vitré.

— Une bouteille de IPA, décida-t-il.

La barmaid était jeune, les bras couverts de tatouages et le visage troué de piercings. C'est certainement elle qui avait choisi la musique, que les clients apprécient ou pas. Elle lui versait sa bière dans un verre quand il lui demanda si Frank venait ce soir.

— Frank qui ?

— Hammell – c'est toujours lui le propriétaire, non ?

— Aucune idée, répondit-elle.

Elle jeta la bouteille vide dans un seau avec plus de force que nécessaire et il lui tendit un billet de vingt livres, qu'elle vérifia sous un scanner à ultraviolets avant d'ouvrir le tiroir-caisse.

— Et Darryl ? essaya-t-il à nouveau.

— Vous êtes journaliste ?

Au lieu de la lui remettre en mains propres, elle déposa sa monnaie sur le comptoir, quelques pièces plus trois billets parmi les plus graisseux qu'il ait vus depuis un bon moment.

— Mauvais choix, dit-il.

— C'est un flic, dit un des buveurs.

Il se retourna vers le mec, la soixantaine, occupé à bichonner son verre de rhum ambré. Trois autres verres vides s'alignaient devant lui.

— Je vous connais ? lui demanda-t-il.

Le mec secoua la tête et ajouta :

— Mais je ne me trompe pas.

Rebus but une gorgée de bière. Trop froide, un peu plate. Sur la gauche, il entendit le grincement d'une porte dont la pancarte indiquait qu'elle conduisait à une terrasse ainsi qu'aux toilettes. L'homme qui entra fut pris d'une quinte de toux en rempochant un paquet de cigarettes. Largement plus d'un mètre quatre-vingts, le crâne rasé, avec un manteau noir trois-quarts sur un pantalon et un col roulé de couleur sombre.

Logique que le Gimlet emploie quelqu'un pour surveiller la salle, se dit-il, simplement son arrivée avait coïncidé avec une pause. L'homme le fixa un long moment, comprit qu'il était nouveau dans l'établissement et prit la température.

— Un problème ? demanda-t-il.

— Flic, répondit la barmaid.

Le portier s'arrêta à trente centimètres de lui et le passa à la revue de détail, de la tête aux pieds.

— Trop vieux, conclut-il.

— Merci pour le vote de confiance. J'aurais aimé parler à Frank ou à Darryl.

— Est-ce que ça concerne Annette ? demanda un autre des clients au comptoir.

D'un regard, le portier lui signifia de s'occuper de ses oignons et revint sur Rebus.

— Les procédures officielles, ça existe, dit-il, et vous ne les suivez pas.

— Je ne savais pas que je parlais à un des avocats de Frank, dit Rebus.

Il reprit une gorgée de bière, reposa son verre et mit la main à la poche pour en sortir ses cigarettes. Sans ajouter un mot, il se dirigea vers la porte et la laissa se rabattre derrière lui. Il ne s'était pas trompé : la fameuse terrasse se résumait à un rectangle de béton aux fissures pleines de mauvaises herbes. Pas de tables ni de chaises, rien que des tonneaux en aluminium et des caisses de bière. Le mur qui la fermait était généreusement garni de barbelés auxquels s'accrochaient des fragments de plastique. Il alluma sa cigarette et fit le tour de la courette. Au loin, un grand immeuble, avec, sur un balcon, un couple qui se livrait à un duel de cris noyé par la circulation du rond-point. Une petite scène sans importance, dans un monde qui en était plein. Il se demandait si la porte allait s'ouvrir dans son dos, au cas où quelqu'un désirerait lui parler discrètement ou le prendre pour un punching-ball. Il consulta sa montre, vérifia son mobile, pour passer le temps. Sa cigarette quasiment réduite à plus rien, il la jeta d'une pichenette sur le béton, où elle rejoignit des dizaines d'autres mégots, puis regagna la salle.

Aucun signe du golem, probablement de retour à son poste de fonction. La barmaid mangeait un paquet de chips mais il constata que sa bière n'était plus à l'endroit où il l'avait laissée.

— J'ai cru que vous l'aviez terminée, lui expliqua-t-elle avec un plaisir non dissimulé.

— Je peux vous en offrir une ?

Elle eut du mal à cacher sa surprise mais finit par refuser en secouant la tête.

— Dommage, lui dit-il en montrant ses piercings du menton. Je voulais voir si vous aviez des fuites en buvant.

Dehors, devant l'entrée, le portier parlait au téléphone.

— Il est ici, dit-il en repérant Rebus, avant de lui tendre son portable.

— Allô ?

— Donny n'est pas convaincu que vous soyez flic.

— Officiellement, je ne le suis pas. Mais je suis détaché auprès de l'équipe qui enquête sur la disparition d'Annette.

— Vous pouvez le prouver ?

— Touchez-en un mot à l'inspecteur Clarke. À elle ou alors à l'inspecteur-chef Page. À propos, vous êtes qui ?

— Darryl Christie.

Il se souvenait du môme lors de la conférence de presse : cheveux en crête et visage pâlot.

— Désolé pour votre sœur, Darryl.

— Merci. C'est quoi votre nom déjà ?

— Rebus. J'ai appartenu au CID mais aujourd'hui, je travaille aux Affaires classées.

— Alors en quoi Page et sa clique ont-ils besoin de vos services ?

— Ça, il va falloir que vous leur demandiez vous-même. (Un silence.) Vous n'avez pas l'air de porter ce monsieur dans votre cœur.

— Les choses en iraient tout autrement s'il passait autant de temps à se décarcasser pour trouver le coupable qu'à son épiderme et ses soins de beauté.

— Il serait sage de ma part, je pense, de ne pas faire de commentaires.

Il entendit Darryl pouffer à l'autre bout du fil. À l'entendre, on ne lui aurait jamais donné dix-huit ans. Non, c'était faux. Il avait bien la voix d'un gamin de dix-huit ans, mais un gamin sûr de lui qui aurait grandi trop vite.

— Est-ce que Frank Hammel partage vos préoccupations concernant l'enquête ?

— En quoi cela vous regarde-t-il ?

— Je pense que c'est un homme qui a des façons bien personnelles d'aller jusqu'au fond des choses.

— Et alors ?

— Alors j'estime qu'il devrait partager ses informations. Sinon, il risque de compromette un éventuel procès. (Nouveau silence.) Naturellement, il existe de fortes chances pour que M. Hammell soit d'avis qu'un procès ne sera pas forcément indispensable puisqu'il peut se permettre d'être à la fois juge et jury.

Il attendit la réponse de Darryl Christie, tournant le dos à Donny Portier pour se diriger, son mobile à l'oreille, vers le rond-point. N'entendant toujours rien, il finit par reprendre la parole.

— Frank Hammel est homme à avoir des ennemis, Darryl. Vous le savez aussi bien que moi. C'est cette idée-là qu'il s'est mise dans le crâne ? L'un d'eux se serait emparé d'Annette ?

Toujours silence sur la ligne.

— Vous comprenez, j'ai le sentiment qu'il se trompe de direction, et je ne veux pas que vous et votre mère preniez le même chemin.

— Si vous savez quelque chose, crachez le morceau.

— Peut-être faudrait-il que je lui parle d'abord, non ?

— Ça n'arrivera pas.

— Vous voulez bien que je vous laisse mon numéro, juste au cas où ?

De nouveau, silence sur la ligne, avant que Darryl ne lui donne son feu vert. Il lui dicta son numéro de portable et épela son nom.

— Possible que Frank ait entendu parler de moi, ajouta-t-il.

Rebus se plongea dans la contemplation du défilé de phares le temps que Christie formule la question suivante.

— Est-ce que vous et vos collègues allez retrouver ma sœur ? finit-il par demander.

— Nous ferons tout notre possible, c'est la seule promesse que je puisse vous faire.

— Simplement, il ne faut pas trop en vouloir à Annette.

— Lui en vouloir ? De quoi ?

— Du fait que Frank Hammel fréquente notre mère.

— Ce n'est pas comme ça que ça marche, Darryl.

— Prouvez-le, en ce cas. Faites que ça avance, et vite.

La ligne fut coupée. Rebus alluma une autre cigarette le temps de se repasser la conversation. Ce gamin était dur comme l'acier, mais il avait également oublié d'être bête. Et sa sœur comptait beaucoup pour lui. Rebus pressa quelques boutons jusqu'à ce que l'écran affiche le numéro du dernier appelant. Il sortit son propre portable et entra les coordonnées dans sa liste de contacts sous le nom de Darryl. Sa cigarette terminée, il retourna au Gimlet et rendit son téléphone à Donny Portier.

— Vous en avez mis, du temps.

Rebus secoua la tête.

— Il y a bien longtemps que j'ai fini ma conversation avec votre patron. Après quoi, j'ai appelé un de ces sites classieux de chat en ligne. Bonjour la facture. Je vous souhaite bien du plaisir.

DEUXIÈME PARTIE

Je vois les hommes morts se traîner comme des sacs d'os
Des gamines qui rient dans leur portable…

12

Cafferty avait vraiment le don, pas à dire.

Même dans un café plein au beau milieu de la matinée, les clients gardaient leur distance. Rebus avait réussi à leur trouver deux places dans un coin mais, détail incongru, la table voisine, une fois ses occupants partis, restait désespérément vide. Les gens s'y dirigeaient, bien sûr, sauf qu'un simple coup d'œil à la silhouette massive en veste de cuir noir suffisait pour qu'ils changent aussitôt d'avis.

— Les bookmakers en ravaleraient leur chique, avait dit Cafferty. C'est toi qui me demandes de t'offrir un verre ?

Il avait séché son latte macchiato pour en commander un autre en se plaignant que les tasses semblaient sortir tout droit d'une maison de poupée.

Il versait du sucre dans sa boisson quand Rebus lui demanda des renseignements sur Hammell.

— Hammel ? Je n'ai jamais apprécié sa façon de systématiquement démarrer au quart de tour. Difficile de lui faire comprendre que la moindre action a toujours des conséquences.

— J'ai oublié mais… a-t-il jamais travaillé pour toi ?

— Oui, mais dans un passé lointain, répondit Cafferty.

Son téléphone posé sur la table se mit à vibrer. Il vérifia l'identité de l'appelant mais ne répondit pas.

— C'est à propos de la gamine disparue ?

Rebus acquiesça.

— J'ai vu Hammell à la télé. Il a offert une récompense.

— Pourquoi a-t-il fait ça à ton avis ?

Cafferty réfléchit. Il comprenait le sous-entendu : un mec de l'acabit de Hammell pouvait obtenir toutes les informations qu'il voulait sans débourser un sou.

— Il l'aime, finit-il par dire. Je veux parler de la mère. Tu savais que c'était lui qui avait foutu la trouille au mari ?

Rebus fit non de la tête.

— C'est bien pour ça que ce pauvre bougre s'est taillé vite fait jusqu'en Nouvelle-Zélande.

— En Australie, j'avais entendu dire.

— Même différence – à l'autre bout de la planète. Ça te donne une idée de la distance qu'il a dû mettre entre Hammell et lui.

— Et en ce qui concerne le frère de la fille disparue ?

Cafferty réfléchit, une fois encore.

— Éclaire ma lanterne.

— Il s'appelle Darryl Christie – il a conservé le nom de son père. Il a parlé lors de la conférence de presse. Il dirige au moins un des bars de Frank Hammell.

— Ça, j'ignorais, dit Cafferty.

L'information n'était pas tombée dans l'oreille d'un sourd et Rebus le vit la ranger dans un coin de sa mémoire.

— Un môme brillant, apparemment, ajouta-t-il.

— Dans ce cas, il devrait prendre ses cliques et ses claques tant qu'il le peut encore.

— Combien Hammell possède-t-il d'établissements aujourd'hui ?

— Difficile à dire, répondit Cafferty avec un rictus. Même pour moi. Une demi-douzaine de pubs et de boîtes. Mais ses intérêts ne se limitent pas à ça, naturellement. Il participe à des réunions à Glasgow et à Aberdeen.

Sous-entendu, avec des hommes du même genre que Cafferty.

— Apparemment, tu t'intéresses toujours aux choses de la vie, je dirais, lui fit Rebus en le regardant touiller son latte.

— Appelle ça un passe-temps.

— Certains passe-temps finissent par te bouffer l'existence.

— Un homme a besoin de s'occuper pendant sa retraite, se défendit Cafferty. C'est là que tu as foiré ton coup. Rien à faire de ta tête ni de tes dix doigts pendant la journée, et voilà : tu as fini par rempiler.

Il écuma de sa cuillère une partie de la mousse sur son café lacté et la porta à sa bouche.

— T'as une idée de ceux qui pourraient en vouloir à Hammell ? demanda Rebus.

— Si je ne compte pas celui qui te fait face ? sourit Cafferty. Probable qu'ils sont trop nombreux pour les compter, mais je doute fort qu'ils s'en prennent à une gamine.

— Mais si toutefois c'était ça…

— Dans ce cas, dans un avenir des plus proches, ils feront passer le message à Hammell et c'est à ce moment-là qu'il va exploser comme une super nova. Ce serait bien que tu saches quand ça arrivera.

— Nous devrions le mettre sous surveillance, tu crois ?

— Dans tous les cas de figure, vous devriez. Dans un passé lointain et plutôt vague désormais, je crois me souvenir de quelques opérations de surveillance dignes de ce nom que vous aviez montées… contre ma petite personne.

— Nous t'avons aussi pris la main dans le sac, sans vouloir t'offenser.

Nouvelle grimace de Cafferty.

— Mieux vaut ne pas trop s'appesantir sur ce sujet.

— Pardonne-moi, mais je pencherais plutôt pour le contraire, si tu veux bien. Rien qu'un instant.

— Et pourquoi ça ? lui demanda Cafferty en relevant les yeux.

— Parce que les Plaintes m'ont dans leur collimateur.

— Allons donc !

— Elles savent, par exemple, que nous avons pris des pots ensemble.

— Quelqu'un a dû cafter.

— Ce ne serait pas toi, quand même.

Cafferty resta impassible. Un vrai masque.

— Tu comprends, moi, ça ne m'étonnerait pas outre mesure, poursuivit Rebus.

Depuis son arrivée, il serrait les mains autour de son mug de café mais n'y avait toujours pas trempé les lèvres.

— En fait, je ne vois pas de meilleure manière de me griller. Tu continues à m'inviter à ces petites séances au pub en tête à tête, juste pour bavarder et boire des coups, ce qui fait que tout le monde est convaincu qu'on est frères de lait…

— Tu m'insultes, là.

— Toujours est-il que quelqu'un leur a bien causé, aux Plaintes.

— Pas moi.

Cafferty secoua lentement la tête en reposant sa cuillère sur la table. Son portable dansait de nouveau la gigue.

— T'es sûr que tu ne peux pas répondre ? lui demanda Rebus.

— Ce n'est pas ma faute si je suis populaire.

— Ce serait bien que tu vérifies le sens de ce mot dans le dictionnaire.

— Putain, la masse de merdes que j'encaisse de ta part sans réagir…

Les yeux de Cafferty s'étaient brutalement transformés en deux couloirs ténébreux conduisant en des lieux plus ténébreux encore.

— Et voilà, dit Rebus, un mince sourire aux lèvres. Je savais bien que tu continuais à exister tel qu'en toi-même, quelque part par là, à attendre patiemment de remonter au grand jour pour reprendre la partie.

— Nous en avons terminé, dit Cafferty en quittant la table sans oublier son téléphone. Tu devrais essayer de te montrer un peu gentil à mon égard, Rebus. J'ai parfois l'impression d'être le seul ami qui te reste.

— Nous n'avons jamais été amis, et nous ne le serons jamais.

— T'es bien sûr de ça ?

Plutôt que d'attendre une réponse, Cafferty commença à se faufiler entre les tables, avec une aisance surprenante pour un type de son gabarit. Rebus s'appuya à son dossier et regarda autour de lui en examinant les clients du matin. Ne serait-ce que pour cette fois, il regrettait que les Plaintes n'aient pas été en surveillance et à l'écoute : ce petit entretien aurait peut-être un peu calmé leurs ardeurs.

13

— Est-ce que je vous ai manqué au moins ? demanda Rebus à son entrée dans le bureau du SCRU.

— Pourquoi, tu es allé quelque part ? Je n'avais pas remarqué.

Peter Bliss sortait chemises et classeurs d'un grand conteneur en plastique mais quelques feuilles s'en échappèrent et glissèrent sur le sol. Elaine Robison l'aida à les ramasser.

— Comment ça se passe à Gayfield Square ? demanda-t-elle.

— Leur café n'a rien à voir avec le nôtre.

— Je voulais parler de l'affaire.

Rebus haussa les épaules.

— Je ne suis pas sûr d'avoir convaincu quiconque des liens possibles avec les autres disparues.

— Tu savais bien que ce serait difficile à faire passer, John.

— Mais ici, j'ai plus de bol apparemment – pas l'ombre d'un Cowan à l'horizon.

— Il a une réunion, expliqua Bliss en s'asseyant à son bureau. Il se démène comme un beau diable pour partir d'ici.

— Direction la CCU, ajouta Robison, les mains sur les hanches. Il y a apparemment une place libre à la table des chefs.

— J'ai toujours eu l'impression que notre patron détestait les affaires classées.

— Mais s'il y a une chose qu'il aime, c'est l'avancement. Ils vont devoir le promouvoir au rang d'inspecteur.

— La voie toute tracée pour devenir inspecteur-chef et au-dessus, dit Bliss en secouant la tête.

— En tout cas, il a la garde-robe pour, elle est fin prête, même si lui ne l'est pas, dit Rebus en faisant demi-tour pour repartir.

— Tu ne restes pas pour notre fameux café ? demanda Robison.

— J'ai des gens à voir, des visites à faire, offrit-il en guise d'excuses.

— Reviens-nous vite, lui cria Robison comme il passait la porte.

ÉTHIQUE ET NORMES s'affichait sur le mur jouxtant le bureau, mais tout le monde les appelait les Plaintes. Il essaya la poignée. Elle ne bougea pas. Serrure à combinaison. Il frappa, colla l'oreille à la porte, frappa encore. Plus loin dans le couloir se trouvaient successivement le bureau de l'adjoint au chef de la police et celui du chef de la police et la dernière fois qu'il y avait été conduit *manu militari* pour se faire remonter les bretelles ne datait pas d'hier. Au cours de toutes ses années dans la police, des gratte-papiers, il en avait vu défiler. Des gens à la tête toujours farcie de nouvelles idées ou de petits réajustements qu'ils s'obstinaient à mettre en œuvre, comme si on pouvait changer le boulot par le biais de réunions stratégiques et de groupes de réflexion. Les Plaintes en étaient un exemple – Plaintes et Conduite ; Normes professionnelles ; Éthique et Normes. Ces messieurs s'étaient attaqués à un flic qu'il avait connu après qu'un voisin se fut plaint de la hauteur de sa haie de cyprès leylandi. L'enquête avait duré quasiment une année, après quoi le flic avait décidé qu'il n'aimait plus son boulot.

Encore un résultat à l'actif des Plaintes.

Rebus renonça et prit l'ascenseur pour descendre à la cafétéria. Une bouteille de soda Irn Bru et une gaufre au caramel, après quoi il s'approcha d'une table près de la fenêtre qui ouvrait sur le terrain de sport où on voyait de temps à autre des policiers jouer au rugby à leurs moments de liberté. Mais pas aujourd'hui. La chaise fit un bruit d'enfer quand il la tira de sous la table. Il s'installa et fixa des yeux l'homme qui était assis là et le dévisageait.

— Malcolm Fox, dit-il.

Fox ne le nia pas. Il était plus jeune que Rebus d'une vingtaine d'années et pesait dix kilos de moins. Moins de mèches grises aussi. La plupart des flics ressemblaient à des flics, mais Fox aurait pu passer pour un cadre moyen dans une compagnie de plastiques ou au service des impôts. Devant lui, une assiette avec juste une pelure de banane et tout à côté un verre d'eau du robinet prise à la carafe près de la caisse.

— Salut, Rebus, répondit Fox.

— Je me suis dit qu'il serait peut-être bon de nous rencontrer, déclara Rebus en buvant une gorgée d'Irn Bru avant d'étouffer un renvoi.

— Je ne suis pas certain que ce soit une si bonne idée.

— Nous travaillons dans le même bâtiment : une raison quelconque pour que nous ne soyons pas assis à la même table ?

— Toutes les raisons du monde.

Il n'y avait aucune agressivité chez Fox et pas une once d'émotion quand il parlait. Il se dégageait de lui l'assurance banale et tranquille de l'homme qui se place sur un autre plan que les gens qui l'entourent et ne le sait que trop.

— Parce que vous montez un dossier contre moi ?

— Le police d'aujourd'hui est bien différente de celle dont vous aviez l'habitude. Les méthodes ont changé, les attitudes également… Pensez-vous réellement que vous y auriez votre place ? ajouta Fox après un silence.

— Il est inutile que je pose ma candidature à un réengagement ? C'est ça que je dois comprendre ?

— C'est une décision qui ne dépend que de vous.

— Qui vous a parlé de moi et Cafferty ?

Rebus comprit qu'il venait de faire une bourde en voyant le visage de Fox changer légèrement. Ce mec savait d'où il tenait son info : Siobhan Clarke. Un mauvais point pour elle.

— Posez-vous cette question, poursuivit-il néanmoins. Est-il possible que ce soit Cafferty en personne ? En se servant d'un intermédiaire ? Uniquement pour étouffer mes chances dans l'œuf ?

— À tous égards, il serait préférable que vous vous gardiez à distance respectable de cet individu. C'est aussi simple que ça.

— Difficile de prétendre le contraire.

— Alors pourquoi ne pas le faire ?

— J'espérais peut-être qu'il laisserait échapper des petites choses par mégarde – je travaille aux Affaires classées, souvenez-vous.

— Et c'est arrivé ?

Rebus secoua la tête.

— Pas pour l'instant. Mais avec le nombre de squelettes qu'il a autour de lui, ce n'est pas à exclure.

Fox but un peu d'eau d'un air songeur. Rebus défit l'emballage de sa gaufre et mordit dedans.

— Le dossier que nous avons sur vous, finit par dire Fox, remonte aux années 1970. En fait, ce n'est pas lui rendre justice que de le qualifier de « dossier », vu qu'il occupe toute une étagère.

— C'est vrai que j'ai été convoqué chez M. le proviseur un certain nombre de fois, concéda Rebus. Mais je ne me suis jamais fait virer pour autant.

— Je me pose la question : c'est simplement de la chance ou un penchant certain pour la fourberie ?

— Ce que j'avais pu faire, je le faisais toujours pour une bonne raison – et j'obtenais des résultats. Le saint des saints le reconnaissait.

— « Toujours laisser la place pour un franc-tireur » cita Fox. C'est ce qu'avait écrit à votre sujet un ancien chef de la police. Et il avait souligné le « un ».

— J'obtenais des résultats, répéta Rebus.

— Et aujourd'hui ? Vous croyez encore pouvoir résoudre des affaires sans faire la moindre entorse au règlement ? Aujourd'hui, un seul franc-tireur, c'est déjà un franc-tireur de trop.

Rebus haussa les épaules. Fox passa un moment à l'étudier.

— Vous êtes détaché à Gayfield Square, dit-il. Ce qui vous remet en contact avec l'inspecteur Clarke.

— Et alors ?

— Depuis votre départ en retraite, elle est parvenue à désapprendre certaines des pratiques que vous lui aviez enseignées. Elle va continuer à grimper les échelons. (Pause.) À moins que…

— Vous voulez dire que je suis une mauvaise influence ? Siobhan est sa propre maîtresse. Et cela ne risque pas de changer uniquement parce que je suis dans les parages pour une semaine ou deux.

— Je l'espère. Mais par le passé, elle vous a couvert un certain nombre de fois, je me trompe ?

— Je n'ai aucune idée de ce que vous racontez, dit Rebus en reprenant une nouvelle gorgée à même la bouteille.

Fox s'obligea à sourire, de la même façon qu'un employeur sceptique face à un candidat sous-qualifié.

— Nous nous sommes déjà rencontrés, vous vous en souvenez ?

— Vraiment ?

Fox haussa les épaules.

— Ça ne me surprend pas vraiment – je ne crois pas vous avoir vu une seule fois à un briefing.

— Probablement parce que j'étais occupé à faire du vrai travail.

— Avec une pastille à la menthe sur la langue pour masquer l'odeur de la gnôle.

Rebus le regarda fixement, sans aucune tendresse.

— C'est donc de ça qu'il s'agit ? Je vous ai ignoré, par arrogance ou parce que je ne vous aimais pas ? Je vous aurais aussi piqué vos bonbons dans la cour de récré et aujourd'hui, vous éprouvez le besoin de prendre votre revanche ?

— Je ne suis pas aussi mesquin.

— Vous êtes sûr de ça ?

— Tout à fait sûr, dit Fox en se levant. Une dernière chose. Vous savez qu'il y aura une visite médicale obligatoire ? Si toutefois vous persistez à vouloir poser votre candidature, je veux dire.

— J'ai une constitution de bœuf, déclara Rebus en se cognant la poitrine du poing.

Il suivit Fox des yeux puis finit sa gaufre au caramel avant de se diriger vers la zone fumeurs à l'extérieur de la salle.

14

Rebus avait apporté les dossiers des Personnes disparues au poste de Gayfield Square en s'assurant que Page le voie de ses yeux charrier ses cartons jusqu'au bureau de Siobhan Clarke. Il lui fallut faire trois voyages depuis sa Saab garée devant l'entrée, avec la pancarte ENQUÊTE OFFICIELLE DE POLICE bien en évidence.

— Merci du coup de main, lança-t-il à la salle en suant comme un bœuf.

Il ôta sa veste et la suspendit au dossier du fauteuil de Clarke. Une policière s'approcha et lui demanda ce qu'étaient ces boîtes.

— Personnes disparues, expliqua-t-il. Trois exactement, entre 1999 et 2008, vues pour la dernière fois sur l'A9 ou à proximité, tout comme Annette McKie.

Elle souleva le couvercle de la boîte du dessus et jeta un œil au contenu. À peine plus d'un mètre cinquante, les cheveux sombres courts et une coiffure que Rebus aurait pu qualifier de coupe à la page. Elle lui rappelait une actrice – peut-être Audrey Hepburn.

— Je m'appelle John.

— Tout le monde sait qui vous êtes.

— Vous avez un avantage sur moi, alors.

— Inspecteur constable Esson. Mais je suppose que vous pouvez m'appeler Christine.

— On dirait que vous êtes tout le temps collée à votre ordinateur, lui dit-il.

— C'est mon boulot.

— Oh ?

Elle remit le couvercle de la boîte en place et lui accorda toute son attention.

— C'est moi, votre lien avec la communauté en ligne.

— Vous voulez dire que vous envoyez des mails ?

— Je contacte les réseaux, John. Les réseaux de personnes disparues. J'envoie des infos par Twitter et Facebook, et je remets à jour le site de la division L&B.

— Vous demandez si elle a été vue ?

Esson confirma.

— Je fais en sorte que sa photo soit diffusée aussi largement que possible. Une demande peut faire le tour du monde en l'espace de quelques secondes.

— Ces réseaux, demanda Rebus, est-ce qu'ils auraient des détails sur des disparitions plus anciennes ?

Esson s'attarda un instant sur les boîtes.

— C'est bien possible – vous voulez que je vérifie ?

— Vous pourriez faire ça ?

— Donnez-moi leurs noms, leur date de naissance et des photos si vous en avez… Je croyais qu'elles étaient toutes décédées, selon votre théorie.

— Jusqu'à avis contraire, c'est tout ce que c'est – une théorie, rien de plus. Ça vaudrait la peine de la mettre en défaut, non ?

— Bien sûr.

— Noms, dates de naissance, photos ?

Elle fit oui de la tête.

— Et aussi tous les détails pertinents : marques distinctives, l'endroit où elles ont été aperçues pour la dernière fois…

— Compris, dit Rebus. Et merci beaucoup.

Elle rosit à ses remerciements et regagna son bureau. Rebus quant à lui dénicha un bloc-notes et se mit en devoir de rédiger les détails significatifs relatifs à Sally Hazlitt et aux autres. Vingt minutes plus tard, il prit ses feuillets plus quelques photos et les apporta à Esson. Qui le regarda d'un air éberlué.

— Les mails, vous ne connaissez pas ?

— Pourquoi ? Mon écriture n'est pas lisible ?

Elle sourit en secouant la tête et lut une ligne des notes consacrées à Zoe Beddows.

— « Aimait les hommes ».

— Je suis sûr que vous saurez reformuler ça, lui dit-il.

— Je l'espère en tout cas, répondit-elle en étudiant les photographies. Je vais les scanner de mon mieux. Unc meilleure résolution, ce serait bien.

— Désolé, je n'ai que ça.

— Je ferai avec.

— Je vois que tu as fait la connaissance de Christine, dit Siobhan Clarke en s'approchant du bureau, un sac à main en bandoulière à une épaule, un ordinateur portable sous l'autre bras. Ne la défie jamais à un de ses jeux de fusillade. Elle est mortelle.

Esson rougit cette fois tandis que Rebus emboîtait le pas de Clarke jusqu'à son petit territoire.

— Alors, c'était comment, Pitlochry ? lui demanda-t-il.

— Bien.

— Et le poste de police ?

— Commode, répondit-elle en se tournant vers Esson. Tu pourrais penser aux jeux en ligne, ajouta-t-elle. C'est un excellent moyen de connaître du monde.

— Justement, Annette McKie jouait à des jeux en ligne, dit-il.

— Et Christine communique avec des dizaines de personnes qui partageaient sa passion. Si l'une d'elles a un contact avec Zelda, elle le saura aussitôt.

Elle s'interrompit et contempla les cartons de dossiers.

— Beau travail à propos, dit-elle. Mais maintenant qu'ils sont là…

Il comprit qu'elle cherchait une table libre dans la salle.

— Il n'y a pas une autre pièce qu'on pourrait utiliser ? suggéra Rebus.

— Je vais voir.

Elle se défit de son manteau et s'assit lourdement, sans remarquer la veste qu'il avait suspendue au dossier.

— Bouge pas, je t'en débarrasse.

— Non, laisse. (Elle ouvrit son portable.) J'ai les interrogatoires ici, uniquement audio.

— Tu es tombée sur un policier du Tayside à Pitlochry ?

— Un inspecteur, venu exprès de Perth. On n'a pas vraiment accroché tous les deux.

— Mais tu as parlé à tous ceux que tu voulais voir ?

Elle opina et se frotta les yeux. Sa fatigue était visible.

— Tu veux que je t'apporte un café ? demanda-t-il.

— Ainsi donc, c'est bien vrai ce qui se raconte : il y a *effectivement* une première fois à tout.

— Et aussi une dernière, si tu as l'intention de me chambrer.

— Désolée, dit-elle en s'autorisant un bâillement. Les deux Polonais sont dans l'équipe de nuit. Stefan Skiladz a fait l'interprète. Tous deux ont commis des peccadilles quand ils étaient jeunes. Ils appartenaient à une bande. Bagarres et chapardages. Ils jurent qu'ils ont gardé le nez propre depuis leur arrivée. J'ai fait une recherche, rien que pour être sûre. J'ai aussi vérifié le casier de Skiladz et il nous a dit la vérité – il n'est jamais retombé pour quoi que ce soit depuis sa sortie de prison.

— Pourquoi ai-je l'impression que tu gardes le meilleur pour la fin ?

— Peut-être finalement que je vais l'accepter, ce café, dit-elle en relevant les yeux.

Rebus s'exécuta. À son retour, elle s'affairait à son ordinateur de bureau et le remercia pour le mug d'un signe de tête.

— Thomas Robertson, dit-elle, appartient à l'équipe de jour. Il n'aime pas les nuits, il préfère la picole dans les bars de Pitlochry. Il a un faible pour une certaine barmaid, mais il n'a pas précisé si le sentiment était réciproque. Il m'a dit qu'il avait eu des problèmes à une occasion, résistance à une arrestation après une dispute avec une amie à la sortie d'un pub d'Aberdeen.

— Et ?

— Il n'a pas dit toute la vérité.

Elle tapota un ongle sur l'écran qu'elle inclina de côté pour que Rebus voie mieux. Robertson avait été inculpé de tentative de viol, la victime étant une femme qu'il avait rencontrée ce soir-là, et l'agression s'était produite dans une allée derrière la boîte. Il avait fait un séjour de deux ans à la prison de Peterhead et en était sorti depuis moins d'un an.

Rebus fit un rapide calcul. Zoe Beddows avait disparu en juin 2008, juste deux mois avant l'arrestation de Robertson.

— Tu en penses quoi ? demanda Clarke.

— Qu'est-ce qu'il dit à propos d'Annette Mckie ?

— Il nie l'avoir vue. En expliquant qu'ils travaillaient plein pot cet après-midi-là et qu'il aurait eu du mal à remarquer une fille de passage même si elle avait été top model.

Rebus s'attardait sur la photo anthropométrique de Robertson : cheveux noirs courts, du poil sur la figure et la mine renfrognée. Yeux marron foncé, traits burinés.

— Je pense qu'il faudrait le revoir, de façon un peu plus officielle, lui disait Clarke. Et peut-être aussi envoyer une équipe vérifier les abords du chantier. Des bois, des champs et aussi une rivière.

— Autant chercher une aiguille dans une botte de foin, répondit-il.

Il se rendit compte que Christine Esson était à côté de lui et lui tendait une liasse de feuilles. Il la lui prit des mains.

— Deux commentaires, expliqua-t-elle. Tous deux relatifs à l'endroit où les tueurs choisissent d'abandonner leurs victimes. Leur lecture ne devrait pas être très compliquée.

— Vous ne pourriez pas m'en faire un résumé rapide ?

— Je n'y ai même pas jeté un coup d'œil, je me suis contentée de les imprimer. Si ça vous intéresse, j'en ai plein d'autres à votre disposition.

Rebus fut sur le point de répondre que ce n'était pas le cas, mais en voyant le regard de Clarke, il dit :

— Ça me sera très utile.

— Merci, Christine, ajouta Clarke quand la jeune femme regagna son poste de travail. Elle est comme ça, ajouta-t-elle à l'intention de Rebus.

— J'ai une trentaine de pages, là, dont la moitié sont des équations.

Clarke lui prit les deux documents.

— Je connais un des auteurs – de réputation, je veux dire. Je me demande si James a pensé à faire venir un profileur…

— Et pourquoi pas un voyant pendant que tu y es.

— Les temps ont changé, John.

— En mieux, je n'en doute pas une seconde.

Il fit la grimace quand elle lui tendit la liasse de papiers.

— À toi d'en juger d'abord, je préfère, déclara-t-il.

— C'est pourtant à toi que Christine les a donnés.

Rebus se tourna vers la table de Esson. Elle les regardait. Il réussit à sourire et hocha la tête en déposant les tirages sur une des boîtes d'archives.

— Tu viens avec moi, je vais informer James des derniers développements ? demanda Clarke.

— Pas vraiment.

— Je suppose que je devrais te demander à quoi tu t'es occupé.

— Moi ? Oh, pas grand-chose. Hormis à te mettre dans le collimateur des Plaintes. Et pour ça, je crois que je devrais te présenter des excuses…

— Raconte, dit-elle en le regardant dans les yeux.

15

Ce soir-là, Rebus eut le temps d'ouvrir le courrier du jour et de coller un album sur sa platine avant que le téléphone sonne. Il vérifia : Inconnu.

— Allô ? dit-il.

Il était dans sa cuisine et contemplait le maigre contenu de son frigo.

— Rebus ?

— Qui le demande ?

— Frank Hammell.

— Darryl vous a donné mon numéro ?

— Bougez votre cul jusqu'au Gimlet. On a des choses à se dire.

— Avant que je vous donne mon accord, j'ai une question.

— Allez-y.

— Est-ce que le Gimlet fait à manger à cette heure de la soirée ?

*

Pizza à emporter fut sa réponse. Elle l'attendait dans sa boîte, encore tiède, à une table dans un coin. Il n'y avait personne dans la salle, seul Donny officiait à la porte. Pas de télé, pas de musique, personne pour servir au bar.

— Exactement comme la *Mary Celeste*, dit Rebus en guise de commentaire en attrapant une tranche de pizza avant de se diriger vers le comptoir.

Hammell se tenait derrière, les bras écartés sur sa surface luisante. Un mètre soixante-quinze, un look qui oscillait entre hommes d'affaires et marchand de ferraille, chemise bleu foncé ouverte au col et manches retroussées, et une épaisse chevelure poivre et sel bien taillée. De plus près, Rebus remarqua une cicatrice sur sa figure, depuis la lèvre supérieure jusqu'aux narines, et une coupure blanche indélébile à l'un de ses sourcils. L'un dans l'autre, un homme qui avait tendance à ne pas battre en retraite quand ça commençait à chauffer.

— Je prendrai un malt, puisque vous me posez la question.

Hammell se retourna et saisit une bouteille de Glenlivet dont le bouchon couina quand il le tira. Il ne prit pas la peine de doser et se contenta de verser.

— Pas d'eau, je présume, dit-il en posant le verre devant son client d'occasion avant de tendre la main : ça fait cinq livres, je dirais, à vue de nez.

Rebus accrocha son regard, sourit et tendit le billet que Hammell ne passa pas en caisse, se contentant de le fourrer dans sa poche. À son arrivée, il n'avait pas remarqué de surveillance dans la rue et se demanda ce que Fox penserait de cette visite.

— Ainsi donc, c'est vous, John Rebus, dit Hammell, d'une voix grave de gargouille, comme si sa gorge avait besoin d'un bon récurage.

Rebus avait connu un taulard jadis qui avait la même : quelqu'un avait tenté de l'étrangler à l'aide d'une serviette dans sa cellule.

— Je suppose que c'est bien moi, répondit-il. De la même façon que vous êtes Frank Hammell.

— Dans le temps, j'entendais parler de vous, régulièrement. Vous savez que j'ai travaillé avec Cafferty ?

— Si je me fie à ce qu'il en dit, vous travailliez plutôt *pour* lui.

— Jadis, il vous détestait comme pas possible. Vous auriez dû entendre ce qu'il vous réservait, à vous et aux vôtres…

Hammell laissa l'info faire son chemin, alla jusqu'à la table dans un coin et revint avec la pizza qu'il posa sur le comptoir avant de s'en prendre une tranche.

— Pas mauvaise, l'informa Rebus.

— Vaudrait mieux. Je leur ai dit ce que je leur ferais si le fromage filait trop.

Il prit une bouchée.

— Je ne supporte pas le fromage qui file.

— Vous devriez faire des chroniques gastronomiques dans les journaux.

S'ensuivit un moment de silence ; les deux hommes mangeaient.

— Je crois bien qu'ils ont complètement renoncé au fromage.

— C'est une des solutions au problème, dit Rebus.

— Et donc, aujourd'hui, poursuivit Hammell après s'être essuyé la bouche, Cafferty et vous, vous êtes copains comme cochons.

— Les nouvelles vont vite.

— Vous vous êtes déjà demandé à quel jeu il joue ?

— Je n'arrête pas.

— Ce salopard dit qu'il a pris sa retraite – comme si le jeu de boules en salle et une paire de chaussons avaient jamais été son style.

Rebus sortit un mouchoir de sa poche pour essuyer ses doigts graisseux. Une part de pizza lui avait suffi.

— Elle ne vous plaît pas ? demanda Hammell.

— J'avais moins faim que je ne croyais.

— Darry me dit que vous travaillez aux Affaires classées. Alors comment se fait-il que vous vous intéressiez subitement à Annette ?

Rebus réfléchit à la manière de répondre.

— Possible qu'il y ait un modèle qui se répète.

— Que voulez-vous dire ?

— D'autres jeunes femmes ont disparu au fil des années. Trois à notre connaissance, la première en 1999. Toutes se trouvaient sur l'A9 ou à proximité quand c'est arrivé.

— Première fois que j'entends parler de ça.

— Je voulais que vous le sachiez, dit Rebus

Hammel le regarda fixement, les yeux réduits à deux fentes.

— Pourquoi ?

— Parce que vous êtes probablement en train d'établir une liste de vos ennemis, en vous disant que c'est peut-être l'un d'eux le responsable.

— Qu'est-ce qui vous fait croire que j'ai des ennemis ?

— Vu vos activités, je dirais que c'est un des risques du métier.

— Vous croyez que j'irais m'attaquer à votre vieux pote Cafferty ? C'est de ça qu'il s'agit ? Vous couvrez ses miches ?

— Si vous voulez Cafferty, je vous en prie, faites donc, mais selon moi, vous commettriez une erreur.

Rebus reposa son verre à moitié vide.

— Comment va la maman d'Annette ?

— À votre avis ? Elle part en morceaux. Vous pensez vraiment qu'il y a un salopard de givré en liberté qui a déjà fait ça par le passé ? Comment est-il possible qu'il ait échappé aux radars ?

— Pour le moment, ce n'est qu'une théorie…

— Mais votre conviction est faite ?

— C'est une théorie, répéta Rebus. Mais de celles que vous devriez garder à l'esprit si vous ne voulez pas que ça tourne mal.

— Je comprends bien.

— Il y a combien de temps que Darryl travaille pour vous ?

— Depuis avant qu'il ne quitte l'école.

— Je remarque qu'il a conservé le nom de famille de son père.

Regard mauvais de Hammell.

— Le môme a le droit de faire ce qu'il veut – c'est un pays libre, jusqu'à nouvel ordre.

— Je présume que son père est au courant pour Annette.

— Bien sûr.

— Vous connaissez la famille depuis un bout de temps.

— En quoi ça vous regarde ?

Rebus répondit par un haussement d'épaules.

— Est-ce je peux vous être utile à quelque chose ? finit par dire Hammell après mûre réflexion.

Rebus fit non de la tête.

— Un peu d'argent en liquide ? Une caisse de gnôle ?

Rebus fit mine de réfléchir à sa proposition.

— Et si tout bonnement vous m'offriez la pizza ?

— Qu'est-ce qui vous faire croire que je l'ai payée, d'abord ? répondit Hammell en retenant un rire.

16

Siobhan habitait un appartement haut de plafond au premier étage d'un immeuble mitoyen d'une bâtisse géorgienne en retrait de Broughton Street. Il lui suffisait de cinq minutes à pied le matin pour rejoindre son lieu de travail et elle aimait le quartier avec son mélange de bars et de restaurants. En haut de la colline, elle disposait d'un complexe de cinémas non loin d'une salle de concert et, sur Leith Walk, toutes les boutiques dont elle pouvait rêver. Elle partageait avec les gens de l'immeuble la jouissance d'un carré de verdure en piteux état à l'arrière du bâtiment et au fil des années, était parvenue à faire la connaissance de la plupart ses voisins. Édimbourg avait la réputation d'être froide et distante, mais elle n'avait jamais trouvé que ce fût le cas. Certains résidents étaient timides ou réservés, heureux de simplement vivre leur vie sans faire de bruit ni de problèmes. Ses voisins savaient qu'elle était officier de police mais aucun n'était jamais venu quémander son aide ou un service. Lorsque l'un des appartements du rez-de-chaussée avait été cambriolé sans qu'on retrouve les coupables, tout le monde s'était donné un mal de chien pour lui faire savoir qu'en aucun cas, ils ne la tenaient pour responsable de l'absence de résultats.

Elle songeait depuis un moment à faire un saut à la salle de gym dans la soirée et s'était même changée pour cette éventualité, mais elle s'affala sur le canapé et choisit plutôt de consulter les programmes télé. Lorsque son téléphone lui apprit qu'elle avait un message, elle décida de l'ignorer. Puis le vibreur de la porte résonna et elle alla dans l'entrée presser le bouton tout à côté de l'interphone.

— Oui ? demanda-t-elle.

— Inspecteur Clarke ? C'est Malcolm Fox.

Clarke inspira brutalement, dents serrées.

— Comment savez-vous où j'habite ou est-ce une question stupide ?

— Puis-je vous voir ?

— Non, vous ne pouvez pas.

— Une raison particulière ?

— J'attends quelqu'un.

— L'inspecteur-chef Page, peut-être ?

Seigneur, c'était bien vrai : les Plaintes étaient au courant de tout…

— Quelque chose à cacher, inspecteur Clarke ? lui demandait Fox.

— Je tiens beaucoup à ma vie privée et je veux qu'elle le reste.

— Oui, moi aussi. Et ce fameux jour où nous sommes rencontrés à l'improviste – je pensais qu'il allait de soi que notre petit entretien devait rester entre nous.

— En ce cas, vous auriez dû le dire.

— Il n'empêche que je peux comprendre que John Rebus soit un vieil et cher ami et que vous n'éprouviez probablement guère de scrupules à partager vos informations avec lui.

Au travers des deux portes, dix-sept marches en pierre et un couloir qui les séparaient, elle avait l'impression que la bouche de cet homme se trouvait à deux centimètres de son visage. Elle entendait chacune de ses inspirations.

— John Rebus se révèle être un enquêteur absolument indispensable dans l'enquête McKie, déclara-t-elle.

— Vous voulez dire qu'il ne s'est pas encore placé en situation douteuse à haut risque, comme par le passé – à votre connaissance, s'entend.

— Et pourquoi vous ne lui fichez pas la paix, tout simplement ?

— Et vous, pourquoi ne voyez-vous pas qu'il n'a pas changé d'un iota ? Toujours égal à lui-même, toujours le même boulet à traîner, comme jadis. Ne venez pas me dire que la vie n'était pas plus facile avant qu'il ne parvienne à mettre son nez dans l'affaire McKie sous de faux prétextes…

— Que voulez-vous dire ?

— À votre avis, pourquoi est-il là ? Quels tuyaux est-il maintenant susceptible de refiler à son bon ami Cafferty ? Travailler sur des affaires classées, c'est une chose, mais il a désormais accès à tout l'étage de bureaux de la Criminelle à Gayfield Square, non ?

— Vous ne savez pas de quoi vous parlez.

— Je sais reconnaître un flic qui a mal tourné quand j'en vois un. Rebus a passé tellement d'années à franchir les limites qu'il a réussi à les effacer complètement. En ce qui le concerne, sa manière est la bonne manière, et peu importe que le reste d'entre nous sache combien c'est faux.

— Vous ne le connaissez pas, insista Clarke.

— Alors aidez-moi à le connaître mieux – parlez-moi en détail de quelques enquêtes que vous avez eu l'honneur de partager avec lui.

— Pour que vous déformiez le tout à votre avantage ? Je ne suis pas aussi débile.

— Je le sais très bien, loin de moi cette idée. Et c'est pour vous l'occasion rêvée de le prouver aux gens d'en haut, ceux qui sont mes interlocuteurs au quotidien.

— Je balance un ami et vous glissez un mot pour m'assurer une promotion ?

— Les individus de l'acabit de John Rebus devraient avoir disparu de la circulation. Il y a eu un âge glaciaire qui est arrivé à son terme mais lui a continué à nager dans la gadoue comme si de rien n'était pendant que le reste d'entre nous évoluait.

— Je préférerais matraquer Darwin à coups de marteau que d'évoluer pour devenir *quelqu'un comme vous*.

Elle l'entendit pousser un soupir.

— Nous ne sommes pas si différents, dit-il d'une voix paisible et lasse. Nous sommes l'un et l'autre consciencieux et durs à la tâche. Je vous vois même rejoindre les rangs des Plaintes – peut-être pas cette année ni la prochaine, mais dans un avenir proche.

— Je ne le pense pas.

— En général, mon instinct ne me trompe pas.

— Et pourtant, vous ne sauriez vous tromper plus sur son compte.

— Cela reste à voir. Entre-temps, faites attention à vous quand vous êtes dans ses parages – et je suis sérieux. Et n'hésitez pas à m'appeler dès que vous estimerez qu'il est en difficulté – en train de se débattre comme un beau diable ou de s'enfoncer de plus en plus profond…

Elle relâcha le bouton de l'interphone et retourna dans le salon pour aller jusqu'à la fenêtre et jeter un coup d'œil dans la rue, en étirant le cou de gauche et de droite.

— Nom de Dieu, mais où est-il passé ? se dit-elle.

Malcolm Fox restait invisible.

Puis elle consulta le message reçu plus tôt.

Je suis à 5 minutes de chez vous et j'espère que nous pourrons discuter de notre ami plus avant – Fox.

Ils avaient son numéro de téléphone personnel et son numéro de portable.

Et ils étaient au courant pour Page.

Elle se rassit devant la télé mais la tête lui tournait.

— Gym, dit-elle en se relevant pour attraper son fourre-tout.

17

Rebus était pratiquement rentré chez lui quand il reçut un message. De Nina Hazlitt :

Missoni Hotel. Trop tard pour un verre ?

Il resta sur Melville Drive et prit à gauche à l'intersection avec Buccleuch Street. Il pensa soudain à quelque chose et, se rangeant contre le trottoir, reprit son téléphone et ouvrit la liste des derniers appelants pour ajouter le numéro du mobile de Hammell à sa liste de contacts. Cinq minutes plus tard, il se garait sur le pont George-IV. Un membre du personnel de l'hôtel, un jeune gars musclé avec un kilt au motif en zig-zag, lui demanda s'il désirait une chambre.

— Je viens juste en visite, répondit-il.

Il vit un bar non loin de la réception mais pas de Nina Hazlitt, aussi lui envoya-t-il un texto pour lui annoncer son arrivée. Les autres clients semblaient avoir un grand faible pour les cocktails mais il décida qu'une autre whisky ne lui ferait pas de mal, hormis s'il devait souffler dans le ballon. Deux minutes plus tard, Nina Hazlitt le rejoignait en lui faisant une bise sur la joue comme si c'était la chose la plus naturelle du monde.

— Vous avez mangé ? lui demanda-t-elle. Le restaurant est censé être correct – sinon, on peut prendre du poisson dans le bâtiment voisin.

— C'est bon, lui assura Rebus. Et vous ?

— J'ai mangé dans le train.

Un des barmans lui demanda ce qu'elle voulait boire. Elle regarda Rebus.

— Cet endroit n'est pas vraiment votre tasse de thé, devina-t-elle.

— Pas vraiment, non.

— Peut-être devrions-nous aller ailleurs.

— Il y a le Bow Bar juste au coin de la rue.

Elle attendit qu'il termine son whisky et lui prit le bras à leur sortie de l'hôtel.

— Comment va votre frère ? demanda Rebus.

La question parut la troubler, comme si elle essayait de se rappeler comment il connaissait son existence.

— C'est lui qui a décroché le soir où je vous ai téléphoné.

— Ah…, dit-elle. Il va bien.

— Il a un nom ?

— Alfie.

— Est-il là en visite ou…

— Vous êtes toujours aussi curieux ? lui demanda-t-elle en riant. C'est ça, votre endroit ? ajouta-t-elle en pointant du doigt le Bow Bar.

Lorsque Rebus lui ouvrit la porte, elle jeta un œil à l'intérieur et le déclara « charmant ». Une table près de la fenêtre venait de se libérer. Rebus emporta les verres vides au comptoir et commanda une bière IPA pour lui et une vodka tonic pour elle. Le niveau de bruit dans la salle était parfait – personne ne risquait d'espionner leur conversation. De retour à la table, il trinqua avec elle.

— Alors, comment ça se passe ? demanda-t-elle.

— C'est plutôt intéressant. Pour ce qui est de l'enquête Annette McKie, j'ai désormais un pied dans la place.

— Ils acceptent l'idée d'un lien possible entre les disparitions de ces jeunes femmes ?

— Ils en acceptent l'éventualité.

— Eh bien, c'est un progrès.

Elle parut immédiatement requinquée et redressa les épaules, les yeux brillants.

— Il n'y a encore aucune preuve concrète que ce lien existe. Et pour être honnête, l'affaire McKie ouvre la voie à d'autres possibilités. Le véritable lien, ce sont les photos.

— Les photos.

Il se rendit compte alors qu'elle en ignorait l'existence.

— Le téléphone d'Annette McKie a été utilisé pour envoyer la photographie d'un paysage au crépuscule. La même chose s'est produite avec Zoe Beddows.

Elle prit un moment pour digérer l'information.

— Ça ne peut pas être une coïncidence, dit-elle. Et Brigid Young alors ?

— La technologie n'existait pas encore à l'époque.

— Sally avait son portable avec elle à Aviemore.

— Je me rappelle vous l'avoir entendu dire.

— Mais il ne pouvait pas prendre de photos, me semble-t-il… Certains de ses amis de lycée tiennent une page à son nom dans Friends Reunited, ajouta-t-elle.

— C'est gentil de leur part, dit-il.

— Il y a des photos d'elle : voyages scolaires, soirées, concerts…

— On peut savoir qui visite le site ?

— Je ne crois pas.

— Il serait peut-être utile de le découvrir.

Elle le fixa en plissant les yeux.

— Pourquoi ? demanda-t-elle, mais avant qu'il ait pu répondre, la solution lui était apparue. Vous pensez que quelqu'un l'a enlevée ? Un individu aurait surveillé toutes ces filles et ensuite, envoyé les photos ? Et il aurait pu se connecter au site en se faisant passer pour un ami…

Sa voix augmentait de volume à mesure et Rebus lui fit signe de baisser d'un ton. Elle but deux gorgées de son verre en essayant de se reprendre.

— Je poserai la question, chevrota-t-elle. Je poserai la question aux amis de Sally.

Rebus la remercia et décida de changer de tactique, en lui demandant les raisons de sa présence à Édimbourg.

— Vous, bien sûr, répondit-elle après un temps.

— Moi ?

— Depuis toutes ces années, vous êtes la première personne à me prendre au sérieux. Et quand vous m'avez téléphoné l'autre soir…

— Vous avez décidé de tout laisser tomber ?

— Je suis mon propre employeur. Mon bureau se trouve là où j'ai mon ordinateur.

— Que faites-vous dans la vie ?

— De l'édition en quelque sorte. Je remets au propre les livres des autres, je corrige des épreuves, parfois je fais des recherches.

— Intéressant comme métier.

Elle réussit à rire.

— Comme menteur, vous n'êtes pas très convaincant – mais c'est un fait, ça peut être intéressant. Le dernier livre que j'ai fait a été une encyclopédie de mythes et légendes. Il couvre l'ensemble des Iles britanniques – dont une large part consacrée à l'Écosse.

— Ah oui ?

— Saviez-vous qu'il y a un dragon enterré sous le Royal Mile[1] ?… (Elle fit un rapide calcul.) Il est possible que nous soyons perchés sur l'une de ses ailes.

— Cette ville ne manque pas d'histoires – j'ai entendu des alibis beaucoup plus difficiles à avaler.

Elle sourit.

— J'ai enseigné pendant une période de ma vie, tout comme Tom, sauf que j'exerçais en primaire. J'adorais raconter à ma classe un conte du folklore. Une fois que vous avez accroché l'attention des élèves, vous la gardez.

Sa voix mourut doucement. Elle songeait de nouveau à sa fille, comprit-il, car chaque jour que Dieu faisait, Sally ne devait guère quitter ses pensées plus de quelques minutes à la fois. Il craignait à tout moment qu'elle ne repose son verre sur la table mais elle le tenait toujours en main, même si sa vodka n'était plus que de la glace fondue.

1. Ensemble de rues constituant l'artère principale du vieil Édimbourg.

— Je vous en offre un autre ? demanda-t-il.

— C'est mon tour.

— Moi, ça va, dit-il, sa pinte encore quasiment intacte. J'ai la voiture dehors, et ce n'est pas mon premier ce soir.

Elle décida néanmoins de reprendre une vodka, plongeant la main dans son sac pour prendre de l'argent. Rebus joua avec un dessous de verre en attendant qu'elle revienne.

— Donc, dans tous les cas de figure, vous avez réussi à déterrer les dossiers de ces autres pauvres femmes ?

— Les dossiers ne sont pas aussi complets que je l'aurais voulu.

Devant son regard, il s'expliqua.

— Ça arrive – des choses s'égarent, des notes qui auraient dû être rédigées ne l'ont pas été…

— Oh.

— Non qu'il y ait eu des blancs dans l'affaire de Sally, ajouta-t-il pour la rassurer.

— Existe-t-il la moindre chance que je puisse… Non, je suppose que non, dit-elle en baissant les yeux.

— Je doute que ces dossiers puissent vous être d'une consolation quelconque. Vous risqueriez de les trouver un peu…

— Traumatisants ?

— J'allais dire froids. Parmi ceux qui ont travaillé sur l'affaire, personne ne connaissait Sally.

Elle hocha la tête, elle comprenait.

— Vous cherchez à me protéger, dit-elle.

— Je ne suis pas sûr que j'aurais dit ça en ces termes.

Ils se concentrèrent un moment sur leurs boissons respectives et Rebus ne savait plus trop quoi ajouter. Il n'aimait pas l'idée qu'aujourd'hui encore, cette femme soit aussi indécise, toujours prisonnière de ses limbes devenus désormais son lieu d'existence au quotidien, sous la coupe d'un passé qui l'empoignait à toute force en refusant de lâcher prise. Lui aussi travaillait avec le passé, mais avec une différence majeure : à tout moment, il avait la possibilité de le remettre dans sa boîte, une boîte qu'il pouvait toujours déposer dans un entrepôt ou une salle d'archives.

— Vous sentez un courant d'air ? lui demanda-t-il.

— Je ne crois pas.

— Pourtant, vous frissonnez.

— Ça m'arrive parfois. Vous connaissez ce dicton à propos de quelqu'un qui marche sur votre tombe ?

— Je ne l'ai jamais bien compris, je dois vous avouer.

— Maintenant que vous le dites, je ne suis pas certaine de le comprendre moi-même. Vous êtes sûr que vous ne voulez pas une autre bière ?

— Vous voulez qu'on m'arrête pour conduite en état d'ivresse ?

— Pourquoi ? Le baratin ne suffirait pas pour vous sortir de la panade ?

— Plus aujourd'hui.

Elle replongea dans ses pensées.

— Du fait que vous travaillez sur des affaires classées, vous devez rencontrer un grand nombre de familles qui ont perdu des êtres chers…

Il hocha la tête.

— Moi aussi, je leur ai beaucoup parlé. Surtout par Internet. Vous savez qu'en Angleterre et au Pays de Galles, on ne peut pas vous délivrer de certificat de décès, quel que soit le temps écoulé depuis la disparition de la personne en question ? Pour les familles, c'est l'enfer – impossible pour elles de faire le partage des biens. Ici, on doit attendre sept ans et tout ce que le tribunal vous donne, c'est un certificat de présomption de décès.

— Et ç'a été votre cas ?

Elle répondit non de la tête.

— La *présomption*, ce n'est pas ce que je veux. J'ai besoin de savoir ce qui lui est arrivé.

— Même après tout ce temps ?

— Même après tout ce temps, répondit-elle en écho.

Puis, après un soupir, elle vida son verre en deux gorgées et lui demanda s'il voulait bien la raccompagner jusqu'à l'hôtel.

— Avec plaisir, dit-il.

Ils remontaient Victoria Street quand il lui apprit qu'il n'avait encore jamais mis les pieds au Missoni.

— Je ne pense pas que ce serait dans mes moyens en temps normal, mais on m'a fait un prix, dit-elle.

Le portier en kilt semblait avoir disparu. Ils s'arrêtèrent devant les marches du perron pour allumer chacun une cigarette, debout dans un silence de bonne compagnie, à regarder défiler voitures et piétons.

— Les chambres sont bien, finit-elle par dire. En fait… (elle regarda dans son sac) il y a quelque chose que je voulais vous donner, mais je l'ai laissé au premier.

Elle leva les yeux sur lui.

— Désirez-vous… ?

Mais il secouait déjà la tête.

— Dans ce cas, vous voulez bien m'attendre ici le temps que j'aille le chercher ?

— Naturellement.

Elle écrasa sa cigarette et entra dans l'hôtel. Trois minutes plus tard, elle était de retour avec un livre à la main.

— Tenez, dit-elle en le lui tendant.

Il lut le titre à haute voix :

— *Les Iles britanniques : Mythes et Magie.* C'est celui pour lequel vous avez fait des recherches ?

Elle acquiesça en le regardant feuilleter quelques pages.

— Merci, dit-il. Je le commence dès ce soir.

— Écoutez, pour tout à l'heure… je n'essayais pas du tout de vous faire des avances, j'espère que vous me croyez.

Il secoua une nouvelle fois la tête.

— Ce n'est pas un problème, Nina. J'aurais été flatté si ç'avait été le cas. Vous repartez demain matin ?

Elle lui montra le bâtiment qui leur faisait face.

— J'ai quelques recherches à faire là-bas.

— La Bibliothèque nationale ?

— Oui.

— C'est pour le travail ?

Elle opina.

— Je pensais à rester une nuit de plus…

Là, c'était une invitation – ou en tout cas une ouverture –, mais il l'ignora.

— Vous savez que vous seriez la première personne que j'appellerais – en supposant que je fasse un progrès quelconque, choisit-il de dire.

— Vous semblez mon meilleur espoir, John. Et je ne pourrai jamais vous remercier assez.

Elle s'avança pour l'embrasser mais il inclina le buste vers l'arrière et lui prit la main pour lui dire au revoir. Elle la serra presque avec férocité, son corps tout entier vibrant à l'unisson.

— Peut-être que la prochaine fois, nous pourrons comparer mythes et légendes, conclut-il.

Elle hocha la tête en détournant le regard, pivota sur place et se dépêcha de rentrer à l'hôtel. Rebus monta dans sa voiture, tourna la clé de contact et, clignotant en marche, se prépara à faire un demi-tour.

Pendant tout le trajet de retour à son appartement, il attendit son coup de fil, mais il n'arriva jamais.

18

Lochend à minuit.

Darryl Christie se faufila hors de la maison alors qu'il n'était rentré que depuis moins d'une heure. À cause des somnifères qu'on lui avait prescrits, sa mère était dans un monde parallèle. Joseph et Cal, ses deux frères plus jeunes, se partageaient la chambre voisine de celle d'Annette tandis que la sienne était au rez-de-chaussée, dans ce qui était à l'origine une serre à laquelle il avait ajouté des stores occultants quand il en avait pris possession. À plusieurs reprises, Frank Hammell avait proposé de leur trouver une maison plus grande et plus agréable, mais la mère de Darryl avait grandi à Lochend, comme ses parents avant elle, et tous ses amis habitaient à quelques minutes à pied – en outre, Darryl et Annette ne tarderaient pas à quitter le bercail : ils grandissaient, ils avaient à vivre leur propre vie.

Darryl avait examiné la chambre d'Annette centimètre par centimètre, sans rien trouver qui pût expliquer sa disparition. Il était même allé jusqu'à contacter plusieurs des amis intimes de sa sœur mais personne n'avait la moindre idée. C'est lui également qui avait appris la nouvelle à son père, après avoir rappelé à Gail qu'il fallait bien le faire et que quelqu'un devait s'en charger.

— C'est toi, l'homme de la maison, Darryl, avait-elle répondu en tendant la main vers la bouteille de vodka.

La maison avait reçu plus que son lot de visiteurs. Des visages que Darryl connaissait à peine tenaient absolument à offrir leur sympathie, s'asseoir un moment auprès de sa mère et se repaître de son chagrin. Les amis proches de Gail s'étaient transformés en gardes du corps, tenant à distance voisins et curieux. Le téléphone fixe sonnait des dizaines de fois par jour et le mobile de Gail avait toujours besoin d'être rechargé.

Darryl avait fait tout son possible pour ne pas se laisser emporter par ce tourbillon en se réfugiant dans sa chambre, mais il entendait malgré tout les voix dans le salon et la cuisine et il arrivait fréquemment que ces gens frappent à sa porte et l'appellent en s'obstinant à lui proposer thé, bière ou sandwich. Mais quand tout le monde était reparti, la maison lui paraissait froide et vide, Joseph et Cal se déplaçant sur la pointe des pieds pour ne pas déranger leur mère et préparant au besoin leur repas du soir eux-mêmes. Lorsque Darryl devait s'absenter, il leur disait :

— C'est vous qui êtes responsables. À la moindre urgence, vous m'appelez.

Frank Hammell lui avait demandé s'il avait besoin de temps libre mais il avait fait non de la tête.

— Les flics, c'est des inutiles, lui avait dit Frank Hammell. Mais toutes mes antennes sont sorties et d'une façon ou d'une autre, nous irons au bout de cette histoire.

Devant la maison, Darryl s'arrêta pour contempler le ciel étoilé. On ne voyait jamais beaucoup d'étoiles – trop de pollutions lumineuses – et les premiers givres de la nuit commençaient à blanchir la chaussée comme les pare-brise des voitures. Beaucoup de gens étaient encore debout – les lueurs des télés dans les fenêtres de salon, des accords de musique de quelque soirée lointaine, un chien qui aboyait, suppliant qu'on le laisse rentrer. Darryl s'avança jusqu'au coin de la rue et serra la main de l'homme posté là.

— Je m'étais dit qu'on pourrait marcher un peu, dit Cafferty. Pas très loin, juste pour empêcher nos miches de se changer en glaçons.

— Bien sûr, dit Darryl en fourrant les mains dans ses poches.

— C'est la première fois qu'on se rencontre, n'est-ce pas ? lui demanda Cafferty.

— C'est exact.

— Parce qu'il m'arrive parfois d'oublier les visages et quand je revois la personne en question, ça ressemble presque à un manque de respect de ma part.

Il se tourna vers le jeunot.

— Je ne veux pas que ça arrive entre nous, Darryl.

— Okay, monsieur Cafferty.

— Il y a combien de temps que tu travailles pour Frank ?

— Un bon moment.

— Tu sais que lui a travaillé pour moi dans le temps.

— Votre nom a été mentionné.

— Probablement sans grand enthousiasme.

Un taxi les dépassa, vitre baissée, le chauffeur cherchant une adresse. Darryl le suivit des yeux, Cafferty également.

— On n'est jamais trop prudent, hein ? dit ce dernier. Et j'aurais dû te le dire depuis le début, mais je suis désolé pour ta sœur… Si je peux faire quelque chose, n'hésite pas une seconde.

— Merci.

— Frank n'est pas obligé d'être au courant – ça peut rester entre nous. Si tu es d'accord, Darryl. J'ai également rencontré ton père à quelques occasions, jadis, ajouta-t-il sans le quitter des yeux.

— Vraiment ?

— Au pub, rien de plus, tu comprends. Il était ami avec Frank.

— Oui, c'est vrai.

— Mais on dit toujours que l'amour ne respecte pas l'amitié.

Cafferty tourna au coin de la rue et Darryl comprit qu'ils entamaient un circuit qui les ramènerait à la maison.

— J'aime le fait que tu aies gardé le nom de ton père. Tu es toujours en contact avec lui ?

Darryl acquiesça.

— Eh bien, dis-lui que je le salue.

— Je n'y manquerai pas. Écoutez, j'espère que vous ne m'en voudrez pas de poser la question, mais pour quelle raison sommes-nous de sortie pour une balade en pleine nuit ?

Cafferty gloussa, renifla et mit la main à sa poche pour en sortir un mouchoir.

— Tu connais un flic du nom de Rebus ? demanda-t-il en s'essuyant le nez.

— Je lui ai parlé.

— Il m'a cité ton nom. J'ai des tas d'amis dans cette ville, des gens qui s'assurent que je reste toujours bien informé comme il se doit. Tu pourrais croire que Frank a lui aussi beaucoup d'amis, mais ce ne sont pas des hommes dignes de confiance. Que penses-tu qu'il ferait s'il apprenait que c'est l'un d'entre eux qui a enlevé ta sœur ? Pour s'en servir comme monnaie d'échange ?

— Les flics ne sont pas de cet avis. Ce n'est pas ce qui s'est passé, selon eux.

— Et ils ne se trompent jamais, c'est ça ? Allons, Darryl, toi et moi savons que ce n'est pas le cas. Mais je me suis laissé dire que tu étais un gamin intelligent et c'est pour cette raison que nous faisons ce petit tour du quartier. Les ennemis de Frank Hammell vont te considérer *toi aussi* comme leur ennemi. Ce qui fait qu'un ami dans mon genre peut t'être utile. C'est tout ce que je demande, dit-il en écartant les bras pour bien marquer le coup. Si tu as envie de partager quoi que ce soit avec moi, je t'écouterai. Par la suite, il est possible que tu sois prêt à quitter l'ombre de Frank pour voler de tes propres ailes.

— Et vous serez là pour me donner un coup de main ?

— Je suis là pour toi et ta famille, Darryl. Chaque fois que tu auras besoin de moi.

— Frank dit que vous êtes à la retraite.

— C'est bien possible.

— Alors pourquoi cet intérêt ?

— Disons simplement qu'il existe entre nous deux un passif et un passé.

— Un compte à régler ?

— Peut-être.

Devant la maison, ils se serrèrent de nouveau la main.

— Tu vis toujours à la maison, hein ?

— Pour le moment.

— Je dispose de quelques appartements auxquels tu pourrais jeter un coup d'œil.

Mais Darryl secoua la tête sans rien dire.

— Tu sais ce que tu veux – j'aime ça aussi chez toi.

Cafferty lui tapota le bras et s'éloigna. Darryl le suivit des yeux jusqu'à ce qu'il disparaisse lentement dans la nuit puis leva la tête vers le ciel. Il vit des étoiles, plein d'étoiles. C'est vrai, il suffisait de croire…

19

— J'ai toujours aimé Perth, dit Siobhan. Sauf peut-être cet endroit-ci.

Elle tenait compagnie à Rebus qui fumait sa cigarette devant le QG de la police. Le bâtiment était un haut bloc de béton grossier sorti tout droit des années 1960 ou 1970, avec des immeubles d'appartements de l'autre côté de la rue et une station-service tout à côté.

— À quelle occasion viens-tu à Perth ? demanda Rebus.

— Les matchs à l'extérieur. Le terrain de St Johnstone est juste en bordure de la M90.

— Tu suis les matchs à l'extérieur ? demanda Rebus, incrédule.

Clarke supportait les Hibs, le football club d'Hibernian. Dans le temps, elle l'avait emmené à quelques matchs à domicile, à une époque où on pouvait fumer dans le stade. Il ne se souvenait pas d'avoir vu un seul but, rien qu'une succession de matchs nuls 0-0 rendus supportables par la nicotine et la tourte à la mi-temps.

— Il y a un match à Édimbourg ce week-end si ça te chante, lui dit-elle. Apparemment pas, ajouta-t-elle en voyant son visage. Alors comment as-tu terminé ta soirée hier ?

— Tranquille – juste un peu de lecture.

— Les papiers que Christine a obtenus sur Internet ?

— Doux Jésus, non.

— Quoi alors ?

— Bon Dieu mais pourquoi ce sourire ? Je *sais* lire, tu sais.

Dans leur dos, l'homme dans l'entrée qui, hormis tapoter sa montre, faisait tout et n'importe quoi pour attirer leur attention, s'éclaircit la gorge.

— Quand vous serez prêts, leur dit-il.

Un dénommé Peter Lightheart, inspecteur en uniforme de son état, celui-là même que Clarke avait rencontré la veille à Pitlochry. À leur arrivée, elle lui avait présenté Rebus, lequel avait brièvement serré la main qu'il lui présentait avant de l'avertir qu'il aurait besoin d'une pause cigarette avant qu'ils ne se mettent au boulot.

L'attitude et le maintien de Lightheart[1] démentaient son nom et Clarke avait déjà prévenu Rebus que le mec n'était guère patient et manquait tout à la fois d'esprit et de finesse.

— Donc il va falloir le sortir de force de l'interrogatoire si on peut.

— Deux secondes, dit Rebus à Lightheart en lui signifiant qu'il avait pratiquement fini sa cigarette.

Pour détourner l'attention du gars, Clarke lui demanda si l'équipe de recherche avait reçu ses ordres.

— Naturellement, répondit Lightheart. Ils doivent être à pied d'œuvre depuis une heure.

— Combien de policiers ?

— Une douzaine.

— Et les mandats de perquisition pour les dortoirs ?

Lightheart opina, l'air un peu agacé qu'elle ait ainsi besoin de vérifier.

— Pourquoi ici ? demanda Rebus en se débarrassant de son mégot.

— Je vous demande pardon ?

— Pitlochry dispose pourtant d'un poste de police parfaitement utilisable. On aurait pu le voir là-bas.

— Pas de véritable salle d'interrogatoire, expliqua Clarke. Et pas de technologie.

1. « Cœur léger », littéralement.

Sous-entendu : pas de caméra vidéo ni de système d'enregistrement audio. Un agent en uniforme était justement en train de vérifier l'équipement lorsqu'ils entrèrent sur les pas de Lightheart dans la salle du rez-de-chaussée. Les murs couleur crème étaient nus à l'exception d'un panneau INTERDIT DE FUMER et de quelques rayures, restes de graffitis incomplets. La caméra était disposée en hauteur à l'angle de deux murs, pointée sur une table et trois chaises. À voir ses mains crispées sur le bord de la table et un genou qui dansait nerveusement la gigue, Thomas Robertson devait très certainement s'inquiéter du sérieux de toute l'opération. Ce qui était naturellement le but recherché.

— Tout est prêt ? demanda Lightheart.

— Oui, monsieur. L'enregistreur est déjà en marche.

Lightheart s'installa à l'opposé de Robertson, Clarke prenant la seule chaise disponible. Ce qui ne gênait en rien Rebus, qui s'appuya dos au mur, face à Robertson, en se plaçant délibérément dans son champ de vision. Lightheart attendit que l'agent sorte avant d'entamer les formalités réglementaires : les présentations et les indications du lieu, de la date et de l'heure. Dès qu'il eut terminé, Robertson prit la parole.

— Vous allez me faire virer de mon boulot, se plaignit-il.

— Et pourquoi donc ?

— C'est la deuxième fois en deux jours que vous me faites quitter mon poste.

— Il y a une raison à cela, lui répondit Clarke en sortant les tirages détaillant son arrestation et sa condamnation. Si vous nous aviez dit la vérité hier, peut-être ne seriez-vous pas ici.

— Je vous ai dit la vérité.

— Soyons charitable et disons que vous avez minimisé la gravité de l'agression.

Lorsque Clarke commença à lire la feuille d'inculpation, Robertson croisa le regard de Rebus sans y lire la moindre sympathie. Une fois que Clarke en eut terminé, la pièce resta silencieuse pendant un moment.

— Résistance à arrestation après une bagarre avec votre petite amie ? commenta Clarke. Non, monsieur Robertson – tentative de viol d'une femme que vous veniez tout juste de rencontrer.

— Ça ne s'est pas passé comme ça – on était tous les deux déchirés. Au début, elle était plutôt partante…

Clarke lui présenta une photo de la victime prise sur son lit d'hôpital.

— Plaies, hématomes et un œil au beurre noir. Vous n'allez pas me faire croire qu'elle était partante pour *ça* ?

— Les choses ont un peu…

Il gigota sur sa chaise. C'était bien l'homme de la photo que Clarke lui avait montrée, estima Rebus, mais il avait changé et la vie ne l'avait pas épargné. Peut-être la prison, le fait qu'il se soit retrouvé en quartier isolé à partager la compagnie des autres criminels sexuels ou tout simplement le passage des années. Il avait été bel homme mais sa beauté naturelle disparaissait à vitesse grand V.

— Où avez-vous grandi ? lui demanda de but en blanc Clarke en faisant mine de feuilleter ses notes.

Changement de tactique sans prévenir et technique d'interrogatoire classique : Robertson n'aurait plus un moment de répit. Rebus n'avait encore jamais vu Clarke mener un interrogatoire, au contraire de Lightheart qui avait passé la journée de la veille en sa compagnie : il espérait simplement que ce mec avait compris qu'il ne servait à rien de l'interrompre.

— Nairn, répondit Robertson.

— Pas bien loin d'Inverness, c'est ça ?

— Ce n'est pas vraiment la porte à côté.

— Et par quelle route ?

— L'A96, répondit-il, l'air perplexe.

— Vous êtes né en 1978 ?

— C'est exact.

— À Nairn ?

— Correct.

Clarke se replongea dans ses notes en faisant tout un cinéma. Robertson, la bouche sèche, se passa la langue sur les lèvres.

— Vous vous souvenez du Millenium, monsieur Robertson ?

Lighheart ne masqua pas bien sa surprise en entendant la question et tourna à moitié la tête vers Clarke.

— Hein ? demanda Robertson.

— Hogmanay 1999 – chacun d'entre nous se souvient de l'endroit où il se trouvait ce jour-là.

Robertson dut se creuser les méninges.

— Probablement Aberdeen. Avec des potes.

— Probablement ?

— Je suis sûr que c'était Aberdeen.

Clarke le nota. Elle écrivait toujours quand elle posa sa question suivante :

— Des liaisons depuis que vous êtes sorti de prison ?

— Des femmes, vous voulez dire ?

— Ou des hommes, répondit-elle en relevant les yeux.

— Non, merci, pouffa-t-il.

— Des femmes, en ce cas.

— Il y en a eu quelques-unes.

Il se passa les mains sur le visage, sa paume raclant sa repousse de barbe. Ses jointures s'ornaient d'astérisques tatoués maison.

— Et aujourd'hui, il y a la barmaid à Pitlochry ?

— Gina, oui.

— Elle sait que vous avez fait de la prison ?

— Je lui ai expliqué.

— En lui servant la même histoire qu'à nous ? demanda Clarke en le fixant dans les yeux. Peut-être que je devrais vérifier…

— Écoutez, je vous l'ai déjà dit – je n'ai jamais vu cette fille.

— Essayez de rester calme, lui recommanda Lightheart.

Silence dans la pièce.

— Donc, en 2008, vous viviez dans le nord-est ? demanda Clarke.

— Quoi ?

— La tentative de viol – elle a bien eu lieu derrière une boîte de nuit à Aberdeen ?

— Et alors ?

— Alors vous viviez là-bas ?

— Plus ou moins.

Clarke relut ses notes.

— « Je dormais par terre chez des amis » – vous étiez au chômage à l'époque ?

— C'est exact.

— Mais vous cherchiez du travail ?

— Oui.

— Vous vous déplaciez dans la région ?

— C'est quoi tout ça ? demanda Robertson en les regardant tous les trois l'un après l'autre. Qu'est-ce que vous essayez de faire, là ?

— Est-ce que vous connaissez bien l'A9, monsieur Robertson ?

N'entendant pas de réponse, Clarke reposa sa question.

— Putain, je travaille dessus, non ? cracha-t-il.

— Doucement, l'avertit Lightheart.

— Écoutez, hier tout tournait autour de cette fille, si je l'avais vue ou non. Et voilà que maintenant, vous remontez à 1999 ou 2008 et Dieu sait quoi d'autre. Okay, j'ai fait un séjour à l'ombre. Okay, je ne vous ai pas dit toute la vérité – ce n'est pas quelque chose que je crie sur les toits.

Il se pencha en avant.

— Et je n'en suis pas fier, insista-t-il avec force.

Après quoi, il se redressa sur son siège qui couina sous son poids.

Clarke laissa le silence s'installer en se replongeant dans ses notes.

— Vous n'avez pas fêté le passage à l'an 2000 à Aviemore ? finit-elle par demander.

— Non, répondit Robertson, plein d'une lassitude soudaine.

— Vous êtes sûr de ça ?

— Pourquoi diable je serais allé à Aviemore ?

— Peut-être qu'on vous y a invité ?

— Personne m'a invité.

— Ce n'est pas si loin d'Aberdeen.

Robertson se contenta cette fois de secouer la tête, lentement.

— Strathpeffer ?

— Je serais incapable de le placer sur une carte, répondit-il en levant les yeux.

— Auchterarder ?

— Nan.

— Et vous n'avez pas vu Annette McKie le jour où elle a disparu ?

Clarke leva la photo de l'adolescente devant le visage de Robertson.

— Pour la centième fois : non.

— Des agents sont en train de perquisitionner le Portakabin où vous dormez. Vous pouvez nous dire ce qu'ils vont trouver ?

— Du linge sale.

— Autre chose ? Un peu de hasch ou de speed ?

— Ça, j'ignore totalement.

— Du porno peut-être ?

— Un des gars a un ordi portable.

— Ils l'emporteront et il sera examiné.

— Ce qui fera de moi M. Populaire.

— Vos collègues de travail savent-ils pourquoi vous avez fait de la prison ?

— Mon petit doigt me dit qu'ils ne vont pas tarder à l'apprendre.

Le regard qu'il lança à Clarke n'avait rien de chaleureux.

— Vous ne pouvez pas me coller la disparition de la fille sur le dos, donc il va falloir trouver autre chose. Et si ça, ça échoue également, vous allez au moins faire en sorte que je sois viré de mon boulot.

— Nous ne sommes pas en train de vous inculper, dit Clarke en rassemblant ses papiers.

— Nous en avons fini, c'est ça ? demanda Robertson en regardant alentour.

Clarke hocha la tête à l'adresse de Lightheart qui conclut officiellement l'interrogatoire.

— Vous l'avez amené ici dans une voiture de patrouille ? demanda-t-elle.

— Oui, répondit Lightheart. Je le renvoie chez lui de la même façon ?

Clarke fixa Robertson qui essuyait la sueur de ses paumes sur son pantalon.

— Il peut prendre le bus, dit Clarke en sortant de la salle sans se retourner.

20

À son entrée dans la salle de Gayfield Square, Clarke vit la constable Christine Esson debout près de son bureau, crispée et nerveuse.

— Ce n'est pas bon signe, annonça-t-elle à Rebus. Qu'y a-t-il ? demanda-t-elle à la jeune femme.

— Vaudrait mieux que vous voyez vous-même.

Ils suivirent Esson pour se placer de part et d'autre de son ordinateur lorsqu'elle se mit à pianoter.

— Twitter ? demanda Rebus.

— Tu sais quand même ce que c'est ? lui demanda Clarke.

— Naturellement.

— Il existe un réseau de personnes disparues, expliqua Esson. Les gens se servent de Twitter pour diffuser leurs informations. Annette McKie a son hashtag personnel.

Nouveau coup d'œil de Clarke à Rebus.

— C'est comme ça qu'on lance un truc et qu'il devient tendance, expliqua-t-elle.

— Uh-huh.

L'écran était plein de messages, tous terminés par #annettemckie.

— Pour l'essentiel, dit Esson, ils se connectent au profil d'Annette, pour essayer de diffuser son signalement. Mais regardez ça.

Elle cliqua sur un message précis.

Police interr équipe chantier A9 nord de Pitlochry #annettemckie

— Ensuite il y a ça, ajouta-t-elle en en surlignant un deuxième.

Équipe police fouille bois près A9 nord de Pitlochry – grand nombre #annettemckie

— Tous postés par des personnes différentes, déclara Clarke.

— Des gens du coin, apparemment, ajouta Esson. En voici un autre.

Voiture de flics failli m'emplafonner en faisant demi-tour, direction sud départ travaux. Sirène et gyro – ils ont qqc. !! #annettemckie

— La police du Tayside a fait les choses en douceur, comme à son habitude, marmonna Rebus en se redressant.

— Je ne pense pas que tu te rendes compte, lui dit Clarke en se tournant vers Esson. Montrez-lui, Christine.

Quelques clics et touches plus tard, Esson s'exécuta.

— Une demi-douzaine de blogs sont sur l'affaire, dit-elle, plus les médias du coin. Ronnie a déjà été obligé de repousser les assauts de deux journalistes aujourd'hui.

Comme au signal, le téléphone se remit à sonner sur le bureau de Ronnie Ogilvie. Il décrocha, prononça quelques mots et raccrocha avant de se diriger vers eux.

— La BBC, dit-il. Ils veulent savoir si nous faisons le lien entre Annette McKie et trois autres disparitions.

— Ils n'ont pas obtenu ça à partir de Twitter, déclara Esson.

— Nina Hazlitt ? devina Clarke, les yeux sur Rebus.

Lequel lui répondit par un haussement d'épaules.

— Tu lui as parlé récemment ? insista-t-elle.

— Hier soir, reconnut-il.

Esson suivait à l'écran les infos BBC pour l'Écosse.

— Tenez, dit-elle.

Un paragraphe, de texte uniquement, sans photo ni vidéo d'accompagnement.

La mère d'une adolescente originaire d'Aviemore disparue le jour de Hogmanay 1999 dit que des inspecteurs d'Édimbourg enquêtent sur les liens possibles entre ce mystère et la disparition de la lycéenne Annette McKie, il y a une quinzaine de jours, sur le trajet d'Édimbourg à Inverness. D'autres femmes ont elles aussi disparu sur cette même route, une en 2002, une autre en 2008. Nina Hazlitt, dont la fille Sally âgée de dix-huit ans reste introuvable depuis un réveillon du nouvel an à Aviemore, espère que de nouveaux indices – parmi lesquels des photos envoyées depuis les téléphones portables des victimes – permettront de fournir des réponses à ce qu'elle appelle « les Enlèvements de l'A9 ».

S'ensuivait un lien avec la conférence de presse McKie, accompagné d'un instantané de Gail McKie fuyant la salle. Le téléphone d'Ogilvie sonnait de nouveau. Ainsi que le portable de Clarke, qui se tourna vers le cagibi de Page.

— Au point où on en est, dit-elle.

Mais ce fut inutile. La porte du cagibi s'ouvrit et apparut l'inspecteur-chef Page, le mobile collé à l'oreille et le doigt pointé sur Clarke – et apparemment sur Rebus aussi –, un doigt qui leur signifia sans délicatesse de le rejoindre dans le couloir. Clarke ouvrit la marche, Rebus sur ses talons.

Hors du bureau, Page coupa la communication et ferma la porte avant de croiser les bras.

— Expliquez, dit-il.

— Expliquer quoi, monsieur ? rétorqua Clarke.

— Si vous vous blottissiez autour de l'ordi de Christine, c'était peut-être pour admirer des chatons en train de faire des bêtises sur Internet, je me trompe ?

— Non, James. Nous étions sur Twitter et la BBC.

— Dans ce cas, vous savez de quoi je parle.

— Bien sûr, mais je ne vois toujours pas de quelles explications vous avez besoin. Tout le monde de nos jours est reporter. Il suffit qu'une voiture de patrouille apparaisse au même endroit sur l'A9 deux jours d'affilée pour que les habitants du coin se mettent à bavarder. Jadis, c'est le long des clôtures mitoyennes que s'échangeaient les ragots, aujourd'hui, c'est sur Twitter et autres. Et c'est impossible à arrêter.

— En fait, nous devrions faire tout le contraire, proposa Rebus. Que les langues se délient et que les machines à souvenirs tournent à plein régime…

Il eut droit à un regard furieux de Page.

— Et Nina Hazlitt alors ? *Elle*, elle les obtient de qui, ses renseignements ?

— Des spéculations plus que des renseignements, dit Clarke en saisissant la balle au bond. Elle continue toujours à raconter la même histoire, depuis le début. La seule chose qui ait changé, c'est que les médias ont une nouvelle personne disparue à se mettre sous la dent.

Page réfléchit, sans quitter des yeux Rebus, déjà sous le feu des regards de Clarke cherchant à le faire taire par la seule force de sa volonté.

— Nous devrions également diffuser la photo du téléphone d'Annette McKie au grand public, poursuivit ce dernier sans se soucier d'elle. Si les gens veulent une histoire, nous devrions leur en offrir une, qu'ils travaillent pour nous. C'est apparemment notre seul espoir de trouver l'endroit où le cliché a été pris.

— Et vous devriez faire une déclaration à la presse, ajouta Clarke à l'intention de Page. Uniquement vous, cette fois. Pour remettre les pendules à l'heure définitivement.

— Vous croyez ? demanda Page en faisant de son mieux pour ne pas paraître trop enthousiaste.

— Absolument, intervint Rebus. Étouffer dans l'œuf les théories les plus délirantes et s'assurer de tout ramener à de justes proportions.

— Rien de trop officiel, poursuivit Clarke. Peut-être devant le poste de police.

— Le décor n'est pas des plus photogéniques, rétorqua Page. Le QG peut-être ? Pouvez-vous vous mettre en rapport avec nos responsables médias, Siobhan ?

— Bien sûr.

— Profitez-en pour montrer aussi la photo à la presse, proposa Rebus. Les journalistes boiront ça comme du petit lait.

Page s'y voyait déjà. Il acquiesça lentement.

— Mais il faut que ça soit aujourd'hui, insista Clarke. L'info est encore sur toutes les lèvres.

— J'aurai besoin d'un compte-rendu détaillé de vous deux. Détaillé et rapide.

Une autre pensée lui traversa l'esprit et il vérifia sa tenue.

— Votre costume est parfait, le rassura Clarke.

21

Après le briefing dans le bureau confiné de Page, Rebus alla fumer une cigarette dans le parc de stationnement, en s'arrangeant pour rester invisible aux journalistes trop fouineurs. Il pianota le numéro de Nina Hazlitt sur son téléphone, en vain. Personne ne répondit. Pour une raison inconnue, une image s'accrochait à sa mémoire, celle des tatouages aux phalanges de Thomas Robertson. Comme il n'en était pas fait mention dans sa feuille d'inculpation originelle, il se demandait s'ils étaient le résultat de son expérience carcérale. Encore ado ou presque lorsque Sally Hazlitt avait disparu, Robertson n'était pourtant pas à exclure comme coupable possible. Zoe Beddows quant à elle avait disparu peu de temps avant qu'il n'agresse sa victime derrière la boîte de nuit. Mais cette agression-là avait été brutale et stupide – il avait été appréhendé immédiatement par des gens alentour qui avaient entendu les cris de la jeune femme. Était-il concevable que ce même homme ait arraché quatre femmes au monde des vivants sans laisser derrière lui la moindre trace ? Personnellement, Rebus en doutait fort. Mais cela n'excluait pas la possibilité qu'il se soit attaqué à Annette McKie. Il l'avait repérée, suivie et agressée puis abandonnée quelque part. Il fallait parfois laisser la place aux coïncidences – la même route, des photos adressées depuis un mobile. Une chanson lui vint brusquement en tête – *Connection.* Non pas la version des Stones mais une reprise par un autre groupe, Montrose. Il avait d'ailleurs acheté leur album en croyant qu'ils venaient d'Édimbourg alors qu'en fait, ils étaient américains. Connexion à opposer à Pas de connexion. Rien que des événements aléatoires, mis en forme par la force et l'énergie d'une mère volontaire. Comme au signal, son mobile sonna et il le porta à son oreille.

— Allô ? dit-il.

— Désolée, expliqua Nina Hazlitt. Il a fallu que je sorte. Ils n'apprécient pas beaucoup les portables dans la bibliothèque.

— Vous étiez en pleine recherche, c'est ça ?

— Oui.

— Mais en vous donnant le temps de parler à la BBC ?

— À une agence d'informations, en fait. Elle a dû faire passer le message.

— Tout ce que vous leur avez dit ne pouvait venir que d'une seule personne, moi.

— Oh. (Un temps de silence.) Vous allez avoir des ennuis ?

— Vous en sentiriez-vous coupable ?

— Eh bien oui… naturellement.

— Je n'en suis pas si sûr, Nina.

Il attendit une réponse mais n'entendit que le bruit de la circulation sur le pont George-IV.

— Vous savez, ce livre que vous m'avez donné ? poursuivit-il. Je l'ai commencé hier soir. Nombre de choses auxquelles les gens croyaient dur comme fer se sont révélées être de simples histoires imaginaires.

— Vous pouvez vous moquer, John, ne vous gênez pas ; n'imaginez pas même une seconde que vous soyez le premier.

— Je ne me moque pas de vous.

— Vous êtes convaincu que je vois des choses qui ne sont pas là. (Silence.) Je n'ai pas de temps à consacrer à ça. L'agence enregistre mon interview dans une heure. Tout le monde doit ouvrir les yeux, John. Il y a nécessairement quelqu'un en ce bas monde qui sait ce qui s'est passé.

— Je suis de votre côté, Nina.

— Je n'ai besoin de personne à mon côté, bordel ! Je suis arrivée là où je suis aujourd'hui avec un minimum d'efforts de la part des gens comme vous…

Sa voix de plus en plus aiguë se fissura sur les derniers mots.

— Nina ?

— Ce n'est pas ce que je voulais dire, lâcha-t-elle avant d'inspirer profondément et de se reprendre. Vous le savez bien.

— Pas de problème.

— Si vous ne voulez pas que je leur parle, dites-le-moi, c'est tout.

— L'inspecteur-chef Page est sur le point de faire une déclaration. Écoutez ce qu'il a à dire, ensuite, vous prendrez votre décision, O.K. ?

— O.K.

— Vous restez là ce soir ?

— J'ai changé d'avis – je prends le train de 18 heures... (Elle hésita.) J'aurais dû réfléchir avant de parler à ce journaliste. J'espère que vous pourrez encore m'accorder votre confiance.

— Attendons de voir.

— Vous m'avez promis que je serai la première à savoir, John. J'ai confiance, vous êtes un homme de parole.

— Saluez votre frère de ma part.

— J'espère que je vous reverrai, John. Gardez le contact, vous voulez bien ?

Il coupa la communication.

*

À son retour à la Criminelle, ne voyant ni Page ni Clarke, Rebus alla jusqu'au bureau de Christine Esson et lui demanda si elle voulait du café.

— Je n'en bois pas, dit-elle.

— Du thé ?

Elle fit non de la tête.

— L'eau chaude, c'est ça que j'aime. Vous devriez voir comment on me regarde dans les cafés.

Il se prépara un café et apporta à Esson sa boisson de prédilection.

— Comme rencard, vous ne coûtez pas grand-chose, se contenta-t-il de dire.

Apparemment, elle était de nouveau sur Twitter.

— Comment ça marche ? lui demanda-t-il en tirant une chaise.

Elle lui montra et il lui dit de diffuser la photo prise par le téléphone de Sally Hazlitt.

— Twitter, Facebook, YouTube – et tout ce que vous pourrez trouver.

— Pas de problème, dit-elle. Et le message d'accompagnement… ?

— Nous avons besoin de savoir où elle a été prise, c'est tout.

— Autre chose ?

Il réfléchit un instant avant de confirmer d'un signe de la tête.

— Il y aurait moyen que je voie *Custard Pie*[1] dans ses œuvres face au bas peuple ?

Elle se tourna vers lui, l'air de ne rien comprendre.

— Page-rencontre-la-presse, expliqua-t-il.

— Ça ne devrait pas poser de problème, répondit-elle.

— Avec le son, si possible.

— Naturellement. (Elle s'interrompit et plissa les yeux.) *Custard Pie* ?

— Page et Plant[2], dit-il.

Avant d'ajouter, devant l'expression de la jeune femme :

— Aucune importance. Montrez-moi juste la retransmission, d'accord ?

1. Tarte à la crème.
2. Robert Plant était le chanteur de Led Zeppelin.

22

En début de soirée, Rebus se replongea dans la lecture du livre que Nina Hazlitt lui avait donné en se concentrant sur les chapitres écossais et se remplit la tête de récits de cannibales et de polymorphes, de sorcières et de monstres. Lorsque le vibreur de la porte résonna – quelqu'un le demandait depuis l'entrée de l'immeuble –, il alla jusqu'à la fenêtre. Il distingua vaguement une silhouette mais ce n'était pas Cafferty. Son portable sonna au même moment, il avait un message. Clarke.

Tu me laisses entrer ?

Il alla dans le hall, pressa le bouton à côté de l'interphone et ouvrit la porte de son appartement. Au même moment, il entendit Clarke pousser le battant donnant sur la rue. Il alla sur le palier et se pencha à la rambarde.

— Qu'est-ce qui t'est arrivé après la conférence de presse ? lui cria-t-il.

— Convocation au bureau du chef de la police. Lui aussi voulait un briefing.

La voyant gravir les deux volées de marches au petit trot, il se rappela qu'elle faisait de la gym. En tout cas, elle en avait fait dans le temps.

— Tu continues à faire du jogging ? lui demanda-t-il.

— De temps à autre, le week-end – rien de bien éprouvant.

Elle jeta un coup d'œil par-dessus l'épaule de Rebus en direction de son appartement.

— J'attends que tu m'invites chez toi ou quoi… ?

Il hésita un instant puis s'écarta pour la laisser entrer. Une fois dans le salon, il lui demanda :

— Tu veux boire quelque chose ?

— Non, je te remercie, répondit-elle.

— Juste une petite visite impromptue, pour le plaisir, c'est ça ?

Elle haussa les épaules, un peu distraite.

— La photo envoyée depuis le portable d'Annette McKie est diffusée partout.

— Oui, dit-il. Et nous attendons désormais que quelqu'un situe l'endroit avec précision. Tu veux me dire quelque chose, ajouta-t-il après un silence.

— Nous étions à Fettes, finit-elle par expliquer, et Malcolm Fox est passé.

— Oh ?

— Comme tu l'as si bien deviné, il n'apprécie pas vraiment le fait que je t'aie parlé.

— J'oserais dire que c'est le genre de mec à rarement « apprécier » quoi que ce soit.

— Il a également parlé à James et lui a demandé pourquoi on t'avait fait entrer dans l'enquête McKie.

— Il essaie de m'en faire virer ou quoi ?

— Je ne suis pas sûre.

— Mais Page me considère encore plus comme un boulet ?

— Je me suis battue pour défendre ta cause.

Elle s'était assise sur l'accoudoir du canapé, comme pour le convaincre qu'elle n'était que de passage. Le livre qu'il lisait était par terre à côté de son fauteuil et elle inclina la tête pour en lire le titre.

— *Mythe et Magie* ?

— Et contes de bonnes femmes, ajouta-t-il. Alors tu es parvenue à convaincre ton patron ?

— Je crois.

— Et pour ça, a-t-il fallu que tu joues de tes charmes ?

Il n'eut droit pour toute réponse qu'à un regard froid.

— Désolé, s'excusa-t-il. Ce mec n'est qu'un pantin qui porte beau, il est juste bon à frimer. Je le sais et toi aussi.

— Sauf que tu te trompes. Comme à ton habitude, tu ne vois que ce que tu veux bien voir. Y a-t-il seulement jamais eu le moindre gradé qui ait trouvé grâce à tes yeux sans que tu le jettes au panier avec armes et bagages ?

— Il y en a eu des tas… Par le passé.

— Ce n'est plus le passé, John. Et James est doué dans ce qu'il fait. Tu as vu l'équipe qu'il a constituée – elle te paraît manquer de motivation ?

— Non, répondit-il à contrecœur.

— As-tu vu des choses qu'elle devrait faire et qu'elle ne fait pas ?

— Non, répéta-t-il.

— Alors quoi ?

— Page est donc un des bons, si c'est ce que je dois comprendre…

Mais l'attention de Clarke s'était détournée vers le mur au-dessus de la table et la carte d'Écosse qui s'y trouvait punaisée avec l'A9 surlignée en rouge.

— J'avais l'intention de la décrocher, dit-il.

Elle se dirigeait vers la carte sans la voir, les yeux fixés sur les trois grands sacs de supermarché posés sur la table.

— Des trucs à ranger, expliqua-t-il comme si de rien n'était.

Elle ne fut pas dupe pour autant et sortit quelques feuillets du premier sac à sa portée.

— Tu as fait des copies, dit-elle. Tous ces dossiers que tu as rapportés au bureau…

— Non, pas tous, rectifia-t-il. Uniquement les rapports officiels et les dépositions. J'ai laissé de côté les coupures de presse.

— Seigneur, John…

— Tu as vu toi-même l'état du bureau, Siobhan. J'y ai trimballé tous mes cartons et personne ne les a encore ouverts.

— Tu ne l'as peut-être pas remarqué mais nous n'avons pas beaucoup chômé.

— Tu étais censée trouver une pièce que nous pourrions utiliser.

— Et je la trouverai, si tu me laisses un peu de temps… Ce n'est pas ça, le problème. Tu as fait des copies avant de rendre les cartons. Il n'a jamais été dans tes intentions de les laisser partir, ces dossiers, pas complètement en tout cas.

— Je m'ennuie, Siobhan. Un peu de lecture et les heures filent plus vite…

— Ce genre de truc, c'est du pain béni pour les Plaintes.

— Uniquement si elles le découvrent.

— Qu'est-ce qui te fait croire qu'elles ne l'apprendront pas ?

— C'est comme ça que j'ai toujours travaillé, Siobhan, répondit-il avec un haussement d'épaules. Et tu le sais.

— C'est aussi la raison pour laquelle les gens avec qui tu travailles ont tendance à ne pas durer longtemps. Tu te souviens de Brian Holmes et de Jack Morton ?

Elle vit son visage s'assombrir.

— O.K., désolée, coup bas.

— C'est Fox qui a laissé échapper ces noms par inadvertance au cours de votre petite conversation ?

— Il veut te faire tomber, John. Il est même venu chez moi.

— Quand ça ?

— Hier soir. Pour me prévenir, et m'expliquer pourquoi je devrais être dans son camp plutôt que dans le tien.

Elle remettait en place les feuillets dans le sac quand elle lui demanda s'il avait vu l'interview de Nina Hazlitt.

— Elle est passée à la télé ?

Clarke fit non de la tête.

— Un reportage sur le Web pour une agence d'informations. Elle nous a remerciés pour tout ce que nous faisions.

— C'est gentil de sa part.

— Elle se comporte plutôt bien devant une caméra. Pas le moindre signe d'avoir pété un plomb.

— Elle est tout sauf cinglée.

Sauf qu'il se rappelait son dernier coup de téléphone, sa voix presque hystérique.

— Mais il faudrait lui tenir les rênes, si toutefois c'est possible.

— Et ce serait à moi de m'en occuper, c'est ça ? Elle vient d'où, cette belle idée ? De toi ou de Page ?

Il attendit sa réponse, en vain.

— C'est lui qui t'a dit de venir ici ?

Il alla à la fenêtre et inspecta la rue.

— Il attend dans sa voiture ? C'est quoi, sa bagnole ?

Une BMW était garée en double file vingt mètres plus haut. Il distingua une silhouette derrière le volant.

— Pourquoi ne pas l'avoir fait entrer, dis-moi ? Tu craignais que sa présence n'émousse un peu trop ton fameux charme féminin ?

Il eut droit à un regard furieux.

— C'était mon idée, John. Et si je l'avais fait monter ici, tu aurais déjà été viré de l'enquête, dit-elle en montrant les sacs de courses.

— Il n'aurait pas franchi le seuil de cet appartement.

Elle ferma les yeux une seconde. Un texto.

— C'est lui, à coup sûr, marmonna-t-il. Il doit se demander pourquoi tu restes aussi longtemps.

Elle lut le texto et fit demi-tour.

— Je te verrai demain matin, dit-elle paisiblement.

— Il te dépose chez toi, ou ça se passe chez lui ?

Elle ne mordit pas à l'hameçon et se contenta de sortir sans faire le moindre commentaire. Il resta près de la fenêtre, la vit sortir de l'immeuble et se diriger vers la BMW. Les phares s'allumèrent à son approche, l'illuminant en pleine rue à l'image d'une actrice faisant sa grande entrée. La portière passager s'ouvrit et se referma, la voiture toujours immobile le temps d'un petit dialogue, avant qu'elle ne s'engage lentement dans la pente douce d'Arden Street en direction du croisement. Elle passa devant son immeuble, conducteur et passagère fixant la chaussée droit devant eux. Par le seul effet de sa volonté, il tenta bien de faire lever les yeux à Siobhan, mais ce fut en pure perte.

— Tu as bien joué, avec toujours le même charme et la même grâce, marmonna-t-il pour lui-même.

Siobhan se retrouvait désormais coincée entre Page et Fox, et visiblement, cette situation en porte-à-faux la blessait profondément.

La situation, soit, mais ce n'était pas tout : il n'oubliait pas combien *lui aussi* la blessait.

Elle faisait de l'excellent travail, prête à monter à l'échelon supérieur, sa voie et sa vie dorénavant bien tracées, sans heurts ni écueils, avant que John Rebus n'y débarque inopinément sans même prendre la peine d'essuyer ses gros sabots, en laissant un peu partout sur son passage des traînées de boue sans rien remarquer.

Ah ouais, joliment joué, toi aussi, John.

Il alluma une cigarette et se servit un whisky digne de ce nom, soit une bonne moitié de verre. Puis il s'assit à la table du salon, les yeux fixés sur la carte routière. Au bout d'un moment, le verre n'était plus qu'un souvenir et il fallait vider le cendrier. Sans musique, il se rendit compte combien la pièce lui paraissait vide mais il ne trouva aucun album à même de conforter ses états d'âme. Il songea un instant à appeler Siobhan et à s'excuser de tout cc qui arrivait. Ou alors lui envoyer un simple texto – bref et tendre. Au lieu de quoi il choisit de s'affaler dans son fauteuil avec le livre de Nina Hazlitt. Il n'y avait pas de serpents enterrés sous Édimbourg, ni de monstre nageant dans les eaux du Loch Ness. Ce n'était que des superstitions, témoignages s'il en fallait de cette soif inhérente à l'être humain de trouver des explications, des réponses, des raisons.

Lorsque ses paupières commencèrent à se mettre en berne, il décida que tout était pour le mieux. Encore un soir où il ne rejoindrait pas sa chambre à coucher pour la nuit.

23

La garde-chiourme à la réception de Gayfield Square affichait toujours la même réticence à lui autoriser l'accès au poste de police. Tous les matins, elle lui imprimait un laisser-passer visiteur flambant neuf en exigeant qu'il le lui remette à la fin de sa journée.

— Ce serait plus facile de m'en établir un pour la semaine, lui suggéra-t-il en essayant de se rappeler son nom.

— Il est bien possible que vous ne soyez pas ici pour une semaine entière, lui rétorqua-t-elle aussi sec.

— Songez un peu à tous les dégâts que vous faites à l'environnement.

— Je les recycle, répliqua-t-elle en lui tendant son pass pour la journée. Et n'oubliez pas, il est impératif que vous le portiez à tout moment.

— Absolument.

En montant à l'étage, son premier geste fut d'ôter ledit badge qu'il fourra dans sa poche. Le bureau venait d'entamer sa journée. Il salua Ronnie Ogilvie de la tête et, en passant devant la table de Christine Esson, lui demanda si elle avait de nouvelles merveilles à lui montrer.

— Rien que ça, dit-elle.

Il lui prit sa liasse de papiers.

— Ce sont des *e-fits*[1], expliqua-t-elle. Je connais un gars qui appartient à la police dans le Sud et il est génial avec ce logiciel.

Rebus étudia soigneusement les trois visages, l'un après l'autre. Sally Hazlitt, Brigid Young et Zoe Beddows avaient été vieillies de sorte que chaque portrait les montrait telles qu'elles pouvaient être aujourd'hui. C'est Hazlitt qui avait le plus changé – ce qui n'avait rien de surprenant, vu qu'elle était la plus ancienne disparue. Une femme de trente ans, aux yeux et aux pommettes très semblables à ceux de sa mère. En revanche, Beddows et Young n'avaient guère changé depuis leur disparition : quelques rides de plus chez Young, ses yeux plus enfoncés dans leurs orbites et ses commissures de lèvres légèrement plus tombantes, Beddows presque la trentaine, les traits toujours aussi bien définis, même si elle avait perdu de son piquant.

— Qu'en pensez-vous ? lui demanda Esson.

— C'est plutôt pas mal du tout, reconnut-il.

— Il en a fait quelques autres – avec des coiffures différentes…

Voyant Rebus hocher la tête, elle comprit ce qu'il pensait.

— Quasiment inutiles, si elles sont mortes, dit-elle.

— Je pense cependant que vous devriez les diffuser. Mais demandez d'abord la permission à Page.

— M. *Trampled Underfoot* ? dit-elle avec un sourire. J'ai fait mes recherches hier soir.

La porte du cagibi s'ouvrit et Page, les yeux fixés sur Rebus, lui signifia de le rejoindre d'un bref signe de la tête. Avant toute chose, Rebus se servit un café, frappa et entra. La place manquait pour offrir un simple siège au visiteur. La veille, ils s'y étaient retrouvés à trois et le cagibi s'était vite transformé en cage à suées. Mais le lieu semblait pourtant convenir à Page : en toute situation, il y tenait les rênes et maîtrisait les paramètres sans laisser place à quelque manœuvre que ce soit.

— John, dit-il en s'asseyant derrière son ordinateur portable.

— Oui, James ?

1. Portraits-robots par ordinateur.

— C'est bien de vous voir parmi nous de si bon matin.

Rebus se contenta d'acquiescer, prêt pour la suite.

— C'est la preuve d'une bonne motivation, mais il nous faut également la concentration.

— Absolument.

Les paroles de Page n'avaient qu'une fonction, remplir le vide, pendant qu'il réfléchissait à la manière d'aborder le sujet du jour. Rebus décida de lui épargner un surcroît de travail.

— Est-ce que les Plaintes se font du souci ? avança-t-il.

— D'une certaine façon.

Sous-entendu : oui, absolument et très précisément.

— Désolé d'arriver avec tous mes bagages, dit Rebus. Mais soyez assuré que mon travail ne s'en ressentira en rien.

— Excellent. Et comment avance-t-il, votre travail ?

— Plus lentement que je ne le voudrais.

— Vous comprenez bien qu'Annette McKie reste et restera notre priorité ?

— Naturellement.

— Et que nous ne pouvons nous permettre de nous encombrer de vos affaires classées.

— Ce n'est pas moi qui ferai la leçon à Nina Hazlitt. Il y a des années qu'elle attend une occasion comme celle-là.

— Est-elle toujours à Édimbourg ?

— Pour autant que je sache, elle est rentrée à Londres hier soir.

— Eh bien, c'est toujours ça de pris, je suppose.

Il pressa les paumes de ses mains l'une contre l'autre, comme pour se préparer à la prière, la bouche en appui sur le bout de ses doigts.

— Je suppose que vous n'avez pas encore vu Siobhan ce matin ? demanda Rebus, le plus banalement du monde.

Page secoua la tête et consulta sa montre.

— Il n'est pas dans ses habitudes d'arriver si tard.

— À moins qu'elle ne se soit couchée à une heure indue.

Page le fixa dans les yeux.

— Je l'ai déposée chez elle à neuf heures et quart, si c'est ce que vous voulez savoir.

Rebus fit mine d'être surpris.

— Non, ce n'est pas ça, pas du tout. C'est juste que…

Il fut interrompu par la sonnerie de son mobile. Le nom de Siobhan Clarke apparut à l'écran.

— En parlant du diable, dit-il, le téléphone à l'oreille.

— Où es-tu ? demanda Clarke.

— Dans le bureau. Pourquoi ?

— Je suis garée juste devant. Tu ferais bien de descendre.

— Qu'est-ce qui est arrivé ?

— La couchette de Robertson est restée vide cette nuit. Il n'est pas rentré au chantier hier soir.

24

Une nouvelle fois la M90, mais seulement après s'être extirpés de la circulation matinale à vitesse d'escargot d'Édimbourg. Direction Perth et l'A9. Un bref arrêt ravitaillement, gobelets de thé et croissants desséchés. Et Kate Bush qui continuait à chanter son bonhomme de neige. En franchissant le pont de Forth Road, il demanda à Clarke si elle voyait quelque chose de différent. Elle le regarda de plus près et fit non de la tête.

— Pas d'échafaudages sur le pont ferroviaire.

Elle tourna la tête vers la droite et constata que c'était la vérité.

— Je ne me souviens pas de la dernière fois où je l'ai vu sans travaux, ajouta-t-il.

— Oui, reconnut-elle. Écoute, désolée pour hier soir.

— Moi aussi. J'espère que tu ne t'es pas disputée avec James ensuite.

— Qu'est-ce qui te fait croire une chose pareille ? demanda-t-elle en lui jetant un regard en coin.

— Rien. (Petit temps de pause pour l'effet.) C'est juste que je me trouvais dans son réduit quand tu as téléphoné…

— Et alors ?

— Il me tapait sur les doigts rapport aux Plaintes.

— Et alors ? répéta-t-elle, de plus en plus agacée.

— Et alors rien, affirma-t-il avec conviction. J'avais juste le sentiment que tous les deux, vous aviez… tu sais… eu des mots…

avant qu'il ne te dépose chez toi. Et si c'est le cas, je suis désolé d'en avoir été la cause.

— Parfois, tu peux te comporter en vrai connard, John, dit-elle en secouant lentement la tête.

— J'ai déjà entendu ça, reconnut-il. Et crois-moi, je n'en suis pas fier.

— Mais le fait est que tu en es fier, dit-elle en se tournant vers lui. Vraiment fier.

Après quoi, ils roulèrent en silence. Rebus contemplait le paysage : les longues étendues de collines près de Kinross ; un trop bref aperçu de Loch Leven ; cette façon dont le panorama s'ouvrait soudain au détour d'un virage avant l'entrée dans le Perthshire ; la neige visible sur les crêtes les plus élevées dans Ochils au loin. (Il devina qu'il s'agissait des Ochils, n'ayant pas la moindre envie de consulter Clarke sur le sujet.) Lorsque son téléphone sonna, Siobhan appuya sur un bouton du volant et répondit d'une voix plus forte pour couvrir le bruit du moteur.

— Inspecteur Clarke, dit-elle.

— C'est Lightheart.

La voix monotone du flic parut sortir du même haut-parleur que Kate Bush et Clarke coupa le son de son CD.

— Nous en sommes où ? dit-elle.

— Apparemment, hier soir, il a bien pris le bus qui l'a déposé près du chantier. Mais certains des gars l'ont envoyé paître parce que leur Portakabin avait été fouillé. Donc il n'a pas traîné longtemps dans les parages et leur a dit qu'il allait à Pitlochry. Ils ne l'ont plus revu ensuite.

— Il s'est donc bien fait la malle, confirma Clarke.

— Ça y ressemble.

— Quelqu'un a parlé à la petite amie ?

— La barmaid, vous voulez dire ? Pas encore.

— Peut-être s'est-il planqué chez elle ?

— Ce qui résoudrait tous nos problèmes.

— Et si quelqu'un s'était donné la peine d'aller vérifier, il m'aurait épargné tout ce foutu trajet.

— Vous voulez que j'y aille ?

— Non. Je lui parlerai à mon arrivée là-bas.

Rebus en prit bonne note : *je*, pas *nous*…

— Vous êtes à Pitlochry ? demandait Clarke à Lightheart.

— Oui, mais je dois retourner à Perth ; une réunion à 11 heures et je ne peux pas me permettre d'être en retard.

— Allez-y, dans ce cas. Nous nous verrons plus tard.

Elle coupa la communication et mit son clignotant pour doubler le camion qui les précédait.

— Tu veux que je remette le CD ? finit par lui demander Rebus.

Elle fit non de la tête. Avant un temps de silence, suivi d'une question :

— Tu ne penses pas que ce soit lui, n'est-ce pas ?

— Non, répondit-il.

— Parce qu'il démarre au quart de tour et que ce n'est pas le genre d'individu à attendre des années entre deux victimes ?

— Tout à fait, confirma-t-il.

Elle hocha lentement la tête.

— Alors pour quelle raison s'est-il enfui ?

— C'est ce que font les gens de son acabit – ils agissent par instinct. Sans réfléchir une seconde aux conséquences.

Le moment était peut-être venu de lui poser une question, se dit-il. Sans se faire rembarrer.

— Est-ce que les recherches ont donné quelque chose ? demanda-t-il à Siobhan.

— Ils veulent savoir si c'est la peine d'envoyer deux plongeurs dans le Loch Tummel.

— Et tu en penses quoi ?

— À James de décider.

— Et la fouille chez Robertson, elle a donné quoi ?

— À peu près ce que tu disais. Quinze grammes de cannabis, quelques DVD pirates.

— Du porno ?

— Certains.

— Hardcore ?

— Pas de SM, si c'est ce que tu penses.

Elle se tourna vers lui.

— Et tout ça de la bouche d'un homme qui n'apprécie pas les profileurs.

— Un peu de bon sens coûte moins cher.

Elle réussit à sourire, la glace commençait à fondre.

— Le livre que tu as chez toi… c'est Nina Hazlitt qui te l'a offert ?

— Comment le sais-tu ?

— Il est dit dans sa bio sur Facebook qu'elle est correctrice et remet des livres au propre, parmi lesquels des mythes et des légendes.

— Tu savais que Ring-a-Roses[1] se réfère à la peste ?

— Je croyais que tout le monde savait ça.

— Sawney Bean[2] ? tenta-t-il une nouvelle fois.

— Cannibale ? répondit Clarke après un temps de réflexion.

— Sauf qu'il n'a probablement jamais existé. La théorie veut que ce ne soit que de la propagande anti-jacobite. Il suffit de peu de choses pour déclencher une rumeur.

— Est-cc que le Burry Man[3] se trouve dans ton livre ? demanda Clarke.

— Absolument. Tu l'as déjà vu en vrai ?

— En août dernier. J'ai conduit la voiture jusqu'à Queensferry et je l'ai regardé défiler en buvant tous les coups que les gens lui offraient. Couvert de bardanes de la tête aux pieds. Je me demande bien comment il fait pour pisser… Crois-tu que Nina Hazlitt soit en train de nous monter de toutes pièces un nouveau monstre ? enchaîna-t-elle après un silence.

— Je lui ai posé quasiment la même question.

— Et alors ?

— Elle n'a pas apprécié.

1. Légende « urbaine » sur une comptine datant de 1881.

2. Chef d'un clan écossais du XVIe siècle, exécuté pour meurtre et cannibalisme.

3. Littéralement « homme aux bardanes ». Fête traditionnelle le deuxième vendredi d'août, qui se tient dans les environs d'Édimbourg : un homme entièrement couvert de bardanes, visage inclus, se promène avec deux acolytes à travers de la ville, boit du whisky à la paille, ne doit pas parler et est censé apporter chance et bonne fortune à la ville.

— Elle édite des livres, c'est son métier.

— Oui. Et ?

— Elle crée de l'ordre, John. Si c'est bien un individu unique qui est responsable de toutes ces disparitions, cela donne sens et raison à ce qui sinon n'en a pas.

— Et nous revoilà en pleine psychologie.

— Nous n'avons pas grand-chose d'autre pour l'instant, pas vrai ?

— Mais nous avons un certain nombre de personnes qui apparemment ne sont plus de ce monde.

— C'est un fait.

Lorsqu'elle lui demanda s'il désirait choisir un CD, il comprit qu'elle lui avait pardonné sa dernière transgression.

25

Le Tummel Arms n'ouvrait pas avant une heure mais sa porte n'était pas verrouillée. La matinée était ensoleillée, les trottoirs d'Atholl Road à Pitlochry pleins de vie et de mouvement. Sacs de courses ou laisse de chien à la main, des voisins y échangeaient les derniers cancans, mais comme les inconnus de passage étaient fréquents, l'arrivée de Clarke et de Rebus était passée comme une lettre à la poste.

— Il y a quelqu'un ? s'écria Clarke en poussant la porte du pub.

Tabourets et chaises étaient posés sur les tables pour dégager le sol de tout obstacle et la salle empestait l'eau de Javel. Une femme sortit des toilettes, armée d'un balai et d'une serpillière.

— Nous cherchons Gina Andrews, expliqua Clarke.

La femme repoussa une mèche de cheveux derrière une oreille.

— Elle est chez le boulanger, dit-elle. Elle ne devrait pas tarder.

— Nous l'attendrons, si cela ne vous dérange pas.

La femme de ménage haussa les épaules et disparut à nouveau.

— Les gens d'ici sont étonnamment confiants, dit Rebus en regardant la batterie de bouteilles d'alcool suspendues à leur portique sur le comptoir de service.

— Pas vraiment, rectifia Clarke en montrant la caméra de surveillance au-dessus de la porte.

Laquelle s'ouvrit justement et une autre femme fit son entrée, chargée d'un grand plateau en plastique sur lequel s'empilaient petits pains et sandwichs sous emballage individuel. Elle le posa lourdement sur le bar et souffla bruyamment.

— Police ? fit-elle en se retournant vers eux.

— C'est exact, répondit Clarke.

— À propos de Tommy ?

— Thomas Robertson, effectivement.

— Sa voiture est toujours garée derrière.

— Et elle est là depuis longtemps ?

— Depuis hier soir.

— Il est venu ici, donc.

Gina Andrews secoua la tête. La trentaine, petite et trapue, des cheveux blonds à hauteur d'épaule, et une attitude qu'on retrouvait de par le monde chez toutes les bonnes serveuses de bar : agréable mais ferme si besoin, en un mot, quelqu'un qu'il était sage de ne pas prendre à rebrousse-poil.

— Il a dû venir ici en voiture mais il n'est pas entré. Un des habitués m'a dit que sa bagnole était là, alors je lui ai envoyé un texto.

— Pas de réponse ?

Elle fit non de la tête et commença à transférer les petits pains ronds sur un plateau en métal. Une étiquette identifiait le contenu de chaque paquet.

— Que savez-vous de lui, mademoiselle Andrews ?

— Il est sympa. Il aime boire un coup et rigoler.

— Est-il votre… ?

Andrews s'interrompit et releva la tête.

— Mon copain de cœur ? Non, rien d'aussi sérieux.

— Juste un ami, alors ?

— Il passe souvent la nuit ici.

— Diriez-vous que c'est un violent ?

— Si le vent souffle dans la bonne direction.

— Savez-vous où il était hier matin ?

— Non.

— Il répondait à quelques questions dans un poste de police de Perth.

— À propos de la fille qui a disparu ?

— Qu'est-ce qui vous fait dire ça ?

Andrews rit sans bruit.

— Ici, ce n'est pas vraiment le centre-ville de Chicago. C'est le grand sujet de toutes les conversations. On dit que la police est passée au chantier.

— Saviez-vous que M. Robertson avait un casier judiciaire ?

— Il m'a dit qu'il avait fait de la prison.

— Vous a-t-il dit pourquoi ?

— Une bagarre à la sortie d'un pub. Tommy s'est interposé et c'est lui que vous avez fini par embarquer.

Elle avait rempli un plateau et en attaquait un second.

— Il s'agissait d'une tentative de viol, lui expliqua Rebus.

Elle se raidit.

— Et la victime a été plutôt traumatisée.

— Et ça fait de lui un suspect, c'est ça ?

Elle avait repris la tâche qui l'occupait mais le cœur n'y était plus vraiment.

— Vous n'avez jamais eu de problèmes avec lui ? demanda à son tour Clarke.

— Il a toujours été nickel, répondit Andrews avant de réfléchir une seconde. Vous lui avez dit que vous passeriez me voir ?

— Pourquoi ? C'est important ?

— Ça pourrait expliquer pourquoi il a perdu les pédales. Il est allé jusqu'au parking mais pas plus loin, il n'a pas eu le courage de me le dire en face.

— Alors pourquoi abandonner sa voiture ici ? demanda Clarke.

— Aucune idée.

— Pouvons-nous y jeter un coup d'œil ?

— Je vous en prie.

Clarke hocha la tête en faisant comprendre à Rebus qu'il pouvait y aller. Elle restait, elle n'en avait pas terminé avec ses questions.

Une fois dehors, il alluma une cigarette et se dirigea vers l'arrière du bâtiment. Le petit parking au sol gravillonné ne disposait que de quatre places et un panneau indiquait qu'il était réservé au personnel. Ce qui n'avait pas dû gêner Robertson, il devait se sentir pratiquement de la famille. Le seul véhicule garé était une Ford Escort toute déglinguée, bleue pour l'essentiel, avec une portière et une aile de couleur différente. Le pare-chocs arrière manquait, un feu de position était cassé. L'endroit était relativement discret, sans immeuble en surplomb. Rebus examina les gravillons autour de l'Escort à la recherche d'éventuelles traces de lutte puis examina l'intérieur à travers les vitres. La Ford était verrouillée et l'intérieur ressemblait à un vrai foutoir entre sachets de chips vides et boîtes de soda, journaux et reçus de station-service. Il nota le numéro d'immatriculation et refit un tour de la voiture. La date de validité de la vignette était presque arrivée à expiration et un bon mécano voire un dessous-de-table n'auraient pas été de trop si l'Escort devait passer un contrôle technique. Deux de ses pneus étaient plus lisses que la tête de Bobby Charlton un jour de grand vent et quand il le poussa du bout du pied, le tuyau d'échappement branla méchamment.

À son retour dans le pub, la femme de ménage se préparait à partir et il lui ouvrit la porte. Andrews avait fini une de ses corvées et en attaquait une autre, alignant des verres propres sur les étagères. Il haussa les épaules à l'adresse de Clarke pour lui signifier qu'il n'avait rien pour elle. Elle lui répondit de la même façon.

— Il ne se planquerait pas chez vous, par hasard ? demanda-t-il à Andrews.

— Votre collègue ici présente vient de faire la même accusation, répondit-elle.

Elle se retourna vers eux, les bras croisés sur la poitrine, mais son corps en disait plus que sa posture : elle n'était pas sur la défensive, bien au contraire, s'il fallait en croire l'expression de son visage.

— C'est donc non, si je comprends bien, dit-il en se tournant vers le plateau de petits pains. Je peux vous en prendre un ?

— Vous en trouverez à la boulangerie.

— *Roast-beef* au raifort, lui dit-il.

Leur duel de regards dura une bonne dizaine de secondes durant lesquelles il posa son argent sur le comptoir. Elle céda et lui tendit le premier petit pain qui tomba sous sa main. Jambon et moutarde, mais il la remercia malgré tout.

— Mlle Andrews, intervint Clarke, me disait qu'il était peut-être reparti vers le nord-est. Il y a des amis avec lesquels il garde le contact.

— Des noms ? demanda-t-il.

— Aucun qui lui revienne.

Le regard de Rebus parla pour lui : *ça nous fait une belle jambe.* Sur quoi il mordit dans le petit pain.

*

Ils s'arrêtèrent ensuite au chantier où ils eurent droit à un accueil des moins enthousiastes de la part de Bill Soames et de Stefan Skiladz. Un de plus.

— Vous avez l'intention de faire fuir tous les mecs qui travaillent pour moi ? leur demanda Soames, les mains fourrées dans les poches de son blouson.

La circulation était égale à elle-même, des grondements de diesel, un air surchargé de vapeurs étouffantes et un bruit tel qu'ils devaient presque crier pour s'entendre. Le mauvais temps ne s'arrangeait pas, les températures chutaient et le brouillard gagnait depuis l'autre bout de la vallée.

— Pour ma part, je dirais que ce sont plutôt ses copains de travail qui l'ont obligé à prendre ses cliques et ses claques, répondit Clarke.

— Tommy n'a jamais eu vraiment besoin d'excuses pour aller en ville, déclara Skiladz.

— Il ne vous a pas donné de ses nouvelles ? demanda Rebus.

— Rien.

— Sa voiture est garée derrière le Tummel Arms.

— Ça ne me surprend pas.

— Mais il n'est pas entré dans le pub, précisa Clarke.

— Il n'est pas non plus revenu ici.

— Vous êtes sûr de ça ? demanda Rebus.

— Pourquoi ? Vous nous traitez de menteurs ? lui jeta Soames, l'œil méchant.

— Ou alors on vous a menti, répondit Rebus en haussant les épaules comme si de rien n'était. Est-ce qu'il lui manque des affaires ?

Soames laissa à Skiladz le soin de répondre.

— Il ne manque rien, répondit le Polonais.

— Vous comprenez, expliqua Rebus, si moi, j'avais l'intention de me faire la malle, je préparerais d'abord mon petit paquet.

— Peut-être qu'il n'avait pas les idées claires, dit Soames. Vous veniez de le passer sur le grill, vous avez déterré son passé…

— Et quand il est revenu ici, vous l'avez accueilli à bras ouverts, c'est ça ? Avant de lui offrir du thé et des petits gâteaux, le contra Rebus, esquissant un léger sourire dénué d'humour.

— Personne ne le couvre. Regardez autour de vous, dit Soames en balayant l'air d'un grand geste. L'endroit est plutôt merdique pour jouer à cache-cache, non ?

— Est-ce que votre équipe de recherche a trouvé quelque chose ? l'interrompit Skiladz.

— Non, reconnut Clarke.

— C'est parce qu'il n'y a rien à trouver. Vous gaspillez votre temps et vos efforts, et je ne pense pas que la fille soit jamais arrivée aussi loin… pas à pied en tout cas.

— Ce qui veut dire que vous avez baisé un innocent dans les grandes largeurs. Excusez mon vocabulaire, ajouta Soames en jetant un regard à Clarke.

— Nous perdons notre temps ici, dit-elle à Rebus.

— N'est-ce pas ce que Stefan vient de vous dire ? dit Soames en guise de commentaire.

Mais Clarke se dirigeait déjà vers la voiture.

26

James Page n'avait pas chômé.

Les portraits-robots d'Esson avaient été transmis à quelques canaux d'information triés sur le volet. La télé avait beaucoup apprécié et ils seraient diffusés par le journal télévisé du soir. Le public avait également commencé à suggérer différents emplacements possibles pour la photo envoyée depuis le mobile d'Annette McKie et quelques personnes étaient même allées jusqu'à soumettre leurs propres clichés afin d'étayer leurs suggestions. Page avait dégagé de la place sur un mur de la salle du CID et Esson les y avait épinglés. Et il en arrivait d'autres, en flot ininterrompu. Page emmena Clarke et Rebus dans son réduit. Sa première question fut :

— Doit-on le traiter en suspect ?

— Je n'en suis pas sûre, répondit Clarke.

— Le fait est qu'il a pris la fuite…

— Il est du genre à agir sans réfléchir.

— C'est un nomade, ajouta Rebus. Il ne reste jamais à la même place bien longtemps.

— Avez-vous une idée de l'endroit où il pourrait aller ?

— Aberdeen et ses environs, proposa Clarke.

— Serait-il utile de prévenir la police du Grampian d'ouvrir l'œil ?

— Ça ne peut pas faire de mal, en tout cas.

Page consulta sa montre.

— Je fais mon rapport au chef dans une heure. Y a-t-il quelque chose de plus substantiel que je puisse lui proposer ?

— Tout le monde travaille d'arrache-pied.

— Mais sans résultats probants jusqu'ici. Et plus cette situation s'éternise…

— Si Annette a été prise en voiture, dit Rebus, le véhicule ne pouvait se diriger que vers le nord. Où en est-on des suggestions ou des photos de cette portion de l'A9 ?

— Entre Pitlochry et Inverness, vous voulez dire ? dit Page en consultant son ordinateur. Je ne vois rien, conclut-il.

— Une belle grande carte, voilà ce qu'il nous faut, lui dit Rebus. Et aussi beaucoup de punaises…

*

Tout le restant de la journée, les bons citoyens continuèrent à proposer réflexions et suppositions par téléphone ou par mail. Dans le tas, certains n'avaient pas vraiment d'idées précises mais tenaient absolument à féliciter l'équipe pour la qualité de son travail. On ne manquait pas de les remercier avant de couper au plus court en leur expliquant que d'autres personnes étaient en ligne et attendaient leur tour.

Rebus était passé chez lui et en était revenu avec sa carte personnelle, qu'il colla au mur avec des pastilles de Blu-Tack.

— Je constate que vous avez déjà surligné l'A9, lui dit Esson. Vous ne perdez pas de temps.

Non, effectivement, comme en témoignaient les trous de punaises près de Auchterarder, Strathpeffer et Aviemore.

— O.K., dit Esson en buvant une gorgée d'eau chaude avant de réciter la liste : Appin, Taynuilt, Salen, Kendal, Inveruglas, Lochgair, Inchnadamph…

— Plus doucement, gémit Rebus. Je ne sais même pas où se situent la moitié de ces villes. Et le dernier nom, vous l'avez inventé.

— Je suis déjà allé à Inchnadamph, intervint Ronnie Ogilvie, la main sur le micro de son téléphone.

— Mais John a raison, dit Clarke. Il serait bon de les repérer sur Google Maps et une fois qu'on saura où elles se situent, nous les reportons sur la carte. Tout le monde est partant ? demanda-t-elle alentour.

Hochements de tête et accord unanime.

— Partagez la liste, Christine, dit-elle à Esson.

Rebus examinait les photos adressées par le public en les comparant à celle qui avait été envoyée du mobile d'Annette McKie.

— Tu en trouves qui concordent ?

— Deux, dit-il en les tapotant du doigt.

Elle confirma qu'il ne se trompait pas.

— Où ont-elles été prises ? demanda-t-elle.

— La première sur l'A838 au sud de Durness.

— C'est tout là-haut dans le nord-ouest, non ?

— À des kilomètres de tout, répondit Rebus en montrant l'endroit sur la carte.

— Et l'autre ?

— L'A836. Un petit bled nommé Edderton.

— Et c'est où ?

Il haussa les épaules et Clarke laissa son ordinateur faire le travail. Deux minutes plus tard, elle avait la réponse.

— Le Dornoch Firth[1], dit-elle. À quatre kilomètres à peine de l'A9, juste au nord de Tain.

— Là où on fabrique le Glenmorangie ? demanda-t-il.

— Tu dois savoir ça mieux que moi.

Rebus suivit le tracé de l'A9 vers le nord au départ d'Inverness. Il coupait la péninsule de Black Isle et contournait le Cromarty Firth avant de revenir vers l'intérieur des terres pour rejoindre le Dornoch Firth d'où il remontait en longeant la côte jusqu'à Wick. Tain était marqué ainsi que l'A836. Pas beaucoup de grandes routes dans le secteur, juste des milliers et des milliers d'hectares de nature sauvage.

— Et ce n'est pas près de s'arrêter, dit Clarke à son équipe en entendant sonner une nouvelle fois le téléphone d'Ogilvie. Alors ne baissons pas les bras.

1. Firth : « estuaire ».

27

Leur journée terminée, ils se sentaient tout engourdis. Ogilvie dit qu'il était partant pour une heure supplémentaire à répondre au téléphone, mais Clarke lui signifia que non.

— Nous avons tous besoin d'une pause. J'ai demandé à un des uniformes de prendre le relais jusqu'à 21 heures. Ensuite, le standard prendra note des numéros en expliquant que nous rappellerons demain matin. Bon travail, en tout cas, tout le monde – et je suis sérieuse.

En temps normal, ces belles paroles auraient été du ressort de Page mais il était au QG de Fettes, occupé par une nouvelle réunion. Clarke se frotta le front pour en libérer la tension en s'approchant de la carte murale que Rebus contemplait d'un air songeur.

— Il y aura encore du pain sur la planche demain, lui signifia-t-il. Avec un peu de chance.

— Tu veux parler des portraits-robots ? Tu crois vraiment qu'on aura aperçu ces trois femmes ?

— Ce serait agréable de pouvoir s'en convaincre, dit-il en se tournant vers elle. Alors qu'en penses-tu ?

Elle examina la carte.

— Combien de possibilités pour Edderton ?

— Quatre et ce n'est qu'un début.

— C'est peut-être tout simplement le nombre total de ses habitants.

Rebus sourit.

— Trois pour Lochgair, mais c'est bien plus loin à l'ouest, dit-il en tapotant la carte. À côté de Loch Fyne.

— Et deux pour Durness, ajouta Clarke.

La carte était déjà piquée de partout, avec un stock de punaises en réserve sous le bord inférieur.

— Et aussi des propositions d'Angleterre, j'imagine ? soupçonna Clarke.

— Sans oublier le Pays de Galles et l'Irlande du Nord.

Elle gonfla les joues et souffla.

— On dit que les profileurs sont justement doués pour ce genre de truc.

— Ne recommence pas, tu veux.

— Juste façon de parler, dit-elle avec un sourire las. Tu continues à penser à l'A9 ? lui demanda-t-elle en réétudiant la carte.

— Ou juste en bordure.

— Et ça fait quoi, au total – six emplacements suggérés ?

— Six, pour l'instant.

Elle hocha lentement la tête en jetant discrètement un coup d'œil sur ses arrières pour bien vérifier qu'aucun membre de l'équipe ne pouvait l'entendre. Elle n'en baissa pas moins la voix.

— Et si rien de tout ça n'avait vraiment de sens ? On restreint le champ des possibilités, on élimine les probabilités les plus faibles et on en arrive même à se convaincre que tel endroit est le bon... et s'il ne nous apprend rien ? On fait quoi ?

— On essaiera autre chose.

— Quel genre ?

— Femme de peu de foi... Si tu peux dire à la fin de ta journée que tu as bien bossé et que tu as fait tout ton putain de possible...

— Je suis sûre que la famille ne manquera pas de nous envoyer une belle carte de remerciement.

— P't-être ben que oui, p't-être ben que non, dit-il en posant sa main sur son épaule. Quoi que tu fasses ce soir, fais en sorte que ce soit bien loin de tout ça.

Elle acquiesça avant de lui dire à son tour :

— La même chose vaut pour toi.

— Absolument. Il est d'ailleurs possible que je m'offre une jolie petite balade en voiture dans nos belles campagnes…

*

Mais d'abord, un petit détour par deux pubs de la ville. Le portier du Gimlet, qui avait changé de tête et parlait au téléphone, ne vit rien de bien menaçant chez le nouvel arrivant. La salle était pleine de monde et la barmaid derrière le comptoir était la même qu'à son précédent passage. Il la salua d'un clin d'œil sans s'attarder plus longtemps et repartit sans rien boire. La clientèle de son second abreuvoir de choix était encore moins reluisante. Le Tyler se situait au nord de la ville, au beau milieu d'un grand ensemble de logements sociaux dont une moitié devait être abattue, et ses clients paraissaient à l'unisson du quartier, prêts à se faire placarder sur la figure un avis de démolition. Une nouvelle fois, il choisit de ne pas rester. Un mot rapide au barman toujours aussi peu loquace et il repartit. Pour un trajet plus long cette fois, sortant de la ville par l'ouest et s'engageant dans les badlands du West Lothian, les « mauvaises terres » déchiquetées qui entouraient Broxburn, Bathgate, Blackburn et Whitburn. Des villes tribales ; d'anciennes communautés minières. La rue principale se résumait à une succession de magasins fermés et de panneaux « À VENDRE » et un ancien cinéma art déco reconverti répondait désormais au nom de Jo-Jo Binkie's, s'il fallait en croire l'affiche au-dessus de sa porte. L'entrée était gardée par trois cerbères aux regards fixes et durs, trois gaillards imposants avec brassard SÉCURITÉ et oreillettes dont le fil disparaissait entre cou et col.

— Tout va bien, mon pote ? lui demanda le premier, le visage couturé de cicatrices avec un nez cassé au moins une fois.

— Très bien, répondit Rebus en faisant mine d'entrer.

Une main l'arrêta.

— Tu viens voir quelqu'un ?

— Peut-être.

— Mais comme tu peux voir, aujourd'hui, c'est Soirée couples, alors à moins que tu ne cherches une partouze à trois…

— L'hospice des vieux est un peu plus loin, intervint le benjamin du groupe. Possible que tu puisses y faire un tour de piste, ils organisent des soirées dansantes…

— Tu ne vois pas d'inconvénient à ce que je te pique ta phrase pour mon bouquin ? lui demanda Rebus avec un sourire.

— Quel genre, ton bouquin ?

— Il s'intitule : *Les taches sont de grands comiques.*

— Une tache, c'est ça ? dit le gars en se rapprochant de lui. Tu veux qu'on passe derrière et qu'on vérifie de plus près…

Le troisième homme, apparemment le plus expérimenté du trio, n'avait pas encore ouvert la bouche. Il avança et tapota son jeune collègue dans le dos.

— Doucement, Marcus. Notre ami est officier de police.

— Il a raison, tu sais, dit Rebus en forçant le jeunot à baisser les yeux. Et la raison pour laquelle je suis arrivé à un âge aussi avancé est simple : je ne m'engage jamais dans une bagarre que je ne sois pas sûr de gagner. Prends-en de la graine… petit mec, ajouta-t-il en se retournant vers le plus âgé.

— Qui voulez-vous voir ? lui demanda le chef.

Crâne rasé, barbe et moustaches grisonnantes soigneusement taillées. Lui aussi était un survivant.

— M. Hammel, lui répondit Rebus.

— Il sait que vous venez ?

— Pas vraiment.

— Possible qu'il n'ait pas envie de vous voir dans ce cas.

— Peut-être que si vous lui disiez qu'il s'agit d'Annette…

Tempête sous le crâne rasé rythmée par la mastication du chewing-gum.

— Est-ce que M. Hammell vous connaît ?

Rebus répondit oui de la tête.

— O.K. alors. Suivez-moi.

Une moquette rouge couvrait tout l'espace de la vaste salle. De minuscules spots scintillaient au plafond et l'ancien guichet à billets faisait toujours office de caisse d'entrée. Derrière deux doubles portes battantes, il entendait les martèlements d'une musique de danse ponctuée par des cris de femmes ivres. Le portier s'était arrêté dans un coin devant une cage d'escalier étroite, le temps de décrocher la corde rouge qui en barrait l'accès. Un panneau disait : RÉSERVÉ AU PERSONNEL. Ils montèrent au balcon, les murs vibrant au bruit de basse des haut-parleurs.

— Ce Marcus mériterait un videur pour lui tout seul, dit Rebus.

— C'est devenu un métier pour jeunots, comme tous les autres.

En arrivant à l'étage, Rebus constata qu'il y restait d'anciens fauteuils de cinéma, des rangées de velours riche et doux attendant un public qui ne viendrait jamais. Une boule à facettes miroir faisait de son mieux pour égayer de ses pulsations rouges et bleues les danseurs du rez-de-chaussée. Le videur le conduisit le long de la dernière rangée de sièges jusqu'à un bureau. Il frappa et entra sans attendre d'y être invité en le laissant derrière la porte. Il réapparut trente secondes plus tard, ouvrit le battant en grand et lui fit signe de s'avancer.

— Je vous remercie, lui dit Rebus. Et ce n'est pas une vanne.

Le portier hocha la tête, comprenant qu'il venait de se gagner une faveur inattendue qu'il rangea dans son escarcelle, juste au cas où.

Rebus fut surpris par le bureau, vaste, lumineux et moderne. Mobilier en bois clair, canapé en cuir de couleur ocre. Des murs décorés d'affiches de cinéma encadrées, de vieux films qu'il avait vus pour la plupart dans sa jeunesse.

— On les a trouvées dans le grenier quand on a acheté les murs, expliqua Frank Hammell. Des centaines laissées là à pourrir. J'imagine qu'elles servaient d'isolant.

Il s'avança, serra la main de Rebus et la garda dans la sienne pour lui demander s'il y avait du neuf.

— Pas grand-chose, reconnut celui-ci. Et si on s'asseyait ?

Hammel prit un bout du canapé, Rebus l'autre. Il portait un jean délavé sur des chaussures montantes marron, avec une ceinture au bout cerclé d'argent qui contenait difficilement son ventre et une chemisette blanche à col ouvert. Il se passa une main charnue dans les cheveux.

— Rob est un vrai monsieur, dit-il à Rebus en montrant la porte de la tête.

— Il est certain qu'il semble avoir plus de jugeote que Portier Donny au Gimlet.

— Cervelle et baston ne vont pas toujours de pair. C'est de plus en plus difficile de trouver des mecs bien, expliqua Hammell avant de chasser le problème d'un geste de la main. De toute façon, c'est Darryl qui est maintenant chargé de recruter et de virer au besoin. Alors qu'est-ce qui vous amène ici, Rebus ?

— J'espérais que vous pourriez me dire où se trouve Thomas Robertson.

— Vous me permettez de vous poser une question d'abord ?

— Allez-y.

— C'est qui, ce Thomas Robertson ?

Rebus tenta un regard de défi, malheureusement, Hammel n'avait rien d'un novice à ce jeu-là.

— Un homme que nous avons interrogé, finit-il par répondre.

— O.K.

— Après quoi il s'est évanoui dans la nature.

— Vous pensez que c'est lui qui a enlevé Annette ?

— Non, mais je suis presque sûr en revanche que pour vous, c'est bien lui le coupable.

Hammell étendit les bras, paumes en l'air.

— Jamais entendu parler de cet homme avant votre arrivée, protesta-t-il.

— Il fait partie d'une équipe d'ouvriers qui travaillent à la réfection de la chaussée au nord de Pitlochry. Il est allé en ville en voiture et plus personne ne l'a revu.

— Donc c'est un fugitif ?

— Il n'a pas encore été inculpé.

— Comment se fait-il qu'il soit apparu sur votre radar, dans ce cas ?

— Il avait déjà fait de la prison.

— Enlèvement ?

— Non, tentative de viol.

— Et donc vous l'avez interrogé avant de le relâcher ?

— Nous avons fouillé son dortoir. Sans rien trouver qui établisse un lien avec Annette.

Hammell était songeur.

— Et par quel biais étais-je censé connaître son existence ?

— Des ragots ont circulé sur la Toile.

— La seule toile qui m'intéresse, c'est les filets de but pour le match à l'extérieur à Tynecastle… Je les ai vues aux infos… les photos de toutes ces femmes. Et aussi celle qu'Annette a envoyée par téléphone… Y a-t-il quelque chose que je puisse dire à Gail pour lui remonter le moral ?

— Nous avons reçu des tas de suggestions. Demain ou après-demain, nous vérifierons personnellement la première sélection qui en aura été faite.

— Mais personne n'a revu Annette, n'est-ce pas ? Sa photo est pourtant partout…

Rebus ne répondit rien. Hammell se leva, alla derrière son bureau, ouvrit un tiroir et en sortit une bouteille de vodka.

— Vous voulez boire un coup ?

Voyant Rebus refuser d'un signe de tête, il sortit un verre du tiroir et se versa deux bons doigts d'alcool.

— Comment va la mère d'Annette ?

— À votre avis ?

Soudain la porte s'ouvrit sans avertissement et un jeune homme apparut sur le seuil. Rebus reconnut Darryl Christie qui marmonna une excuse en constatant que Hammell avait de la visite.

— Il serait temps que vous vous connaissiez tous les deux, dit Hammell en lui faisant signe d'entrer.

Rebus estima que le jeune gars méritait qu'il se mît debout pour le saluer.

— Nous nous sommes parlé au téléphone, expliqua-t-il en lui tendant la main. Je suis John Rebus.

— Est-ce que c'est à propos d'Annette ?

— Les derniers développements de l'enquête, sans plus, dit Hammell pour le rassurer. Rien de bien important.

Le téléphone de Christie se mit à vibrer et il vérifia le message à l'écran. Il était plutôt beau gosse et son costume sur-mesure semblait flambant neuf. Intéressant comme choix, le costume. Un signe d'appartenance à un monde d'adultes et d'affaires sérieuses. Hammell s'habillait n'importe comment parce qu'il pouvait se le permettre : sa tenue importait peu, personne ne pouvait se tromper sur lui. Darryl en revanche devait travailler à son image : en jean, il risquait d'être pris pour n'importe qui.

— C'est quoi cette histoire de photos ? demanda-t-il.

— Votre sœur en a envoyé une, expliqua Rebus. Ou tout au moins, une photo a été envoyée depuis son portable. La même chose s'est produite pour une autre personne disparue il y a plusieurs années. Pour l'instant, nous n'en savons pas plus…

— Il y a aussi un suspect qui s'est fait la belle, l'interrompit Hammell. Nous ne l'avons pas bouclé dans la cave, hein, Darryl ?

— Pas la dernière fois que j'ai regardé.

Le mobile de Christie bourdonna de nouveau : encore un message.

— Encore ces putains de textos, se plaignit Hammell. Vous l'emmenez au spectacle ou dans les meilleurs restaurants, et c'est tout juste s'il relève le nez de son foutu téléphone.

— C'est comme ça que se traitent les affaires aujourd'hui, maugréa Christie, les doigts en mouvement sur l'écran tactile.

Hammell fronça le nez et accrocha le regard de Rebus.

— Les gens comme vous et moi préférerons toujours traiter face à face. On n'avait que ça dans le temps. Ce soir, vous auriez pu me téléphoner mais vous êtes venu en personne, approuva-t-il en opinant du chef. Vous êtes sûr que vous ne le voulez pas, ce verre ?

— Non, ça va, répondit Rebus.

— À moi, tu pourrais m'en offrir un, dit Darryl Christie.

— Sauf qu'en fin de soirée, je serais obligé de te coller dans un taxi, répliqua Hammell.

Christie l'ignora en agitant son mobile à l'adresse de son employeur.

— Faut que je prenne ça, dit-il, avant de tourner les talons et de quitter la pièce.

— Pas même salut ou au revoir, hein ? commenta Hammell qui secoua la tête en feignant le désespoir. Mais c'est un bon gamin quand même.

— Depuis combien de temps connaissez-vous sa mère ?

— Vous ne m'avez pas déjà posé la question ?

— Je ne me souviens pas d'avoir entendu la réponse.

— Peut-être parce que c'est toujours pas vos oignons.

— Vu ma branche d'activité, tous les détails comptent, même les plus petits. Vous connaissiez le père de Darryl ?

— Derek était un pote, dit Hammell avec un haussement d'épaules.

— À en croire la rumeur, vous l'auriez obligé à quitter la ville. C'est vrai ?

— Ça vient de vous directement ou c'est votre copain Cafferty qui vous l'a soufflé ?

— Je vous l'ai déjà dit, ce n'est pas mon copain.

Hammell se servit une seconde rasade de vodka bien tassée et Rebus en huma le parfum. Il y avait pire comme arôme dans cette vie…

— De toutes les façons, Cafferty est un homme fini. *Game over*, dit Hammell en vidant son verre d'une gorgée.

— Pouvez-vous me dire quel genre de fille est Annette ? Ou est-ce que ça non plus c'est pas mes oignons ?

— Annette est une vraie petite bêcheuse – il faut toujours qu'elle arrive à ses fins.

— C'est un peu aussi ce que je pensais, dit Rebus en acquiesçant. Son trajet en bus terminus Inverness…

— Un de mes gars aurait pu la conduire en bagnole ! gronda Hammell.

— Vous le lui aviez proposé ?

— Mais non, il a fallu qu'elle n'en fasse qu'à sa tête – et voilà où ça l'a menée !

Exaspéré, Hammell alla se resservir en vodka.

— Vous la rendez responsable de ce qui s'est produit ?

— Si seulement elle avait voulu écouter la voix de la raison, rien de tout ça ne serait arrivé.

Il s'interrompit, contempla le fond de son verre, fit tourner sa vodka.

— Écoutez, vous me connaissez, d'accord ? Vous savez qui je suis… Et ça me dérange très fort de ne pouvoir vous apporter mon aide.

— Vous avez offert une récompense.

— Et j'y ai gagné quoi ? Rien. Si je ne compte pas tous les givrés et les salopards cupides dans un rayon de six cents kilomètres qui grâce à moi sont sortis de leurs trous.

— Je doute que vous puissiez faire davantage que ce qui est déjà en cours. Et si vous décidez d'agir seul, vous ne ferez qu'ajouter au problème.

— Je vais vous le dire encore une fois : je ne sais rien de ce Robertson. Mais si vous avez besoin d'un coup de main pour le récupérer…

Hammell ne quittait plus Rebus des yeux.

— Je ne pense pas que cela soit nécessaire – ou sage.

Haussement d'épaules de Hammell.

— L'offre tient, dit-il. Et un bonus ? Il n'y a pas que les banquiers qui peuvent en offrir.

Il avait glissé une main dans sa poche de jean et en sortit une épaisse liasse : à première vue, des billets de cinquante livres.

— Non, dit Rebus.

— Ah oui, c'est vrai, lâcha alors Hammell, convaincu d'avance de connaître la raison de ce refus. Cafferty paie toujours plus, c'est ça, hein ?

Rebus décida que le moment était venu de lever le camp, mais Hammell ne l'entendit pas de cette oreille.

— On m'a dit que vous lui ressemblez, et c'est bien vrai. Vous pourriez presque être frères.

— Là, vous m'insultez

— Mais non, fit Hammell en souriant. Inutile de le prendre comme ça. Mais j'ai toujours pensé qu'un Cafferty était déjà un Cafferty de trop.

Il fixa le fond de son verre avant de le porter à ses lèvres.

— Dommage que dans cet hôpital, vous ne lui ayez pas fichu une paix royale. L'occasion était pourtant bien belle.

28

Il était deux heures du matin quand Darryl Christie regagna sa maison à Lochend pour y trouver sa mère assoupie devant une chaîne de télé-achat. Il la réveilla et l'envoya au lit mais elle lui demanda d'abord de la serrer dans ses bras. Un geste tendre qu'il tenait en réserve, en échange d'une promesse, y aller mollo avec la gnôle et les pilules.

Joseph et Cal avaient nettoyé la cuisine et fait la vaisselle du dîner. Darryl inspecta le contenu du frigo – un plein de lait et de plats préparés. Il avait déposé un billet de vingt livres sur le plan de travail pour les courses et il était toujours là. Au premier, ses deux frères étaient dans leurs lits superposés mais la petite télé était encore chaude au toucher et des jeux vidéo jonchaient le sol. Certains étaient apparemment à Annette mais Joseph lui avait demandé la permission d'en emprunter un ou deux et il avait accepté.

— J'espère que vous dormez vraiment tous les deux, les prévint-il, sachant pertinemment qu'ils n'allaient pas rouvrir les yeux et cesser de faire semblant.

Il referma leur porte et se glissa discrètement dans la chambre de sa sœur où il alluma la lumière. Les murs avaient été peints en noir puis décorés de posters et d'autocollants. De petites étoiles et planètes au plafond luisaient dans le noir – un cadeau de Noël qu'il lui avait fait. Il s'assit un moment sur son lit où son parfum était perceptible et semblait émaner de son oreiller. Il s'en saisit pour y fourrer son visage et renifler. Il n'éprouvait pas réellement de sentiment d'absence – à tout instant, elle pouvait débarquer à l'improviste et exiger de savoir ce qu'il fichait dans sa chambre. Plus jeunes, ils étaient toujours à couteaux tirés et réglaient leurs différends à coups de gifles, de pied et de dents. Mais c'était fini, tout ça, ils habitaient désormais des mondes différents.

— Rentre à la maison, c'est tout, petite conne, dit-il à voix basse avant de se relever pour regagner le rez-de-chaussée.

Une fois dans sa chambre, il n'alluma pas pour éviter d'avoir à fermer les stores et s'allongea tout habillé sur le lit étroit. Puis il pianota un nom sur son mobile et attendit que son père réponde.

— C'est moi, dit-il.

— Des nouvelles ?

— Rien.

— Ça fait deux semaines.

— Je sais.

— Comment va ta mère ?

— Pas terrible.

— Je ne peux pas revenir, Darryl.

— Et pourquoi pas ? Hammell n'oserait pas te toucher.

— J'ai ma vie ici, maintenant.

Darryl contempla son reflet indistinct sur les panneaux de verre en surplomb. Pollution lumineuse toujours ; pas la moindre étoile en vue.

— Tu nous manques, dit-il à son père.

— À *toi*, je te manque, le corrigea Derek. Est-ce que Frank continue à bien te traiter ?

— Oui.

— Et Cal et Joe ?

— Ils vont bien.

Un temps de silence au bout de la ligne.

— Frank est là ce soir ?

— Il n'est plus revenu depuis la disparition d'Annette.

— C'est lui qui l'a décidé ou c'est ta mère ?

— Je ne sais pas bien.

Ils bavardèrent encore quelques minutes jusqu'à ce que Derek Christie rappelle à son fils le prix de la communication.

— Je ne cesse de te le répéter, dit Darryl. C'est Frank qui paie.

— Quand même…

Et ils en restèrent là – avant les au revoir et le projet d'un éventuel voyage en Australie que le fils ferait un jour. Après quoi Darryl reposa ses pieds au sol et s'assit sur le bord du lit. Il ne disait pas toute la vérité : il disposait effectivement d'un téléphone payé par Frank Hammell mais ne s'en servait pas pour appeler son père. Il prenait toujours son portable personnel, qu'il utilisa d'ailleurs pour envoyer un message à Cafferty. Lequel vu son âge devait dormir. Le message risquait de le réveiller, peut-être. Il le composa quand même et appuya sur la touche Envoi.

Votre pote Rebus s'est pris d'affection pour Hammell. Il est passé au Jo-Jo ce soir.

Orthographe et ponctuation parfaites – toujours ce qu'il y avait de mieux pour M. Cafferty. Il reprit l'autre mobile pour envoyer un dernier texto avant de dormir quelques heures. Il n'avait pas besoin de beaucoup de sommeil. À 6 heures-six heures et demie, il serait devant son ordinateur portable et une nouvelle journée de travail commencerait. Il vérifia la qualité de son texto, l'envoya et s'allongea sur son lit, les yeux grands ouverts. À l'aide de la télécommande, il referma les persiennes au plafond et aux fenêtres. Un appareillage qui lui avait coûté une vraie fortune – trois fois plus que ce qu'il avait dit à sa mère –, malgré la ristourne substantielle que Hammell avait négociée. Il commença à défaire sa chemise. À en juger par l'écran éclairé d'un de ses mobiles, un message venait d'arriver.

TROISIÈME PARTIE

Et contemplant depuis une vire basse
Les eaux du loch à l'ouest
Où rêvent des collines obscurcies…

29

Ainsi que Rebus l'avait expliqué à Page, pour ce qu'il avait l'intention de faire, un neurone suffisait. Sans plus.

— Vous disposez du moteur ici, et il tourne comme une horloge. Moi, je suis l'ampoule de rechange dans la boîte à gants. La pièce détachée dont vous pouvez vous permettre de vous dispenser.

Et Page avait donné son accord, malgré les protestations de Clarke. Rebus avait refait le plein de la Saab et pris de nouveau la route, direction plein nord. Perth et ses ronds-points, ensuite Pitlochry et son chantier, puis direction House of Bruar où il s'arrêta déjeuner. Son emplacement de parking était juste devant la boutique de vêtements pour hommes et un coup d'œil à la vitrine lui suffit : décidément, il n'était pas encore prêt pour un pantalon de velours couleur fraise. Au franchissement de Drumochter Summit, un panneau l'informa qu'il était à 1506 pieds au-dessus du niveau de la mer. De part et d'autre du col, les montagnes ne paraissaient guère engageantes mais à voir les voitures rangées sur les accotements, des randonneurs étaient partis pour la journée ou regagnaient leurs véhicules après leur balade, les joues rouges, leur haleine visible dans l'air. À Aviemore, il tourna à droite et décida de faire un détour par la ville. Ville était un bien grand mot, mais elle ne manquait pas d'animation. Un panneau indiquait la direction de Loch Garten où il se souvint d'avoir emmené sa fille trente ans auparavant : la RSPB[1] y avait bâti un abri avec télescopes et jumelles mais ils n'avaient pas vu le moindre balbuzard – rien qu'un nid vide. Quel âge avait Sammy à l'époque ? Cinq ou six ans. Des vacances itinérantes en famille. Aujourd'hui, il devait l'appeler Samantha, aux rares occasions où il lui téléphonait. Elle en revanche préférait lui envoyer des textos plutôt que de s'engager dans une conversation, mais il ne pouvait guère l'en blâmer, sachant que lesdites conversations – par sa faute – se terminaient presque inévitablement par une nouvelle dispute. Il avait dit à Nina Hazlitt qu'il était incapable de savoir ce qu'elle avait traversé, mais plus d'une fois, il avait failli perdre Sammy à jamais.

Forcé d'attendre au croisement avec la grand-route avant de rejoindre l'A9, il renonça à compter le nombre de poids lourds et de camionnettes : il allait de nouveau être obligé de les suivre alors qu'il en avait déjà dépassé un certain nombre sur une portion à quatre voies désormais loin derrière. Il dut prendre sur lui pour se rappeler que rien ne pressait : il disposait d'un nombre substantiel de CD et d'une boîte de chewing-gums achetée à la station-service, plus un paquet de cigarettes et un demi-litre de soda Irn Bru. En passant la bretelle conduisant à la distillerie Tomatin, il fit un petit salut, de la même façon qu'il avait salué Dalwhinnie quelque quatre-vingts kilomètres auparavant. Inverness n'était plus qu'à une vingtaine de kilomètres par une route à quatre voies mais le trajet lui parut désespérément long jusqu'à ses faubourgs. Le champ de bataille de Culloden n'était pas bien loin – encore un site qu'il avait visité lors de ces fameuses vacances. L'endroit était sinistre, avec un bâtiment étriqué réservé aux touristes de passage à peine plus grand qu'un cabanon. Sammy n'avait pas cessé de se plaindre, il faisait froid et elle s'ennuyait à mourir.

Il entendit les infos de 16 heures à la radio en entrant dans Inverness. La circulation était encore plus bouchée et il s'attira la colère des autres automobilistes en se trompant de voie avant d'essayer de revenir sur ses pas pour échapper au centre-ville. Il

1. Royal Society for the Protection of Birds.

franchit le Kessock Bridge sur la Black Isle, puis un autre pont enjambant le Cromary Firth, où il salua encore une autre distillerie – Glen Ord. Il avait reconnu l'itinéraire sur sa carte murale et en avait acheté une autre avant de quitter Édimbourg. Sur sa droite, il crut distinguer quatre énormes plates-formes de construction sur l'eau. Il pleuvait, le rythme des essuie-glaces l'endormait et il lui fallut un moment pour comprendre ce que leur bruit lui évoquait : un réveil au son de la tête de lecture toujours posée sur le bout du sillon d'un disque. Alness, situé à vingt-trois kilomètres au sud de Tain célèbre pour son Glenmorangie, tirait gloire lui aussi de sa distillerie Dalmore. Au rond-point suivant, il quitta l'A9 pour prendre l'A836 et la direction de Bonar Bridge, Ardgay et Edderton. Il avait le numéro de téléphone d'un fermier du cru et le composa sur son portable.

— Je serai là dans cinq à dix minutes, lui dit-il sans prolonger la conversation.

Et effectivement, il ne lui fallut que cinq à dix minutes. Le fermier en question, un certain Jim Mellon, l'attendait dans sa vénérable Land Rover et lui fit signe de se garer sur le bas-côté.

— Nous allons prendre la mienne, s'écria-t-il, craignant apparemment que la Saab ne soit pas à la hauteur de la tâche.

Rebus descendit et verrouilla sa voiture, une précaution de « gars de la ville » dut estimer le fermier, à voir son sourire. Le gars était plus jeune qu'il ne l'aurait cru, rasé de près, cheveux clairs, beau gosse.

— Je tiens à vous dire combien j'apprécie ce que vous faites, lui dit Rebus. Et merci encore de nous avoir contactés.

— Vous avez dit au téléphone que je n'étais pas tout seul ?

— En effet, confirma Rebus. Il y en a quelques autres qui sont du même avis que vous.

— Eh bien, voyons ce que vous allez en penser, dit Mellon en montrant la Land Rover. Pas d'allergie aux chiens, j'espère ?

À l'arrière était assis un colley – un chien de berger, certainement, se dit Rebus. Des yeux intelligents, le genre d'animal qui n'allait pas s'abaisser à quémander une caresse d'un inconnu. Le moteur démarra dans un rugissement et ils remontèrent l'étroite route boueuse où un panneau précisait que si ses lumières clignotaient, les barrières à neige un peu plus loin seraient fermées.

— Il arrive souvent que des véhicules empruntent cet itinéraire ? demanda Rebus.

— Quelques voitures par jour, estima Mollon. Mais ici, pas beaucoup.

— Le panneau indiquait Aultnamain.

— Pas grand-chose à voir là-bas non plus – mais nous n'allons pas si loin.

Il s'engagea sur une route à une voie, avec des emplacements élargis régulièrement espacés sur les bas-côtés pour autoriser les croisements. La chaussée était goudronnée… avec des touffes d'herbe dans les fissures à sa surface. Une ou deux minutes plus tard, il arrêta sa Land Rover vibrant et tremblant de partout et tira le frein à main.

— À mon avis, c'est ici, dit-il.

Rebus descendit et sortit de sa poche une copie de la photo. Le ciel était désormais plus sombre mais ils y voyaient encore. Mellon lui indiquait la direction. Rebus regarda, leva le tirage papier, ses yeux allant et venant de l'image au paysage.

— Mais vous savez, la photo aurait pu être prise n'importe quand, l'avertit Mellon.

Ce n'était pas difficile à comprendre : probable que rien ou presque de ce lieu n'avait changé depuis un siècle ou plus.

— Il n'y a qu'un petit problème, dit Rebus : à cette heure de la journée, elle ne pouvait guère avoir dépassé Pitlochry et à son arrivée ici, il aurait fait nuit noire.

— Ce qui veut donc dire que la photo n'a pas pu être prise ici, je me trompe ?

Rebus n'en était pas si sûr. Il sortit son propre mobile et prit un cliché. La qualité n'était pas vraiment professionnelle mais il s'apprêtait à l'envoyer à Clarke quand même. À un détail près : son téléphone n'était pas d'accord.

— Pas de signal, constata-t-il.

— D'habitude, ça passe plutôt bien. Il suffit de trouver le bon endroit.

— Donc même si elle a été prise ici…

— Le fille a peut-être eu du mal à l'envoyer, dit le fermier en hochant la tête. On vous a communiqué d'autres endroits qui pourraient coller ?

— Un ou deux.

— Et plus proches du lieu où elle a été vue pour la dernière fois ?

— Sauf qu'ils correspondent moins bien que celui-ci, dit Rebus.

Il observa les environs : certains les auraient qualifiés de paisibles, d'autres de tristes et loin de tout. Le vent sifflait à leurs oreilles. Il ne savait pas bien ce qu'il cherchait, hormis des réponses à deux questions, toujours les mêmes : pourquoi et qui. Pourquoi ici ? Qui avait choisi ce coin précis ?

— J'imagine que vous n'avez rien remarqué de suspect ? demanda-t-il à Mellon. Des inconnus qui se seraient arrêtés plus longtemps que d'habitude ?

Le fermier plongea les mains dans les poches de son Barbour.

— Non, rien de tout ça. Et je me suis renseigné dans le pays, tout le monde dit la même chose.

— Des traces de pneus là où il n'y en a pas en temps normal ?

Le fermier fit non de la tête.

— Et au bout de la route ?

— Si vous tournez à gauche, ça vous ramène à Alness.

— Et si je tourne à droite ?

— Vous rejoignez la route vers Bonar Bridge.

— Quelles sont les chances pour qu'un inconnu déniche cette route, monsieur Mellon ?

Celui-ci haussa les épaules.

— Elle est sur les cartes. Et je dirais qu'elle est enregistrée sur les GPS.

Rebus prenait des photos supplémentaires mais il faisait désormais trop sombre pour qu'elles lui soient utiles. Simplement, il sentait qu'il devait faire quelque chose.

— Vous êtes venu de loin, lui dit le fermier. Si vous voulez, j'ai du thé à la maison.

— Merci, mais j'ai encore quelques kilomètres à faire.

— Et vous en avez vu suffisamment ?

Il contempla l'horizon – pour autant qu'il pût en voir.

— Je crois, dit-il.

— Et vous pensez que la pauvre petite est là-bas, quelque part ?

— Je ne sais pas, avoua Rebus.

De retour à la Land Rover, le chien lui offrit ce qui pouvait passer pour un regard de sympathie.

30

Pour une raison indistincte – surtout parce qu'il avait été incapable de prendre une autre décision – il se retrouvait sur l'A9 et se dirigeait encore plus au nord. Mais il la quitta rapidement pour s'engager dans Dornoch, passa devant ce qu'il estima être sa cathédrale – à peine plus grande qu'une église de village – et s'arrêta sur la place principale quasiment déserte. Seuls un hôtel et un magasin semblaient ouverts mais les rues étaient vides. Son portable captait un signal et il descendit de voiture pour faire quelques pas avant de téléphoner.

— Alors ? lui demanda Clarke.

— Je suis pratiquement sûr.

— Mais pas à cent pour cent ?

— Non.

— Et tu fais quoi maintenant ?

— J'ai pris quelques photos avec mon portable, tu comprendras ce que je veux dire.

— Tu reviens ?

— Pas tout de suite. Je me suis arrêté à Dornoch.

— À ce train-là, tu ne seras pas rentré avant minuit.

Il songea à son sac sur la banquette arrière de la Saab.

— Il y a un problème, Siobhan : il est impossible qu'elle ait envoyé cette photo avec son téléphone. Pas depuis Edderton, et pas à l'heure dite.

— O.K.

— Alors comment a-t-elle pu être envoyée ? La seule interprétation que je puisse te donner, c'est qu'il ne s'agit pas d'une photo à proprement parler.

— Et ce serait quoi ?

— Une photo de photo. Ce qui pourrait expliquer pourquoi elle apparaît floue.

— Et envoyée pourquoi ?

— Dans le seul but de nous égarer loin de la bonne piste. Et nous obliger à passer des jours entiers dans la campagne aux environs de Pitlochry pour retrouver le lieu qui serait pour nous une scène de crime.

Clarke resta silencieuse un moment.

— Ça peut se vérifier, finit-elle par dire. Il faut juste trouver quelqu'un qui s'y connaisse en photographie.

— Entièrement d'accord.

— Donc cette photo ne nous conduit pas vraiment quelque part ?

— Elle nous dit que nous avons affaire à quelqu'un qui cogite. Et qui que soit cet individu, ce serait comme qui dirait sa carte de visite. Deux choses que nous ne savions pas jusque-là.

— Il n'empêche que je les échangerais volontiers contre un nom et une adresse.

— Tu n'es pas la seule.

Il venait de traverser la rue et s'était planté devant un panneau. La Plage était une option.

— Ce n'est pas à Dornoch que Madonna a épousé ce metteur en scène ? lui demandait Clarke.

— La prochaine fois que je la vois, je ne manquerai pas de lui poser la question. D'ici là, des nouvelles de ton côté ?

— Thomas Robertson reste introuvable. Mais d'autres emplacements possibles pour la photo continuent à arriver.

— Des bons ?

— Rien de bien neuf. Mais Durness a obtenu une voix de plus.

— Il arrive à égalité avec Edderton ?

— Juste derrière. Oh, autre chose… tu te souviens d'Alasdair Blunt ?

— Le grand séducteur qui est convaincu que Zoe Beddows a brisé son mariage ?

— Nous lui avons montré la photo du téléphone d'Annette.

— Et alors ?

— Il a dit qu'il n'était pas sûr.

— Je vais te dire, moi, qui pourrait en avoir un meilleur souvenir…

— Son ex-femme ? Elle s'appelle Judith Inglis.

— Tu mérites un bonbon, aujourd'hui, Siobhan. Elle en a pensé quoi ?

— Que ça correspondait plutôt pas mal. Je veux dire, c'est encore loin d'être concluant…

Rebus grommela une vague réponse et elle changea de sujet en lui demandant s'il avait vu des dauphins.

— Ils sont censés être dans ton coin, justement.

— Il fait un peu sombre, là, répondit-il. Tu as fini ta journée ?

— Plus ou moins.

— T'en as de la chance.

— Je crois me souvenir que c'est toi qui as choisi de faire cette balade en voiture.

— Effectivement.

— Et que tu voulais la faire seul.

— Où veux-tu en venir ?

— Je me demandais juste si tu n'avais pas une autre navigatrice en tête.

— Tu veux parler de Nina Hazlitt ?

— Est-ce que j'ai dit ça ?

— C'est gentil à toi de me tenir en si piètre estime.

— Tu es vraiment seul là-bas ?

— Je suis tout à fait seul, répondit-il après avoir inspecté la rue dans les deux sens.

— Elle a cité ton nom dans une de ses interviews. Je suis surprise que tes oreilles n'aient pas sifflé.

— Qu'a-t-elle dit ?

— Apparemment, tu es l'une des très rares « personnes d'autorité » à l'avoir prise au sérieux.

— Je serais donc une personne d'autorité ?

— Ne crois pas tout ce que tu entends, John. En outre, ça risque fort de te desservir auprès de James.

— Parce que ce n'est pas lui qui a droit aux louanges ?

— Nous travaillons tous très dur, John. Personne n'apprécie que quelqu'un soit sorti du lot.

— Compris.

Il termina son coup de fil en promettant de lui envoyer les photos prises à Edderton.

Il se dépêcha tant qu'il avait un signal en remarquant que sa batterie était au plus bas. Il remonta en voiture et emprunta une allée étroite qui s'élargissait au passage d'un camp pour caravanes et d'un poste de gardes-côtes. Le vent en provenance de l'estuaire ébranlait la Saab et la couche de sable couvrant la chaussée tourbillonnait sous les rafales. Il se retrouva dans un parc de stationnement vide avec, derrière lui, une pente herbeuse abrupte. Des marches descendaient jusqu'à la mer et le clair de lune permettait de distinguer la limite de la marée. Du peu qu'il voyait, la plage s'étirait sur des centaines de mètres avec de-ci de-là des affleurements rocheux, les vagues battaient avec insistance sans répéter deux fois le même rythme ; et il se sentait absolument seul au monde. Pas de bruit de circulation ; pas d'autres humains ; rien excepté les nuages visibles dans le ciel. Seule sa voiture lui rappelait son siècle – elle et aussi son portable, qui sonna obligeamment.

— Allô ? dit-il.

— La réception est très mauvaise.

— C'est le vent, je crois.

— Êtes-vous au sommet d'une montagne ou quoi ?

— Sur la côte, en fait.

Il escalada les marches, ouvrit sa portière et s'installa derrière le volant.

— C'est mieux ? demanda-t-il.

— Il doit faire un temps abominable là-bas.

— Nous avons l'habitude. Que puis-je pour vous, Nina ?

— Rien, à vrai dire. Je voulais juste bavarder.

— Je vous préviens, je n'ai plus beaucoup de batterie.

Elle se tut, comme pour chercher la manière de reprendre l'avantage.

— Vous avez avancé sur le livre ? lui demanda-t-elle.

— C'est vraiment intéressant.

— Vous dites ça seulement…

— L'Homme aux bardanes contre l'Homme vert, les selkies, les êtres-phoques contre les sirènes… je me souviens de l'humain-phoque dans le film *Local Hero*…

— Ce n'était pas une sirène ?

— Peut-être bien.

— Je dois reconnaître que vous êtes effectivement en train de le lire.

— Je vous ai dit la vérité, dit-il en contemplant la houle.

Des dauphins ? Pas ce soir. Et des êtres-phoques ou des polymorphes ? Jamais de la vie.

— Y a-t-il… de nouveaux éléments ?

— Quelques-uns.

— Et vous n'avez pas le droit de m'en parler, c'est ça ?

— Ils concernent plus directement Annette McKie… (Un temps de réflexion.) Avez-vous eu l'occasion de parler aux amis de Sally ?

— Aucun d'eux ne se souvient d'avoir vu de visiteur inconnu sur le site Reunited Friends.

— C'était un peu en désespoir de cause.

— Les tentatives désespérées semblent être ma spécialité.

— À moi aussi. Et je suis loin d'avoir baissé les bras.

— J'espère que c'est la vérité, John.

— Mais ça pourrait m'aider si vous ne mentionniez pas mon nom à la presse.

— Oh ?

— Le reste de la troupe n'apprécie pas.

— Je n'avais pas pensé à ça. (Nouveau silence.) Apparemment, je ne fais que vous mettre des bâtons dans les roues.

— Vous n'étiez pas censée savoir.

La communication dura encore quelques minutes. Il avait l'impression que malgré la présence de son frère, cette femme était seule. Ses amis s'étaient probablement détachés d'elle en constatant que ses centres d'intérêt se rétrécissaient. Il fut soulagé quand son portable bipa, lui signifiant que sa batterie arrivait en bout de course.

— Mon téléphone va me lâcher d'un instant à l'autre, dit-il.

— En d'autres termes, vous m'envoyez paître en me racontant des bobards, dit-elle d'une voix dure.

— Il ne s'agit pas de ça, Nina.

Mais elle avait déjà raccroché. Il souffla bruyamment et commença à sortir du parking en marche arrière avant de s'arrêter pour consulter sa carte routière. Durness était situé sur l'A836 qui traversait également Edderton. Savoir combien de temps le trajet lui prendrait était une autre paire de manches. Son portable réussit à cet instant à trouver en lui juste assez de vie pour un texto en provenance de Siobhan : *Cher David Bailey, difficile à dire – mais ça a l'air prometteur x.*

Il retourna au centre de Dornoch où, face à la cathédrale brillant de toutes ses lumières, l'hôtel lui fut comme une invite entre bières, bel assortiment de whiskies pur malt et aussi repas chaud, avec un peu de chance. Avant de s'engager dans son périple, il avait fait le plein de son portefeuille, sachant qu'il devrait probablement dormir quelque part en chemin. Il gara la Saab juste devant l'entrée de l'hôtel avant d'en sortir son sac.

31

Il se réveilla tôt et fut le premier dans la salle du petit déjeuner. Œufs, saucisses et bacon plus deux tasses de café soulagèrent sa tête alourdie par un whisky de trop. Il avait gelé pendant la nuit et un soleil laiteux faisait de son mieux pour percer les minces couches de nuages. Les citoyens de Dornoch se préparaient à leur journée ou rentraient chez eux munis de leur journal préféré. Rebus balança son sac dans la Saab, racla le givre sur son pare-brise à l'aide de sa carte de crédit et démarra.

L'A836 démarrait à deux voies et la circulation était dense, essentiellement les gens du coin, peu de touristes. De nombreux semi-remorques lourdement chargés de billes de bois se serraient à son passage, direction le sud. Il refit le plein à la première station-service rencontrée, ne sachant pas où il en trouverait une autre. L'employé de la station n'en savait guère plus que lui.

— Tout dépend de la route que vous allez prendre, lui expliqua-t-il.

— Ce n'est pas faux, dit Rebus, incapable de prendre en défaut la logique du jeune gars.

Puis, réalisant soudain combien chaque litre de carburant lui coûtait, il demanda un reçu. Une fois dans sa voiture, il consulta à nouveau la carte. Il ne connaissait aucun des pics de la région qui portaient tous des noms gaéliques : Cnoc a Ghiubhais ; Meall an Fhuarain : Cnoc an Daimh Mor. Il connaissait un whisky du nom de anCnoc, donc le nom « Cnoc » devait bien signifier quelque chose et la prochaine fois, peut-être prendrait-il le temps de bien lire l'étiquette sur la bouteille. Après le village de Lairg, la route se rétrécit à une seule voie avec de temps en temps des espaces de croisement sur le bas-côté et, de part et d'autre, un paysage plus aride. Les sommets des pics étaient sous les nuages, leurs flancs poudrés de neige. Il longea des plantations de conifères et d'autres réduites à des coupes claires dont les souches ressemblaient aux pierres tombales de quelque vaste cimetière. Le ciel était couleur de plomb et des panneaux décrépits en bord de chaussée prévenaient les automobilistes de la présence éventuelle d'agneaux sur la chaussée. À Altnaharra, l'hôtel restait ouvert toute l'année ; quelques voitures y étaient garées et randonneurs comme alpinistes se préparaient aux rigueurs de leur journée. Il se rangea et resta dans sa voiture vitres baissées pendant quelques minutes, à les regarder se préparer en surprenant au passage des bribes de conversation. Certains avaient des cartes d'état-major autour du cou, protégées des éléments par des pochettes en plastique transparent. Leurs sacs à dos débordaient de provisions et de ponchos et la plupart s'étaient munis d'un long bâton – voire deux – pour soulager leurs articulations. Il attendit que le dernier de la troupe ait franchi tant bien que mal l'échalier enjambant la clôture et lui tourne le dos pour allumer une cigarette et souffler la fumée dans l'air froid et pur.

Une demi-heure plus tard, il pénétrait dans le village de Tongue où il prendrait plein ouest en longeant la côte jusqu'à Durness. Mais avant cela, il avait un petit détour à faire. Dans la poche de sa veste, il gardait une photographie qu'il avait reçue quelques années auparavant et s'en servit pour trouver ce qu'il cherchait. Le village proprement dit était en retrait sur la gauche mais il se dirigea vers la route qui franchissait le Kyle[1] of Tongue. Le bungalow jouxtait une auberge de jeunesse mais il ne vit aucun nom près de la sonnette. Il pressa le bouton et attendit, pressa de nouveau. La vue était à couper le souffle mais la maison avait vécu, les éléments

1. Petit chenal séparant deux îlots.

n'avaient pas été tendres avec elles et n'en resteraient pas là. Il jeta un coup d'œil par la fenêtre du salon puis fit le tour de la bâtisse. Aucune clôture ne la séparait du champ sur l'arrière. La cuisine montrait clairement que la maison était occupée : un paquet de céréales à côté de la table, du lait qui attendait d'être remis au frigo. Il regagna la Saab et se demanda ce qu'il devait faire. Cris de mouettes et bourrasques de vent étaient les seuls bruits alentour. Il arracha une page à son calepin, y gribouilla un bref message et retourna à la porte d'entrée pour glisser le feuillet dans la boîte aux lettres.

Il reprit la route en silence, n'étant pas d'humeur à écouter un CD ni même une éventuelle radio si toutefois il parvenait à la capter. Il pénétra bientôt en un lieu baptisé « Géoparc des Highlands du Nord-Ouest » dont le paysage presque lunaire semblait appartenir à une autre planète, avec des amas de rochers à peine couverts d'un soupçon de végétation. De temps à autre, une anse sur le rivage offrait une vue spectaculaire de sable blanc virginal et de mer bleue. Il commença à se demander si de sa vie, il s'était jamais éloigné autant d'un pub. Durness n'était qu'à quelques kilomètres mais il n'avait aucune idée de ce qu'il y trouverait. Il contourna Loch Eriboll et reprit plein nord. Durness ne se situait pas exactement à la pointe de l'Écosse – si l'on estimait que la voiture supporterait l'épreuve, on pouvait toujours suivre une piste jusqu'à Cape Wrath. Rebus avait le numéro de téléphone d'un habitant du coin mais pas le moindre signal pour son portable. À son arrivée à Durness, il vit plusieurs cottages et des maisons modernes plus grandes, plus quelques magasins. Et aussi deux vénérables pompes à essence. Il s'arrêta tout à côté et traversa la rue jusqu'au Spar, où il demanda à l'employée si elle savait où habitait Anthony Greenwood.

— Il est allé à Smoo ce matin, lui répondit-elle. Je ne suis pas sûre qu'il soit rentré.

Il lui montra alors la photo.

— Vous êtes de la police ? D'Édimbourg ? Anthony nous en a parlé. L'endroit que vous cherchez est tout près de Keoldale.

Deux minutes plus tard, armé d'un nouveau paquet de cigarettes, il remonta dans la Saab et, suivant les indications – presque trop précises – de la dame, fit trois kilomètres de plus, mais en s'approchant du site, il sut que ce n'était pas le bon. Quelque chose ne cadrait pas bien. Fouetté par les bourrasques de vent, il contempla le Kyle of Durness en contrebas et le versant de colline dénudé derrière une rangée d'arbres en ordre de bataille dont certains paraissaient ployés pour l'éternité.

— Non, dit-il.

Le flanc de colline était trop abrupt.

Il le savait depuis le début, et plus encore depuis Edderton. Il reprit lentement la route en montagnes russes, juste au cas où il aurait raté quelque chose, mais l'employée du magasin l'avait bien envoyé au bon endroit.

C'est juste que le lieu ne *collait* pas.

Il consulta de nouveau sa carte. Il pouvait rentrer par le même itinéraire ou continuer. La route faisait une sorte de circuit avant de rejoindre l'A836 et il n'avait jamais été homme à revenir sur ses pas, aussi décida-t-il de prendre vers le sud-ouest direction Laxford Bridge. La chaussée était toujours très étroite, avec de temps à autre un passage pour des croisements éventuels, mais la circulation était nulle. Malgré les cent cinquante kilomètres parcourus depuis Dornoch, pas une seule fois il n'avait dû se traîner derrière un véhicule quelconque. Les touristes en goguette étaient au mieux sporadiques, plus quelques rares camions de livraison. Mais les gens étaient polis, lançant des appels de phares pour lui signifier qu'ils s'étaient rangés sur le bas-côté pour le laisser passer ou le saluant au passage d'un geste lorsque les rôles étaient inversés. Il avait traversé le pays vers la côte ouest et se dirigeait à nouveau vers l'intérieur des terres, vers le sud puis l'est, sur des kilomètres et des kilomètres de paysages vides seulement peuplés de moutons. Par deux fois, il avait été contraint de s'arrêter pour laisser passer des brebis et, à une occasion, avait surpris un grand oiseau de proie planant au-dessus des sommets lointains semés de carrés de neige sous un énorme ciel graisseux. Il longea des lochs à la surface miroitante, avec du gibier d'eau posé dessus, et ses pneus enfonçaient un peu plus profondément dans le goudron de vieilles dépouilles d'animaux écrasés. Il venait d'atteindre un loch étroit en forme de patte de chien quand son portable sonna. Un appel raté. Il se rangea et rappela. Le signal était bon.

— Papa ? dit Samantha. Où es-tu ? Je viens de rentrer et j'ai vu ton petit mot…

Il était sorti de la Saab dans l'air vif et pur.

— Je passais par là, c'est tout. Tu imagines ?

— Non, répondit-elle en étouffant un rire.

— Il se trouve que c'est la vérité. J'ai dû aller vérifier un truc à Durness.

— Comment as-tu fait pour trouver la bonne maison ?

— La photo que tu m'avais envoyée.

Il la sortit de sa poche : Samantha était debout devant son bungalow, le bras passé autour de la taille du grand jeune homme collé à elle.

— Et tu es où, là maintenant ?

— Nulle part. Littéralement.

Il regarda alentour, vit un flanc de colline reflété à la surface immobile du loch.

— Si seulement je me souvenais de mes cours de géographie, je pourrais peut-être te décrire l'endroit.

— Trop au sud pour faire demi-tour ?

— Je crois bien. Je dois être à quatre-vingt-dix kilomètres de Tongue.

— Quel dommage.

— La prochaine fois, hein ? dit-il en se frottant le front du gras du pouce. Ou alors, si tu passes par Édimbourg. Comment ça va ? Le paysage est magnifique chez toi.

— Tu as regardé par les fenêtres, je parie. C'est un vrai bazar chez moi.

— Pas pire que mon appart. Comment va Keith ?

— Il va bien. Il travaille à Dounreay, au projet de fermeture de la centrale nucléaire.

— Tu vérifies s'il est radioactif ?

— Je n'ai plus besoin de lampe de chevet, plaisanta-t-elle, avant d'ajouter : Tu aurais dû me prévenir que tu venais.

— Ç'a été une décision de dernière minute, mentit-il. Désolé de ne pas t'avoir téléphoné depuis un moment.

— Je sais que tu es occupé. J'ai vu aux infos cette femme citer ton nom… (Elle voulait parler de Nina Hazlitt.) C'est pour ça que tu es allé à Durness ?

— En quelque sorte.

— Donc ça veut dire que tu vas revenir ?

— Je ne crois pas, non. Mais tout va bien entre Keith et toi ?

— On… on essaie une fécondation in vitro.

— Ah bon ?

— À l'hôpital Raigmore. La première n'a pas marché.

— Désolé de l'apprendre.

— Mais on ne baisse pas les bras – pas encore.

— C'est bien.

Il ferma les yeux et les rouvrit. Il fallut un moment pour que le paysage perde tout son flou.

— Je regrette de ne pas avoir été là, dit Samantha. J'étais juste allée voir une amie. Elle a un bébé de neuf mois…

— Au moins, maintenant, je sais où tu habites. À l'avenir, quand on sera au téléphone, j'imaginerai le paysage devant ta fenêtre.

— C'est chouette, non ?

— Oui, vraiment, dit-il avant de s'éclaircir la gorge. Il faut que j'y aille. Je suis censé travailler en ce moment.

— Prends soin de toi, papa.

— Toi aussi, Samantha.

— Ça me touche que tu sois venu me voir. Je suis sincère.

Il coupa la communication et resta un moment à contempler le vide sans rien voir du paysage. Pourquoi ne pas lui avoir dit qu'il allait passer ? Voulait-il seulement lire l'expression sur son visage et juger *de visu* si elle était heureuse de le voir ou pas du tout ? Probablement. Mais il y avait l'autre éventualité : il avait tout fait pour qu'elle ne soit pas chez elle. Ainsi, ils continueraient à se rater. Il avait fait l'effort, en se gardant de toute répercussion possible. Depuis qu'il avait entendu le nom de Durness, il n'avait cessé de penser à Samantha tout en cherchant une excuse pour lui rendre visite sans que son geste apparaisse comme un effort délibéré de sa part.

Juste de passage.

— T'es un fêlé de première, John, se dit-il en remontant dans sa voiture. Et qui veut d'un fêlé comme grand-père ?

Fécondation in vitro : elle n'en avait encore jamais parlé, en fait, elle n'avait jamais vraiment parlé d'enfant. Il se demanda quel était le problème. Une dizaine d'années auparavant, elle avait été renversée par une voiture – est-ce que l'accident aurait entraîné des complications ? Ou peut-être était-ce Keith et son travail. Ils avaient déjà fait une première tentative sans rien lui dire. Peut-être voulaient-ils lui faire la surprise ? Ou alors la place qu'il occupait dans leur existence n'était pas suffisamment importante pour un tel aveu ?

À Bonar Bridge, au lieu de prendre à droite et de traverser une nouvelle fois Edderton, il choisit la rive nord du Dornoch Firth et rejoignit l'A9 à Clashmore.

— Re-salut ! dit-il à la route.

Il se dirigeait vers le sud, traversant au passage Tain, Inverness, Aviemore et Pitlochry, l'estomac trop serré pour un déjeuner tardif. Mais il refit le plein, acheta un journal et une bouteille d'eau. Sur la voie opposée s'étirait un véritable convoi avec, en tête, un transporteur tractant un bulldozer sur sa remorque. Dans sa direction, la circulation était plus fluide et il remercia le ciel. Juste au sud d'Aviemore, il se rangea sur une aire de repos derrière un semi-remorque et un camion de livraison et sortit pour s'étirer et se dénouer les épaules. Malgré le nombre de véhicules sur cet itinéraire, il avait le sentiment qu'après quelques dizaines de mètres dans les collines avoisinantes, il s'avancerait en terrain absolument vierge, jamais foulé par les pas de quiconque. Ces terres sauvages le restaient précisément parce que personne jamais ne prenait le temps de s'arrêter. Il se retourna en entendant la portière du camion s'ouvrir et vit le chauffeur mettre pied à terre.

— Vous auriez du feu par hasard ? lui demanda-t-il en agitant une cigarette.

Rebus lui en donna.

— L'allume-cigare est nase, expliqua le gars en manifestant sa gratitude par des hochements de tête avant d'inhaler sa première bouffée.

— Et le poids lourd ? demanda Rebus.

— Le conducteur n'existe plus pour le reste du monde. Il a tiré ses rideaux et tout. On pourrait lui vider sa cargaison, il continuerait à ronfler.

Rebus sourit.

— On dirait que l'idée vous a traversé la tête.

— Pas vraiment, répondit l'autre. Des plaques hollandaises, alors probable qu'il transporte plus de fleurs que d'écrans plats.

— L'idée vous a bien traversé la tête, dites-moi.

L'homme éclata de rire et tira sur sa cigarette.

— Comment savez-vous s'il va bien ? demanda Rebus en parlant du chauffeur routier.

— S'il conduit ces engins-là tous les jours, il est loin d'aller bien, répondit le mec en vrillant un doigt à sa tempe avant de lui demander s'il était commercial.

— J'ai juste été obligé de remonter vers le nord, répondit Rebus en restant au plus vague.

— Inverness ?

— Plus au nord encore.

— Wick ?

— Au nord-ouest, vers Cape Wrath.

— Je ne savais pas qu'il y avait de la vie dans ce coin-là.

— Vous êtes bien informé.

Rebus s'interrompit le temps que passe un semi-remorque suivi par un flot de voitures. La pression de l'air changea, à croire qu'une force irrésistible essayait de le tirer vers la chaussée.

— C'est pire encore sur les autoroutes, dit le chauffeur du camion. Essayez donc de pisser sur l'accotement de la M8.

— C'est noté. Vous prenez souvent cette route ?

— Régulier comme une horloge : Inverness-Perth-Dundee-Aberdeen. Je pourrais rouler les yeux fermés.

— Mais peut-être pas quand je suis dans les parages, hein ?

— Pourquoi ? Vous auriez peur que j'abîme votre Saab ?

— Non, fit Rebus en secouant la tête. Je serais navré de devoir vous arrêter…

32

Retour à Édimbourg.

De longues files pour entrer dans la ville, une vitesse limitée à soixante-cinq kilomètres à l'heure et contrôlée par caméras. Et toujours ces foutus travaux. Puis, à l'entrée de la cité proprement dite, des panneaux signalant la construction du futur tramway, avec déviations et fermetures de routes. Il avait le dos en feu. Trop de temps passé au volant, et des conditions de conduite loin d'être relaxantes. Arrivé à Gayfield Square, il colla l'affichette POLICE derrière son pare-brise avant de descendre et de tapoter le toit de la Saab pour la remercier de ne pas être tombée en panne. Puis il entra dans le poste, s'attendant à tomber sur sa Némésis habituelle. Au lieu de quoi il aperçut un nouveau visage derrière le Plexiglas : la jeune femme prit sa pièce d'identité pour argent comptant et le fit entrer sans autre forme de procès. Il gravit l'escalier et entra dans la salle du CID. Tout le monde était rassemblé autour de l'ordinateur d'Esson.

— Qu'est-ce que j'ai raté ? demanda-t-il.

— Bienvenue au bercail, dit Page en relevant brièvement la tête avant de l'inviter à s'approcher.

— Les caméras de la station-service, expliqua Siobhan Clarke.

Les vidéos avaient déjà été visionnées, mais uniquement pour s'assurer qu'Annette McKie était bien montée dans le bus.

— Christine a eu l'idée de rembobiner un peu plus loin.

Esson utilisait sa souris pour accélérer le défilement des images, avant comme arrière, par séries de plusieurs plans. Annette se dirigea vers la queue devant le car puis parut battre en retraite avant de sortir du champ. Plan de coupe vers une autre caméra qui la montrait de plus loin. Angle différent mais à l'évidence, pris au même moment. Retour, retour, retour, vers les portes vitrées de l'arrêt de bus. La porte qui s'ouvre à son approche, se referme après son passage, sa main encore sur la poignée métallique. Elle était maintenant sur le trottoir, son image presque opacifiée par le verre.

— On peut zoomer ? demanda Rebus.

— Ce n'est pas nécessaire, dit Clarke. Regarde celui qui arrive.

Une silhouette s'approchait d'Annette, elle lui parlait. Rebus inspira dents serrées. Frank Hammell était parfaitement reconnaissable, il lui agrippait le bras. Puis le duo quitta le champ avant de réapparaître, Hammell serrant la main de la jeune femme comme s'il ne voulait plus la lâcher. Elle se débarrassa de lui d'un mouvement d'épaules et poussa la porte pour s'avancer d'un pas décidé et traverser la chaussée. Plan de coupe vers une autre caméra. Était-ce du soulagement qui se lisait sur son visage ? Elle était sur la pointe des pieds, un sac à l'épaule, et avait rejoint la courte queue qui montait dans le car à un seul niveau, jetant une seule fois un coup d'œil derrière elle pour voir si Hammell était toujours là.

— Lui entre tous, dit James Page.

Il se redressa et posa la main sur l'épaule d'Esson :

— Excellent travail, Christine.

Puis il claqua des mains, une seule fois, en les gardant pressées l'une contre l'autre.

— Donc, maintenant, nous convoquons M. Hammell, ce bon ami de la famille McKie, afin d'avoir un petit entretien avec lui.

— Il n'a jamais dit qu'il se trouvait à la station de bus ? devina Rebus.

Clarke répondit en secouant la tête.

— Et nous venons d'obtenir de son fournisseur d'accès la liste des appels d'Annette depuis son mobile. Elle a envoyé une douzaine de SMS du bus – dix à sa copine Timmy, les deux autres à un portable appartenant à Frank Hammell. La seule fois où son téléphone a servi ensuite a été pour envoyer la photo à Thomas Redfern.

— Et les appels qu'elle a reçus ?

— Nous ne les avons pas.

— Il serait intéressant de savoir si Hammell lui a renvoyé un SMS en réponse.

— Nous lui poserons la question, répondit sèchement Page. Cet homme a un casier, n'est-ce pas, John ?

— C'est un criminel, aucun doute là-dessus, mais jusqu'à preuve du contraire, nous ne l'avons jamais épinglé pour quoi que ce soit.

— Eh bien, il a menti dans le cadre de cette enquête, et cela suffit amplement pour l'inculper.

— Entrave à la justice, à tout le moins, confirma Ronnie Ogilvie.

Page hocha lentement la tête.

— À vos bureaux, tout le monde. Siobhan, appelez M. Hammell et demandez-lui poliment de venir se joindre à nous.

Il accrocha le regard de Rebus et lui indiqua son cagibi. Celui-ci le suivit, sans prendre la peine de refermer la porte. Les espaces trop étriqués, il en avait sa claque pour la journée.

— Comment ça s'est passé ? lui demanda Page.

— J'ai la conviction que la photo a été prise dans un endroit appelé Edderton.

— Siobhan semble d'accord. Mais elle a ajouté qu'il y avait une entourloupe là-dessous…

— Pas exactement. Mais je pense que le kidnappeur joue au chat et à la souris avec nous.

Page prit un instant pour digérer l'info.

— Et Hammell ? demanda-t-il.

— Il faut l'interroger.

— Il aurait pu la suivre jusqu'à Pitlochry…

— Il aurait pu, admit Rebus.

Page resta songeur.

— Comment s'est passé le restant de votre voyage ?

— Banal dans l'ensemble, dit-il en lui tendant son reçu de plein d'essence. Mes frais de route, précisa-t-il.

Page étudia le reçu.

— Daté d'aujourd'hui, dit-il.

— C'est exact.

— Je croyais que vous étiez parti hier ?

— Le voyage a duré plus longtemps que prévu.

— Vous avez passé la nuit là-bas ?

— À l'hôtel.

Page tendit la main mais Rebus fit non de la tête.

— Disons que c'est pour moi.

Il s'apprêtait à prendre congé mais Page n'en avait pas tout à fait terminé.

— Nina Hazlitt vous a cité nommément pour vous féliciter.

— Vous m'en voyez navré.

— Tant que ça ne vous monte pas à la tête.

— Bien au contraire, James, je peux vous l'assurer…

À son retour dans la grande salle, il constata une nouvelle fois qu'il ne pouvait s'asseoir nulle part maintenant que l'équipe était au complet. Il y avait bien une chaise à cadre métallique sortie de la salle d'interrogatoire mais pas de table pour l'accompagner. Il la posa à côté du bureau de Clarke en vérifiant que les pieds ne risquaient pas de s'effondrer sous son poids.

— Je les mets où ? demanda-t-il en touchant un des cartons du bout du doigt.

— Chaque chose en son temps, répondit-elle.

— Sinon, je les aurai trimballés ici pour rien en risquant une hernie.

— Pauvre petit, dit-elle en le fixant une seconde avant de retourner à son écran. Comment s'est passé le reste de ton périple ?

— J'ai jeté un coup d'œil à Durness.

— C'est bien ce que je pensais. Ce qui explique pourquoi tu ne rentres que maintenant.

— Je ne suis candidat à rien.

Elle venait de trouver sur son ordinateur un numéro permettant de contacter Frank Hammell. Elle colla son téléphone à l'oreille et attendit.

— Monsieur Hammell ? Inspecteur Clarke à l'appareil. Pourrions-nous vous parler au poste de police…, demanda-t-elle en tapotant du bout de son crayon un calepin posé à côté de son clavier. Aujourd'hui, si c'est possible.

Elle écouta sa réponse puis demanda quand il serait de retour.

— Eh bien, si c'est le mieux que vous puissiez faire, monsieur, nous nous verrons donc demain à midi.

Elle raccrocha et se tourna vers Rebus.

— Il dit qu'il est à Aberdeen pour affaires.

— L'affaire Thomas Robertson ? demanda-t-il en faisant la moue.

Clarke haussa les épaules. Lui étudiait la carte au mur. De nouvelles punaises y avaient été ajoutées, de nouvelles suggestions d'emplacements possibles. Les plus nombreuses se trouvaient toujours aux environs d'Edderton. Christine Esson s'approcha.

— Vous lui avez appris ? demanda-t-elle à Clarke.

— Appris quoi ?

— Les repérages d'après les portraits-robots.

— Oh, fit Clarke en se préparant à répondre quand Page l'appela en lui faisant signe de le rejoindre dans son bureau. Il vaudrait mieux que ce soit vous, dit-elle alors à Esson en se levant pour se faufiler entre Rebus et sa table.

— Je suis tout ouïe, dit celui-ci.

— Vous savez que nous avons diffusé les portraits électroniques des disparues ? commença Esson.

— Oui.

— Nous avons eu des retours : certaines d'entre elles ont été vues.

— Bien…

— Et détail intéressant, la plupart concernent Sally Hazlitt.

— En quoi est-ce intéressant ?

— Parce qu'elle a disparu depuis plus longtemps que les autres. Ce qui signifie que son e-fit risque d'être le moins précis de tous.

Il est plus facile de vieillir une photo de deux petites années plutôt que de douze.

Rebus hocha la tête, c'était logique.

— Alors où les a-t-on vues, ces femmes ?

Esson retourna à son bureau et revint avec une liasse de papiers couverts de son écriture.

— Brigid Young a été repérée l'année dernière. Serveuse dans un bar de Dublin. Et elle a aussi maintenant un accent australien.

— Vous êtes d'accord si on jette ça aux oubliettes ?

— Je crois qu'on peut éliminer la plupart de ces messages, sourit Christine Esson.

— Mais pas tous ?

Elle consulta de nouveau ses notes.

— Zoe Beddows a été vue à Brighton, Bristol, Dumfries et Lerwick – au cours de ces trois derniers mois.

— Elle se déplace beaucoup apparemment.

— Quant à Sally Hazlitt…

Elle fit quelques additions, ses lèvres articulant les nombres.

— Onze repérages au total, un peu partout, depuis Douvres jusqu'à Dundee.

— Il y a une chose que vous ne me dites pas.

— Deux personnes prétendent l'avoir vue à Inverness travaillant dans un hôtel.

— Le même hôtel dans les deux cas ?

Esson acquiesça.

— Les deux appelants ne se connaissent pas et ils ont résidé dans cet hôtel à des moments différents. L'un en septembre, l'autre en octobre. Ça doit être une coïncidence, d'accord ? Je veux dire, comme Inverness est sur l'A9…

— Comment s'appelle l'hôtel ?

— Whicher's. Il fait partie d'une chaîne. Je n'en sais pas beaucoup plus.

— Elle était femme de chambre ?

— Non. Réceptionniste. Je suis sûre que c'est rien, ajouta-t-elle après un temps de réflexion.

Rebus hocha lentement la tête.

— Et c'est le seul exemple que vous ayez où deux personnes distinctes ont offert spontanément la même information avec la même exactitude.

— Jusqu'à présent, oui.

— Eh bien, j'estime que ça vaut la peine d'être vérifié.

— Mais ce n'est pas une priorité cependant ?

— À votre avis ?

— Je pense qu'il y a longtemps qu'elles sont mortes.

— Et Annette McKie ?

— Il reste une chance – mais infime.

— C'est bien pour ça qu'il faut se concentrer sur elle, dit-il. À propos, vous avez fait du bon travail – les caméras de la station de bus. C'est la preuve de ce qui peut arriver quand on fait les choses avec soin.

Il la vit baisser légèrement la tête.

— Pour être honnête, je ne me sens pas très bien à propos de ça.

— Pourquoi ?

— Parce que ça n'a pas été vu dès le départ, dit-elle avec un regard vers la porte de Page.

— C'est Siobhan qui a visionné les cassettes la première ? devina-t-il.

Esson acquiesça, d'un hochement à peine perceptible.

— Vous croyez qu'elle est en train de se faire fesser pour ses peines ?

Il vit les joues de la jeune femme s'empourprer.

— Je pense quand même que vous méritez une récompense… Que diriez-vous d'un beau grand mug plein d'eau chaude ?

33

L'Oxford Bar était tranquille comme en milieu de soirée. Rebus buvait une bière IPA en lisant l'*Evening News* dans l'arrière-salle quand Siobhan arriva. Elle lui demanda s'il en désirait une deuxième.

— Tu m'as déjà vu refuser ?

Elle retourna sur ses pas et revint deux minutes plus tard avec une nouvelle pinte et un verre plein d'un liquide verdâtre et pétillant.

— Limonade et citron vert ?

— Gin, citron vert et soda, corrigea-t-elle en levant son verre pour en prendre une gorgée avant de souffler bruyamment.

— C'est le signe d'une journée difficile, dit-il.

— Nous ne pouvons pas tous nous permettre d'aller nous balader dans les Highlands.

— Est-ce que Page t'a cherché des crosses ?

— À propos de quoi ?

— Parce que tu n'avais pas repéré Hammell à la station de bus.

— Tu le sais de Christine, lui dit-elle.

Elle le regardait mais il haussa les épaules et attendit sa réponse.

— Je crois qu'il était bien plus agacé par le fait de devoir attendre demain pour planter ses griffes dans Hammell.

— Suis-je invité à cet interrogatoire ?

— Non.

— Rien que toi et *Physical Graffiti* ? Ce sera d'un douillet.

— Ne recommence pas.

Il leva les mains en signe de reddition et le silence s'installa une minute ou deux. Finalement elle lui demanda s'il y avait du neuf dans le journal.

— Pas grand-chose.

— Christine t'a parlé des portraits-robots.

Il acquiesça.

— Ils m'ont donné à réfléchir, poursuivit-elle. Peut-être que la comptable avait des problèmes d'argent. Et la coiffeuse a pu décider qu'elle en avait assez des hommes mariés…

— Et Sally Hazlitt ?

Haussement d'épaules de Clarke.

— Des tas de gens disparaissent, John, pour toutes sortes de raisons. Regarde Annette McKie. Une enfant un peu sauvage. Elle se dispute avec le petit ami de sa mère et décide d'aller se cacher un moment – peut-être pour le punir lui ou en faire baver à maman.

— Et la photo ?

— Possible qu'elle n'ait rien à voir avec tout ça.

— Sous-entendu je vois des choses, c'est ça ?

— Ton boulot, c'est de vérifier toutes les pistes possibles et de ne rien laisser passer. Ce sont peut-être de simples accidents de parcours parfaitement aléatoires.

Il se concentra sur la fin de sa première pinte pour pouvoir entamer la seconde.

— C'est une chose que nous devons envisager, John.

— Je le sais, dit-il en essuyant la mousse sur sa lèvre supérieure. Donc serais-tu poliment en train de me faire comprendre que la police n'a plus besoin de mes services ?

— Ce n'est pas de mon ressort.

— C'est Page, alors ? Tu ne lui ferais pas ses petites commissions pour rentrer dans ses bonnes grâces, dis ?

Son regard furieux parla pour elle.

— James est d'avis que tu n'as rien de tangible à offrir. Mais lui en revanche a du pain sur la planche, avec Thomas Robertson et Frank Hammell.

— Pourquoi Hammell irait-il enlever la fille de sa maîtresse ?

— Il faudra que nous lui posions la question.

Rebus secoua lentement la tête puis lui demanda si elle voulait un autre verre. Elle consulta l'heure sur son portable.

— Il faut que je parte, dit-elle. Tu as l'intention de rester ici ?

— Et où veux-tu que j'aille ?

— À la maison, peut-être.

— Je songeais à t'inviter à dîner.

— Pas ce soir… Une autre fois, avec plaisir.

— Christine Esson se fait du souci pour toi, dit-il en voyant Clarke se lever.

— Du souci ?

— Elle craint que tu ne la rendes responsable d'avoir été convoquée par le grand chef.

— Elle n'y est pour rien.

— Tu pourrais peut-être le lui dire quand tu la verras demain ?

— Naturellement.

— À ton avis, il me reste combien de temps avant que Page ne m'envoie faire mes bagages ?

— Je ne sais pas.

— Une journée ? Peut-être deux ?

— Vraiment, je n'en sais rien, John. Je te verrai demain matin.

— Espérons-le.

Il leva son verre et salua son départ en la voyant tourner les talons et se diriger vers la sortie. Il était seul de nouveau, les autres tables déjà nettoyées en attente de clients. Il termina la lecture du journal au son des rires qui lui arrivaient du bar. Les clients habituels, une demi-douzaine de visages familiers. Parmi eux, il ne savait même pas comment certains gagnaient leur vie. Mais vu l'endroit, cela importait peu. Et même si certains avaient des surnoms vaguement liés à leur profession, personne n'avait proposé la même chose le concernant – pas devant lui en tout cas. Il n'était encore et toujours que John. Quand il regarda la table devant lui, la pinte offerte par Siobhan était réduite à un fond vaguement liquide. Il prit les verres vides et se prépara à rejoindre le gros de la troupe dans la salle donnant sur la rue. Avant de s'immobiliser et se rappeler le trajet jusqu'à Tongue et retour : ce sentiment d'isolement et d'immobilité, cette perception d'un monde inchangé et immuable.

Où es-tu ?

Nulle part. Littéralement.

— Mais je préfère ici, se dit-il en se dirigeant vers le bar.

34

— Juste quelques questions, monsieur Hammell, dit Page, arborant un nouveau complet sur mesure.

— Cet endroit empeste comme un caleçon de catcheur, répondit Hammell avec une grimace de dégoût.

— Ce n'est pas terrible, concéda Page en jetant un œil aux murs de la salle d'interrogatoire couverts de marques et de griffures. Mais c'est tout ce qu'il y a de disponible.

— Donc la psychologie n'a rien à voir dans l'affaire ?

— Pardon ? dit Page avec un regard innocent.

— Penser que ça risquait de m'agacer, que je pourrais dire des choses que je ne devrais pas ?

Siobhan contempla le sol et fit mine de vouloir déloger un fragment de nourriture entre deux dents, le seul moyen qu'elle avait trouvé pour ne pas sourire. Hammell avait lu Page à livre ouvert et parfaitement deviné son stratagème.

— En tout cas, merci de nous consacrer un peu de votre temps, dit Page. Je veux juste éclaircir une petite incongruité.

— Oh ?

Hammell était assis au fond de son siège, les jambes étalées devant lui à l'image d'un boxeur dans son coin entre deux rounds.

— Nous nous demandions, intervint Clarke, pour quelle raison vous ne nous aviez pas dit que vous vous trouviez à la station de bus avec Annette.

— Je n'ai pas souvenir qu'on m'ait posé la question.

— Il n'était pas nécessaire qu'on vous la pose, monsieur Hammell.

— Et d'abord qui dit que j'étais là-bas ?

— Les caméras en circuit fermé, répondit aussitôt Page, apparemment désireux de reprendre l'interrogatoire en main. Il semblerait que vous ayez eu des mots tous les deux.

— La caméra ne ment pas. Je lui ai dit qu'un de mes gars la conduirait à Inverness mais elle n'a pas voulu.

— Puis-je vous demander pourquoi elle a refusé ?

— Parce que c'est une petite bêcheuse obstinée, elle ne voulait pas courir le risque de me dire merci, expliqua Hammell visiblement agacé. Mais elle n'a pas refusé mon argent pour prendre le train. Après quoi, la voilà qui se pointe à la station de bus – c'est moins cher que le train et comme ça, elle empoche la différence.

— Est-ce que vous la suiviez ? demanda Clarke.

— En quelque sorte.

— Pour quelle raison ?

— Pour m'assurer qu'elle disait bien la vérité. Telle que je la connais, elle pouvait aussi bien aller voir une de ses copines junkie à Sighthill et se planquer là-bas pendant quelques jours.

— Donc vous l'avez suivie jusqu'à la station de bus ?

— D'abord à Waverly. Elle s'est renseignée sur le prix du train à une machine et n'a même pas pris la peine d'acheter un billet. Je l'ai filée ensuite jusqu'à St Andrews Square et… ben ça, vous l'avez sur les caméras, non ?

— Une dispute, dit Page.

— Je lui disais juste de prendre ce foutu train. Mais elle n'a pas cédé d'un pouce.

— Et vous ne nous avez rien dit de tout ça parce que… ?

— D'abord, je ne vois pas le rapport.

— Et ensuite ? demanda Clarke.

Une brève seconde, Hammell perdit un peu de sa belle assurance.

— Je ne voulais pas que Gail soit au courant.

— Et pour quelle raison ?

— Je ne savais pas comment elle réagirait, répondit Hammell, soudain mal à l'aise. Si elle apprenait que je mettais mon nez dans cette histoire ! Mais je suis comme ça. J'ai besoin de sentir que je tiens un peu les rênes.

Page réfléchit à sa réponse, bras croisés, le buste en arrière. Il allait poser une question mais Clarke le devança.

— Que pouvez-vous nous dire de Thomas Robertson ?

— Écoutez, je joue franc jeu, là – je ne vous cache rien.

— Et nous apprécions, monsieur Hammel, lui assura Page.

— O.K. dans ce cas. (Un temps de réflexion.) Vous pensez que c'est lui qui a enlevé Annette ?

— Est-ce pour cette raison que vous êtes allé à Aberdeen ?

— Robertson a un casier.

— Mais certainement pas pour enlèvement.

— Non, mais il doit bien connaître quelques truands par chez lui.

— Vous tentiez de découvrir si l'un d'eux l'avait enlevée ? Pourquoi aller faire une chose pareille ?

— Pour s'en prendre à moi.

— Et vous avez appris quelque chose ?

— Rien du tout, ils sont tous muets. Mais désormais le nom de Robertson a été cité et il circule – les gens savent que je veux lui parler…

Un nouveau silence dans la salle, rompu par Siobhan Clarke :

— Qui vous a dit que nous nous intéressions à Thomas Robertson ?

— Quoi ? fit Hammell, les yeux étrécis.

— Ce n'est pas le genre d'information à courir les rues.

— Vous êtes sûre ?

— Oui, je suis affirmative.

— Eh bien, maintenant, c'est fait. Son nom circule.

— Oui, mais *qui* vous l'a donné ?

— Je ne me rappelle pas, lui dit-il bien en face, d'une voix égale et neutre.

Et sans trop savoir pourquoi, Siobhan eut sa réponse.

Après tout, qui d'autre aurait pu faire une chose pareille ?

*

— Qu'est-ce que tu fiches ici ?

Rebus leva les yeux de son sandwich au pain grillé.

— C'est un café, répondit-il. Et je mange un morceau.

— Comme d'habitude ? demanda le gars derrière le comptoir à Clarke.

— Juste une noisette, lui répondit-elle en s'asseyant face à Rebus.

— Je ne m'étais pas rendu compte que tu avais un monopole sur cet endroit, lui dit-il en jetant un regard par la fenêtre vers Leith Walk.

— Je ne l'ai pas.

— Mais ça t'agace de me trouver ici.

— C'est toi tout entier qui m'agaces. Point final.

Il reposa son sandwich et s'essuya les doigts sur la serviette en papier cigarette.

— Et je peux savoir ce que j'ai fait ?

— Tu es allé voir Frank Hammell et tu lui as parlé, n'est-ce pas ?

— C'est lui qui dit ça ?

— Il n'a pas eu à le dire.

— Page est au courant ?

Elle secoua la tête. Le café arriva, de l'instantané, quelques granules flottaient encore à la surface.

— Et tu vas le mettre au parfum ?

— Pour Fox et son équipe, ce genre d'info serait du pain bénit.

— Quand Thomas Robertson s'est fait la malle, j'ai aussitôt pensé que Hammell lui avait mis la main dessus.

— Un petit détail que tu as décidé de garder pour toi.

— Je suis allé voir Hammell. Il a nié.

— Donc tu lui as bien donné le nom de Robertson ?

— La moitié d'Internet savait que nous avions emmené quelqu'un pour interrogatoire. Il lui aurait suffi de dix minutes pour apprendre ce que je lui ai dit.

Elle posa les coudes contre le rebord de la table et se pencha vers lui.

— Tu n'es pas de la Criminelle, John. Ce genre de truc n'est plus de ton ressort.

— C'est ce qu'on ne cesse de me répéter.

Il avait ouvert son sandwich pour en examiner le contenu : une tranche de fromage industriel et une lamelle de jambon, pâle et transparente.

— Est-ce que votre entretien avec Hammell a éclairci les choses ?

— Il a déclaré s'être disputé avec Annette parce qu'il lui avait donné de l'argent pour le train.

— Vous lui avez demandé ce qu'il fabriquait à Aberdeen ?

— Il cherchait Robertson.

— Il l'a admis ? demanda Rebus en la fixant avec attention.

Clarke acquiesça.

— Ce qui veut dire qu'il ne détient pas Robertson, dit-elle.

— À supposer toujours que tu prennes ses réponses pour argent comptant.

— Ce que tu ne fais pas, toi, j'imagine ?

— Bizarre qu'il ait accepté de vous le dire. S'il arrive quoi que ce soit à Robertson…

— Hammell vient d'endosser le costume de premier suspect, dit Siobhan d'un air songeur.

Rebus prit son gobelet de thé mais en refroidissant, une pellicule grasse s'était formée à la surface.

— J'ai besoin de boire un coup, dit-il.

— Mais non.

— Je crois que si, sinon je vais avoir ce goût de jambon dans la bouche tout l'après-midi. Tu viens ?

— Je m'en tiens au café, dit-elle avant de lui agripper l'avant-bras. Si jamais Page sent ton haleine…

— C'est bien pour ça que les pubs vendent des pastilles à la menthe, Siobhan, dit-il en souriant.

Et sur un dernier clin d'œil, il sortit.

Elle prit son café et souffla dessus. Fox avait raison bien sûr. John Rebus était le plus libre de tous les électrons et aucune force de police n'avait de place désormais pour des hommes comme lui. Il l'avait également prévenue que la simple proximité d'un tel personnage risquait de compromettre ses chances d'avancement. À dire la vérité, tout n'allait-il pas pour le mieux à Gayfield Square avant que Rebus n'y débarque en force avec ses gros sabots ? Une bonne équipe, un chef super et pas d'erreurs de jugement. Même si Rebus n'était en rien responsable du fait qu'elle ait raté Hammell sur les vidéos : elle seule était fautive et elle s'en était de nouveau excusée ce matin même auprès de James Page. Les paroles de Malcolm Fox continuaient à tourner dans sa tête : *Appelez-moi si vous estimez qu'il se débat comme un beau diable – qu'il se débat ou s'enfonce de plus en plus profond…*

Mais c'était justement sa façon de faire : remuer tous les sables et les sédiments du fond puis étudier les effets en examinant ce que l'opération avait mis au jour.

— C'est trop chaud ? lui demanda le gars derrière le comptoir.

Elle se rendit compte qu'elle continuait à souffler sur son café au lait, si fort qu'un peu de mousse avait débordé de la tasse.

— Non, c'est très bien, lui assura-t-elle.

Elle but une gorgée pour le lui prouver.

À dire vrai, le liquide était tiède, au mieux, mais elle le but malgré tout.

35

Lorsqu'il croisa Page dans le couloir à l'extérieur de la salle du CID, Rebus crachait ses poumons, ce qui ne faisait vraiment pas bonne impression.

— Vous allez bien, John ?

— Je ne me suis jamais senti aussi bien, lui répondit Rebus en s'essuyant les yeux d'un revers de main. J'ai un truc coincé dans la gorge.

— Un mégot de cigarette peut-être ? s'enquit Page en faisant délibérément mine de renifler l'air ambiant. Et des Polo à la menthe en guise de déjeuner ? Intéressant, votre régime alimentaire.

— Pour moi, ça marche, répondit Rebus avant de redresser les épaules.

— Je voulais vous parler, de toute façon…

— Est-ce que vous allez me virer ?

— Vous avez fait du bon travail chez nous, John, mais l'enquête semble avancer dans d'autres directions.

— Pendant que moi, je resterais coincé sur le bas-côté, le pouce levé à essayer de remonter en marche ?

— Je ne le dirais pas exactement en ces termes. Mais il est vrai que je commence à penser que votre séjour chez nous tire à sa fin.

— Auquel cas, j'aurais un service à vous demander.

— Oui ? fit Page, le front plissé.

— Ne prévenez pas tout de suite le SCRU. Il me faut un peu de temps pour vous débarrasser de ces cartons, dit Rebus en montrant vaguement le bureau de Clarke.

— Ça ne devrait pas prendre plus d'une heure ou deux, rétorqua Page. Je peux demander à quelqu'un de l'équipe de vous aider.

Rebus secoua la tête.

— Pas la meilleure utilisation de vos ressources, je dirais, James. Cela ne me gêne en rien de les déplacer moi-même. J'aurai débarrassé le plancher d'ici demain même heure.

Il tendit la main, que Page examina un instant avant de tendre la sienne.

Dix minutes plus tard, Rebus se retrouvait sur Leith Walk, un café à emporter dans une main et dans l'autre, une boîte de paracétamol achetée en pharmacie. Il en avala deux cachets et jeta un coup d'œil aux boutiques. L'une d'elles vendait des vinyles d'occasion mais il savait qu'il n'avait pas le temps de flâner. Convaincu qu'il était en état de prendre le volant, il se dirigea vers sa voiture, colla le panonceau ENQUÊTE OFFICIELLE DE POLICE sous le siège passager et mit le contact. Comme il était presque 15 heures, il ne pourrait pas échapper à l'heure de pointe sur le trajet, mais tant pis…

— De nouveau en selle, dit-il à la Saab en tapotant le tableau de bord pour lui porter chance.

Je pourrais conduire les yeux fermés… En se dirigeant vers l'A90, il se souvenait des paroles du chauffeur de camion… Sortir de la ville restait toujours aussi problématique : feux tricolores temporaires et équipes d'ouvriers défonçant les chaussées. Nombre de raccourcis par les quartiers résidentiels avaient été bloqués, avec pour conséquence qu'il ne servait à rien de quitter l'itinéraire direct vers le nord. La circulation ralentit de nouveau à l'approche du Forth Road Bridge et la route ne désemplit pas avant les sorties vers Dunfermline et Kirkcaldy. Il s'arrêta à la station-service de Kinross pour faire le plein et la femme de la réception le salua d'un petit signe de la tête. Peut-être avait-elle la mémoire des visages, mais il était plus logique de penser qu'il avait pris les tics et les rythmes de l'automobiliste régulier et elle le reconnaissait tout bonnement comme membre de cette grande tribu.

Perth, avec ses ronds-points surchargés, puis la fin de la route à quatre voies. BMW et Audi avec moteurs puissants se faufilaient entre les véhicules avec, au volant, des hommes en cravate au même look que l'homme avec lequel il avait échangé quelques mots à la station-service de Pitlochry. Le vendeur de « solutions ».

Il finit par arriver à Pitlochry, dont la portion de route à quatre voies était la bienvenue. Mais c'est là aussi que les camions poussifs se décidaient à doubler d'autres camions poussifs, accompagnés par ses chapelets de jurons quand il était obligé de freiner. Il regarda de près le chantier, au passage. Des hommes casqués en gilets haute visibilité continuaient à s'affairer avec leurs machines et leurs outils. Dans le lot, il ne vit ni Bill Soames ni Stefan Skiladz. Lorsque son CD de Michael Chapman se termina, il le remplaça par les Spooky Tooth, attrapa la bouteille d'eau posée sur le siège passager et en but une gorgée. Un ciel qui s'obscurcissait et pas le moindre amateur de randonnée à l'horizon. Il continua vers Bruar puis Glen Truim en laissant Newtonmore derrière lui. Aviemore à sa droite où, malgré toutes ses prières, seuls quelques rares camions se dirigèrent, puis Tomatin dont il salua une nouvelle fois la distillerie. La nuit était tombée, le ciel au-dessus d'Inverness était illuminé par les lampes au sodium, les routes de jonction encore chargées par les derniers retours au bercail. C'est seulement aux abords de la ville proprement dite qu'il songea qu'il aurait pu prendre le train. Mais il aimait trop sa voiture et tapota à nouveau le tableau de bord pour tenter de lui faire passer le message. Dix minutes plus tard, il était dans le parc de stationnement de l'hôtel Whicher où il s'étira longuement le dos en prêtant l'oreille aux cliquetis du moteur de la Saab qui refroidissait.

Il resta là le temps de griller une cigarette, à examiner les alentours. Un nouveau centre commercial accessible à pied, plus des boutiques et des emplacements de futurs magasins encore vides qui attendaient leurs éventuels locataires. Un quartier apparemment plus souvent fréquenté par les commerciaux que par les touristes. Lorsqu'il entra dans l'hôtel, il remarqua la moquette à motifs de tartan et la tête de cerf naturalisée au mur. Des lambris en bois un peu partout et de la musique en fond sonore. Un homme en costume à rayures se tenait devant la réception.

— Votre chambre habituelle, monsieur Frazer, lui assurait la demoiselle.

Elle était bien jeune – vingt ans, guère plus, peut-être même encore ado. Cheveux blonds bouclés et fard à paupières bleu marine. Derrière elle, un garçon du même âge était plongé dans ses papiers. Lorsque son tour arriva, Rebus eut droit au même sourire que M. Frazer mais ledit sourire se figea légèrement à la vue de sa pièce d'identité et du portrait-robot de Sally Hazlitt.

— Vous la reconnaissez ? lui demanda-t-il.

— Elle ressemble un peu à Susie, dit-elle. Qu'en penses-tu, Roddy ?

Le garçon se détourna de son ouvrage le temps de hocher rapidement la tête. Il portait un gilet qui ressemblait à la moquette.

— Susie travaille ici ? demanda Rebus, le badge de la jeune fille n'affichant que le prénom d'Amanda.

— Oui.

— Savez-vous si quelqu'un lui a montré cette photo ? Elle a été diffusée aux infos.

— Elle ne fait pas le même poste que moi, répondit Amanda, désormais sur ses gardes.

— Quand a-t-elle été vue pour la dernière fois ?

La jeune fille avait décroché son téléphone.

— Vous devriez parler à la directrice…, dit-elle.

Cette dernière s'appelait Dora Causley et elle s'installa au salon en compagnie de Rebus pendant qu'on leur préparait un thé. Elle étudia soigneusement le portrait-robot.

— Ça lui ressemble beaucoup, reconnut-elle.

— Susie ?

— Susie Mercer. Elle est chez nous depuis presque neuf mois.

— Mais aujourd'hui, elle ne travaille pas ?

— Elle a téléphoné il y a quelques jours qu'elle était souffrante. Normalement, à ce stade, elle aurait dû fournir un certificat médical…

— J'aimerais lui parler.
— Je peux vous donner ses coordonnées.
— Je vous remercie. Et sauriez-vous par hasard si quelqu'un lui a montré cette photo ou lui a parlé de la ressemblance ?
— Aucune idée, désolée.
Elle le laissa à son thé et ses biscuits au beurre et revint quelques minutes plus tard avec un morceau de papier : adresse et numéro de téléphone.
— Savez-vous où cela se trouve ?
— Je ne suis à Inverness que depuis deux ans, dit Causley en secouant la tête. Amanda peut vous trouver ça sur l'ordinateur.
Rebus acquiesça.
— Cette Susie Mercer ? Est-elle du coin ?
— Accent anglais, dit Causley. Il n'en manque pas dans cette région.
— Elle est mariée ?
— Je ne me souviens pas d'avoir vu une alliance.
— Elle doit avoir sa fiche au service du personnel – il serait possible d'y jeter un coup d'œil ?
— Pour cela, j'aurais besoin d'une autorisation.
— Ma parole ne vous suffit pas ?
La fermeté de son sourire valait réponse.
Muni d'un plan imprimé par Amanda, il gagna le parking. Le capot de la Saab était encore chaud.
— Désolée, ma vieille, s'excusa-t-il. Nous n'en avons pas tout à fait terminé.
L'adresse correspondait à un appartement en centre-ville situé au-dessus du magasin d'une association de charité. Il sonna et attendit. Il avait été contraint de laisser sa voiture sur une double ligne, en stationnement interdit, sinon il n'aurait pu se garer nulle part. Il sonna de nouveau et vérifia le nom correspondant : Mercer. Il aperçut alors un second bouton dont le nom avait été rayé. Il tenta sa chance et la porte s'ouvrit une minute plus tard. Un homme d'une bonne vingtaine d'années apparut au bas de l'escalier, la bouche pleine, en pleine mastication.
— Désolé, dit Rebus. Je cherchais Susie Mercer.

— Pas vue aujourd'hui.

— Elle est souffrante, j'ai appris. Ses collègues de travail s'inquiètent.

Le gars parut accepter le bobard sans problème.

— J'occupe l'appartement voisin du sien et d'habitude, j'entends sa télévision.

Il ouvrit le chemin dans l'escalier étroit jusqu'à un palier avec deux portes, l'une restée ouverte laissant entrevoir un studio avec canapé, lit et cuisinière. Il frappa à celle de Susie Mercer. Sans succès. Rebus essaya la poignée, en vain. Il n'y avait pas de boîte aux lettres donc impossible de jeter un coup d'œil à l'intérieur.

— C'est quand la dernière fois que vous l'avez vue ?

— Il y a quelques jours. Vous croyez qu'elle est chez elle ?

— Possible.

— J'espère qu'elle va bien.

— Il y a un propriétaire ? Il devrait avoir la clé, non ?

Le locataire acquiesça.

— Vous voulez que j'aille le chercher ?

— Il habite loin ?

— À quelques rues d'ici.

— Je vous en serais reconnaissant. Désolé d'avoir interrompu votre dîner.

— Pas de problème, dit l'homme.

Il alla chercher son blouson et se préparait à verrouiller sa porte quand il hésita et finit par dire à Rebus qu'il pouvait l'attendre à l'intérieur.

— C'est gentil à vous, dit celui-ci en acceptant son offre.

La pièce était petite, sa seule fenêtre à peine entrouverte, vraisemblablement pour évacuer les odeurs de cuisine. À vue de nez, chili en boîte avec un sachet de nachos pour l'accompagner. Il n'y avait pas de télévision, juste un ordinateur sur un bureau et le repas entamé dans un bol posé tout à côté. Un film avait été mis sur pause. Il reconnut l'acteur mais fut incapable de retrouver son nom. Il piqua un nacho dans le paquet et le mit dans sa bouche. À voir les enveloppes sur un rebord du mur derrière la porte, le locataire répondait au nom de G. Fortune et Rebus espéra simplement que le G du prénom n'était pas l'initiale de Good[1].

À côté du lit étroit étaient posés une lampe de lecture et quelques livres de poche bien fatigués. Des thrillers d'occasion, entre dix et quinze pence chaque, achetés peut-être à la boutique de charité du rez-de-chaussée. Pas de stéréo, un simple lecteur MP3 connecté à deux gros écouteurs. Pas d'armoire non plus, juste un rail pour les vestes, chemises et pantalons, et une commode bien écornée pour tout le reste. Il entendit s'ouvrir et se refermer la porte sur la rue et deux paires de pieds commencèrent à gravir les marches.

Le propriétaire serra la main que Rebus lui offrait mais une question le démangeait.

— Vous êtes de l'hôtel ?

— Je n'ai jamais dit ça.

— Geoff soutient que si.

Rebus secoua la tête.

— Il a peut-être eu cette impression, c'est tout, dit-il en sortant sa pièce d'identité. Je travaille pour la police, monsieur… ?

— Ralph Ellis. Alors qu'est-ce qui se passe ici ?

— Juste quelques questions à poser à Mlle Mercer. Il y a quelques jours qu'on ne l'a pas vue à son travail. Elle a téléphoné qu'elle était souffrante mais n'a pas fourni de certificat médical.

— Vous croyez qu'elle est peut-être…, demanda Ellis en montrant la porte verrouillée de la tête.

— Il n'y a qu'un moyen de le savoir, monsieur.

Ellis pesa le pour et le contre pendant quelques secondes puis sortit un trousseau de clés, trouva la bonne et ouvrit la porte tout en criant le nom de Susie Mercer.

La pièce était dans l'obscurité et Rebus alluma la lumière. Les rideaux étaient fermés, le lit défait. Un studio similaire à celui de Fortune, jusqu'au rack à vêtements et la commode à tiroirs. Mais

1. Good fortune : « bonne chance ».

les tringles du portant ne portaient plus rien et les tiroirs étaient vides.

— On dirait qu'elle a déménagé, dit Fortune.

Rebus fit le tour de la pièce et de la salle d'eau. Plus un seul article de toilette. Quelques revues féminines abandonnées par terre près du lit. Des trous de punaises sur le mur au-dessus de la tête de lit. Il les montra.

— Vous avez une idée de ce qui se trouvait là ?

— Deux cartes postales, dit Fortune. Une ou deux photos d'elle avec ses amis.

— Quels amis ?

Fortune haussa les épaules.

— Je ne les ai jamais vus en chair et en os.

— Elle avait un copain ?

— J'ai entendu des voix d'hommes de temps à autre…

— Bon, les interrompit le propriétaire, elle n'est pas ici et elle n'est pas morte, donc je pense que je peux refermer. À moins que vous n'ayez un mandat de perquisition…

Rebus n'avait pas envie de partir. Mais d'un autre côté, il ne voyait rien qui méritait qu'il s'attarde.

— Elle est à elle, la télé ? demanda-t-il.

— Je crois, répondit Fortune.

— Elle n'est pas à moi, déclara Ellis.

— Désormais elle l'est peut-être, répondit tranquillement Rebus.

Susie Mercer était partie en toute hâte en ne prenant que ce qu'elle pouvait emporter. Il donna sa carte de visite aux deux hommes.

— Au cas où elle reprendrait contact avec vous, expliqua-t-il.

— Mais elle ne reviendra pas, c'est bien votre avis, n'est-ce pas ? demanda le propriétaire.

En guise de réponse, Rebus fit non de la tête, lentement. Plus maintenant que son portrait-robot avait été diffusé partout…

36

Il s'installa au volant et réfléchit à la situation. Il se rappela alors le flic auquel il avait parlé à la Northern Constabulary, quand il cherchait à retrouver les dossiers d'archives de Sally Hazlitt et Brigid Young. Il avait un nom et un numéro de téléphone dans son calepin et passa son coup de fil. Il eut le standard du poste, se présenta et expliqua qu'il devait parler au sergent Gavin Arnold.

— Il n'est pas de service, lui dit-on.

— C'est un peu urgent. Auriez-vous l'obligeance de me donner son numéro personnel ou son portable ?

— Nous ne pouvons pas faire ça.

— Et si je vous laisse mon numéro, pouvez-vous lui transmettre le message ?

— Je vais voir.

En coupant la communication, il savait qu'il ne lui restait plus qu'une chose à faire : attendre. À Inverness, alias Dolphinsludge. Un soir de week-end sinistre avec la température qui dégringolait rapidement. Il roula au hasard sans voir grand-chose du paysage. Deux supermarchés ouverts où les clients ne manquaient pas. Des hommes plantés devant les pubs, tirant sur leur cigarette, impatients de rentrer dans la salle. Quand son portable sonna, il se rangea contre le trottoir.

— Qu'est-ce que je peux faire pour vous ? demanda Gavin Arnold.

— Vous vous souvenez de moi, sergent ?

— C'est à vous que je dois d'avoir passé presque une demi-journée couvert de poussière préhistorique à retrouver ces fichus dossiers. Depuis, je n'ai pas arrêté d'éternuer.

— Je vous en suis reconnaissant.

— Alors vous avez avancé ?

— Ce serait plus facile si je m'expliquais de vive voix.

— Vous avez l'intention de remonter ici ?

— J'y suis déjà.

— Vous auriez dû me le dire ; je suis au Lochinver, à deux pas de la gare, sur le même trottoir.

— Si c'est un pub, je crois que je suis passé devant il y a deux minutes.

— Je me trouve dans l'arrière-salle, près de la cible du jeu de fléchettes. Vous jouez ?

— Pas vraiment.

— Dommage. C'est une soirée de ligue et il nous manque quelqu'un…

Encore des doubles lignes devant le bar – tous les emplacements de parking occupés. Il laissa son panonceau derrière le pare-brise, verrouilla la Saab et poussa la porte du Lochinver. Arnold lui fit signe depuis le comptoir. Ils se serrèrent la main.

— C'est quoi, votre poison ? lui demanda Arnold.

— Juste une limonade.

— Vous devez conduire, c'est ça ? fit Arnold en toute sympathie.

Une bonne quarantaine d'années, mince et grand, en chinos brun-gris et chemise blanche à col ouvert. Les joues brillantes un peu écarlates, mais c'était peut-être dû à un whisky de trop.

— À ton tour, Gavin ! entendit-on crier.

— Je crains que ce ne soit une priorité, dit Arnold avec un sourire d'excuse.

— Allez-y, répondit Rebus.

Il se posa sur un tabouret au comptoir et regarda la partie de fléchettes. Arnold était bon mais son adversaire avait l'avantage. Leurs équipiers encourageaient bruyamment les deux hommes et

Arnold perdit la manche sur un unique coup gagnant de dix-huit points. Les deux adversaires se serrèrent la main.

La manche perdue fut le tournant du match qui s'acheva sur une défaite pour Arnold et son équipe. Après quelques discussions entre les joueurs, Arnold s'assit à côté de Rebus.

— Pas de bol, lui dit celui-ci.

— Je ne l'ai encore jamais battu, ce salopard, répondit Arnold, très agacé.

Mais il haussa vite les épaules et se commanda un autre whisky.

— Alors, qu'est-ce qui vous amène si loin d'Édimbourg ?

— Et qu'est-ce qui vous a conduit si loin du Lancashire ? lui répondit Rebus.

— Du Yorkshire, répondit Arnold avec un large sourire. Certains jours, on pourrait jurer que les Anglais sont plus nombreux que les Écossais ici. Même si ça ne se voit pas toujours au premier coup d'œil.

Il fit signe à la barmaid qui s'approcha, souriante elle aussi.

— Sue, je te présente un de mes amis. Il s'appelle John.

— Heureuse de vous rencontrer, John, dit-elle en tendant le bras entre les pompes à bière pour lui serrer la main. Les amis de Gavin, etc. comme le veut le dicton.

— Sue est propriétaire de cet endroit, expliqua Arnold avant de s'adresser à elle : John prétend qu'il peut situer les accents des gens… Alors, vas-y, montrez-nous vos talents – où est née Sue ? Je vais même vous mettre sur la piste – son nom de famille est Holloway.

Rebus étudia la femme de près mais le sourire qu'elle affichait lui disait clairement qu'il allait perdre. En même temps, il ne pouvait plus se dérober.

— Manchester ? finit-il par dire.

— Dis-lui, Sue, fit Arnold.

— Vous avez presque raison, John. Sauf que je suis née à Kirkcaldy.

— Ce qui fait de vous une Fifer[1], en ce cas. Tout comme moi, dit-il.

1. Habitant du comté de Fife, en Écosse.

— Vous y êtes probablement retourné plus souvent que moi.

— Ces temps derniers uniquement avec la M90 comme limite. Mais vous avez grandi à Manchester, je me trompe ?

— Non, c'est exact, admit-elle. Et pour ça, la maison vous offre un verre. Vous êtes sûr de vouloir rester à la limonade ?

Face à deux verres pleins, Rebus avertit Gavin Arnold que son monologue risquait de prendre un certain temps.

— Aussi longtemps que vous voudrez, répondit le flic.

Rebus raconta toute l'histoire, finit sa limonade et en accepta une autre. L'équipe d'Arnold était partie et le bar était à moitié vide quand il arriva au terme de son récit. Il conclut en disant qu'il laissait à Arnold un moment de réflexion le temps qu'il aille griller une cigarette dehors. Mais Arnold le suivit dans le froid et resta à son côté.

— Donc vous pensez que Mercer pourrait être la fille Hazlitt ?

— Possible, répondit Rebus en soufflant la fumée dans l'air de la nuit.

— Et quand ces photos ont été diffusées, elle a estimé qu'il était temps de partir ?

— C'est à envisager.

Arnold réfléchit un moment.

— Son dossier personnel pourrait contenir des indices.

Rebus ne put qu'acquiescer.

— Vous, vous êtes du coin, dit-il. Pas moi. Ce serait plus facile si c'était vous qui faisiez la demande en personne.

— Il se fait un peu tard, non ? dit Arnold en consultant sa montre.

— Il doit bien y avoir un responsable de nuit à l'hôtel, suggéra Rebus.

— Quand même…

— Vous me rendriez un grand service.

— Ma seule soirée de libre, bon Dieu, marmonna Arnold, avec malgré tout un sourire aux lèvres.

— Je vous offre un whisky ensuite, lui dit Rebus pour l'encourager.

— Marché conclu.

Ils prirent la Saab et s'arrêtèrent au poste de police de Burnett Road le temps qu'Arnold enfile son uniforme.

— Comme ça, j'aurai l'air plus officiel, dit-il.

Puis ils repartirent en direction du Whicher avec Arnold comme navigateur. Le portier de nuit était à son poste mais leur apprit qu'il ne pouvait rien faire. Le bureau était fermé à clé jusqu'à l'arrivée de Dora Causley le lendemain matin.

— Comment la contactez-vous en cas d'urgence ? voulut savoir Rebus.

Le portier sortit une carte de son gilet tartan.

— Appelez le numéro, lui commanda Rebus.

Arnold était debout à son côté, silencieux, l'air sévère de l'homme à qui on ne la fait pas. Le portier s'exécuta sans quitter les deux hommes des yeux.

— Je suis sur sa boîte vocale, dit-il.

Rebus lui demanda le téléphone et dit à Causley qu'il serait bon qu'elle le rappelle, « de toute urgence ». Il récita son numéro de portable, rendit le combiné au portier et lui dit qu'ils attendraient.

— Le bar est toujours ouvert ?

— Uniquement pour les clients, répondit le gars.

Arnold avança d'un pas et le fusilla du regard jusqu'à ce qu'il décide que pour cette fois, il pourrait enfreindre les règles.

Un single malt pour Arnold, un thé pour Rebus. Ils s'étaient installés au salon, fauteuils Chesterfield en cuir et musique de fond avec, pour seule compagnie, trois clients blottis autour de leurs verres presque vides, discutant du mieux qu'ils pouvaient des réunions de travail prévues pour le lendemain, la voix pâteuse, les paupières en berne.

Bien qu'ayant ôté sa veste et sa cravate, Arnold restait visiblement officier de police. Il demanda à Rebus combien de temps il lui restait avant la retraite.

— J'y suis déjà, expliqua celui-ci. L'Unité des affaires classées est pleine de vieux jetons comme moi.

— Ça, vous ne me l'aviez jamais dit, fit Arnold, hésitant à prendre la mouche avant de glousser dans son verre. Je ne vous ai jamais demandé vos pièces d'identité, n'est-ce pas ? Vous auriez pu être n'importe qui.

— Désolé, dit Rebus.

— Elle est peut-être sortie, bâilla Arnold en écartant les bras, ses boutons de chemise prêts à sauter. Vous envisagez de redescendre vers le sud ?

— C'était dans mes intentions.

— Je pourrais obtenir ce que vous avez demandé et vous l'envoyer.

Mais Rebus pensait à autre chose. Il n'avait pas pris de sac cette fois, mais malgré tout…

— Un dernier pour la route ? demanda-t-il en faisant signe au barman.

Lorsqu'il commanda deux whiskies, Arnold comprit qu'il ne pouvait plus compter sur son chauffeur d'occasion pour le ramener chez lui.

37

Nouvelle salle de petit déjeuner.

Aucun signe des hommes d'affaires entrevus la veille dans le salon. La plupart des clients, à l'instar de Rebus, semblaient voyager seuls. Il était sept heures et demie et Amanda à la réception l'avait informé que Dora Causley n'arrivait pas avant huit heures. Il avait texté l'info à Arnold, en même temps qu'une offre d'œufs au bacon. Mais à son arrivée en uniforme de parade, ce dernier, sans afficher la moindre séquelle de la soirée de la veille, ne demanda que du café et du jus d'orange.

— Je ne prends pas de petit déj', dit-il en tirant une chaise face à lui.

— Moi non plus, sauf si c'est inclus dans le prix, répondit Rebus en beurrant son dernier triangle de toast. Bien dormi ?

— Comme un bébé. J'ai mouillé mon lit trois fois.

Rebus sourit, comme il se devait.

— Et vous ? demanda Arnold.

— Je n'arrive jamais à me lever tard quand je suis à l'hôtel.

— Ce n'est pas juste, vous ne trouvez pas ?

— Pas du tout, répondit Rebus.

La serveuse les resservait en café lorsque Causley, avertie par la réception, s'avança vers eux d'un pas martial, les yeux juste un peu trop rouges.

— Bonjour, les salua-t-elle.

Rebus s'apprêtait à lui envoyer une gentillesse choisie, à savoir son incapacité à vérifier ses messages, mais Arnold s'était déjà levé et lui serrait la main.

— Sergent Arnold, dit-il en se rappelant à son bon souvenir. Nous nous sommes déjà rencontrés, quand vous avez été cambriolée.

— Oui, bien sûr.

— En nous débrouillant pour que les journaux n'en sachent rien ; pas mal, hein. Au final, c'était une des femmes de ménage, ajouta-t-il à l'adresse de Rebus sans pour autant lâcher la main de Causley.

Celle-ci faisait de son mieux pour ne pas gigoter en cherchant à se libérer, mais elle avait compris ce qu'il attendait d'elle.

— Vous désirez voir ce dossier, dit-elle.

— Si ce n'est pas trop vous demander, répondit Arnold en la libérant enfin.

*

Sa tâche accomplie, Arnold était parti rejoindre son poste de travail et une demi-heure plus tard, Rebus quittait l'hôtel en emportant diverses photocopies, CV de Susie Mercer, lettre de motivation, références et compte-rendu de sa période d'essai de douze semaines. Il s'installa dans la Saab et relut le tout une seconde fois. Les références venaient d'autres hôtels, un en Irlande du Nord, l'autre sur l'île de Mull. Mull était son poste le plus récent et il appela. Oui, lui dit-on, Susie Mercer avait travaillé là l'été précédent. L'hôtel d'Irlande du Nord, en revanche, n'en avait jamais entendu parler.

— Mais nous avons eu une Susan Merton ici à peu près à cette période.

Il attendit que la femme sorte la photographie de Merton de son dossier personnel puis lui donna le signalement de Mercer.

— Ça me paraît correspondre, reconnut-elle.

Il demanda si elle pouvait lui envoyer une copie de la photo. Elle la prit avec son portable et deux minutes plus tard, le cliché arrivait sur son écran. Un peu flou, coupe et couleur de cheveux différentes, mais il aurait volontiers parié sa pension que Susan Merton et Susie Mercer étaient bien la même personne. Il avait essayé le numéro de Mercer une demi-douzaine de fois, en laissant des messages chaque fois que c'était possible. Cette fois, il envoya un SMS en lui demandant de le contacter, sans révéler son identité et sa fonction.

Examinant le CV, il vit d'autres séjours dans divers restaurants et hôtels, plus de brefs passages dans des grands magasins et des emplois de bureau temporaires. Lycée à Aylesbury ; études universitaires dans la même ville. Il avait la vague notion que Aylesbury devait se situer quelque part près de Londres. Elle était née le 1er juin 1981, Sally Hazlitt exactement l'inverse – le 6 janvier. 1/6 et 6/1 – facile de se rappeler. Quand son portable sonna, il répondit sans réfléchir. C'était Peter Bliss.

— Quelqu'un vous cherche, lui dit Bliss à mi-voix.

— Cowan ?

— Gayfield Square lui a dit que vous seriez de retour ici à la première heure.

Joliment joué, Page : on se venge comme on peut...

— Je suis à Inverness, lui confia Rebus. Il me faudra encore trois heures au moins.

— Inverness ?

— C'est une longue histoire.

— Vous devriez rendre une petite visite à Gregor Magrath.

Il lui fallut un moment pour replacer le nom. Le mec qui avait démarré le SCRU. Il se souvint de la carte que Nina Hazlitt lui avait donnée, où son nom se trouvait inscrit.

— Il habite dans le secteur.

— Vous pensez que Cowan serait de meilleure humeur si je lui disais ce que j'étais en train de faire ?

— Probablement pas.

— Eh bien, merci de m'avoir averti en tout cas.

— Donc nous vous verrons cet après-midi ?

— Drapeaux et confettis seront de sortie ?

Bliss étouffa un rire en raccrochant.

38

Cowan était au téléphone quand Rebus entra dans le bureau du SCRU, salué par un clin d'œil de Bliss et un petit salut de la main d'Elaine Robison, l'un et l'autre suggérant qu'ils avaient assumé pleinement la charge de travail pendant son absence sans le moindre problème.

— Le voici, disait Cowan au téléphone, les yeux fixés sur Rebus. Mieux vaut tard que jamais, je suppose. (Un temps de silence : il écoutait.) Oui, je lui dirai. Immédiatement, oui.

Il raccrocha et dit à Rebus qu'il pouvait garder son manteau.

— L'inspecteur-chef Page veut vous voir. Vous avez une idée de la raison ?

Rebus en eut la chique coupée. La seule chose qui lui vint en tête, c'était les cartons de dossiers trop encombrants qu'il fallait déplacer.

— Et où diable étiez-vous passé ?

— Je ne m'étais pas rendu compte que je vous manquais à ce point, Dan…

Une fois dans le parc de stationnement, il s'excusa de nouveau auprès de sa Saab avant de démarrer. Un petit toussotement sec de protestation et le moteur se mit en marche. Il appela Siobhan Clarke. Avant qu'elle n'ouvre la bouche, il lui dit qu'il était allé à Inverness.

— Et la grande nouvelle, c'est que Sally Hazlitt est sans le moindre doute bien vivante. Dès que son portrait électronique a été diffusé, elle a pris la tangente. Je ne pense pas que ce soit une preuve définitive, mais quand même…

— Ce qui remet en question toute ta théorie sur le tueur en série ?

— Effectivement.

— Le hic, c'est qu'il y a justement un problème sur ce même point – c'est pourquoi James désire te voir.

— Oh ?

— Deux autres victimes apparemment. Nous t'en parlerons quand tu seras ici.

*

Deux des inspecteurs de Gayfield Square allaient travailler à la demande, sans affectation à un poste précis et donc, il disposerait d'un bureau pour lui seul. Les cartons de dossiers étaient empilés à côté et sur le dessus.

— Les tiroirs sont interdits d'accès, m'a-t-on demandé de vous préciser, l'informa Page. Le constable Ormiston y garde ses documents pendant la durée de l'enquête.

Ils se trouvaient dans le cagibi, Page derrière son bureau, Siobhan et Rebus debout.

— Siobhan m'apprend que vous avez changé d'avis à propos de la première victime.

— Et à moi, elle m'apprend qu'il y a peut-être d'autres victimes, rétorqua-t-il aussitôt.

Page hocha la tête, prit une feuille de papier et la lut.

— Il s'agit de la photo envoyée depuis le mobile d'Annette McKie. Deux familles ont réagi en la voyant. Toutes deux ont perdu leur fille adolescente au cours des cinq dernières années. Censément noyées, mais les corps n'ont jamais été retrouvés.

— Elles ont envoyé des photos depuis leur mobile le jour de leur disparition ? devina Rebus.

Page confirma lentement de la tête.

— Dans un cas, la photo n'existe plus. Mais les parents jurent que c'était la même que celle qu'ils ont vue aux infos.

— Et l'autre famille ?

— Elle a conservé toutes les affaires de la disparue. Voici le cliché qu'elle nous a envoyé, dit Page en tapotant son écran et Rebus contourna son bureau pour le voir de plus près.

— Seigneur ! fut la seule chose qui lui vint à l'esprit.

Aucun doute, c'était bien Edderton.

*

Ce soir-là, il resta au bureau jusqu'à une heure indue. Clarke s'était portée volontaire et à eux deux, ils tentaient de mettre de l'ordre dans les dossiers en faisant le tri des documents importants. Page voulait un résumé concis, quelque chose qu'il pourrait présenter au chef de la police. Il allait falloir convaincre la Northern Constabulary de coopérer à l'enquête : fouille des environs d'Edderton ; interrogatoires détaillés et exhaustifs des habitants du coin – ce qui impliquait de rassembler tous les faits en essayant d'anticiper questions et problèmes avant de préparer d'éventuelles réponses. Clarke travaillait sur la chronologie.

— Est-ce qu'on ajoute Sally Hazlitt ou pas ? était une de ses questions.

Rebus ne savait quoi répondre.

— 1999, 2002, 2008 et 2012. Auxquels il faut ajouter 2007 et 2009, dit-elle en fixant la liste de dates. Je sais ce que dirait un profileur.

— Tu peux éclairer ma lanterne ?

— Il dirait que les multi-récidivistes commencent lentement puis s'enhardissent et deviennent de plus en plus prolifiques à mesure que le temps passe sans qu'on les soupçonne.

— Ah oui ?

— Trois possibilités : un, parce qu'ils veulent être capturés ; deux, précisément parce qu'on ne parvient pas à les capturer ; trois, parce qu'ils deviennent accro – chaque nouvelle victime les satisfait moins longtemps.

— C'est ça, le genre de trucs qu'il faut connaître pour devenir inspecteur aujourd'hui ?

— Les rapports d'analyse imprimés par Christine Esson ? Je crois que ça vaut la peine d'y jeter un coup d'œil. Car notre mec nous a posé un gros problème : pas de site d'enfouissement de cadavres à partir duquel nous pourrions travailler. Mais nous avons en tout cas Edderton. Ce lieu doit signifier quelque chose pour notre assassin.

— À moins qu'il ne l'ait choisi par hasard pour détourner une éventuelle enquête dans une fausse direction. Possible que ce soit un endroit où il ne s'est arrêté qu'une seule fois. Peut-être que c'est une autre personne qui a pris la photo d'origine et qu'il s'est contenté de la récupérer d'une manière ou d'une autre.

Clarke réfléchit à sa réponse en essayant de ne pas laisser paraître son découragement. Ils travaillèrent en silence quelques minutes encore jusqu'à ce qu'elle l'interroge sur Inverness. Il lui donna le détail de son périple.

— Et la Saab n'est pas tombée en panne ?

— Elle n'est pas encore tout à fait prête pour la ferraille.

— Apparemment pas.

Il s'étira le dos et les épaules.

— On en a terminé ici ?

— Il faudrait que je tape tout ça.

— Fin prêt à être présenté à Page au plus vite ?

— Ce serait logique.

— Un verre de liquide frais serait logique lui aussi.

— Accorde-moi encore une demi-heure.

— Et je fais quoi, moi, tout ce temps ?

— Tu rédiges le rapport de ta visite à Inverness, lui suggéra-t-elle.

Ils se rendirent ensuite dans un bar de Broughton Street, Clarke aspirant l'air de la nuit à longues goulées comme un prisonnier retrouvant le goût de la liberté après une longue captivité.

Le pub bien éclairé était rempli de conversations plus que de musique. Une pinte de bière et un gin, citron vert et soda. D'humeur insouciante, Rebus y ajouta cacahuètes salées et un sachet de chips.

— Comment te sens-tu ? demanda Clarke en trinquant avec lui.

— Je vais bien.

— Je veux parler de tous ces trajets en voiture que tu as dû faire.

— Tu te proposes de me masser à la crème chauffante, c'est ça ?

— Non, sourit-elle en goûtant son gin-soda.

— C'était très étrange là-haut, reconnut-il. Superbe, sinistre et hors de ce monde, les trois à la fois.

Il avala une gorgée de bière.

— En particulier, le sud de Durness – je doute que cette région ait beaucoup changé depuis Sir Walter Scott.

— Tu aurais dû emmener un navigateur.

— Je pensais vraiment qu'on avait besoin de toi ici.

— Et moi, je sais que ce n'est pas toute la vérité.

Elle s'interrompit, l'invitant à s'expliquer, mais il choisit d'ouvrir le sachet de chips.

— Et pour ce qui est d'Edderton ? finit-elle par demander.

— Élevage et tourisme, je dirais. Avec une distillerie à côté. Plus des forages pétroliers dans le Cromary Firth.

— Dornoch ?

— Joli petit coin. Belle plage. Aucun signe de Madonna.

Il essuya la mousse à ses lèvres.

— Tout paraissait si… normal. Normal, c'est tout, répéta-t-il avec un haussement d'épaules.

Son portable sonna et il vérifia l'écran.

— Nina Hazlitt, précisa-t-il à Clarke.

— Tu vas répondre ? Et pourquoi pas ? dit-elle en le voyant secouer la tête.

— Parce que je lui mentirais très probablement. En disant que je n'ai pas de nouvelles.

— Et pourquoi ne pas dire la vérité ?

— Parce que je veux être sûr à cent pour cent, voire à cent dix pour cent.

Ils attendirent que le portable cesse de sonner. Il tinta une fois encore pour annoncer la réception d'un message.

— Si Sally est vivante, dit Clarke, c'est quoi son histoire à ton avis ?

— Je n'en ai aucune idée.

— Comment était son appart à Inverness ?

— Du genre anonyme. Je crois qu'elle déménage beaucoup, elle ne reste jamais bien longtemps au même endroit.

— C'est peut-être comme dans la chanson – elle n'a pas trouvé ce qu'elle cherchait.

— Qui peut s'en vanter ? dit Rebus en portant la pinte à ses lèvres.

— Tu ne te débrouilles pas si mal, le surprit Clarke au point qu'il haussa un sourcil. Je veux parler de cette affaire. Ta démarche a plus de peps.

— Tu me connais, un vrai Fred Astaire.

— Mais tu sais que c'est la vérité.

Il parvint à affronter son regard.

— Je crois que tu te trompes. Le métier a changé, Siobhan. Tout… (Il chercha ses mots.) C'est comme Christine Esson. Quatre-vingt-dix pour cent de ce qu'elle fait me dépasse. Sa manière de penser me dépasse.

— Tu es vinyle, nous sommes numériques ? lui proposa-t-elle.

— Jadis, une affaire avançait grâce à tes contacts personnels. Le seul réseau digne de ce nom était celui qu'on se constituait dans la rue.

Il montrait de la tête la fenêtre du pub, en songeant que Frank Hammell lui avait dit quasiment la même chose ce soir-là, au Jo-Jo Binkie's, après le départ de Darryl.

— Ta façon de faire marche aussi, John – Edderton, Susie Mercer. Tu les as parce que tu y as usé tes semelles. Alors ne va pas t'imaginer que tu es dépassé et obsolète.

Elle montra son verre à moitié vide.

— On en prend un autre ?

— Pourquoi se priver, hein ?

Il la regarda prendre la file devant le comptoir. Puis son portable sonna à nouveau et il décida qu'il valait mieux répondre cette fois.

— John ?

— Salut, Nina.

— Je vous ai appelé il y a quelques minutes.

— Le signal va et vient par ici.

— Au bruit, je dirais que vous êtes dans un pub.

— Je reconnais les faits.

— Vous semblez aussi fatigué. Tout va bien ?

— Aussi bien que possible.

— Et l'enquête ?

— Je vous renvoie à ma précédente réponse.

Un temps de silence sur la ligne.

— Cela vous gêne que je vous appelle ?

Il ferma les yeux.

— Non, dit-il.

— Et quand vous apprendrez quelque chose, vous me le direz ?

— Ne vous l'ai-je pas promis ?

Je crois que votre fille est vivante…

— On ne tient pas toujours ses promesses, John. Devrais-je remonter dans le Nord à nouveau ? J'aimerais vous voir.

— Je ne pense pas que ce soit une bonne idée.

Votre fille est vivante, mais pourquoi est-elle partie ?

— Vous semblez…

— Fatigué ?

— Non, pas simplement fatigué – bizarre. Vous êtes sûr que vous allez bien ?

— Il faut que j'y aille, Nina.

Pour quelle raison ne veut-elle pas reprendre contact avec vous alors qu'elle sait que vous êtes là, désespérée, encore et toujours à chercher ?

— John, je…

Il coupa la communication juste au moment où Clarke revenait.

— Laisse-moi deviner, dit-elle en le voyant éteindre son portable pour le poser sur la table ; avant d'ajouter, une fois assise : Tu n'as pas vraiment envie de lui parler de Susie Mercer, n'est-ce pas ?

— Non.

— Je comprends combien cela pourrait compliquer la situation. D'un autre côté…

Il l'ignora et prit sa pinte toute fraîche.

— À ta santé, dit-il. À nous.

En buvant, il ne put s'empêcher de penser au reste du célèbre toast.

Qui nous ressemble ?
De rares joyeux lurons –
Et y sont tous morts.

39

La boisson de prédilection de Malcolm Fox était l'Appletiser[1]. Il ne touchait plus jamais à l'alcool, plus aujourd'hui. Il recyclait toujours les bouteilles vides en même temps que papiers, boîtes métalliques, plastique et carton, mais dorénavant, le conseil municipal lui demandait de recycler aussi les déchets de cuisine et il commençait à manquer de place pour toutes ses boîtes et ses sacs. Il possédait déjà un bac à compost au fond du jardin, sauf qu'il ne le complétait que l'été – déchets de tonte et quelques mauvaises herbes qu'il prenait la peine d'arracher. Nullement convaincu que ces tris sélectifs fassent la moindre différence, il se sentait pourtant incapable de déroger à cette astreinte. Le bungalow n'avait pourtant pas de mur mitoyen, mais jamais il ne montait le son de sa télé et écoutait rarement de la musique. Il aimait lire – presque autant qu'il aimait travailler.

Il aurait été contraire au règlement d'emporter chez lui les dossiers relatifs à John Rebus, même s'il avait pu les porter tous. Mais il se faisait un point d'honneur à avoir une bonne mémoire et avait noté des pages de détails saillants, accompagnés de suppositions, de rumeurs et de prétendus faits s'étalant sur plusieurs décennies. Il avait le sentiment de connaître cet homme presque aussi bien que tous ceux qu'il avait pu rencontrer. En ce moment

1. Boisson au jus de pomme gazéifié.

même, Rebus devait être dans un rade quelconque où il avait une ardoise que personne ne lui demanderait jamais de régler, ce à quoi il ne trouverait rien à redire. À ses yeux, ce n'était pas un pot-de-vin ni une incitation, juste une façon normale de procéder. À une époque, nombre de ses collègues inspecteurs auraient partagé son avis, mais ce temps-là était désormais révolu et ses combattants retirés du ring depuis bien longtemps. Fox ne souhaitait qu'une chose, que ce mec emporte sa carcasse au-delà des mers jusqu'à une taverne de bord de plage où il pourrait se confire à loisir dans l'alcool en dépensant une part de sa substantielle pension. Au lieu de quoi, il avait posé sa candidature à un poste au CID.

Comme culot, il se posait là, nom de Dieu.

Qui plus est, il avait encore au moins un défenseur dans la maison – le chef de la police avait pris son parti en expliquant à Fox que si les Plaintes se préparaient à soulever une objection à son retour, elles avaient intérêt à lui présenter un dossier à charge en béton.

Regardez les états de service de cet homme, Malcolm. Qui d'autre a jamais réussi à mettre le grand Ger Cafferty derrière les barreaux ?

Oui, effectivement c'était un super bon point à porter au crédit de Rebus, mais Fox avait ses doutes. Cafferty n'était pas resté bien longtemps incarcéré et c'était bien pratique d'avoir parmi les membres de la police quelqu'un qui semblait être sa Némésis, *semblait* étant le mot pertinent. Qui pouvait dire que ces deux-là n'étaient pas associés ou complices ? À sa sortie, Cafferty était apparemment plus fort que jamais, il avait retrouvé sa ville et son empire ne s'était en rien amoindri. Comment était-ce possible ? Pour quelle raison jamais personne depuis n'était parvenu à remettre cet individu sous les verrous ? En outre, n'était-ce pas une bien jolie coïncidence que Rebus se soit trouvé disponible pour ranimer Cafferty sur son lit d'hôpital lorsque celui-ci avait fait un arrêt cardiaque ? Iriez-vous ranimer votre pire ennemi d'entre les morts ? Le personnel soignant avait dû arracher Rebus à ses œuvres tant il mettait de cœur à l'ouvrage.

Des ennemis, ces deux-là ? Fox n'était pas de cet avis.

Le chef de la police l'avait mis au défi de bâtir un dossier qui se tienne et en retour, Fox lui avait demandé la permission d'accéder aux relevés téléphoniques de Rebus – domicile et mobile. Le chef s'était montré réticent mais Fox avait fini par l'avoir à l'usure. Lesdits relevés devaient arriver incessamment sous peu et il espérait y dénicher rien de moins qu'une petite bombe.

Même s'il avait du mal à l'admettre, un autre côté de Rebus ne laissait pas de le tarauder. Son style de vie. L'odeur de fumée qui empestait ses costumes – à supposer toutefois qu'il en possédât plus d'un seul. Ce visage pâle et grisâtre comme une pâte à pain, plus les vingt ou vingt-cinq kilos de trop qu'il semblait charrier avec lui. Et la boisson.

La boisson, par-dessus tout.

Fox avait cessé de boire parce qu'il était alcoolique tandis que Rebus continuait à biberonner pour exactement la même raison. À une différence près : d'une certaine façon, Rebus continuait à fonctionner, au contraire de Fox qui n'y était jamais vraiment parvenu. L'alcool lui embrumait l'esprit et le faisait démarrer au quart de tour, il piquait des suées et des tremblements et ses nuits étaient peuplées des pires cauchemars. Rebus à l'inverse était probablement le genre de type à mieux dormir après une bonne douzaine de malts. Maudit soit-il.

Venait ensuite le fait que Fox avait vu Rebus en action. Pour bref qu'il eût été, leur temps passé en commun au CID avait suffi : un ego arrogant dès le début, toujours en retard ou parti ailleurs, les papiers s'accumulant sur son bureau tandis qu'il se préparait à sa énième pause cigarette entre deux quintes de toux. En cas de doute, avait-il appris, essayez donc le pub de l'autre côté de la rue, c'est là qu'on le trouve d'habitude, plongé dans ses réflexions face à un verre de whisky.

Je vous aurais piqué vos bonbons dans la cour de récré et vous voulez maintenant votre revanche… ?

Il se trompait du tout au tout. Des générations durant, la police avait fermé les yeux et toléré les flics comme Rebus, mais ces hommes n'étaient plus là aujourd'hui : leur souvenir commençait à s'effacer et les policiers de la classe d'âge de Fox ne se satisfaisaient plus de leurs petites manies. Rebus était le dernier de cette espèce et il fallait absolument le convaincre qu'il avait fait son temps. S'ajoutait à cela le problème de Siobhan Clarke, une excellente enquêtrice qui s'était épanouie une fois libérée de l'influence de Rebus. Maintenant qu'il était de retour, la loyauté qu'elle manifestait à son égard pourrait bien la conduire à sa perte. Voilà pourquoi Fox était assis sur son canapé devant la chaîne info son coupé, occupé à feuilleter les pages de notes qu'il avait prises sur Rebus. Ex-armée de terre, divorcé, une fille. Un frère qui avait fait un séjour à l'ombre pour trafic de drogue. Pas de liaisons, sinon avec la bouteille et tous ceux qui vendaient du tabac. Un appartement à Marchmont acheté quand il s'était marié et qu'aucun flic n'aurait les moyens de s'offrir aujourd'hui. Une tapée de partenaires successifs qui avaient fini par rendre les armes, parmi lesquels deux étaient restés sur le carreau, abattus dans l'exercice de leurs fonctions. Sous quelque angle qu'on le prît, Rebus n'était pas fréquentable et Siobhan devait forcément le savoir. Elle n'était pas stupide. Le chef de la police devait le savoir également. Est-ce que Rebus savait des choses sur le chef – c'était ça l'explication ? Des choses enfouies sous des tonnes de paperasses ? Et peut-être disposait-il aussi d'un moyen de pression sur l'inspecteur Clarke – un détail que Fox aurait raté malgré toute son intelligence ?

Il savait ce qu'il devait faire. Relire le tout. En commençant par le commencement…

*

Un renseignement valait toujours l'argent qu'il lui en coûtait, c'est ainsi que Cafferty voyait les choses. Le flic s'appelait Ormiston et n'était pas bon marché, mais ce soir, il avait assuré. Cafferty composa le numéro de Darryl Christie et attendit. Le jeune homme décrocha.

— Tu es seul ? voulut savoir Cafferty.

— Je suis en voiture, je rentre chez moi.

— Ce n'est pas ce que je t'ai demandé.

— Je suis seul, dit-il apparemment dans son kit mains libres. Je croyais que j'aurais eu de vos nouvelles plus rapidement.

— Il est certain que le texto était des plus intrigants.

— Vous pensez que Rebus est payé par Frank ?

— Concernant Rebus, tout est possible. Je n'élimine jamais rien a priori. Mais c'est à propos de Hammell que je t'appelle.

— Oui ?

— La police a une vidéo de surveillance sur laquelle on le voit avec ta sœur.

— Que voulez-vous dire ?

— À la station de bus, ils se disputent. Les flics ont convoqué Hammell pour l'interroger. Tout porte à croire qu'il l'a suivie depuis la maison jusqu'à la gare et ensuite jusqu'à St Andrews Square.

— Pourquoi irait-il faire une chose pareille ?

— Il dit qu'elle a accepté son argent pour prendre le train et ça lui déplaisait qu'elle ait choisi ensuite le bus parce que c'était meilleur marché.

— Vous êtes bien informé, monsieur Cafferty.

— Toujours, Darryl.

— C'est votre homme, Rebus, qui vous a renseigné ?

— Je ne cafte pas. J'ai juste eu le sentiment que tu devais être mis au courant. Je ne suis pas sûr que ta mère le sache – et je parierais que Frank ne t'en a rien dit.

— Non, effectivement, confirma Darryl. Autre chose ?

— Un échange de bons procédés, peut-être ? Qu'est-ce que fait ton patron ?

— Il organise une petite soirée chez lui

— Des invités que je connais ?

— Deux qui viennent du Nord – Calum MacBride et Stuart Macleod.

— Des alliances sont en train de se forger ?

— Je n'ai pas beaucoup entendu parler affaires.

— Intéressant, quand même. Et comment elle va, ta famille ?

— Ça ne change pas beaucoup.

— Tu veilles toujours sur ta maman ?

— Nous nous en sortirons.

— Je n'en doute pas. Mais souviens-toi... si je peux faire quelque chose...

— Merci, monsieur Cafferty.

— Ton père serait fier de toi.

— Mon père *est* fier de moi.

— Rentre bien, Darryl, conclut Cafferty en raccrochant.

*

Darryl emporta un mug de thé dans sa chambre. Il était minuit passé, encore une fois. Il avait téléphoné aux deux pubs et à la boîte de nuit – soirée tranquille partout. Il était allongé sur son lit, portable allumé, et naviguait sur le Net tout en se repassant les événements de la soirée. Frank Hammel habitait une ancienne écurie reconvertie en maison d'habitation près de Raeburn Place et lui avait confié la responsabilité du buffet et de l'accueil des invités. En veillant aussi à garder les verres bien remplis. Ce qui convenait parfaitement à Darryl – il pouvait ainsi écouter autant de conversations qu'il le désirait. Les bouteilles de whisky, vin et champagne étaient stockées dans la pièce que Hammell utilisait comme bureau, et il lui avait été facile d'ouvrir l'ordinateur portable de son patron, d'y connecter la clé USB qu'il avait sur lui et de laisser le travail se faire pendant qu'il resservait les invités en boisson. Frank Hammell adorait recevoir et jouer le grand jeu en le traitant en larbin – plus de whisky, plus de samosas, plus de ces mini-hamburgers. Et Darryl était heureux de faire semblant. Hammell était même allé à un moment jusqu'à lui ébouriffer les cheveux devant Calum MacBride en le qualifiant de « brave garçon ».

Brave garçon, absolument. Un brave garçon qui connaissait quasiment tous les aspects de ses entreprises et en apprenait un peu plus chaque jour. Un brave garçon qui se débarrassait contre bon argent des employés permanents pour les remplacer par de jeunes loups encore maigres mais aux dents longues qui savaient où se plaçait leur loyauté.

Étendu sur le lit, la tête rehaussée par un oreiller, un ordinateur portable posé sur son ventre plat, Darryl brancha la clé USB. Des dossiers financiers qui n'étaient pas tous protégés par un mot de passe, mais ceux qui l'étaient devaient rester invisibles aux regards des impôts. Hammell lui en avait confié quelques-uns mais les autres ne poseraient pas de problème. Il avait un ami qui avait passé sa vie à tout pirater – excellente raison au demeurant pour que lui personnellement ne succombe jamais aux opérations bancaires en ligne. Au contraire de Hammell.

— Ça simplifie la vie, avait-il déclaré.

Oui, effectivement, quand on était suffisamment stupide.

Les stores n'avaient pas encore été fermés et il leva les yeux vers le ciel. De nouveau chargé de nuages ; la maison silencieuse hormis le bourdonnement du ventilateur de l'ordinateur. Il pensa à sa sœur acceptant de l'argent des mains de l'amant de sa mère. Sans même avoir à dire s'il te plaît ou merci – pour Frank Hammell, c'était cadeau. Mais aller jusqu'à la suivre pour s'assurer qu'elle prenait bien le train ? Se disputer ensuite avec elle à la station de bus ? Il se demanda ce qu'il devait comprendre. Et impossible de poser la question à son employeur sans que celui-ci lui demande d'où il tenait l'info.

Puis il se rappela le colis qui l'attendait…

40

Le lendemain matin, lorsque Rebus arriva à Gayfield Square, Page commençait tout juste son briefing. Christine Esson lui tendit neuf feuilles de papier agrafées et il y jeta un coup d'œil rapide pendant que Page parlait. Les cinq dernières comprenaient les informations glanées la veille dans les dossiers d'archives, mais les premières de la liasse rassemblaient les données relatives aux deux nouvelles personnes disparues.

Août 2007, Jemima Salton, quinze ans, n'était pas rentrée chez elle après une soirée, et une partie de ses vêtements avaient été retrouvés sur une aire de pique-nique en bordure du Loch Ness. La soirée se déroulait à Invermoriston, à dix kilomètres de son domicile de Fort Augustus, et elle avait eu l'intention de rentrer à pied ou de faire du stop au petit matin. Des plongeurs avaient inspecté les fonds du loch mais celui-ci s'étendait sur des kilomètres et l'enquête avait conclu à une noyade accidentelle. Le corps n'était jamais remonté à la surface, le sac et le portable étaient restés introuvables. Sa famille avait conservé sa chambre en l'état, comme un mausolée. La photo leur avait été envoyée à trois heures du matin mais ils ne l'avaient vue que plus tard. Pas de message. Ils étaient allés dans la chambre. Pas de Jemima non plus…

Novembre 2009, Amy Mearns, seize ans, était partie chez des amis dans le village de Gospie après s'être disputée avec ses parents. S'en était suivie une balade sur une plage toute proche et à un moment donné, Amy s'était séparée du groupe. Sa veste avait été retrouvée le lendemain, accrochée à une clôture surplombant le bord de mer, peut-être soufflée par le vent. Plus personne ne l'avait revue.

— Noyade accidentelle, entonna une nouvelle fois Page.

Rebus sentit son regard posé sur lui.

— Vous noterez sur la carte que Gospie se situe sur l'A9, au nord de Tain et de Dornoch, alors que Invermoriston est sur l'A82, au sud d'Inverness, avec un accès facile à l'A9 toute proche. Deux modèles semblent apparaître – les photos plus cet itinéraire – et cela signifie que je les prends au sérieux. Des idées, John ? ajouta-t-il après un temps.

Alors seulement, Rebus interrompit sa lecture et releva la tête.

— L'itinéraire est plutôt chargé. Touristes, camionnettes et poids lourds. Et la superficie desservie est vaste. Difficile d'y conduire une enquête dans ces conditions.

— Il n'empêche, aboya Page.

Sans trouver rien à ajouter, apparemment. Clarke lui épargna quelques rougissements de confusion en suggérant qu'il fallait contacter les différentes forces de police concernées et organiser une sorte de réunion au sommet.

— Beaucoup de juridictions différentes et de problèmes de protocole, dit-elle.

Page acquiesça.

— Nous devons également procéder de la même manière que John pour les affaires précédentes, intervint Esson. Parler aux familles et aux amis, essayer de se faire une meilleure idée de la vie des disparues et de leurs mouvements le jour de leur disparition.

Page acquiesça une seconde fois.

— La photo est pratiquement tout ce qui nous reste, ajouta Ogilvie. Si nous sommes certains qu'il s'agit bien d'Edderton, nous devrions inspecter toute la zone et interroger tous les gens qui vivent là et ceux qui y passent régulièrement.

Page gonfla les joues, visiblement découragé par l'ampleur de la tâche qui les attendait.

— Une chose à garder à l'esprit, intervint Rebus. La plus ancienne victime que nous ayons est Sally Hazlitt et je commence à croire qu'elle est peut-être vivante. Ce peut être la même chose pour une ou plusieurs des autres.

— Quelle part de ces informations peut-on diffuser aux médias ? demanda Clarke.

— À ce stade, aussi peu que possible.

— Si nous débarquons en force à Edderton, notre arrivée leur mettra la puce à l'oreille.

— Nous devons contacter la Grampian Constabulary en premier – ou est-ce celle de Northern ?

— La deuxième, répondit Rebus.

— Nous devons également parler aux familles de Jemima Salton et d'Amy Mearns au plus vite, dit Clarke. Depuis plusieurs années, elles pensent que leurs filles se sont noyées, et voilà que d'un coup, nous leur apprenons qu'elles ont peut-être été enlevées et assassinées.

— Bon point, dit Page en se frottant le maxillaire. Il nous faut établir un ordre des priorités – pouvez-vous vous en charger, Siobhan ?

Elle fit oui de la tête.

— Vous allez devoir informer le chef de la police, lui dit-elle, d'un ton laissant entendre que c'était un simple rappel de sa part et non pas, en vérité, une très forte suggestion.

— J'appellerai son bureau, répondit Page en consultant sa montre.

Quelques instants plus tard, il avait battu en retraite dans sa tanière. S'ensuivit un grand silence dans la salle, tous les yeux étaient rivés sur Clarke. Qui, de son côté, fixait Rebus.

— John, pouvez-vous redistribuer les anciennes affaires classées ? Nous aurons besoin d'interroger à nouveau toutes les personnes concernées. Est-ce que notre kidnappeur attendait ces femmes pour les prendre au piège ou les avait-il déjà rencontrées par le passé ? Pourrait-il exercer un métier qui le conduisait dans ces lieux précis et le mettait en contact avec ces victimes précisément ?

— Ce ne sera pas facile à gérer, l'avertit-il.

— Mais ça en vaut la peine, vous ne pensez pas ? lui demanda-t-elle en le défiant du regard de mettre en doute sa proposition.

— Absolument, répondit-il, alors que les membres de l'équipe venaient se rassembler autour de lui pour recevoir leurs ordres.

*

Rebus ne comptait plus le nombre d'affaires sur lesquelles il avait enquêté, des affaires souvent aussi complexes que celle-ci, exigeant des successions d'interrogatoires et de dépositions. Il pensa aux documents dans les cartons sur lesquels se penchaient désormais les policiers qui l'entouraient – beaucoup de papier, preuve que l'effort avait été louable mais qu'un résultat tangible restait au mieux un vœu pieu. Oui, il avait travaillé sur des affaires comme celle-là, et sur d'autres aussi où il avait désespéré de toutes ces portes auxquelles il devait frapper, de tous ces visages vides pendant les interrogatoires. Mais parfois apparaissaient un indice, une piste possible, ou deux personnes se présentaient pour fournir le même nom. Des suspects pressurés et conduits aux aveux. Des alibis, des récits dont les contradictions se dénouaient à force d'être répétés. La pression ne se relâchait pas, jusqu'à disposer d'une accumulation de preuves suffisante pour présenter le dossier au procureur.

Ensuite venaient les coups de chance – les choses qui arrivaient spontanément. Rien à voir avec une persévérance obstinée ou un jeu de déduction brillant ; non, simplement, un petit événement de rien du tout. Le résultat final méritait-il alors lui aussi le nom de victoire ? Oui, sans l'ombre d'un doute. Possible qu'il ait raté quelque chose dans les dossiers, un lien non établi, un fil mal dénoué. En regardant les gars de l'équipe en plein boulot, il était incapable de décider s'il voulait qu'ils trouvent l'erreur ou le détail manquant. D'un autre côté, ils avaient tous besoin d'une ouverture, même aux dépens de sa petite vanité. Aussi les observait-il, la tête penchée sur les documents qu'ils passaient au crible, mâchonnant leurs crayons, soulignant, prenant des notes ou tapant leurs réflexions à l'ordinateur. Rassemblant de nouvelles chronologies détaillées, décidant des personnes à interroger, prêts à suggérer une direction restée inexploitée – soit par l'enquête originelle soit par lui.

Mâchonnements de crayons, encore et toujours. Plus de notes. Passages à la bouilloire et à la cafetière. De temps à autre, quelqu'un proposait d'aller chercher de quoi grignoter au rez-de-chaussée. Il était le seul à s'offrir des pauses cigarette. Au cours de l'une d'elles, il s'assura que les voitures dans le parking étaient vides avant de pianoter un numéro sur son portable.

— Je veux parler à Hammell, dit-il à l'homme qui décrocha. Dites-lui que c'est Rebus.

Quelques secondes plus tard, il entendit la même voix dans son oreille.

— Il ne peut pas vous parler maintenant.

— Dites-lui que c'est important.

— Il vous rappellera.

Et la conversation s'arrêta là. Rebus fixa son écran en jurant à mi-voix, alluma une deuxième cigarette et arpenta le parc de stationnement. Il était bordé d'un côté par le poste de police à deux étages et l'arrière d'un immeuble géorgien. Des tas de fenêtres ; aucun signe de vie ; des pigeons sur les toits, occupés à ce qu'ils savaient faire. Une énorme cheminée en brique rouge appartenant à un studio d'art sur Union Street. Un avion en virage serré, direction l'aéroport. Des avertisseurs de voitures en provenance de Leith Walk et une sirène au loin, qui ne se rapprochait pas.

— La riche tapisserie de la vie, marmonna-t-il comme s'il s'adressait à son amie la cigarette.

Deux minutes plus tard, il était prêt à la jeter quand son téléphone sonna. Un numéro qu'il ne reconnut pas. Il répondit en donnant son nom.

— Vous avez quelque chose à me dire ? demanda Hammell.

Très pro, pas le temps de bavarder.

— Ce n'est pas Thomas Robertson, déclara Rebus.

— Et alors ?

— Ce n'est pas lui, c'est tout. Vous devez le libérer ou arrêter de le chercher.

— Que préféreriez-vous ?

— Tout dépend si vous l'avez.

— Qu'est-ce qui fait que vous soyez aussi sûr que ce n'est pas lui ?

— Il était en prison quand une des femmes a disparu.

— Ça ne veut pas dire qu'il n'a pas enlevé Annette.

— Mais si. Nous sommes pratiquement sûrs que toutes ces disparitions sont liées.

— Pour ça, il faut me convaincre.

— Vous l'avez ou non ?

— C'est des conneries, ça, Rebus.

Rebus réfléchit quelques instants aux choix qui s'offraient à lui puis prit une profonde inspiration.

— Apparemment, il y a deux autres victimes dont nous ignorions l'existence. La première a été enlevée en novembre 2009. À l'époque, Robertson était à Peterhead. Dans le cas de ces deux victimes, des photos ont été envoyées depuis leurs portables, exactement comme pour Annette. Je pourrais m'attirer des ennuis en vous disant ça mais il faut que vous compreniez.

— Très bien, je comprends. Mais je n'ai jamais réussi à lui mettre la main dessus, à ce merdaillon.

Frank Hammell raccrocha.

Tout le restant de la journée, Rebus eut l'impression de naviguer à vue. Des choses se passaient, mais pas à proximité de Gayfield Square. Clarke étant partie avec Page pour la réunion au QG avec le chef de la police, il lui avait demandé de le tenir au courant par texto, mais elle avait certainement pensé que ce serait très mal élevé de sortir son mobile dans le bureau du chef.

La Northern Constabulary ayant demandé des copies de tous les documents que possédait l'équipe de Page, Esson et Ogilvie avaient été chargés de les rassembler et de les envoyer. Gavin Arnold l'avait appelé d'Inverness pour lui annoncer que le poste bourdonnait comme une ruche mais Rebus décida que le couloir était encore le meilleur endroit pour poursuivre la conversation.

— Nous allons devoir faire venir des agents d'un peu partout, expliqua Arnold. Le poste le plus proche est Dingwall mais c'est trop loin d'Edderton. Il faudra louer un terrain et installer des Portakabin sur le site.

— Je connais un fermier aimable, dit Rebus en lui donnant le nom et le numéro de téléphone de Jim Mellon. Il a été le premier à reconnaître le paysage de la photo.

— Merci, John – rien que pour ça, j'aurai peut-être droit à un ou deux bons points.

— Et un service de moins dont je vous serai redevable.

Il jeta un coup d'œil par la porte entrouverte. L'équipe s'impatientait, tous attendaient le retour de Page et les instructions.

— Combien de temps avant la curée des médias, à votre avis ?

— Un de mes collègues est probablement déjà en train de manger le morceau au journal local au moment où je vous parle.

— Difficile d'y échapper, je suppose.

— Vous allez remonter vers chez nous ?

— Je n'en suis pas sûr.

— Je me rappelle cette noyade, celle du Loch Ness. Personne n'y a prêté grande attention à l'époque.

— Il n'y avait aucune raison. Et Golspie. Ça vous évoque des souvenirs ?

— Aucun. Mais en plein sur l'A9. Vous croyez que c'est comme ça qu'ils vont l'appeler : le tueur de l'A9 ?

— J'espère simplement que ça s'arrêtera, cette fois.

— Si toutefois nous le capturons.

— Oui, je suppose, dit Rebus.

— Une nouvelle positive concernant ce front-là : un superintendant du nom de Dempsey dirigera probablement l'enquête de notre côté.

— Il est bon, c'est ça ?

— Un des meilleurs chefs que j'ai vus ici. Mais ce n'est pas un homme – son prénom, c'est Gillian.

— Désolé, dit Rebus en voyant Page et Clarke arriver sur le palier. Il faut que j'y aille, Gavin.

— Passez-moi un coup de fil si vous venez en ville. Et si moi je me retrouve un jour dans vos parages pour un match de Caley[1] à l'extérieur…

— Les tourtes sont pour moi, confirma Rebus en voyant deux visages fermés regagner la salle du CID.

Dix secondes plus tard, tout le monde entourait Page.

— En résumé, commença-t-il, le chef n'est pas entièrement convaincu par Edderton. Comme il le dit, c'est une photo de photo – ce qui a été confirmé, à propos. Elle aurait pu être prise n'importe quand et utilisée uniquement pour nous lancer sur une fausse piste. D'un autre côté, le lien avec l'A9 est trop important pour être écarté d'office et depuis que Pitlochry semble ne nous mener à rien, il a téléphoné à l'équipe d'Inverness et demandé une fouille du secteur où la photo a été prise, plus des interrogatoires des habitants du coin. La Northern Constabulary est déjà sur le terrain mais elle risque de manquer d'hommes, donc nous allons nous joindre à eux. Christine et Ronnie, je veux que vous parliez aux parents à Golspie et Fort Augustus.

— La Northern est d'accord ? demanda Esson.

Page confirma de la tête.

— Je pars pour le QG de la Northern avec Clarke.

Il chercha le constable Ormiston.

— Dave, c'est vous qui dirigerez les opérations ici.

— Compris.

Rebus accrocha le regard de Clarke. Qui hésita une seconde avant de parler.

— John est allé à Edderton, il a parlé aux gens du coin. Il serait peut-être utile de l'avoir avec nous sur le terrain, au moins au début…

Page fixa Rebus le temps de décider.

— Très bien, dit-il.

---

1. Équipe de football d'Inverness.

*

Le coup de téléphone de Nina Hazlitt arriva en milieu d'après-midi. Il ne répondit pas et écouta son message plus tard.

— Est-il vrai qu'on en a retrouvé deux autres ? Les messages arrivent de partout sur Internet. J'aurais dû le savoir. Je n'arrive pas à croire que j'aie pu rater ça dans les journaux. Mais ça veut bien dire que j'ai raison, non ? J'ai raison pour l'A9, j'ai raison en disant que tous ces crimes sont liés.

Elle sanglotait entre les phrases.

— Je vous en prie, rappelez-moi – vous me l'aviez promis. Vous aviez dit que je serais la première à l'apprendre. Il faut que vous me disiez ce qui se passe, il le faut. C'est Sally qui a été au départ de tout ça, John – ne l'oubliez pas. C'est pour moi une affaire personnelle… Vous m'entendez ? Ne me laissez pas dans le noir !

Clarke sortit du cagibi de Page et s'approcha de son bureau, au moment précis où Nina Hazlitt s'effondrait en larmes et coupait la communication.

— Hazlitt sait qu'il y a deux corps à ajouter aux autres, dit-il.

— Si vite ?

— C'est partout sur Internet, apparemment.

Clarke se mordilla la lèvre inférieure.

— Comme diraient certains, c'est désormais du sérieux, ce merdier.

— Il l'a toujours été, sérieux.

— C'est vrai, concéda-t-elle. Mais maintenant, tout le monde le *prend* au sérieux.

— Ç'a été difficile, le passage au QG ?

— Pas particulièrement, mais on nous a fait clairement comprendre que si notre énorme montagne accouchait d'une petite souris…

— Tu pourras toujours en rejeter la faute sur moi, lui suggéra Rebus.

— Je m'en souviendrai, dit-elle avec un début de sourire. Donc… Inverness au matin.

— Ça pourrait presque être une chanson country, répondit-il.

Temps de silence.

— Merci de m'avoir invité, à propos.

— Je pouvais difficilement faire moins.

— Mais c'est tout juste si tu ne l'as pas fait. À croire que ma réputation me précède.

— Ce n'est peut-être pas à exclure.

— Il me semble désormais que ce n'est plus Annette McKie la préoccupation première, ajouta-t-il.

— Uniquement parce que nous ne disposons pas de nouvelles pistes.

— Je doute que cela fasse plaisir à sa famille.

Clarke ne put que hausser les épaules en guise de réponse. Avant de demander :

— Tu crois que je devrais parler à sa mère ?

— Ce serait bien si quelqu'un s'en chargeait, avant qu'elle n'entende la nouvelle pour Golspie et Loch Ness.

— Oui, tu as raison.

— Demande peut-être à Christine et Ronnie de s'en charger. C'est un excellent entraînement avant de remonter au nord. Et sans traîner ! Les nouvelles se propagent aujourd'hui à la vitesse de l'ADSL.

41

Ce soir-là, Cafferty se présenta à la porte de l'appartement de Rebus.

— Ce n'est quand même pas déjà le jour, se plaignit Rebus.

— J'avais juste envie d'un verre, répondit Cafferty, vêtu comme à son accoutumée d'une veste en cuir noir sur un polo noir.

— Tu as l'air heureux.

— Je vais bien.

Rebus avait fini de préparer son bagage et envisageait de prendre la route immédiatement, mais aller boire un coup était un pis-aller des plus engageants. Cela l'empêcherait de prendre le volant, et il rejoindrait Inverness à la lumière du jour plutôt qu'au milieu de la nuit.

— Mais pas trop loin. Qu'on puisse y aller à pied, stipula-t-il.

— J'oserais dire que les auberges du quartier ne doivent plus avoir de secrets pour toi, renchérit Cafferty d'une inclinaison de la tête.

— Je prends mes clés, dans ce cas. Et cette fois, tu restes bien de l'autre côté de ce seuil…

Il y avait du monde au Tannery. Un match de football était retransmis à la télé et la plupart des clients semblaient là pour cette occasion. Rebus et Cafferty dénichèrent un coin à l'autre bout du bar, où l'écran n'était pas bien visible et la foule des spectateurs moins dense. Cafferty insista pour payer la première tournée.

— Après tout, je t'ai fait sortir de chez toi, non ?

Un homme s'était levé à l'une des tables et attendit qu'ils remarquent sa présence avant de désigner le barman de la tête.

— Il est trop jeune pour savoir qui vous êtes, mais ce n'est pas mon cas. Nous ne voulons pas de bazar ici ce soir.

— C'est à toi qu'il cause ou à moi ? demanda Cafferty à Rebus avant de s'adresser au gars : inutile de vous en faire, dit-il.

Il tendit la main que l'homme – vraisemblablement le propriétaire – serra avant de regagner sa place. Il paraissait soulagé.

— Il ne nous a même pas offert le coup, râla Cafferty en vidant son whisky pour en commander un autre. Alors, c'est vrai ce qui se raconte à propos de ces pauvres petites gamines ?

— Qu'est-ce qui est vrai ?

— On en est à six maintenant.

— Vraiment ?

— Je sais me servir d'un ordinateur comme tout le monde. Les surfers d'argent, c'est comme ça qu'on nous appelle. Donc Annette McKie est simplement la dernière d'une longue série ?

— Ça y ressemble.

— Peut-être que tout a été fait pour que ça y ressemble, justement.

Rebus reposa son verre.

— Qu'est-ce que tu racontes ?

— Elle s'est disputée avec Frank Hammell, je me trompe ?

— Qui t'a dit ça ?

Cafferty se contenta de sourire.

— Peut-être bien qu'il l'a suivie, avec l'intention de la moucher une bonne fois ?

— Tu verrais bien Hammell comme suspect, c'est ça ? À nous de le mettre sur la sellette ?

À cette suggestion, Cafferty éclata de rire.

— C'est juste une théorie, sans plus.

— Alors tu peux m'expliquer comment cette photo a pu être envoyée par le portable d'Annette ? Comment Hammell pouvait-il être au courant pour les autres ?

— Frank a des intérêts multiples un peu partout.

Mais Rebus faisait non de la tête. Il reprit sa pinte.

— Il ne voulait pas qu'elle prenne le bus. Et il avait raison – en train, elle n'aurait pas eu le mal des transports.

— Je continue à penser que c'est trop commode, proposa Cafferty. Hammell est un combinard et cette gamine est comme sa propre fille. Ce n'est pas le fait d'un simple hasard si elle a été enlevée. As-tu parlé à Calum MacBride ou Stuart Macleod ?

— Jamais entendu ces noms-là.

— Ils dirigent Aberdeen et leurs relations avec Hammell sont un peu tendues.

— Mêmes questions alors : pourquoi la photographie et comment pouvaient-ils être au courant pour les autres ?

— Ce n'est pas moi le détective.

— Non, effectivement. Mais tu restes malgré tout le même salopard fourbe et calculateur que par le passé. Six femmes ont disparu et toi, tu essaies encore et toujours de forcer la donne pour satisfaire ton propre ego.

— Fais gaffe à ce que tu dis, Rebus, dit Cafferty, le regard noir.

— Je dis les choses comme je les vois.

Rebus repoussa son verre et se dirigea vers la porte. Dehors, le propriétaire du pub tirait sur sa cigarette, le portable collé à l'oreille. Il reconnut Rebus et lui souhaita le bonsoir avant de réaliser que Cafferty était toujours dans la salle. Il changea de figure, de nouveau préoccupé. Rebus alluma une cigarette et continua à marcher.

*

Fox le suivit des yeux, affalé sur le siège passager d'une Ford Mondeo garée de l'autre côté de la rue en face du pub, devant une épicerie ouverte le soir. Son collègue, Tony Kaye, s'y trouvait d'ailleurs pour faire illusion, comme s'ils s'étaient arrêtés pour acheter des provisions. Il ressortit avec un pack de quatre bières en mâchonnant une barre de Mars. Il balança les boîtes de bière sur la banquette arrière, contourna la voiture et s'installa au volant.

— Cafferty est resté, lui apprit Fox.

Mais deux minutes plus tard, Cafferty quittait le pub. Il avait dû appeler un taxi car une voiture s'arrêta et il monta à bord. Un autre homme sortit à son tour et rejoignit la Mondeo au petit trot.

— C'est pour moi ? dit-il.

Il s'installa à l'arrière où il ouvrit une boîte de bière.

— J'espère que ça en vaut la peine, marmonna Kaye.

Joe Naysmith, le cadet de la petite équipe de Fox, but une gorgée et étouffa un renvoi avant de faire son rapport.

— Foot à la télé. Y a un de ces boucans là-dedans !

— As-tu au moins réussi à entendre quelque chose de leur conversation ? demanda Fox.

— Apparemment, ils parlaient de Frank Hammell. De lui et de la gamine disparue.

— Et alors ?

— Alors ? fit Naysmith en haussant les épaules. C'était bruyant, comme je te l'ai dit. Si je m'étais approché trop près, ils m'auraient repéré.

— Une perte de temps, grogna Tony Kaye. Tout cet effort, Malcolm – et pour quoi, exactement ?

— Pour un résultat.

— Super, le résultat… Qui t'a informé de cette rencontre ?

— Un texto. Numéro masqué.

— Exactement comme la fois d'avant, alors. De quoi se poser des questions, tu ne crois pas ?

— Quoi ?

Kaye indiqua la direction prise par Rebus.

— À se demander si ce n'est pas un coup monté.

— Je rate quelque chose, là ? lui dit Fox en face. Un inspecteur retraité – en fait, employé par la police en ce moment et engagé à fond dans une enquête criminelle – ne vient-il pas de recevoir à son domicile la visite d'un gangster connu ? Et ces deux hommes ne sont-ils pas allés boire un verre et tailler le bout de gras ?

— Ça ne signifie rien du tout.

— C'est lourd de signification, au contraire, en particulier quand ils se mettent à discuter de l'enquête à laquelle Rebus participe justement. Rajoute à ça le nom de Frank Hammell et ça devient encore plus intéressant.

— Je ne vois pas ça comme ça, répondit Kaye en secouant la tête.

— Moi si, le contra Fox. Et au bout du compte, c'est ça qui importe vraiment.

— T'en veux une ? demanda Joe Naysmith en offrant une bière à Kaye.

— Et pourquoi pas ? dit Kaye qui se saisit de la boîte.

— Auquel cas c'est moi qui prends le volant, annonça Fox avant d'ouvrir sa portière.

— T'as peur qu'on se fasse arrêter ? Pourquoi ne pas prendre un petit risque de temps à autre ?

— On change de place, persista Fox.

Kaye lui jeta un coup d'œil et, comprenant qu'il ne céderait pas, tendit la main vers la poignée de la portière.

QUATRIÈME PARTIE

J'ai emporté un cruchon de douleur vers le champ détrempé…

42

S'il s'était préparé une compil pour le trajet, elle aurait comporté beaucoup de chansons sur le thème de la route. Canned Heat et les Rolling Stones, Manfred Mann et les Doors. Il refit le plein à Kinross, jeta un coup d'œil au chantier nord de Pitlochry et s'arrêta prendre un thé et un scone au fromage à Bruar où il consulta son téléphone : un appel raté de Nina Hazlitt, soit quatre au total, et un message de Siobhan Clarke lui disant que des chambres avaient été réservées pour deux nuits au Whicher. Il doutait fort que ce fût une coïncidence, mais peut-être était-ce le seul hôtel qu'elle connaissait à Inverness. Toutefois, ce n'était pas sa destination immédiate. Il resta sur l'A9 et traversa le Kessock Bridge. Ensuite Aldness puis Tain et enfin l'embranchement vers Edderton. Jim Mellon avait été contacté et s'était assuré que la police trouve le bon endroit. On était en train de décharger un Portakabin du plateau d'un poids lourd qui allait en baver des ronds de chapeau lorsqu'il lui faudrait regagner la route principale en marche arrière. Le bras de la grue déposa le préfabriqué à même le chemin étroit – les champs étaient peut-être trop boueux pour supporter son poids. Au bout du compte, il serait nécessaire d'installer des déviations, aucun véhicule ne serait autorisé à emprunter ce passage tant que les opérations de police ne seraient pas terminées. Lorsqu'un agent en uniforme lui fit signe de baisser sa vitre, Rebus s'exécuta et lui présenta sa pièce d'identité. Mellon discutait avec une femme en tailleur deux pièces très chic et tous deux pointaient le bras vers les collines. La femme tenait une copie de la photo envoyée depuis le mobile d'Annette McKie et elle était venue équipée, avec des bottes en caoutchouc vertes. Rebus regretta de ne pas y avoir pensé.

Il engagea la Saab sur le semblant de bas-côté accessible.

— Appelez-moi quand le camion devra repartir, dit-il à l'uniforme.

L'homme acquiesça en notant son numéro d'immatriculation sur son bloc. Mellon l'avait reconnu et lui faisait signe. Rebus s'avança et lui serra la main. La femme attendait qu'il se présente.

— Je suis John Rebus, annonça-t-il. Attaché à l'enquête d'Édimbourg.

Elle hocha lentement la tête.

— M. Mellon me parlait de vous. Je suis la superintendante-chef Dempsey.

— Oui, madame.

Ils échangèrent une poignée de main en se jaugeant l'un l'autre. Elle avait une quarantaine d'années, unc poitrinc généreuse, des cheveux blonds descendant aux épaules et portait des lunettes.

— Où est l'inspecteur-chef Page ?

— Il arrive. Que pensez-vous de la comparaison ? lui demanda-t-il en montrant la photo qu'elle tenait à la main.

— Je pense qu'elle a été prise quasiment à l'endroit où nous nous tenons… Mais je ne vois toujours pas ce qu'elle peut bien signifier.

— S'il est vraiment malin, celui qui l'a envoyée nous a fait venir ici pour nous faire perdre notre temps et gaspiller nos efforts.

— Et nous devons prier qu'il ne soit pas aussi malin que ça ? lui demanda-t-elle sans le quitter des yeux.

Rebus acquiesça.

— Alors espérons que nos prières seront exaucées.

Elle montra le chemin au-delà du Portakabin et la file de camionnettes de la police qui allaient devoir repartir en direction de Aultnamain, faire le tour et rebrousser chemin ensuite pour rentrer. Il était impossible de franchir l'obstacle en sens inverse.

Les agents étaient répartis en groupes et on leur montrait des cartes montrant le quadrillage du périmètre à couvrir.

— Que doivent-ils chercher ?

— Tout ce qui détonne dans le paysage, conseilla Rebus. Fragments de vêtements, mégots de cigarettes, boîtes ou bouteilles de bière vides… Les interrogatoires se déroulent comment ?

— Une équipe de six, répondit-elle. Le nombre de maisons à visiter n'est pas bien grand.

— Serait-il impertinent de ma part de leur suggérer de vérifier aussi les cafés et les stations-service ?

— Dans quel rayon ?

Elle plissait les yeux, l'examinant une nouvelle fois.

— Donoch, Bonar Bridge, Tain… ce ne sera qu'un début.

Il eut droit cette fois à un filet de sourire.

— Vous connaissez cette partie du monde ?

— Un peu, dit-il.

— À quoi pensez-vous ?

— Un voyageur peut-être… pas forcément quelqu'un qui habite la région, mais qui doit bien connaître le coin.

— Nous verrons ce que nous pourrons faire.

Elle allait mentionner son grade mais s'aperçut qu'elle ne le connaissait pas.

— J'ai atteint les hauteurs vertigineuses d'inspecteur de la Criminelle, l'informa-t-il.

— Vous parlez au passé ?

Nouveau hochement de tête. Un texto venait d'arriver sur son portable.

— Vous avez de la chance, dit Dempsey. Moi, je n'ai pas de signal.

— Une demi-barrette, dit Rebus. Mais comme pourra vous le dire M. Mellon, une bourrasque de vent et je vais perdre le mien.

Clarke l'informait qu'ils avaient rejoint le QG à Inverness et partaient en réunion avec les huiles. Or, il savait pertinemment que les seules huiles dignes de ce nom se trouvaient à côté de lui. Quand il releva les yeux, Dempsey se dirigeait vers une des équipes de fouille dont les agents, munis de minces bâtonnets et de sachets à preuves, semblaient enthousiastes devant la tâche qui les attendait. Lorsqu'elle commença son petit speech de motivation, apparemment, ils furent tout ouïe.

— Superbe femme, dit Mellon à mi-voix. De quoi rendre un homme fier de rentrer chez lui un soir comme aujourd'hui.

L'agent en uniforme avec son bloc à pince s'était approché de Rebus.

— C'est le moment de déplacer votre voiture, monsieur, dit-il sous les sifflements des freins pneumatiques du poids lourd. Si toutefois vous tenez à la récupérer en une seule pièce…

43

Milieu d'après-midi. Pas l'ombre de Page ni de Clarke. À relire les textos de Siobhan, il eut l'impression que la stratégie choisie ne lui convenait pas vraiment. Mais comme Page avait arrangé une série de réunions de manière à pouvoir s'écouter parler, elle s'était sentie obligée de suivre la marche.

Sandwichs et bouteilles d'eau avaient fait leur apparition, entassés à l'arrière d'une voiture de patrouille aux portes ouvertes de manière que les gens puissent se servir. Pas de boissons chaudes, mais Mellon avait promis d'y remédier. L'intérieur du Portakabin était occupé par une table et deux chaises, rien de plus. Sur la table était étalée une carte d'état-major et la scène évoqua à Rebus son premier voyage au chantier nord de Pitlochry. Un groupe électrogène était prévu, qui leur garantirait éclairage et chauffage. Encore une demi-heure et l'équipe de fouille serait rappelée pour la journée. Le jour baissait – avec une demi-heure d'avance sur Édimbourg – et l'agent avec son bloc avait disparu. Rebus sirotait un verre d'eau quand une camionnette arriva pour se garer derrière la file de véhicules. Le chauffeur, un policier en uniforme, descendit et le salua de la tête. Rebus se rapprocha afin de lire l'inscription sur le flanc de la camionnette.

Unité de police canine de Grampian.

Un agent ouvrit l'arrière et déverrouilla une cage. Un épagneul à la robe tachetée en sortit et commença à examiner avec soin la surface de la route.

— Ça vous fait loin de la maison, dit Rebus.

— La Northern n'a pas l'équivalent de Ruby, expliqua l'agent.

— Vous êtes venu d'Aberdeen ?

L'homme acquiesça, concentrant son attention sur le chien.

— Vous êtes parti un peu tard, dit Rebus en étudiant le ciel.

— Ruby n'utilise pas ses yeux. Ce qui signifie qu'elle peut travailler tard. C'est vous qui êtes responsable ?

Rebus fit non de la tête.

— C'est la superintendante-chef que vous devez voir, mais elle a dû retourner à Inverness.

— Dans ce cas, je crois que je vais me mettre au boulot.

Le maître-chien avait l'air d'un gars de la campagne, belle bedaine et visage rougeaud avec des cheveux noirs coiffés en arrière. La barrière d'accès au champ étant ouverte, Ruby était impatiente de commencer ses explorations mais elle ne bougerait pas tant qu'elle n'en aurait pas reçu la permission.

— Vous n'avez pas besoin…

— De quoi ?

— D'un bout de vêtement ou d'un objet appartenant à la disparue ?

— Ce n'est pas la spécialité de Ruby, répondit le gars.

— Et c'est quoi, sa spécialité ?

— Elle trouve les cadavres.

Il donna le signal à l'épagneul qui bondit devant lui en direction du champ. Une des équipes de fouille était de retour avec une récolte bien maigre dans ses sachets. Les hommes se dirigèrent vers le Portakabin afin d'y enregistrer leurs découvertes avant de déposer leurs trouvailles sur la table. Lorsqu'ils gagnèrent la voiture à provisions, Rebus y jeta un coup d'œil : une capsule de bouteille rouillée, des sachets de chips et des emballages de chocolat, un vieux pot de peinture, une demi-brique…

Des brins de ficelle…

Quelques fragments d'un sac de supermarché en plastique…

Un squelette de souris…

Quelques plumes…

De quoi désespérer. Si les agents lui avaient semblé pleins d'enthousiasme au départ, ils étaient désormais bien plus sombres, le pessimisme gagnait du terrain. Rebus avait perdu le maître-chien de vue mais il le retrouva, au milieu du champ, se dirigeant vers la ligne d'arbres au-delà, d'où remontait une autre équipe de recherche. L'un des agents se baissa pour caresser Ruby et se releva aussi vite – un geste interdit, apparemment : la chienne avait été formée pour travailler, pas pour jouer.

Devant la voiture à provisions, les hommes discutaient à voix basse ou vérifiaient les messages sur leurs portables tenus bien haut à la recherche d'un signal.

— On aura plus de chance demain, dit l'un d'eux.

— À condition que le temps tienne.

Rebus demanda ce que prévoyait la météo.

— Sinistre, lui répondit-on.

— Peut-être du grésil, ajouta un autre qui lui demanda : vous êtes d'Édimbourg ?

Rebus acquiesça.

— Je déteste cette ville, dit le flic. Je ne peux pas la supporter.

— Vous devez être d'Inverness alors ?

Le type fit la grimace.

— Je déteste aussi cette ville-là. Dingwall me convient parfaitement.

— C'est pas l'heure de tes médocs, Bobby ? demanda un de ses collègues en déclenchant des sourires fatigués autour de lui.

Une demi-heure plus tard, arrivait un message du QG : on bouclait pour la journée, Dempsey ne reviendrait pas. Quelqu'un eut la charge de verrouiller le Portakabin.

— Nous laissons les preuves ici pour la nuit ? demanda Rebus.

— Si vous appelez ça des preuves. Le chef y jettera un œil demain et décidera de ce qu'il faut en faire.

— Il vous reste encore du terrain à couvrir ?

— Un paquet.

Les hommes se préparaient à rentrer. Il entendit des grognements chez ceux qui étaient coincés du mauvais côté du Portakabin – ils étaient bons pour un long détour et il fallait déplacer des voitures pour en dégager d'autres. L'une d'elles s'embourba, les pneus tournant dans la gadoue sans rien accrocher, et ils durent la pousser vers la chaussée. Lorsque la dernière descendit le chemin en marche arrière, les quatre agents à l'intérieur saluèrent Rebus. Ils parlaient de lui, tout rigolards, et il ne prit pas la peine de leur répondre. La camionnette du maître-chien était toujours là, à une vingtaine de mètres de la Saab – les deux seuls véhicules encore sur le terrain. La nuit était tombée mais il distinguait encore deux tiers du champ et Ruby avait disparu avec son maître. Il s'appuya contre sa voiture et fuma une cigarette, dont il écrasa le mégot dans le cendrier de la Saab – il ne voulait rien laisser qui puisse être interprété comme un indice. Une idée qui apparemment n'était pas venue à l'esprit des flics du quadrillage. Des croûtes de pain et des grains de maïs traînaient sur la route à côté de l'endroit où la voiture de ravitaillement était garée. Voyant une bouteille d'eau en plastique balancée vide dans le fossé, il la ramassa pour la jeter sur le siège passager.

Une perte de temps, peut-être, mais quand même.

Encore un quart d'heure et il ferait nuit noire – pas de lampadaires dans le coin. Il distinguait déjà quelques étoiles dans le ciel et la température chutait. Il klaxonna trois fois de suite, avec l'espoir que le maître-chien comprendrait le message. Le coup de sifflet qu'il entendit devait être sa réponse, mais il l'entendit de nouveau, encore et encore, comme s'il y avait urgence. Ce n'était pas le genre de son qui servait à communiquer avec un chien et il fut suivi par un cri qui venait de l'autre bout du champ. Lui ne distinguait rien mais il avait vu les chaussures des équipes de fouille et savait que la terre était loin d'être sèche. Pas de torche dans sa voiture, ne lui restait que l'écran de son portable si jamais il se perdait.

Un nouveau cri.

— Et merde, se dit-il en franchissant la barrière.

Il n'y avait rien de plus traître que ce champ couvert de creux et de bosses peu profonds et il sentit qu'il s'enfonçait jusqu'aux chevilles. Il jura de nouveau mais continua à avancer, le souffle court. Une clôture séparait le champ des arbres à l'autre bout : un bon mètre vingt de haut, surmontée d'un fil de fer barbelé. Il scruta les ténèbres.

— Vous êtes là ? s'écria-t-il.

— Ici, répondit le maître-chien.

— Où ça ?

Un mince faisceau de lumière perça la nuit mais les bois étaient plus profonds qu'il ne l'aurait cru. Ruby et son maître se trouvaient là-bas devant, quelque part. Il examina la clôture, de gauche et de droite, cherchant un échalier ou une autre barrière. Rien. Il se débarrassa de son manteau qu'il drapa sur le barbelé avant de le chevaucher, d'abord une jambe puis l'autre mais son pantalon accrocha quelque chose et il l'entendit se déchirer. Une barbe avait transpercé et le manteau et le pantalon.

— Saloperie, lâcha-t-il entre ses dents.

À nouveau, il s'embourba jusqu'aux chevilles et faillit même perdre une chaussure en se tractant jusqu'à un petit talus avant de s'enfoncer dans le bois.

— Vous êtes où, bon Dieu ?

— Ici, répondit le maître-chien en rallumant sa petite torche. Vous pouvez demander à une équipe de venir ?

— Ils sont tous partis.

Il voyait l'homme et la chienne assise sur le sol humide, la queue battant l'air, langue pendante.

— Qu'est-ce qu'il y a ? demanda-t-il en essayant de reprendre son souffle.

Pour toute réponse, le maître-chien dirigea sa torche sur un point juste derrière Ruby qui tourna la tête dans la même direction en se léchant les babines. La terre avait été remuée et Rebus reconnut ce qu'on lui montrait.

Une main tout ce qu'il y a d'humain, qui dépassait de la tombe improvisée.

— Oh seigneur, dit-il d'une voix sifflante.

— Le problème, dit le policier en balayant la clairière de sa torche, c'est qu'à mon avis, Ruby n'en a pas encore terminé – loin s'en faut.

44

Les vibrations de groupes électrogènes diesel. Une demi-douzaine de lampes à arc illuminant les opérations. Des agents qui dévidaient des longueurs de ruban de scène de crime rayé bleu et blanc de part et d'autre de la piste boueuse qui partait du chemin jusque dans les arbres. Ladite piste était à présent interdite d'accès car on avait dû se servir d'un véhicule pour amener les corps jusque là-bas, la distance étant trop grande pour qu'ils aient pu être traînés ou transportés à dos d'homme.

— Certainement un 4 × 4, avait aussitôt signifié Rebus à Clarke. Mais ça doit représenter les trois quarts des voitures de cette région.

Elle avait acquiescé sans le quitter des yeux.

— Quoi ? avait-il demandé.

— Je n'arrive toujours pas à croire que tu étais *ici*.

Ce à quoi il avait répondu par un haussement d'épaules.

Page était en pleine consultation avec Dempsey et il avait bien fait d'emprunter des bottes quelque part. Ses chaussures devaient sécher, ou être jetées à la poubelle. Des chaussettes propres n'auraient pas non plus été de trop. Quant à son pantalon…

— Tu saignes ? demanda Clarke en faisant l'inventaire des dégâts.

— Juste une égratignure.

— Il te faudrait peut-être une piqûre antitétanique.

— Une dose de whisky fera l'affaire.

Ils discutaient de tout et de rien, sauf de ce qui les attendait. Ruby avait localisé trois cadavres pour l'instant et s'offrait un break, son maître ayant rapporté de sa camionnette un bol et une bouteille d'eau. L'équipe de scène de crime était arrivée et ne perdait pas une minute. Un médecin était sur place et deux agents responsables de la collecte des indices s'affairaient avec leurs caméras vidéo.

— Alors comment s'est passée ta journée ? demanda Rebus, en exagérant et le ton et le geste.

— Oh, tu sais, comme d'habitude, dit-elle en croisant les bras sur sa poitrine pour ne pas avoir trop froid.

— Déjà passée à l'hôtel ?

— Il paraît correct, répondit-elle en tapant des pieds pour se réchauffer.

On les avait cantonnés à bonne distance des trois tombes car il n'y avait pas suffisamment de surchaussures ni de bottes pour tout le monde, et faire le grand tour risquait de compromettre traces et indices éventuels : « l'intégrité du lieu » devait être impérativement préservée – les mots que Page avait utilisés en expliquant à Clarke pourquoi elle devait pour l'instant rester de ce côté du ruban. Rebus en revanche n'avait eu droit à rien, ni excuse ni explication, c'est tout juste si Page avait reconnu sa présence.

Alors que c'était lui qui avait annoncé la découverte des corps.

Ou peut-être justement *parce que* c'était lui qui avait transmis le message.

Dempsey en revanche lui avait dit merci mais Rebus avait fait remarquer que tout le mérite en revenait à Ruby.

— Un point épineux, lui avait expliqué Clarke par la suite. De ce que j'ai entendu au QG, ce n'est pas le grand amour entre la police de Northern et ses voisins de Grampian…

Elle regardait maintenant son téléphone.

— 22 h 15, dit-elle.

— Je pensais qu'il était plus tard que ça, commenta Rebus.

— Il y a combien de temps que tu es ici ?

Rebus n'avait pas envie de réfléchir et choisit de s'écarter pour laisser arriver d'autres techniciens de scène de crime. Ils se plièrent en deux sous le ruban, leur combinaison blanche à capuche et leurs surchaussures à élastique bruissant à leur passage, chargés de mallettes et de feuilles de plastique pliées. Comme la camionnette mortuaire n'était toujours pas là, ils ne disposaient pas de linceuls pour emporter les dépouilles. Mais pour l'instant rien ne devait bouger.

Des tentes rudimentaires avaient été érigées au-dessus de deux tombes seulement et on avait envoyé quelqu'un à Inverness pour en apporter d'autres.

— C'est interminable, dit Clarke en battant la semelle.

— On pourrait attendre dans la voiture, lui proposa Rebus, mais elle repoussa son offre en secouant la tête avec conviction. Si Page a besoin de toi, il saura où te trouver.

— Il me trouvera ici, pas ailleurs, répondit-elle.

— Eh bien moi, je vais fumer une cigarette.

Elle acquiesça et il l'abandonna pour regagner la route où il alluma sa clope, tourné vers la clairière où se mouvaient des silhouettes distendues par les projecteurs. Un des groupes électrogènes faisait un raffut de tous les diables mais c'était mieux que le silence et toujours préférable aux échanges de commentaires entre les techniciens de scène de crime quand ils vous arrivaient aux oreilles.

En ce lieu triste et solitaire, il ne put s'empêcher de s'interroger sur les victimes : avaient-elles été amenées là vivantes, ligotées voire bâillonnées, ou droguées ? Ou peut-être déjà mortes. Il devait aussi se trouver des traces et des indices dans le véhicule qui les avait transportées : des fibres de vêtements ; des cheveux, peut-être de la salive ou du sang.

Étaient-elles arrivées de jour ou de nuit ? Plutôt la nuit, estima-t-il. Mais une voiture abandonnée sur le chemin aurait paru suspecte – raison supplémentaire pour conduire les corps directement dans les bois.

À un endroit où le véhicule avait pu laisser des marques de pneus, des écailles de peinture en raclant un tronc ou une branche au passage.

L'équipe de médecine légale se mettrait au travail le lendemain matin : ces gens avaient besoin de lumière pour faire leur boulot.

Un barrage filtrant avait été installé aux deux extrémités de la route, en même temps que des panneaux de déviation. Rebus se raidit soudain en voyant un homme s'approcher à pied, ses chaussures et ses bas de pantalon détrempés, après avoir contourné les gardes en traversant les champs.

Un journaliste.

Le téléphone à la main, bras tendu, en train de filmer ce qu'il avait devant lui. Rebus se couvrit le visage d'une main.

— Rangez-moi ce foutu truc si vous ne voulez pas finir la nuit en cellule, aboya-t-il. Ensuite demi-tour et fichez le camp comme vous êtes venu.

— Je peux citer vos paroles, officier ?

Un jeunot aux cheveux blonds bouclés débordant de la capuche de sa parka Barbour verte.

— Je suis sérieux, dit Rebus.

Le reporter baissa son portable.

— Grosse opération, dit-il en se dressant sur la pointe des pieds pour regarder par-dessus l'épaule de Rebus. Techniciens de scène de crime et tout le tralala. Je dirais que vous avez trouvé quelque chose.

— Vous le saurez en même temps que le reste du monde, grogna Rebus.

— Qu'est-ce qui se passe ici, nom d'un chien ?

Rebus se retourna en direction de la voix. Dempsey s'avançait vers lui d'un pas décidé.

— Fouille-vase, expliqua Rebus, mais elle regardait le jeune homme.

— J'aurais dû deviner que vous seriez le premier sur les lieux, Raymond.

— Vous voudriez éclairer un peu ma lanterne, superintendante-chef Dempsey ?

Il tripotait son écran tactile, passant de caméra à enregistreur.

— Il y aura une conférence de presse demain matin.

— Trop tard pour notre première édition. Jetez-moi un petit os, vous voulez bien. L'Internet nous tue.

Dempsey soupira comme une actrice de théâtre.

— Il semble qu'il y ait des restes humains mais nous n'en savons pas beaucoup plus. Et maintenant, ouste !

Lorsqu'il essaya de poser une question supplémentaire, elle le chassa du geste et eut droit à un sourire oblique.

— Je te verrai chez maman dimanche alors ?

Elle acquiesça en évitant le regard de Rebus. Le jeune homme était déjà au téléphone avec sa salle de rédaction en repartant par où il était venu.

— Raymond, c'est son nom ou son prénom ? demanda Rebus.

— Son prénom, lui confia Dempsey. Et avant que vous n'ajoutiez quelque chose, c'est mon neveu. Ce qui ne veut pas dire qu'il a droit à un traitement spécial.

— Il me semble pourtant que ç'a été le cas.

Elle ne répondit pas.

— Eh bien, espérons seulement qu'il sait jouer des coudes – quand la nouvelle se répandra, les médias vont débarquer en foule et ce sera la mêlée.

Ils gardèrent le silence un moment avant que Rebus ne demande :

— Nous en sommes à combien ?

— Cinq, je crois. Quatre en état avancé de décomposition.

— Et la cinquième ?

— Je ne prendrais pas de paris, mais je pense qu'il s'agit d'Annette McKie.

Rebus suivit des yeux Page et Clarke qui ressortaient du bois. Page ôtait ses surchaussures et Clarke affichait un visage de pierre en vérifiant si elle avait un signal sur son portable. Page, tout pâle et pas vraiment dans son assiette, se retourna soudain, le cœur au bord des lèvres et la main sur la bouche pour étouffer le bruit. Rebus lui offrit ce qui restait d'eau dans sa bouteille qu'il accepta en le remerciant d'un signe de tête. Clarke de son côté parlait à Esson et Ogilvie et leur faisait savoir que la partie qui se jouait venait de changer de nature.

— Il faut que je retourne à Inverness, annonça Dempsey. Rameuter quelques pathologistes et voir ce qui pourra être fait d'ici demain.

Elle se tourna vers les trois inspecteurs d'Édimbourg.

— Vous autres, vous devriez aller vous coucher – nous avons une rude journée demain.

Elle se dirigea vers sa voiture, les épaules basses. Page tendit sa bouteille à Rebus.

— C'est la vôtre désormais, lui dit celui-ci.

Clarke avait terminé son appel.

— Est-ce que le restaurant de l'hôtel sera ouvert à cette heure-ci ? demanda-t-elle.

Rebus secoua la tête.

— Un sandwich au bar avec un peu de chance, dit-il. Des chips en accompagnement.

— Vous voudriez bien cesser de parler nourriture tous les deux ? leur demanda Page en détournant la tête quand une nouvelle nausée le submergea.

45

Presque 2 heures du matin.

Page s'était retiré une heure auparavant, Esson et Ogilvie peu après. Ils avaient interrogé les parents des victimes de Golspie et Fort Augustus sans rien apprendre de nouveau et il était prévu au départ qu'ils regagnent tous deux Édimbourg à la fin de la journée, mais Clarke n'avait pas voulu courir le risque qu'ils s'endorment au volant. Ils n'avaient pas protesté.

— Ç'a été bizarre de voir la chambre de Jemima, avait dit Esson. Elle est exactement dans l'état où elle l'a laissée. Certaines personnes sont incapables de tirer un trait, apparemment.

La réception leur avait fourni à tous deux de minuscules brosses à dents après leur avoir trouvé deux chambres tarif « dernière minute ». Rebus songea que l'endroit risquait d'être beaucoup plus animé le lendemain, tout dépendrait du nombre de chaînes ayant décidé de couvrir l'événement. Il bichonnait son quatrième whisky de la soirée.

— Tu as fini par te dégeler ? demanda-t-il à Clarke.

— Presque.

— J'ai moitié envie de retourner là-bas, dit-il.

— Et ça te servirait à quoi ?

Elle fixait l'écran de son portable, utilisant la wifi de l'hôtel pour vérifier les références à Edderton.

— À rien du tout, reconnut-il. Je serais dans les pattes de tout le monde mais d'un autre côté, je crois que je ne pourrai pas dormir.

— Quatre, ça ne te suffit plus maintenant ? demanda-t-elle en montrant son verre de whisky.

— Ça n'a jamais suffi. C'est juste bon à émousser les angles trop vifs.

Elle prit une feuille de laitue dans son assiette. On leur avait apporté des sandwichs, chips et tomates cerises, mais Rebus s'était abstenu en protestant qu'il avait dû manger son poids en pain pendant la journée.

— Ce n'est que le commencement, n'est-ce pas ? songea Clarke à haute voix. L'enquête a complètement changé de nature.

— Rien n'a vraiment changé, rétorqua-t-il. Nous avons eu confirmation, c'est tout.

— Tu as toujours su que ça finirait de cette façon ?

— C'était une possibilité – nous le savions tous, que nous l'ayons dit ou non.

— Tu as enquêté sur bien plus d'affaires de ce genre que moi : quelle direction devons-nous prendre désormais ?

— Interrogatoires des gens du coin, analyses de scènes de crime, appels à informations…

— Quel genre d'individu recherchons-nous ?

— Ce ne serait pas une question à poser à tes copains profileurs ?

— Je n'ai pas de copains profileurs. Et de toute façon, ça ne dépend pas de moi.

Il la regarda en face.

— Je ne suis pas convaincu que notre ami Page soit à la hauteur de la tâche. Il serait peut-être bon que tu veilles à son côté.

— James n'aura pas de problème. C'est juste qu'il n'a pas vu beaucoup de scènes de crime.

— C'est un bureaucrate et un gestionnaire, Siobhan ; il pourrait être au CID ou dans une boîte vendant des cuisines tout équipées. La situation exige quelqu'un d'une autre trempe.

— C'est la superintendante-chef Dempsey qui mène la barque.

— C'est un bonus, absolument. Mais même elle n'a jamais couvert une chose de cette envergure.

— Et toi oui ? Tu me demandes de t'obtenir une invitation dans la salle de commandement ?

— Plus ou moins.

— Ça risque de faire beaucoup de monde autour de la table – à moins que tu ne veuilles que *moi*, je reste sur la touche.

— J'ai juste besoin d'y être, dit-il en secouant la tête.

— Ce ne sera pas toujours possible, John.

Elle termina son jus d'orange et vérifia l'heure.

— Il est comment, leur petit déjeuner ?

— Copieux.

— J'ai oublié de te demander à partir de quelle heure ils servaient…

— 7 heures.

Elle lui offrit un sourire las.

— J'ai l'impression d'être assise à côté du guide Michelin.

Sur ces mots, elle se leva et lui souhaita bonne nuit.

Il resta le temps d'un dernier verre, qu'il fit ajouter à sa note. Il prit son portable posé sur la table, le tournant et le retournant dans sa main. Il pouvait appeler Nina Hazlitt. Ou Frank Hammell. Demain matin, ils apprendraient la nouvelle, grâce au neveu de Dempsey. Non, décida-t-il finalement – juste pour leur offrir une dernière nuit d'ignorance bienheureuse, un dernier sommeil encore chargé d'espoir. Quand il essaya de se lever, l'arrière de ses jambes était douloureux, trop de temps passé debout dans le froid. Il vit quelques livres sur une étagère dans le coin bar et demanda s'il pouvait en emprunter un.

— Ils sont là pour ça, monsieur.

Celui qu'il choisit – pour son titre plus que pour autre chose – s'intitulait *Cracking The Code*. Il l'emporta au premier et se mit au lit, les derniers mots du barman résonnant en écho dans sa tête.

Faites de beaux rêves…

46

La première équipe de journalistes arriva à l'heure du petit déjeuner.

Rebus fumait une cigarette dehors. La pluie tombait en rafales violentes et il s'abritait près de l'entrée de l'hôtel. Les journalistes bavardaient entre eux en passant à côté de lui au pas de course. Ils n'avaient pas de réservations mais le cœur y était quand même : une chambre tôt le matin serait un bonus, une douche rapide et quelque chose à manger, après quoi, ils prendraient la route d'Edderton. Accents anglais, mal rasés, les yeux chassieux : ils avaient dû rouler toute la nuit pour être là de si bonne heure. Rebus jeta sa cigarette d'une pichenette et se dirigea vers la salle du petit déjeuner. Page était au téléphone tandis que Clarke s'attaquait à son deuxième pot de café.

— Petit problème, lui dit-il en désignant la porte ouverte d'où elle avait vue sur la réception.

Un des nouveaux arrivants tenait une caméra de taille substantielle que Page avait aussi remarquée. Il dit aussitôt à son correspondant qu'il rappellerait.

— S'ils restent, nous partons, déclara-t-il.

— D'accord, répondit Clarke. Des nouvelles de Dempsey ?

Page acquiesça.

— La première autopsie démarre dans une heure. La pathologiste estime qu'il lui faudra deux jours pour terminer le travail.

Entre-temps, les gars de la médecine légale ne chôment pas sur le terrain.

— La météo ne va pas arranger les choses, intervint Rebus.

— Ils ont protégé tout ce qu'ils ont pu avec des bâches en plastique, l'informa Page.

— Il faut absolument que j'achète des bottes en caoutchouc, dit Clarke.

— Moi aussi, renchérit Rebus en levant un pied, pour qu'elle constate *de visu* ses tentatives rudimentaires de nettoyage de chaussures. Et aussi un pantalon tant que j'y suis.

La réception lui avait fourni fil et aiguille mais son reprisage ne tiendrait pas longtemps.

— Et pour le tétanos ? demanda-t-elle.

— C'est quoi, les symptômes ? dit-il avec un haussement d'épaules.

— Migraine, bouche sèche…

Elle examina ses essais de couture.

— … manque de coordination entre l'œil et la main.

— Est-ce que Christine et Ronnie sont sur le chemin du retour ? demanda Page, le nez dans ses messages.

— Oui, lui confirma Clarke.

— Dempsey va vouloir que les familles des victimes soient amenées à Inverness, dit Page. Il s'agit désormais d'une enquête pour meurtre.

— Ce qui me fait penser à une chose, glissa Rebus : il faudrait offrir à Ruby un bel os bien juteux.

Ils assistèrent tous trois au défilé des journalistes dans la salle à manger où ils choisirent une table avant de se diriger vers le buffet d'un pas arrogant, comme en territoire conquis.

— Je pense que c'est pour nous le signal de lever le camp, dit Page en quittant la table.

Ils décidèrent de garder leurs chambres – ne sachant pas s'ils trouveraient à se loger ailleurs. L'arrière de l'Audi de Clarke n'était pas bien large mais c'est pourtant là que Rebus se retrouva. En chemin vers le QG de la Northern Constabulary, Page décida de leur offrir un petit speech de motivation relatif au protocole en insistant sur le fait qu'ils « représentaient » la police de Lothian and Borders et devaient se contenter de démontrer leurs « talents » sans faire de « vagues » – ni de grossières bévues. Rebus eut la nette impression que le discours lui était directement destiné, mais quand il croisa les yeux de Clarke dans le rétroviseur, ils ne trahirent rien.

Le bâtiment qu'ils cherchaient était situé à proximité d'un rond-point, avec, de l'autre côté de la rue, un supermarché Tesco ouvert vingt-quatre heures sur vingt-quatre. Le QG proprement dit était une construction de trois étages en pierre rose et vitrages. Les journalistes qui faisaient le pied de grue sur la chaussée et le trottoir juste devant l'entrée installaient leurs caméras ou parlaient au téléphone. Un constable en uniforme vérifia la carte officielle de Page avant de diriger l'Audi d'un signe de tête vers un emplacement de parking. Jouxtant l'entrée, Rebus remarqua un panneau portant la devise PROTÉGER ET SERVIR rédigée à la fois en anglais et en gaélique. Un peu tard pour protéger, ne restait qu'à servir…

Une fois dans le bâtiment, ils apprirent que la superintendante-chef Dempsey était déjà partie assister à la première autopsie qui se déroulait dans l'hôpital Raigmore tout proche, et Rebus ne put s'empêcher de penser à Sammy et sa fécondation in-vitro. Page se renseignait sur la manière de s'y rendre quand il reçut un texto.

— Dempsey, dit-il à l'intention de Clarke et de Rebus. La pathologiste de permanence s'agace apparemment du nombre de corps – vivants plutôt que morts – et n'apprécierait guère de nous voir débarquer à notre tour.

Il se mordilla la lèvre inférieure et Rebus savait ce qu'il devait penser. Ils étaient là à titre d'invités de la Northern et ce n'était pas réellement leur enquête – tant que le corps d'Annette McKie n'était pas officiellement identifié. Mais même alors, le bons sens voulait que pour les besoins de l'enquête, McKie soit associée aux autres femmes assassinées. Comme Edderton était le site où les dépouilles avaient été retrouvées, l'enquête revenait de droit et de fait à la Northern et si Page protestait ou créait le moindre scandale, ils pourraient se retrouver réexpédiés dans leurs foyers avec pertes et fracas et sans préavis. D'un autre côté, à quoi bon rester là à traîner leurs guêtres sans but précis, uniquement pour qu'on leur dise ce qui s'était passé pendant leur absence ?

— Nous pourrions retourner à Edderton, suggéra Clarke.

Page réfléchit un instant et approuva d'un hochement de tête.

Et donc retour sur l'A9, la pluie de plus en plus dense à la traversée de Kessock Bridge, la voiture tanguant sous les rafales de vent latéral, les essuie-glaces à leur vitesse maximum ayant bien du mal à accomplir leur office.

— Et toujours pas trouvé le temps de m'acheter des bottes, maugréa Rebus depuis la banquette arrière.

— Tu dois avoir un parapluie à tes pieds, s'entendit-il répondre.

Il le ramassa sur le plancher. C'était un truc rose et rétractable dont la surface de protection n'était pas plus grosse qu'une cymbale de batterie.

— Il est à toi si tu le veux, lui dit Clarke.

— Merci, répondit-il sans enthousiasme.

En revanche, à voir son équipement, l'uniforme au barrage était prêt à affronter les éléments, y compris avec un étui en plastique pour son bloc. Il nota leurs noms ainsi que le numéro d'immatriculation de l'Audi. Une équipe de caméramans s'abritait à l'arrière de leur camionnette toutes portes ouvertes de manière à voir ce qui se passait. Raymond, le neveu de Dempsey, était assis dans sa propre voiture, une Polo Volkswagen blanche à la vitre baissée : il salua Rebus au passage quand l'Audi franchit le barrage au pas pour commencer à gravir la colline, la pluie dégoulinant sur ses flancs. Le Portakabin avait été déverrouillé afin de permettre aux techniciens de scène de crime de s'y abriter le temps d'une pause, leurs mains serrées autour d'un pot de soupe chaude pour tenter de se réchauffer. Page pour sa part décida de remonter jusqu'à l'endroit où les cadavres avaient été découverts. Clarke jeta un coup d'œil sur ses arrières et vit Rebus, très content d'être là où il était, qui lui faisait signe de ne pas quitter son chef.

À l'intérieur du Portakabin, c'est tout juste s'il y avait de la place pour lui. Deux techniciens attendaient que l'eau bouille, leurs mugs prêts. Des bouteilles d'eau, des sachets de soupe instantanée

Cup-A-Soup. Aucun signe des preuves matérielles trouvées la veille – le labo avait dû les emporter.

— La météo n'est pas vraiment géniale, dit-il sans s'adresser à quiconque en particulier. Et pas le moindre radiateur à l'horizon comme on nous l'avait promis… Est-ce que tous les corps sont partis ?

Des hochements de tête pour confirmer que oui.

— Toujours que cinq ?

— Que cinq ?

— On devrait être contents qu'il n'y en ait pas plus.

— Ils reviennent avec la chienne pour un dernier examen des lieux, dit un des techniciens.

— Des effets personnels dans les tombes ? demanda-t-il, toujours sur le ton de la conversation.

— Désolé mais vous êtes qui ?

— Je suis avec l'équipe Annette McKie. J'étais là quand Ruby a découvert le premier cadavre.

Sa réponse parut satisfaire les autres – tout juste.

— Pas d'effets personnels, lui répondit-on. Ni vêtements ni bijoux, rien.

— Et un corps beaucoup plus récent que les autres ?

Nouveaux acquiescements.

— Elle devrait être assez facile à identifier, dit quelqu'un.

— Mais pas les autres ?

— Peut-être grâce à leur dentition. Ou une comparaison ADN. Vous voulez de la soupe ?

Il comprit à ces mots qu'il était accepté.

— Merci, dit-il, même s'il se sentait encore l'estomac plein après son petit déjeuner.

— Il les chope sur l'A9, dit un autre membre du groupe, il les enterre et envoie une photo – ça ne peut être qu'un gars du coin.

— Ou alors simplement quelqu'un qui connaît la route, le reprit Rebus. Des traces de pneus là-haut ?

— Rien de bien utile pour l'instant.

— Le sol était peut-être gelé – c'est tombé sous zéro la nuit où la fille McKie a disparu.

Rebus confirma de la tête qu'il comprenait.

— Vous allez continuer à chercher ?

— Jusqu'à ce qu'on ordonne de remballer.

— Les vêtements et les effets personnels ont pu être enterrés séparément.

— En fin de journée, on aura un détecteur de métaux, plus un coup de main de géophysiciens si on a besoin.

L'homme le fixait comme pour le défier de mettre en doute les efforts accomplis mais Rebus se contenta de souffler sur sa soupe trop chaude. Petits pois et carottes reconstitués ne l'avaient jamais vraiment fasciné.

47

En fin d'après-midi, ils se retrouvèrent au QG de la Northern à Inverness. Il était prévu que Dempsey tienne une conférence de presse à l'heure pile, mais elle voulait que son équipe soit la première informée. On distribua des photographies. Aux termes du rapport de la pathologiste, les cinq cadavres étaient des femmes, mais une seule était facilement identifiable. Rebus fixa le visage d'Annette McKie, ses yeux clos, des particules de terre collées à ses cils, ses cheveux et ses lobes d'oreille.

— Strangulation manuelle, commença Dempsey. Avec un peu de chance, qui sait, nous trouverons peut-être une empreinte de doigt. Vous verrez des signes de meurtrissures sur le cou, en particulier autour du larynx. De grandes mains, dit la pathologiste. À en juger par l'état de décomposition et l'activité des insectes, la victime est décédée depuis vingt à vingt-cinq jours.

Elle releva les yeux sur la salle.

— Elle a été enlevée il y a trois semaines, donc je pense qu'elle n'est pas restée en vie bien longtemps.

Dempsey reprit la lecture de ses notes.

— En me fondant sur l'aspect de la dépouille, je suis prête à considérer que la victime est bien Annette McKie, mais la famille doit arriver d'Édimbourg pour l'identification officielle.

— Est-ce que les autres victimes sont mortes de la même façon ? demanda quelqu'un en interrompant l'exposé de Dempsey.

Elle fusilla l'importun du regard.

— Impossible à dire, répondit-elle néanmoins, la décomposition est trop avancée. La pathologiste n'a accepté de dire qu'une chose : aucun des corps ne porte de traces de mise à mort par arme blanche ou arme à feu. En ce qui concerne Annette McKie, il y a probablement eu activité sexuelle, mais pour l'instant, aucun indice de pénétration forcée. Le travail qui attend la pathologiste est monstrueux et nous ne pouvons pas espérer de rapport complet avant plusieurs jours. Nous avons les détails des femmes disparues grâce à nos amis de Lothian and Borders, ce qui nous aidera beaucoup dans un premier stade. Je me dois d'insister sur une chose : nous ne connaissons pas avec certitude l'identité des autres victimes et je ne veux pas que vous tiriez de conclusions hâtives.

S'ensuivirent hochements de tête et grommellements. Clarke avait levé la main et Dempsey hésita un instant avant de lui accorder sa permission.

— Qui va identifier Annette McKie ?

— Un de ses frères, je crois. Apparemment, sa mère est effondrée. Elle a probablement dû suivre les reportages en direct à la télé.

À la mention de la télé, elle jeta un coup d'œil à sa montre.

— Il faut que j'aille affronter les chacals, dit-elle. Nous aurons un autre briefing ensuite. Entre-temps, affûtez vos machines à réfléchir car je veux des idées constructives – autant que vous pourrez m'en proposer. Et maintenant, tout le monde à son poste !

La réunion terminée, Page se précipita, prêt à défendre sa cause pour être inclus lui aussi dans la conférence de presse.

— Nous n'avons pas de « poste », n'est-ce pas ? demanda Rebus en se retournant vers Clarke.

— Non, reconnut-elle en regardant alentour.

— Et nous n'avons pas non plus d'endroit où dormir cette nuit – à moins de courir le risque de retourner à l'hôtel.

— Un second point à ton avantage.

— Et toi comme moi, nous avons toujours besoin de bottes.

Elle ne pouvait le nier, ses chaussures étaient encore maculées de boue.

— Nous suggérerais-tu une virée shopping ?

— Et peut-être aussi une petite visite à l'office du tourisme – vérifier de plus près le front des *bed and breakfast*.

Clarke se dirigeait vers Page, lequel souriait à Dempsey, en inclinant la tête pour la remercier. Il était accepté.

— Ça ne nous prendra qu'une heure, la pressa Rebus.

— D'accord, répondit-elle, dents serrées.

*

Ils retournaient au QG de Northern avec, en poche, l'adresse d'une maison d'hôte possible, lorsque l'intérêt des journalistes parut soudain se réveiller. Une voiture approchait, une Range Rover Sport blanche aux vitres teintées avec, au volant, Frank Hammell et, à son côté, Darryl Christie, les yeux rivés sur l'écran de son portable. S'ensuivirent quelques photos, certains remontèrent leur caméra sur l'épaule, prêts à filmer, mais sinon, la meute des médias laissa le passage au véhicule, affichant un respect certain lorsque les deux hommes se garèrent à l'emplacement qui leur avait été réservé sans que personne leur colle un microphone en pleine figure pour leur demander leurs réactions aux dernières nouvelles. Rebus finit d'ailleurs par ouvrir la portière à Hammell et Christie, ni l'un ni l'autre ne faisant mine de le reconnaître, peut-être parce qu'ils évitaient de croiser le moindre regard.

Lorsque les deux hommes donnèrent leur nom à la réception, Clarke et Rebus montrèrent chacun leur carte et les précédèrent dans le bâtiment.

— Dempsey doit les rencontrer ici, dit Clarke à mi-voix.

— C'est moins sinistre que la morgue.

— Et c'est pourtant là-bas qu'ils vont devoir aller, dans tous les cas de figure…

C'était la triste vérité, songea-t-il. Il avait été personnellement présent, à des dizaines de reprises, tandis que relations et amis, des mères et des pères, des partenaires, des amants, suivaient des yeux le drap qu'on soulevait de la dépouille. Ils clignaient des yeux pour en chasser les larmes, ravalaient un bruit étranglé, la gorge nouée, et on leur demandait alors de vérifier l'identité de la personne glacée et inerte allongée devant eux. Une corvée en tous points détestable, sans compter que personnellement, une fois l'identification faite, il s'était toujours révélé on ne peut plus nul, incapable de trouver les bons mots ou les expressions de réconfort. Tout le monde voulait toujours avoir la même assurance : il ou elle n'avait pas souffert.

Tout s'est passé très vite, c'était ce qu'on était censé répondre, pour aussi faux que cela eût été. Des crânes défoncés, des brûlures de cigarette, des doigts brisés, des yeux arrachés... *Tout s'est passé très vite.*

— Que fait-on maintenant ? demanda Clarke.

— Voyons ce qu'en pense le boss.

— Je te l'avais bien dit, le taquina-t-elle. Tôt ou tard, tu allais te retrouver à court de titres de chansons.

Page était au téléphone dans la salle d'enquête bruissant comme une ruche, mais quand il repéra Clarke et Rebus, il termina sa conversation et se dirigea vers eux.

— Où étiez-vous passés ? voulut-il savoir.

— Nous avons acheté des bottes, répondit Clarke. Et nous avons trouvé des chambres pour la nuit bien à l'écart de la foule des médias. Comment s'est passée la conférence de presse ?

— Dempsey a fait ça très bien, répondit-il, presque à contrecœur, en fixant Rebus d'un œil pesant. C'est *vous* qu'elle veut pour briefer l'équipe.

— Pourquoi ?

— Parce qu'elle a remonté la chronologie des événements jusqu'à vous et vos personnes disparues. Elle a besoin de tout ce que vous savez sur ces affaires.

— Il y a deux victimes que nous venons tout juste de découvrir.

— Les trois autres alors. J'ai déjà exposé le cas Annette McKie.

— Il nous manque un corps, ajouta Clarke. Six victimes de l'A9, cinq cadavres récupérés.

À son tour, elle regarda Rebus.

— Vas-tu leur dire qu'à ton avis, Sally Hazlitt est toujours en vie ?

— Je devrais, probablement, décida-t-il. Avant d'ajouter à l'adresse de Page : ce briefing est prévu quand ?

— Dans environ cinq minutes.

— Je suppose que si nous avions tardé un peu à rentrer, vous vous seriez fait un plaisir de prendre ma place ?

Page ouvrit la bouche pour répondre avant d'y réfléchir à deux fois.

— J'ai besoin d'aller pisser, expliqua Rebus dans le silence. Tu te charges de lui dire que Hammell et Darryl sont arrivés ? demanda-t-il à Clarke.

Elle l'en informait au moment où il quitta la salle. Dans le couloir, il tomba nez à nez avec les deux hommes précédés par un uniforme qui les conduisait au bureau de Dempsey.

— Pour un vieux jeton à la retraite, dit Hammell en le reconnaissant cette fois, les kilomètres ne vous font pas peur.

Rebus concentra son attention sur Darryl qui relevait enfin le nez de son écran.

— Comment va votre mère ? lui demanda-t-il.

— À votre avis ? aboya Hammell, toutes dents dehors.

Rebus l'ignora.

— Et vous, Darryl ? Vous allez bien ?

Le jeune homme acquiesça.

— Que va-t-il se passer maintenant ? demanda-t-il calmement.

— On va vous emmener à l'hôpital pour l'identification du corps.

— Et vous êtes sûr que c'est bien elle ?

Rebus hocha lentement la tête. La bouche de Darryl tressaillit et il baissa de nouveau les yeux sur son écran avant de se mettre à pianoter furieusement.

— Y a un salaud qui va le payer dans les grandes largeurs, cracha Hammell.

— L'endroit est peut-être mal choisi pour clamer ça haut et fort, l'avertit Rebus.

— Mais c'est la vérité, lui répondit Hammell, le doigt pointé sur lui. Et vaudrait mieux qu'aucun flic ne se mette en travers de mon chemin.

Une porte s'ouvrit un peu plus loin dans le couloir et Dempsey apparut, se demandant visiblement pourquoi ses visiteurs tardaient tant.

— Tout va bien ? s'écria-t-elle.

Après un dernier regard furieux, Hammell bouscula Rebus d'un coup d'épaule et s'avança vers elle. Rebus tendit la main à Darryl Christie, mais le jeune homme, entièrement accaparé par son écran, l'ignora et entra à son tour dans le bureau de Dempsey.

48

La présentation de Rebus se déroula aussi bien qu'il aurait pu l'espérer. L'équipe avait des tas de questions à lui poser, dont aucune n'avait été stupide.

— Brillants, les petits, dit-il ensuite à Clarke.

— C'est leur marque de fabrique, aujourd'hui.

Ils avaient abandonné leur hôtel, trouvé la maison d'hôte près du champ de bataille de Culloden et inspecté leurs chambres. Comme on ne servait pas à manger le soir, ils avaient regagné la ville et s'étaient arrêtés au premier restaurant indien sur leur chemin. Page ne les avait pas suivis, il était invité à dîner en compagnie de Dempsey et de quelques autres policiers haut placés. Clarke était partie aux toilettes quand son portable sonna. Rebus vit que l'appel venait de Gayfield Square et décida de répondre à sa place.

— C'est Rebus, dit-il.

— Est-ce que Siobhan est là ?

— Qui la demande ?

— Dave Ormiston – c'est mon bureau qu'on vous a donné.

— Elle revient dans une minute. Je peux vous aider ?

— Thomas Robertson a rejoint le territoire des vivants.

— Oh ?

— Aberdeen nous a passé le message. Il est à l'hôpital là-bas.

— Qu'est-ce qui lui est arrivé ?

— De ce que j'en sais, il a eu droit à un passage à tabac.

— La police locale est sur l'affaire ?

— Les flics l'ont retrouvé à côté des poubelles près des docks. Inconscient, mais avec ses papiers d'identité sur lui. Cartes de crédit et argent intacts, donc ce n'est pas une agression ordinaire.

— Il va s'en sortir ?

— Apparemment.

Rebus sortit un stylo et attrapa une serviette en papier.

— Comment s'appelle l'hôpital ? Plus un nom et un numéro à contacter au CID d'Aberdeen, si vous avez ça.

Ormiston les lui donna puis demanda comment ça se passait à Inverness.

— Tout va bien, répondit-il.

— Je vous ai vu aux infos, dit Ormiston. En train d'ouvrir la portière à Frank Hammell.

— Simple geste de courtoisie.

— Vous lui avez parlé ?

— Pourquoi me demander ça ?

— Sans raison particulière, dit Ormiston en donnant l'impression de s'éclaircir la gorge.

— En général, on a toujours une raison quand on pose une question, insista Rebus.

— Pas cette fois. Vous informerez Siobhan à propos de Robertson ?

— Naturellement, dit Rebus.

Au retour de Clarke, son téléphone avait repris sa position d'origine à côté de son verre d'eau. Elle bâillait, une main devant la bouche.

— À la minute où ma tête touche l'oreiller…

— Je vois ce que tu veux dire, lui dit-il en toute hypocrisie. Tu penses que nous devrions rentrer ?

Elle acquiesça et fit signe au serveur d'apporter l'addition.

— C'est pour moi, à propos, dit-elle. Je peux toujours mettre ça sur ma note de frais – et en plus, de nous deux, ce n'est pas moi la retraitée…

Une fois à la maison d'hôte, Rebus resta assez longtemps dans sa chambre pour recharger en partie son portable et vérifier la route jusqu'à Aberdeen. L'A96 semblait l'itinéraire logique mais le trajet de cent soixante kilomètres le faisait hésiter. D'un autre côté, rien n'empêchait Robertson de se tailler dès qu'il se sentirait mieux. Et donc, ce soir était peut-être sa seule chance de le trouver dans son lit. Il descendit l'escalier à pas feutrés et sortit de la maison avec une seule question en tête : comment annoncer la nouvelle à la Saab endormie ?

*

Il était presque minuit quand il arriva à l'Aberdeen Royal Infirmary. Il n'avait pas mis les pieds à Aberdeen depuis des années et ne reconnut aucun monument important. Le pétrole était devenu l'activité centrale de la ville et les usines qu'il longea semblaient toutes y être liées. Il se perdit d'ailleurs à deux reprises avant de tomber par hasard sur un panneau qui le mena à bon port. Il se gara dans la zone réservée aux ambulances et entra. N'importe qui se serait senti claustrophobe dans ce bâtiment où les fabricants de peinture beige avaient dû faire un malheur. Leur produit s'étalait partout. La réceptionniste aux yeux endormis lui indiqua les ascenseurs. Il émergea deux étages plus haut, poussa les portes battantes ouvrant sur le service et expliqua à la seule infirmière de garde qu'il était officier de police et devait s'entretenir avec un patient du nom de Robertson. Il vit huit lits au total, dont un seul était vide. Un patient était éveillé, des écouteurs dans les oreilles et un livre devant lui. Les autres semblaient endormis et l'un d'eux ronflait allègrement. Il alluma la lampe suspendue au-dessus du lit de Robertson, illuminant son visage enflé. Des yeux au beurre noir, une entaille au menton fermée de gros points de suture noirs. Le nez, vraisemblablement cassé, était recouvert d'un strapping. Il vérifia les dégâts dans le dossier médical accroché au pied du lit : un orteil cassé, deux doigts cassés, une côte cassée, une dent manquante, des lésions aux reins...

— Quelqu'un t'a fait passer un sale quart d'heure, Tommy, dit-il en tirant une chaise pour s'asseoir près du lit.

Il vit une carafe d'eau sur le petit meuble bas et s'en versa un verre qu'il avala d'un trait. Il avait la migraine d'être resté au volant trop longtemps, les paumes encore endolories de l'avoir serré sur tant de kilomètres. Il ouvrit le meuble et prit le portefeuille de Robertson. Cartes de crédit et permis de conduire, plus quarante livres en liquide.

Rien à voir avec une banale agression, comme l'avait déclaré Ormiston. Il remit le portefeuille en place. Mouchoir, menue monnaie, ceinture, montre – au verre éclaté. Il referma le meuble bas et se pencha en avant, la bouche près de l'oreille du blessé.

— Tommy ? dit-il. Tu te souviens de moi ?

D'un doigt tendu, il pressa la tempe de l'endormi qui poussa un geignement sourd en clignant des paupières.

— Tommy ? répéta-t-il. C'est l'heure.

Robertson se réveilla dans un sursaut qui se transforma vite en grimace de douleur, son corps entier submergé par un spasme.

— Bonsoir, lui dit Rebus.

Il fallut quelques instants à Robertson pour prendre ses marques puis il lécha ses lèvres desséchées avant de fixer son visiteur avec des yeux bouffis.

— Qui êtes-vous ? coassa-t-il, la gorge comme un parchemin.

Rebus remplit le verre et le tint contre ses lèvres pour qu'il puisse se réhydrater à petites gorgées.

— Le poste de police de Perth, lui rappela Rebus. J'étais debout contre le mur.

Il reposa le verre sur le meuble bas.

— Qu'est-ce que vous fichez ici ?

— J'ai juste deux questions à propos de Frank Hammell.

— Qui ça ?

Rebus lui décrivit Hammell et attendit. Robertson battit des paupières et essaya de secouer la tête.

— Non ? dit Rebus. Alors pour une fois, il dit peut-être la vérité en prétendant ne pas te connaître non plus. Le problème, c'est que *quelqu'un* t'a fait ça.

— On m'a tabassé, un point c'est tout.

Quand il parlait, ses paroles se chargeaient de sifflantes, à cause du trou encore frais à l'emplacement d'une de ses dents.

— Tabassé ?

— Des salopards de gamins.

— Des salopards de gamins qui n'ont pas pris la peine de te dévaliser ? Et c'est arrivé près des docks ?

— Les docks ?

— Où crois-tu que tu te trouves, Tommy ? lui demanda-t-il avec un petit sourire. Tu ne le sais même pas, je me trompe ? Ils t'ont chopé à l'arrière du pub à Pitlochry et t'ont emmené quelque part. Et ils t'y ont gardé jusqu'à ce qu'ils soient sûrs que tu n'avais rien à voir avec Annette McKie. À propos, une nouvelle qui t'intéressera : le corps de la gamine a été retrouvé dans des bois aux environs d'Inverness. À côté de quatre autres cadavres. Et donc tu n'es plus sur notre liste de suspects. Ce qui pourrait expliquer que tu te trouves ici et non pas dans une tombe improvisée et mal creusée.

Rebus constata qu'il venait de toucher une corde sensible en voyant soudain les yeux de Robertson s'écarquiller d'effroi.

— Qu'est-ce qu'il y a ? demanda-t-il.

— Rien, répondit Robertson en essayant à nouveau de secouer la tête. Je me tue à vous le répéter – on m'a tabassé.

L'infirmière venait d'apparaître au pied du lit.

— Tout va bien ? demanda-t-elle d'une voix de conspiratrice.

— J'ai besoin de dormir, lui répondit le blessé.

— C'est naturel, bien sûr.

— J'aurai droit à un autre antalgique ?

— Dans deux heures.

— Si je le prenais maintenant, peut-être que je dormirais jusqu'au matin.

L'infirmière avait posé la main sur l'épaule de Rebus.

— Il va falloir que vous partiez avant de réveiller d'autres patients, lui dit-elle.

— Encore cinq minutes.

Mais elle faisait déjà non de la tête.

— Bon vent, lui dit Robertson.

— Je peux revenir demain.

— Revenez autant que vous voulez. Je vous répéterai exactement la même chose que ce soir, lui lança Robertson avant de concentrer toute son attention sur l'infirmière. Il devrait être interdit de faire subir un interrogatoire à un blessé dans mon état. Je souffre le martyre…

— J'ai fait un long trajet en voiture pour te voir, espèce de petit merdaillon.

— Vous sortez, immédiatement, lui ordonna l'infirmière en resserrant sa prise sur son épaule. Ou je vous fais expulser de force.

Rebus se demanda un instant s'il valait la peine de résister puis finit par se lever.

— On se reverra, dit-il en pressant au passage le dos de la main aux deux doigts sous strapping.

Robertson poussa un hurlement si fort qu'il fit taire le ronfleur et réveilla les autres patients.

— Finalement, je crois qu'il aurait bien besoin de cet antalgique, informa-t-il l'infirmière avant de se diriger vers les ascenseurs.

*

Ce soir-là, dans une chambre d'hôtel fournie et payée par la police de Northern, Darryl Christie était à une table avec son ordinateur portable branché et son mobile en charge. Il avait déjà parlé à sa mère et ses frères, plus au voisin qui veillait sur sa famille. Ensuite, il avait appelé son père pour l'informer de l'identification du corps sans prendre la peine de préciser que Frank Hammell avait été lui aussi présent. Finalement, ce fut le tour de Morris Gerald Cafferty.

— Ça va, tu tiens le coup ? lui demanda Cafferty.

— Ce n'est pas ça l'important. Ce qui l'est, c'est que votre théorie selon laquelle Frank était mêlé à ça tombe à l'eau.

— Je te l'accorde.

— Alors pourquoi suis-je en train de vous parler ?

— Parce que quoi qu'il advienne, tu restes toujours un gamin plein d'ambition.

— Je ne suis pas un gamin. Et tous ces trucs que vous m'avez racontés sur les ennemis de Frank… qu'est-ce qui vous fait croire que je ne vous mettrai pas dans le même sac ?

— Les enlèvements, ce n'est pas mon style, Darryl. Aucun innocent n'a jamais eu à souffrir.

— C'est vrai, ça ?

— D'aucuns pourraient ne pas être d'accord mais j'aime à croire que j'ai des principes.

— Je ne suis pas certain qu'ils cadrent aussi bien que vous le prétendez avec les récits que j'ai pu entendre sur vous.

— Des récits faits par Frank Hammell, je n'en doute pas une seconde.

— Pas uniquement de sa bouche, non. Des tas de disparitions ; des tas de gens qui se retrouvent derrière les barreaux pour les mauvaises raisons…

— Les temps ont changé, Darryl.

— Exactement. Vous appartenez aux livres d'histoire, Cafferty.

— Doucement, fiston…

— Je ne suis pas votre fiston – je ne suis pas votre fils et je ne suis pas un gamin !

— Puisque tu le dis, Darryl. Je sais que tu vis un moment difficile.

— Vous ne savez rien de moi.

Darryl coupa la communication et ignora Cafferty quand celui-ci essaya de rappeler. Il s'installa devant son ordinateur et enficha sa clé USB, les paroles de Cafferty résonnant en écho dans sa tête :

Aucun innocent n'a jamais eu à souffrir…

Va donc dire ça à Thomas Robertson.

49

— Je n'ai pas l'impression que tu aies beaucoup fermé l'œil cette nuit, lui dit Clarke le lendemain matin au petit déjeuner.

Rebus était descendu le dernier, après un coup de rasoir sommaire et une douche sous un filet d'eau tiédasse.

— Où est Page ? demanda-t-il.

— Déjà parti au QG, dit Clarke en essayant de ne pas paraître trop contrariée.

— Dois-je comprendre que tes services n'étaient plus requis ?

La propriétaire de la maison avait commencé à débarrasser les deux autres tables. Elle avait enfilé un tablier à carreaux bleu sur ses vêtements chic et fait un gros effort de maquillage, sans oublier d'y ajouter une belle dose de parfum. Lorsqu'elle vint leur présenter ses excuses car elle était à court de bacon, Rebus lui dit qu'il se contenterait volontiers de toast et de café.

— Du porridge ? Un œuf poché peut-être ?

— Le toast ira très bien.

Une fois qu'elle fut repartie, Clarke leva un journal de manière que Rebus puisse en lire le gros titre :

TUEUR DE L'A9 – DÉCOUVERTE D'UN CHARNIER

— On n'entend que ça sur toutes les ondes, ajouta-t-elle. Les radios ont même réussi à dénicher des individus qui ont déclaré qu'ils n'utiliseraient plus cet itinéraire à l'avenir…

— Tu penses que la journée risque une nouvelle fois d'être longue ?

— Tu crois que tu pourras te dispenser de piquer un roupillon à un moment ou à un autre ?

— Moi ? Je suis frais comme un gardon.

Elle avait posé des prospectus touristiques sur la table voisine et il commença à les feuilleter.

— Toujours les dauphins ?

— Mme Scanlon dit qu'on n'est pas obligés de payer – il y a un endroit appelé Chanonry Point où ils viennent pratiquement jusqu'au rivage.

— Tu penses vraiment qu'on aura le temps de jouer aux touristes ?

— Tout dépendra de notre cher patron.

La dame de la maison était revenue avec le café – juste une petite tasse que Rebus contempla fixement.

— Vous feriez bien d'apporter le restant du pot, madame Scanlon, lui conseilla Siobhan Clarke.

*

La mère et la sœur de Brigid Young habitaient Inverness et les caméras de télévision les avaient filmées à la sortie de leur domicile avant leur départ pour Edderton : la mère portait une petite gerbe et une photo encadrée de sa fille disparue. En revanche, la famille de Zoe Beddows avait décidé de ne pas faire le voyage tant qu'elle n'aurait pas l'absolue confirmation que c'était bien le corps de leur fille qu'on avait retrouvé et le père s'était déjà prêté à un prélèvement d'ADN. Nina Hazlitt avait envoyé un texto à Rebus disant qu'elle était en route et demandant s'il voulait bien l'accueillir à son arrivée, mais il n'avait pas encore répondu. On lui avait indiqué le Raigmore Hospital – situé tout près du QG de la Northern, juste après le coin de la rue. Un écran de télévision avait été installé dans la salle d'enquête pour permettre à l'équipe de se tenir au courant des événements mais la pièce était à moitié vide – certains étaient à Edderton, d'autres à la morgue ou au laboratoire de médecine légale et tous transmettaient à mesure leurs dernières maigres informations par téléphone. Par la fenêtre, il vit deux équipes de caméramans et un peloton de journalistes de la presse écrite, plus des curieux du coin qui n'avaient rien de mieux à faire. Darryl Christie avait officiellement reconnu le corps de sa sœur et lui aussi partait pour Edderton, accompagné par Frank Hammell au volant de sa Range Rover blanche. Une chaîne de télévision avait explosé son budget en louant un hélicoptère qui suivait l'avancée de la voiture, entrecoupant ses images de photos aériennes d'Edderton proprement dit ainsi que des bois environnants où les techniciens de labo et les équipes de fouille continuaient à travailler. Rudy et son maître retournaient à Aberdeen, leurs services n'étant désormais plus requis. À la télévision, Rebus vit le Portakabin puis le champ qu'il avait traversé en s'emmêlant les pieds dans l'obscurité et distingua, entre les sommets des arbres, les tentes protégeant les tombes. Il n'y avait pas de journaliste dans l'hélicoptère, le commentaire était assuré par un présentateur à l'antenne.

— Et nous allons maintenant rejoindre en direct notre envoyé spécial, Richard Sorley. Richard, que se passe-t-il là-bas ?

Rebus suivit le changement de plan vers le barrage de police. Son micro collé aux lèvres, le reporter jouait des coudes pour être en bonne place à l'arrivée de Hammell : la Range Rover s'arrêta devant le barrage, les deux hommes à l'avant comme des statues de pierre, et une fois autorisée à passer, redémarra dans un envol de pierres chassées par les roues, suivie par la caméra dans la montée sur la route à une voie. Retour aux images de l'hélicoptère lorsque la Range Rover se retrouva bloquée par une rangée de camionnettes de la police garées sur le bas-côté. Les deux hommes descendirent. Comme à son habitude, Darryl semblait scotché à son téléphone tandis que Hammell, les mains fourrées dans ses poches après avoir fait un semblant de doigt d'honneur à l'hélico, se dirigeait d'un pas décidé vers la superintendante-chef Gillian Dempsey qui les conduisit à son tour vers la piste dans les bois. Leurs silhouettes disparurent et Rebus se rendit compte que Siobhan se tenait à côté de lui.

— Page est là-bas ? lui demanda-t-il.

Elle acquiesça.

— Où veux-tu qu'il soit ? dit-elle.

Le présentateur télé, de nouveau à l'antenne, annonçait qu'il avait maintenant une liaison vidéo avec Nina Hazlitt dont le visage apparut sur un écran derrière lui. Elle ajustait son oreillette et l'encart disait qu'elle se trouvait à Inverness.

— Elle est devant l'hôpital Raigmore, dit Clarke en reconnaissant le lieu.

Hazlitt expliquait qu'elle était prête à fournir son ADN pour aider les enquêteurs à confirmer que sa fille Sally se trouvait bien parmi les victimes. Lorsque le présentateur lui rappela qu'elle avait été la première à faire le lien entre les victimes et l'A9, elle hocha la tête si brutalement que son oreillette glissa, l'obligeant à la remettre en place.

— Je me sens désormais confortée dans mes convictions, Trevor, annonça-t-elle. Encore tout récemment, je me suis fait jeter comme la dernière des cinglées par tous les policiers que j'ai pu contacter. Je voudrais une nouvelle fois remercier John Rebus, inspecteur de la Criminelle retraité d'Édimbourg, pour avoir défendu ma cause.

— C'est-y pas joli ? dit Clarke.

Rebus se contenta de grogner. Un des agents présents fit mine de l'applaudir.

— Toi aussi, tu peux aller te faire voir, dit-il.

À la fin de l'interview, Nina Hazlitt ôta son oreillette et la tendit à un membre de l'équipe de journalistes avant de passer parmi eux, tête haute, en direction des portes de l'hôpital.

— Elle adore ça, dit Clarke. Peut-être un peu trop.

— Elle a attendu longtemps qu'on lui accorde un peu d'attention, répondit Rebus.

La caméra parut vouloir la suivre mais un membre de la sécurité de l'hôpital ne fut pas de cet avis. Le présentateur en studio annonça alors qu'ils retournaient à Edderton, où l'hélicoptère cadrait la Range Rover blanche reprenant le chemin en marche arrière.

— Il ne leur a pas fallu longtemps, dit Clarke.

— Y a pas grand-chose à voir, répondit Rebus.

Changement de plan : cette fois vers le barrage de police et Richard Sorley. Le cou tendu, le reporter suivait la Range Rover qui finit par faire demi-tour avant de s'arrêter devant le ruban de scène de crime. Hammell sortit du véhicule, vêtu comme à son habitude d'un jean et d'une chemise à col ouvert sur une chaîne en or, suivi par Darryl, digne et sobre en costume sombre, chemise blanche et cravate noire, incarnation parfaite de l'homme en deuil. Le sang était monté au visage de Hammell et il était prêt à parler à quiconque voudrait l'entendre.

— Celui qui a fait ça, déclara-t-il aux journalistes, c'est l'enfer qui l'attend. Qu'il le croie ou non, c'est bien là qu'il finira. J'aimerais le voir pendu à un putain de gibet..., ajouta-t-il directement à l'objectif.

Aussitôt, le son fut coupé de sorte que seule l'image resta à l'écran, puis la voix du présentateur présenta ses excuses aux téléspectateurs avant d'entamer un commentaire sur ce qui venait de se dire.

— M. Hammell, entonna-t-elle, un ami proche de la famille et visiblement bouleversé par son passage sur la scène de crime...

Rebus n'en perdait pas une miette. Le bouillonnant Hammell était filmé plein cadre mais on entrevoyait par-dessus son épaule Darryl Christie dont le visage n'affichait aucune émotion apparente. Lorsque quelqu'un essaya de lui poser une question, il se contenta de secouer la tête. Hammell en revanche poignardait la caméra du doigt, à croire qu'il se trouvait face au vrai coupable.

— Je regrette de ne pas savoir lire sur les lèvres, disait Clarke.

La masse de microphones pointés grossissait à vue d'œil mais Hammell était à court de jus et commençait à perdre de sa virulence. Lorsque Darryl posa la main sur son bras, il hocha brièvement la tête et tous deux se dirigèrent vers la voiture. Le studio avait redonné l'antenne à Richard Sorley qui s'étendait sur « l'extraordinaire tirade dont nous avons été les témoins ». L'avertisseur de la Range Rover résonna au passage du barrage, Hammell slalomant au milieu de la mêlée de journalistes pour se frayer un passage avant d'accélérer sur la route d'accès.

— Il va falloir que je vous interrompe, Richard...

Et de nouveau les extérieurs du Raigmore Hospital pour la sortie de Nina Hazlitt, les yeux mouillés de larmes et tremblant d'émotion : en résumé, on n'avait pas besoin de son ADN pour le moment et on la contacterait ultérieurement.

— Et quel est votre sentiment ? lui demandait un journaliste.

— Je suis absolument furieuse. J'avais placé toute ma confiance dans la justice écossaise et j'ai maintenant l'impression d'avoir reçu une gifle en pleine figure. Une gifle qui frappe également les familles de toutes les victimes…

— Mon petit doigt me dit que tu vas bientôt recevoir un autre texto, dit Clarke à Rebus.

Un petit encart était apparu au sommet de l'écran, montrant Dempsey et James Page quittant Edderton à l'arrière d'une énorme berline noire.

— Y a-t-il quelque chose qu'on puisse faire ? demanda un des agents dans la pièce.

— Faire semblant d'être très occupé quand ils vont débarquer, suggéra quelqu'un.

Cinq minutes plus tard, le portable de Rebus sonnait. Nina Hazlitt, évidemment. Clarke le vit secouer la tête lentement en laissant sonner jusqu'à ce que la messagerie s'enclenche puis vérifier par la fenêtre si la dame n'était pas dehors. Pas de Nina à l'horizon. Dempsey et Page arrivèrent trois quarts d'heure plus tard. Dempsey rassembla ses troupes et les informa des derniers développements. Un poil de pubis avait été découvert sur le corps d'Annette McKie et le labo l'examinait mais apparemment, il n'appartenait pas à la victime. Des prélèvements d'ADN avaient été effectués sur les familles de Jemima Salton, Amy Mearns, Zoe Beddows et Brigid Young.

— Mais pas Sally Hazlitt ? demanda Clarke.

Dempsey fit non de la tête.

— La pathologiste estime qu'aucun des cadavres ne remonte à si loin. Elle n'est même pas sûre pour 2002, date à laquelle Brigid Young a disparu. S'il nous manque un corps après les comparaisons d'ADN, nous reprendrons Sally Hazlitt en compte.

Clarke acquiesça et Dempsey poursuivit son briefing. Après quoi Clarke et Rebus se mirent en quête de James Page.

— Nous nous sentons un peu abandonnés ici, l'informa Clarke.

— Il y a des tas de choses que vous pourriez faire, rétorqua-t-il sèchement, en regardant toujours Dempsey pour s'assurer qu'elle ne le laisse pas en plan.

— Des ordres du chef seraient les bienvenus.

Elle eut droit en réponse à un regard furieux.

— Vous préféreriez rentrer à Édimbourg ? Cela peut facilement s'arranger, vous savez.

— Vous vous comportez comme une groupie, lui dit-elle alors. Prêt à supporter tout et n'importe quoi à condition de rester au plus près de ses basques.

Elle tourna les talons et sortit de la pièce comme une furie. Rebus s'attarda, accrochant le regard de Page.

— Quelque chose à ajouter ? demanda celui-ci.

Rebus secoua la tête.

— Euh non… je jouis de l'instant, c'est tout, dit-il avec un sourire.

Il ne lui fut pas bien difficile de retrouver Clarke. Elle était assise dans sa voiture, les mains crispées sur le volant, les yeux fixés droit devant elle. Il s'installa à la place du passager et ferma la portière.

— Tu vas bien ? demanda-t-il.

— Tout baigne, répondit-elle, malgré un petit trémolo dans la voix.

— Ce n'est pas sa faute, tu sais.

— C'est la mienne, expliqua-t-elle. À Édimbourg, j'avais pris l'habitude de me sentir utile. Au point même que je commençais à croire que c'était moi qui dirigeais les opérations.

— Et maintenant, tu constates que tu n'es même pas le batteur du groupe en première partie.

— Est-ce que je viens vraiment de le traiter de groupie ? demanda-t-elle, le visage déjà moins tendu.

— Je crois bien.

— Il va falloir que je lui présente des excuses, dit-elle en soufflant bruyamment. Alors qu'est-ce qu'on fait maintenant ?

— On pourrait peut-être aller jeter un coup d'œil à quelques dauphins ?

— Tu veux dire partir en balade ?

— Le temps se remet au beau ; on voit même un peu de bleu là-bas, dit-il en désignant le ciel.

— On peut prendre ta voiture ?

Il se tourna vers elle et la vit lever les mains en guise d'explication. Elles tremblaient.

— Ce sera donc la mienne, dit-il.

50

Ils franchirent le Kessock Bridge, prirent à droite sur la Black Isle puis un autre virage à droite à Fortrose les conduisit à Chanonry Point. Le Moray Firth était devant eux et malgré les bourrasques de vent, les amateurs ne manquaient pas sur le terrain de golf situé de part et d'autre de la route à une voie.

— Tu as déjà joué au golf ? lui demanda sa passagère.

— Seigneur, non, répondit-il.

— Tu as dû quand même essayer.

— Quoi ? Parce que je suis écossais ?

— Je te parie que si.

Rebus se creusa la tête.

— Quand j'étais gamin, finit-il par admettre. Mais je n'ai jamais réussi à attraper le bon geste.

— C'est quand même un bien étrange petit pays que le nôtre, tu ne trouves pas ? dit-elle en contemplant le paysage par la vitre.

— Pas si « petit » que ça.

— Ne prends pas la mouche si vite. Je veux juste dire qu'il est bien difficile à saisir parfois. J'ai vécu ici quasiment toute ma vie et je ne le comprends toujours pas.

— Qu'y a-t-il à comprendre ?

— *Tout.*

Comme une voiture arrivait en face, Rebus se rangea sur un emplacement prévu pour les croisements et lui céda le passage en rendant son salut à l'autre conducteur.

— Les gens sont juste des gens, dit-il. Bons, mauvais et indifférents. Il se trouve simplement que nous avons surtout affaire à la deuxième catégorie.

Ils avaient atteint un rond-point en cul-de-sac avec quelques places de parking au-delà. La mer était agitée, la plage de galets pleine d'algues et de coquillages et les mouettes en surplomb faisaient de leur mieux pour tenir en l'air. Plusieurs véhicules étaient garés sans personne à l'intérieur mais plus loin sur la gauche, juste après un phare, il vit des silhouettes debout au bord du rivage.

— On dirait que c'est là-bas que ça se passe, dit-il. T'es partante ?

Siobhan Clarke ouvrait déjà sa portière et se préparait à sortir quand il l'interpella.

— J'ai tout fait foirer entre Page et toi, pas vrai ?

— Peut-être.

— C'est parce que je ne veux pas que tu te vendes au rabais en te contentant du second meilleur choix.

— Tu n'es pas mon papa, John.

— Je le sais. En fait, il y a autre chose que je voulais te dire…

— Quoi ?

Il se tourna vers la mer.

— Ce voyage que j'ai fait… il y avait une vraie raison pour que je ne veuille pas de toi.

— Oh ?

— J'avais dans l'idée de rendre visite à Sammy.

— Et tu l'as fait ?

Il hocha lentement la tête.

— Mais elle n'était pas chez elle, dit-il.

— Parce que tu ne l'avais pas prévenue que tu venais ?

— Un léger oubli de ma part. La vérité, Siobhan, c'est que j'ai failli la perdre. Il y a des années, avant que tu ne rejoignes les rangs du CID. Un fêlé s'était emparé d'elle…

— C'est donc devenu pour toi une affaire personnelle ? comprit-elle en hochant la tête. On ne t'a pas appris à l'académie de police qu'il ne fallait jamais s'impliquer émotionnellement ?

Elle le regarda hausser les épaules.

— Tu es un mec plutôt compliqué, non ?

— Qui ne l'est pas ?

— Je croyais t'avoir entendu dire que les gens étaient juste les gens ?

— Et les dauphins sont juste les dauphins… Alors allons voir si on peut s'en choper un.

Ils avancèrent côte à côte. Rebus avait remonté la fermeture de son blouson jusqu'à la glotte en regrettant de n'avoir ni chapeau ni casquette pour se protéger du vent horizontal. À mesure qu'ils s'approchaient, ils virent une demi-douzaine de personnes face à la mer, immobiles comme des statues avec leurs appareils photo. Quelqu'un avait même apporté un trépied et un appareil muni d'un zoom, plus des jumelles, une chaise pliante et une flasque. L'expert résident, estima Rebus, en se dirigeant vers lui pour lui demander s'il avait repéré des dauphins. De la tête, l'homme montra la direction où convergeaient tous les regards.

— Entre dix et quinze mètres du bord, précisa-t-il.

Rebus se retourna et regarda à son tour. Clarke, les bras serrés sur sa poitrine et les joues rouges, plissait les paupières vers le large.

— C'en est un, ça ? demanda-t-elle en pointant le doigt.

— Pas encore, répondit le gars.

Elle continua à scruter la mer sur les conseils de l'expert.

— Plus vous regarderez avec attention, plus vous commencerez à entrevoir des choses – en particulier si vous voulez vraiment les voir.

— Ce n'est pas faux, confirma Rebus à mi-voix.

Soudain, Siobhan ouvrit grand la bouche lorsqu'une forme effilée bleu pâle émergea presque exactement à l'endroit indiqué avant de disparaître, et un autre dauphin apparut juste derrière le premier. Puis un autre. Sous les rires et les exclamations des spectateurs.

— C'est l'heure de casser la graine, expliqua l'homme. Quand le courant est bon, ils restent là jusqu'à ce qu'ils aient le ventre plein.

— Tu as vu ? demandait Clarke à Rebus.

— J'ai vu, répondit-il.

Mais son attention s'était tournée vers la rive opposée de l'estuaire où il crut distinguer des fortifications.

— Fort George, expliqua l'expert sur son pliant comme s'il lisait dans les pensées.

Puis il commença à prendre des photos quand les dauphins crevèrent une nouvelle fois la surface. Clarke prit elle aussi un cliché à l'aide de son portable mais elle fut déçue par le résultat et le montra à Rebus. Trop loin, avec des dauphins dont la couleur se confondait avec celle de l'eau.

— Tenez, lui dit l'homme en tendant ses jumelles.

Elle le remercia et régla la mise au point, Rebus à côté d'elle, mains dans les poches. Parmi les spectateurs, deux étaient des touristes – visages bronzés et anoraks de montagne flambant neuf pour se prémunir du climat écossais – et chaque fois qu'ils croisaient un regard, un large sourire leur barrait la figure. Une femme accompagnée de son chien reprit sa promenade et contourna la pointe en lançant une balle à son colley. Deux minutes plus tard, Rebus battait en retraite vers le mur délimitant le phare à la recherche d'un abri où allumer sa cigarette. De toute façon, le show semblait terminé. Clarke avait rendu les jumelles à leur propriétaire et admirait sa collection de clichés. Elle rattrapa Rebus et ils regagnèrent leur voiture.

— Tu t'es bien amusée ? lui demanda-t-il.

Elle acquiesça.

— C'est bon de se rappeler qu'il existe un autre monde autour de nous. Peut-être qu'on pourrait voir aussi des phoques si on restait un peu.

— Et pourquoi pas des selkies[1].

— Tu as terminé ton livre ?

Il fit non de la tête en évitant une flaque sur le parking. Devant la Saab, il vit un cairn et s'approcha : c'était l'œuvre d'une école locale, dédiée au Brahan Seer[2].

1. Créatures légendaires comme les sirènes, mi-humains mi-phoques.
2. Voyant et prophète légendaire écossais.

— Alors ça, c'est une coïncidence, dit-il.

— Quoi ?

Il montra le cairn.

— Il en est fait mention dans mon livre.

— Qui était-il ?

— Il est censé avoir prophétisé des trucs comme les gisements pétroliers et le Caledonian Canal. Mais il est tout à fait possible qu'il n'ait jamais existé.

— Comme Sawney Bean[1], tu veux dire ?

— Exactement.

Ils s'installèrent dans la Saab dont il démarra le moteur avant de mettre le chauffage.

— On pourrait peut-être rester ici une minute, lui dit-elle.

— Bien sûr.

Elle gigotait sur son siège pour se réchauffer plus vite.

— Et tu as le droit de me raconter une histoire.

— Quel genre d'histoire ?

— Une histoire de ton livre.

— Je ne l'ai pas encore fini.

— Vas-y, l'encouragea-t-elle.

Il contempla la mer, le temps d'en choisir une.

— Il y en a une à propos d'un selkie, justement, finit-il par dire. Elle est censée se passer dans le Sud-Ouest, sur la côte aux abords de Kirkcudbright. Un jeune type a vu émerger une créature des eaux et il a eu peur, alors il l'a tuée et le malheur est tombé sur toute la région. Le seigneur local n'a pas apprécié mais les villageois ont protégé le garçon.

— Ils savaient que c'était lui le responsable ?

Rebus acquiesça.

— Il avait tout avoué à son père. Toujours est-il que le seigneur du lieu a décidé de punir tout le village en affamant ses habitants. Le garçon n'a vu qu'une seule réponse à ça : il s'est avancé à pied dans l'estuaire de la Solway jusqu'à disparaître dans la mer.

1. Autre personnage de légende, du début du XVIIIe siècle, assassin sinistre, incestueux et cannibale.

— La malédiction a été levée ?

Nouvel acquiescement de Rebus.

— Mais tous les soirs, sa tête remontait au-dessus des eaux et fixait le rivage, les yeux pleins de tristesse. Il est devenu un selkie et il savait que si jamais il remettait un pied sur la terre ferme, il courait le risque de retomber sur un enfant effrayé qui l'attendrait armé d'une pierre… Fin de l'histoire, dit-il.

— Et la morale, c'est quoi ?

Il réfléchit un instant avant de hausser les épaules.

— Est-il vraiment besoin d'une morale ?

— Toute action a une conséquence, déclara Clarke. Voilà ce que j'en retire.

— Plus le fait qu'il y aura toujours des gens prêts à couvrir les coupables, ajouta Rebus en sortant de sa poche son portable qui sonnait.

— Hazlitt ? suggéra Clarke.

— Non, dit-il en consultant l'écran avant de répondre.

— Qu'est-ce que je peux faire pour toi, Peter ?

Peter Bliss l'appelait depuis le SCRU.

— J'ai pensé que ça pouvait t'intéresser : on nous a mis sur la touche.

— L'unité est bonne pour l'abattoir ?

— À effet presque immédiat, bon Dieu. Il va falloir que tu débarrasses ton bureau.

— On ferme le SCRU, expliqua-t-il à Clarke. Comment Elaine prend-elle la chose ? demanda-t-il à Bliss.

— Elle est philosophe.

— Et notre seigneur et maître ?

— Il semble convaincu d'être sur la liste des nominés pour le poste de chef du nouveau bureau de la Couronne.

— Ce sera une liste à un seul nom, s'il parvient à ses fins.

Bliss gloussa tellement c'était vrai.

— Alors tu es où ? Tu as quelqu'un avec toi ?

— Je suis avec Siobhan Clarke. Nous sommes dans le Nord.

— C'est bien ce que je pensais. Mais les caméras de télé n'ont pas réussi à te choper aujourd'hui.

— Je suis bien content de les avoir esquivées, celles-là. Je n'aime pas être pris pour cible par ces gens.

Il pointa le doigt vers la vitre pour montrer à Clarke un autre dauphin qui se dirigeait vers le buffet du jour.

— Mais pour l'instant, dit-il à Bliss, nous sommes assis dans ma voiture et nous regardons défiler les dauphins.

— À Chanonry Point ? Alors tu n'es qu'à quelques minutes de l'endroit où habite Gregor Magrath.

— Ah oui ?

— Ça s'appelle Rosemarkie.

— Tu y es déjà allé ?

— Une seule fois. Un cottage face à la mer. La seule porte rouge de la rue, si je me souviens bien.

— Je ferai peut-être un saut jusque-là.

— Tu pourrais faire ça ? Je suis sérieux, poursuivit-il. Gregor tient toujours à savoir ce que nous devenons au SCRU.

— Et c'est à moi que tu demandes de l'informer que nous vivons nos dernières heures ?

— C'est plus sympa qu'un coup de téléphone.

— Et ça t'épargne une corvée, rétorqua Rebus.

— Tu es un vrai gentleman, John.

— Autrement dit, une bonne poire.

— À ton retour, on se fait une petite soirée. À la santé du bureau avant qu'on ne nous montre la porte.

— Cowan fera partie des invités ?

— À ton avis ? répondit Bliss en raccrochant.

Clarke surveillait toujours la mer dans l'espoir de voir d'autres animaux marins.

— Tu risques d'en voir d'autres plus loin sur la côte, dit Rebus en démarrant. Plus un inspecteur à la retraite et une tasse de thé…

Rosemarkie n'était qu'à cinq minutes. Une grande rue étroite, une église et un pub. Il perdit la côte de vue et vira à droite dans une allée elle aussi étroite qui s'arrêtait au bord de la mer. Une rangée de maisons faisait face à l'océan, encadrée d'un côté par un jardin d'enfants et de l'autre par un restaurant. La maison à la porte rouge était un cottage avec lucarnes sur le toit et une véranda juste assez vaste pour contenir un fauteuil où un homme était assis, plongé dans la lecture d'un journal tenu au plus près de ses yeux. Une vénérable Land Rover vert olive garée à côté de la maison laissait pour seul passage une allée de trente centimètres sans une seule mauvaise herbe. Constatant au bout d'un moment que Rebus et Clarke n'étaient pas de simples passants, l'homme posa son journal et ouvrit la porte. Toujours costaud, mais il s'était voûté avec les années et l'âge avait ralenti ses mouvements. Il devait avoir la soixantaine avancée, des cheveux gris soigneusement coupés et de petits yeux perçants.

— Gregor Magrath ? demanda Rebus.

— C'est moi.

— Je m'appelle John Rebus. Et voici Siobhan Clarke. C'est Peter Bliss qui nous a demandé de passer.

— Peter ? Je lui ai parlé il y a à peine quelques jours.

— Eh bien, il vous salue.

— Rebus ? dit Magrath en l'examinant de plus près. Il me semble connaître ce nom… Le CID, Lothian and Borders ?

Rebus confirma en le remerciant d'un petit hochement de tête.

— Et Siobhan ici présente travaille au CID.

— Alors qu'est-ce qui vous amène dans le Nord ?

— Pourrait-on entrer ?

— La maison est un peu en bazar.

— Je vous promets de ne pas regarder.

Magrath les conduisit dans un salon petit et surchauffé avec une kitchenette au fond. Un canapé et deux fauteuils assortis couverts du même tissu, une télé et des étagères pleines de livres et d'objets, parmi lesquels des souvenirs de sa carrière dans la police.

— Vous vivez seul ici ?

— Ma femme est décédée depuis bien des années.

— Je crois que Peter me l'avait dit, acquiesça Rebus.

Clarke leur proposa de préparer le thé et Magrath voulut l'aider mais elle lui dit qu'elle se débrouillerait. Elle s'activa devant le plan de travail tandis que les deux hommes allaient s'asseoir de part et d'autre de l'insert électrique dans l'âtre.

— Les factures doivent être astronomiques, dit Rebus.

— La maison n'est pas difficile à chauffer. Le double vitrage y est pour beaucoup.

Magrath claqua les mains sur ses genoux.

— Vous me disiez pourquoi vous êtes si loin de chez vous…

— Vous avez dû le voir aux infos, dit Rebus en se tournant vers la télé éteinte. Ou au moins vous l'avez lu.

— Les femmes disparues ?

— Les corps de cinq d'entre elles viennent peut-être d'être retrouvés.

Magrath hocha solennellement la tête.

— Triste histoire, dit-il avant de crier à Clarke que le sucre se trouvait dans un bol à côté de la boîte à pain.

— Il y a un moment que vous habitez ici, reprit Rebus.

— Depuis que j'ai pris ma retraite.

— L'endroit est magnifique.

Rebus se leva et alla jusqu'à la fenêtre.

— Effectivement.

— Vous êtes originaire d'ici ?

— Non. Mais j'ai toujours eu un faible pour cet endroit. Et c'est comment Édimbourg aujourd'hui ? Les trams avancent enfin ?

— On continue à poser les rails.

— Quel fichu gaspillage ! Le conseil municipal a dû perdre la tête.

— Je travaille au SCRU, déclara alors Rebus en revenant à sa place.

— C'est peut-être pour ça que votre nom ne m'est pas inconnu. Peter a dû me parler de vous.

— Probablement. Je viens juste de l'avoir au téléphone. Il m'a dit de vous informer que les jours du SCRU étaient comptés.

— L'Unité du bureau de la Couronne prend le relais ? dit Magrath avec une grimace. Ça ne m'étonne pas vraiment.

— Mais c'est dommage de perdre ça.

Magrath confirma de la tête.

— J'ai toujours considéré que c'était mon héritage. J'avais laissé mon empreinte en apportant une différence.

Clarke avait trouvé un plateau et apportait tout de la cuisine.

— Je n'ai pas trouvé de biscuits, dit-elle.

— Si j'en achète, je mange tout, expliqua Magrath.

Lorsqu'elle se tourna vers Rebus, Magrath comprit pourquoi.

— Votre collègue m'a annoncé la nouvelle, dit-il.

Ils burent le thé en silence puis Magrath demanda comment allait Peter Bliss.

— Il respire toujours, répondit Rebus.

— Et chaque goulée d'air donne l'impression d'être la dernière, hein ?

Rebus opina du chef.

— Tout le temps que vous avez été responsable de cette unité, combien d'affaires êtes-vous parvenu à résoudre ?

— Deux seulement, répondit Magrath après réflexion. Nous avons fait des progrès sur six autres mais il n'y a pas eu d'inculpation.

Il se pencha en avant.

— En fait, une de ces deux affaires nous est tombée toute rôtie dans le bec. Un type s'est dénoncé spontanément dès qu'il a appris que nous rouvrions l'enquête. Il devait vouloir soulager sa conscience.

— Un peu plus de conscience en ce bas monde ne nous ferait pas de mal, déclara Clarke.

— Absolument, jeune fille.

— C'est une matraque en bois comme dans le temps ? demanda Rebus en montrant les étagères.

— Bien avant votre époque, j'oserais dire.

Rebus s'était avancé jusqu'à ladite étagère.

— Je peux… ?

Il s'en saisit et la soupesa. Bon poids, avec une lanière en cuir pour y glisser la main et des crans sur la poignée assez larges pour les doigts.

— Aujourd'hui, c'est tout juste si on nous autorise les menottes, dit-il.

— Tu oublies les bombes au poivre et les matraques télescopiques, lui rappela Clarke.

Rebus agita la trique en bois en direction du vieux flic.

— Vous vous en êtes servi ?

— Elle m'a bien dépanné à plusieurs reprises, je dois le reconnaître.

Magrath se rassit dans son fauteuil.

— Vous avez fait tout ce chemin pour me parler du SCRU ?

— En fait, dit Clarke, nous regardions les dauphins à Chanonry Point…

— Bliss m'a appelé, poursuivit Rebus, c'est lui qui m'a dit que nous n'étions pas loin de chez vous.

Magrath sourit en hochant la tête.

— Il ne voulait pas être le porteur de la mauvaise nouvelle.

Rebus replaça la matraque sur l'étagère où étaient disposées également des photos de famille, des portraits de groupe dans des cadres dorés.

— Vous connaissez Nina Hazlitt, n'est-ce pas ?

Il fallut une seconde à Magrath pour resituer le nom.

— La mère de Sally Hazlitt, dit Rebus en éclairant sa lanterne. Qui a disparu d'Aviemore à la Saint-Sylvestre 1999.

— Oh, oui, fit Magrath en hochant la tête à plusieurs reprises. Ma mémoire n'est plus ce qu'elle était, s'excusa-t-il.

— Elle est dans tous les médias depuis une semaine, ajouta Rebus. Et ne tarit pas d'éloges sur vous.

— Et pourquoi donc ? s'étonna Magrath, les yeux écarquillés.

— Parce que vous lui avez offert le bénéfice du doute quand personne ne voulait l'entendre.

— J'ai écouté son histoire, effectivement.

— Et vous avez fait des vérifications ?

— Oui, je suppose. Elle avait entendu parler d'une femme qui avait disparu près de Strathpeffer et s'était convaincue d'un lien possible avec la disparition de sa propre fille.

— D'autres que vous se sont montrés beaucoup moins « réceptifs », dirais-je, et elle ne l'a pas oublié.

— Je ne pense pas avoir vraiment fait grand-chose…

— Je vous dis juste de ne pas être surpris si votre nom apparaît dans les bulletins d'informations.

— Je préférerais qu'elle ne dise rien du tout.

— Et je peux vous demander pourquoi ?

— Parce que c'est une affaire qui n'a abouti à rien, une parmi tant d'autres.

Magrath s'était levé de son fauteuil comme s'il cherchait à se rassurer par la vision du paysage immuable au-delà de la fenêtre.

— Encore un échec à ajouter à une longue série d'échecs, dit-il, plus pour lui-même que pour ses deux visiteurs.

— Mais il est bien possible qu'elle ait eu raison, dit Rebus. À propos des enlèvements, je veux dire.

— Parfois, on ne peut s'empêcher de se poser des questions sur la race humaine, vous ne pensez pas ? soupira Magrath.

Ils restèrent quelques minutes supplémentaires, Rebus écoutant les explications que donnait le vieux flic à Clarke à propos des baleines et des différences entre dauphins et marsouins. L'homme semblait passer une retraite paisible entre son cottage, la mer comme paysage et sa vie de village – dommage que lui-même n'éprouvât aucune attirance pour ce genre d'existence.

Après leur départ, Magrath retourna à son fauteuil dans la véranda et les salua d'un geste avant de se replonger dans la lecture de son journal.

— Tu crois que la Land Rover lui appartient ? demanda Clarke.

— Elle a suffisamment de bouteille pour ça.

— Il y a quelque chose qui ne va pas ? lui demanda-t-elle en voyant sa tête.

— Pas vraiment.

— Tu mens.

— Je crois qu'il n'y a rien qui cloche dans sa mémoire, c'est tout. Et à en juger par les piles de journaux près de son fauteuil, il se tient bien informé.

— Et alors ?

— Alors pourquoi avoir prétendu que le nom de Nina Hazlitt ne signifiait rien pour lui ?

51

Sur le chemin du retour à Inverness, Clarke reçut un texto de Page lui proposant de dîner avec lui.

— Tu devrais le prendre au mot, suggéra Rebus. Vous avez besoin de parler, tous les deux.

— Je peux t'emmener comme soutien moral ?

Rebus déclina son offre.

— J'ai besoin de me coucher tôt, dit-il.

Mais à leur arrivée au QG de la Northern, il tomba nez à nez avec Gavin Arnold.

— Impossible de vous tenir à distance à ce que je vois ? dit ce dernier en lui serrant la main.

— Le sergent Arnold est l'un des bons, le présenta Rebus sans plus d'explications.

Arnold leur demanda s'ils voulaient boire un pot un peu plus tard. Clarke répondit qu'elle ne pouvait pas mais Rebus déclara qu'il allait réfléchir…

— Eh bien, vous savez où me trouver, hein ?

— Près de la cible à fléchettes ?

Arnold confirma de la tête et expliqua que comme tous les autres uniformes dans un rayon de quatre-vingts kilomètres, il avait été réquisitionné dans le cadre de l'enquête avec, pour résultat, que le bâtiment commençait à déborder sous l'afflux de personnel.

— Ils auraient dû faire ça à Burnett Road, se plaignit-il. C'est là que se trouve le CID. Ici, il n'y a que des beaux costards et des bureaucrates.

— Alors pourquoi utiliser cet endroit comme base des opérations ?

— À cause justement des beaux costards et des bureaucrates – comme ça, ces messieurs se sentent importants quand ils passent devant les caméras.

Effectivement, la salle d'enquête était bondée. Ceux qui avaient été envoyés à l'extérieur s'étaient rassemblés pour écouter un nouveau briefing de Dempsey. Les résultats des analyses ADN commençaient à arriver et elle pouvait affirmer d'ores et déjà que deux des victimes étaient bien Amy Mearns et Jemima Salton.

— Les familles sont en route, elles seront informées.

La voix rauque, pâle et visiblement épuisée, elle s'interrompit pour boire un peu d'eau avant de s'éclaircir la gorge. Elle devait trouver en elle la force d'affronter les deux familles et être prête à contenir l'émotion que cette rencontre ne manquerait pas de susciter.

— Des questions ? demanda-t-elle.

— Combien de temps avant une identification positive des autres victimes ?

— Avec un peu de chance, demain ou après-demain.

— La cause de la mort ?

— Cela reste un point difficile à déterminer. J'ai demandé deux pathologistes supplémentaires à Aberdeen pour accélérer les choses.

— Comment procédons-nous désormais ?

— Nous poursuivons le porte-à-porte. Il est possible que certaines fermes soient équipées de caméras de surveillance dont nous pourrons visionner les vidéos ; même chose pour les magasins et les garages. Nous devons parler à absolument tout le monde.

— Les preuves matérielles récupérées dans les champs et les bois ?…

— Elles sont au labo. Rien à signaler pour l'instant.

— Le poil pubien…

— Oui ?

— Nous savons qu'il n'appartient pas à Annette McKie.

Dempsey acquiesça.

— Une fois que nous aurons son ADN, je demanderai qu'il soit procédé à des prélèvements sur tous les individus de sexe masculin dans les environs immédiats d'Edderton.

Échanges de regards dans la salle : tout le monde savait la masse de travail qu'une telle opération exigerait.

— Je sais que je demande beaucoup. Mais il faut prouver à tout le monde que nous faisons notre maximum.

En effet, songea Rebus, parce que faute de mieux, cela ferait peut-être sortir le tueur de sa tanière. Il n'avait pas oublié la tactique qu'il avait suggérée au SCRU et se surprit à proposer à haute voix que les médias soient informés de la présence de preuves ADN, même si celles-ci n'existaient pas. Il baissa vite la tête en voyant les yeux de Dempsey fixés sur lui.

— Avez-vous envisagé de faire appel à un profileur, madame ?

La question venait de Siobhan Clarke, peut-être pour soustraire Rebus aux regards. Dempsey se tourna vers elle.

— Je suis ouverte à toute proposition *raisonnable*, inspecteur Clarke.

— C'est que beaucoup de recherches ont été faites sur le choix que font les tueurs en série du site où ils se débarrassent des cadavres. Le fait est que les victimes viennent d'un peu partout mais elles ont toutes fini au même endroit.

— Parce que le tueur attache une signification particulière à ce lieu ? dit Dempsey en opinant du chef. J'ai déjà envoyé quelques mails à ce sujet. Si quelqu'un connaît un profileur amical qui ne nous ruinerait pas…

Elle regarda les visages dans la salle.

— Peut-être que l'inspecteur Clarke pourrait se charger d'une recherche sur Internet et nous communiquer ce qu'elle aura trouvé ?

— J'en serais heureuse, madame.

— Bien.

Dempsey consulta sa montre.

— S'il n'y a plus de questions, je dois me préparer à recevoir deux familles en deuil…

On entendit des murmures de sympathie dans la salle tandis que Page se frayait un passage pour rejoindre Siobhan Clarke.

— Où étiez-vous passée ?

— Ici et là, répondit-elle.

— Je vous ai cherchée un peu plus tôt, dit-il, l'air déçu.

— J'étais au téléphone.

— Le mien a besoin d'être rechargé, marmonna-t-il. Et personne ne semble avoir le bon adaptateur. Vous avez reçu mon texto ? Je vous invitais à dîner ce soir.

— Elle est ravie, l'interrompit Rebus sous le regard sévère de Clarke. Et malgré tout le plaisir que j'aurais à me joindre à vous, il se trouve que j'ai d'autres projets.

Puis il sortit.

*

Ce soir-là, en dépit de toutes ses bonnes résolutions, il prit un taxi pour aller au pub. Il s'assit à l'avant et dit au chauffeur que c'était la croix et la bannière de trouver une place de parking à Inverness.

— Vous devriez voir les week-ends. Les parkings de supermarchés, les parcs de stationnement sur plusieurs étages, tout est plein.

— Les affaires doivent tourner du feu de Dieu.

Petit ricanement étouffé du chauffeur.

— J'aimerais bien en avoir ma part, je veux parler des bénéfices.

À son entrée au Lochinver, Arnold visait la bande extérieure de la cible mais sa fléchette finit sa course du mauvais côté du cercle d'acier et il secouait toujours la tête quand son adversaire boucla la manche grâce à un double dix-sept. Après la poignée de main obligée, il aperçut Rebus et lui fit signe de le rejoindre au comptoir.

— Qu'est-ce que vous prenez ?

— Une IPA fera l'affaire.

— Deux, s'il te plaît, Sue.

Laquelle salua Rebus d'un sourire et tira leurs deux bières. Rebus la regarda faire et demanda à Arnold comment ça allait.

— Je fais du porte-à-porte. Je crois bien que mes amortisseurs ont rendu l'âme vu le nombre de chemins de terre cabossés que j'ai dû me farcir.

— Et sans résultats pour l'instant, je présume ?

— Ce qui est en soi un résultat, aux yeux de Dempsey. Rétrécir le champ des possibilités, elle appelle ça.

— En un sens, elle n'a pas tort.

— Sauf que chaque journée devient une vraie galère, c'est tout.

— Arrête de te plaindre, lui dit Sue Holloway. Et les deux bières, c'est cadeau de la maison, c'est ma façon de vous dire merci.

— Pour quoi ? demanda Rebus.

— Pour tenter de retrouver ce salaud de tordu et l'empêcher de continuer.

— Santé alors, dit Arnold en trinquant avec Rebus avant de boire une gorgée. Et vous, John ? Vous avez progressé ?

— J'ai l'impression d'être de trop, Gavin. J'ai passé la moitié de la journée à faire le touriste.

— Culloden ?

— La Black Isle, en fait.

— S'ils élargissent le champ des recherches, c'est là-bas que je finirai moi aussi avant longtemps. Qu'avez-vous pensé du coin ?

— J'ai vu des dauphins.

— Vous êtes allé à Culbokie ?

Rebus fit non de la tête.

— Il y a un joli petit pub avec terrasse qui donne sur le Cromarty Firth.

Rebus se rappela où il avait déjà vu ce nom : Culbokie était l'endroit où Brigid Young avait laissé son portable le jour où elle avait été enlevée.

— Hé, Gav ! s'écria un joueur de fléchettes. T'as vu ça ?

Il montrait au-dessus de la porte le poste de télé branché sur une chaîne d'infos en continu. Sur l'écran, plusieurs personnes s'installaient autour d'une table dans une sorte de bar avec menus et serviettes. Des éclairs de flash et à un moment, une caméra un peu bousculée.

Rebus reconnut Frank Hammell et Nina Hazlitt qui se serraient la main comme si on venait de les présenter l'un à l'autre. Un autre couple était là également, un peu gêné d'être au centre des attentions et intimidé par la proximité des caméras.

— C'est la sœur de Brigid Young et son homme, expliqua Arnold.

Au bas de l'écran défilaient les mots : RÉUNION DES FAMILLES DE L'A9.

— Ce ne serait pas le Claymore ? demanda Sue Holloway.

— On dirait, reconnut Arnold. Il est juste de l'autre côté de la rue, précisa-t-il à l'intention de Rebus.

Quelqu'un était allé à la porte voir ce qui se passait. Rebus, Arnold et une demi-douzaine de clients décidèrent de le rejoindre. Un camion de télédiffusion avec antenne satellite sur le toit était garé dans la rue et on voyait des tas de lumières en mouvement dans la salle du Claymore Bar. Rebus traversa la chaussée et, l'œil à la fenêtre, vit la table et quatre silhouettes assises. Un homme sortit de l'arrière du véhicule et installa un trépied supportant un projecteur avant de tirer un câble qu'il enficha à une prise du camion, illuminant l'intérieur du bar comme en plein jour. Hammell pivota vers la fenêtre et, plissant les yeux, accrocha le regard de Rebus, avant de se retourner vers les micros pour poursuivre son speech. Aucun signe de Darryl Christie. Nina Hazlitt eut droit à un verre servi sur un plateau garni de boissons. La sœur de Brigid Young serrait la main de l'homme assis à côté d'elle. D'autres badauds s'agglutinant autour de lui, Rebus battit en retraite vers le Lochinver. Arnold s'était posté devant la télé et regardait la scène. Quelqu'un augmenta le volume du son.

— Conférence de presse impromptue, déclara-t-il. Dempsey ne va pas apprécier.

— Qu'est-ce qui s'est dit ? demanda Rebus.

— M. Hammel se plaint du manque d'efforts de la part de la police. Quant à Mme Hazlitt, elle tient absolument à ce qu'on lui prélève son ADN.

— Et les deux autres ?

— Il semblerait qu'ils n'aient pas la moindre idée du guêpier dans lequel ils se sont fourrés. Vous êtes prêt pour un autre verre ?

— Pour moi, cette fois, dit Rebus.

Il prit le verre vide d'Arnold et se dirigea vers le comptoir. Quand son téléphone sonna, il crut savoir qui l'appelait et se tourna vers la télé pour vérifier. Nina Hazlitt était bien en train de parler, Frank Hammell à côté d'elle, fixant l'écran de son portable. Rebus vérifia son message.

Vous êtes toujours là ?

Il répondit par un texto et paya les consommations. Une demi-heure plus tard, Hammell faisait son entrée, accompagné, ô surprise, par Nina Hazlitt.

— Je vous présente Nina, dit-il.

— John me connaît, dit celle-ci. Mais on pourrait s'y tromper, vu la façon dont il se comporte à mon égard.

Apparemment, première nouvelle pour Hammell qui cherchait à attirer l'attention de Sue Holloway en agitant un billet de vingt livres. Rebus jeta un regard alentour. Les clients semblaient avoir reconnu les nouveaux arrivants et faisaient mine de vaquer à leurs petites affaires. Arnold avait entamé une nouvelle manche de fléchettes, mais le regard qu'il lui lança était tout à la fois une question et une mise en garde.

— La même chose ? demanda Hammell à Hazlitt.

— Pourquoi pas, dit-elle.

— Et vous, Rebus ?

— Moi, ça va, répondit-il, les yeux fixés sur Hazlitt. Alors comment allez-vous ?

— Je serais mieux si j'avais des nouvelles.

— Demain ou après-demain, à ce que j'ai entendu.

— Dans ce cas, vous n'en savez pas plus que moi, déclara-t-elle.

Lorsque Hammell lui tendit son verre, Rebus lui demanda où était Darryl Christie.

— Rentré à Édimbourg auprès de sa mère. Elle a besoin de lui.

— Et ce ne serait pas également votre place, par hasard ?

— Et vous alors ? répondit Hammell, le regard furieux. En train de picoler alors qu'il y a un taré là-dehors que vous devriez arrêter ?

— Je suis sûre que John fait tout ce qu'il peut, intervint Nina Hazlitt. Ce qui pourrait expliquer pourquoi il est trop pris pour répondre à mes messages.

— J'ai vu Thomas Robertson, poursuivit Rebus.

Hammell avait commandé un whisky et une pinte dont il but une gorgée avant d'ajouter l'alcool à la bière.

— Rafraîchissez ma mémoire, dit-il.

— L'ouvrier du chantier de Pitlochry.

— Et pourquoi prendre la peine de m'en parler ?

— Il a encaissé dix rounds face à un bélier de démolition.

Hammell haussa les épaules et sortit son mobile pour en vérifier l'écran. Rebus concentra alors son attention sur Nina Hazlitt.

— C'était censé servir à quoi, tout ce cirque en face ?

— Ouvrir les yeux aux médias.

— C'est votre idée ou la sienne ? demanda-t-il en désignant Hammell de la tête.

— Quelle importance.

Ce fut au tour de Rebus de hausser les épaules. Voyant Arnold lui faire signe depuis la cible où il venait de terminer la partie, il s'avança vers lui.

— Mais qu'est-ce que vous foutez ? lui demanda Arnold, dents serrées.

— Je n'y peux rien si ces deux-là ont décidé d'entrer ici.

— Donc ce serait juste une coïncidence ? fit Arnold, pas convaincu pour deux sous. Vous êtes sûr que les mecs de la télé ont tout remballé ? Si jamais ça revient aux oreilles de Dempsey…

— Je ne lui dirai rien si vous faites pareil, répondit Rebus avec un clin d'œil avant de regagner le bar.

Hammell lui demanda s'il était finalement prêt à le prendre, ce verre. Rebus refusa d'un signe de tête.

— Vaut mieux que j'y aille. Je me lève encore tôt demain matin.

— Un de plus ne vous fera pas de mal, insista Nina Hazlitt.

Ses yeux semblaient presque le supplier, mais il était incapable de savoir si elle recherchait sa compagnie ou craignait simplement de se retrouver seule avec Hammell.

— Hé, les gars ! s'écria soudain une voix depuis l'entrée.

Rebus, Hammell et Hazlitt ne purent s'empêcher de tourner la tête : la porte du bar était grande ouverte et un jeune homme planté sur le seuil pointait son portable devant lui. Il vérifia aussitôt la qualité de sa photo et leva les deux pouces à leur attention avant de battre en retraite sur le trottoir, laissant la porte se rabattre derrière lui.

Rebus avait reconnu Raymond, le neveu journaliste de Dempsey. Gavin Arnold aussi. Échange de regards entre les deux hommes.

Si jamais ça revient…

— Peut-être un whisky, dit Rebus à Hammell.

— Voilà qui est parlé, répondit celui-ci en faisant signe à Sue Holloway.

Nina Hazlitt parut soulagée d'un grand poids et se décontracta. Elle lui adressa un sourire pour le remercier d'être resté…

*

Il était au lit quand il entendit frapper. Presque minuit, vérifia-t-il à sa montre. Il se leva et alla pieds nus jusqu'à la porte.

— Oui ? demanda-t-il.

— C'est moi, répondit Siobhan Clarke. Tu es décent ?

Il jeta un coup d'œil à sa chambre.

— Accorde-moi une minute, dit-il en enfilant pantalon et chemise avant d'ouvrir.

— Je n'interromps rien ?

— Si seulement… Quoi de neuf ?

— Tu as vu ça ?

Elle leva son mobile pour lui montrer l'écran. Une brève du journal local. La photo du Lochinver était là, accompagnée de la légende : *Les familles de l'A9 attendent des réponses.*

— Pas très subtil, tu ne trouves pas ? dit-il.

— Tu veux m'en parler ?

— Je suis sorti boire un verre. Hammell et Hazlitt avaient parlé aux journalistes puis ils ont débarqué dans le pub et Tintin s'est dépêché de sortir son portable.

Clarke lui adressa le même regard incrédule que Gavin Arnold.

— Mais pour en revenir aux choses importantes…, dit-il. Comment s'est passé ton dîner ?

— En toute politesse, entre deux individus bien élevés.

— Lui as-tu dit que tu n'appréciais pas d'être larguée aux oubliettes pour la chef Dempsey ?

— On ne pourrait pas laisser tomber, tu veux bien ?

Elle avait l'air épuisée.

— Désolé, dit Rebus.

— Je te verrai au petit déjeuner.

— À condition que Dempsey ne m'ait pas renvoyé à ma niche avec armes et bagages, dit-il en montrant le portable qu'elle tenait à la main.

— Possible que je te suive de près. James dit qu'il a beaucoup de mal désormais à me trouver un « rôle digne de moi ».

— Toujours aussi charmeur, ce monsieur.

Clarke vérifia l'heure à son portable.

— Vaudrait mieux que j'aille dormir. Bonne nuit, John.

— Tout se passera bien, lui dit-il quand elle ferma la porte.

Il prêta l'oreille quand elle franchit le palier pour se diriger vers sa chambre à l'étage. Une autre porte s'ouvrit et il entendit la voix de Page demandant si elle avait un problème.

— Tout va bien, répondit-elle, accompagnée par les grincements des marches à mesure qu'elle gravissait l'escalier.

52

Dempsey n'avait pas attendu qu'ils arrivent au QG. Son chauffeur garait la voiture contre le trottoir lorsque Rebus, Page et Clarke, leur petit déjeuner avalé, sortirent de la maison d'hôte. Rebus, déjà occupé à allumer une cigarette, demanda à Dempsey s'il lui fallait également un bandeau sur les yeux, pour ne pas faillir au cliché.

— Au nom du ciel, qu'est-ce qui vous est passé par la tête ? lui demanda-t-elle.

— J'étais dans un pub, je buvais tranquillement un coup, expliqua-t-il, ayant eu le temps de préparer sa version des événements. Hazlitt et Hammell se trouvaient dans le bar d'en face, de l'autre côté de la rue. Après avoir posé pour les caméras, ils se sont retrouvés à côté de moi au comptoir. Nous nous connaissons, nous nous sommes donc salués. C'est alors que Raymond est entré en coup de vent et a pris ce petit cliché de paparazzi.

— De quoi s'agit-il ? demanda Page, le front soucieux.

— Votre officier de police est partout sur Internet, lui expliqua Dempsey.

— Grâce à votre neveu, lui rappela Rebus.

Elle ignora la pique.

— Que leur avez-vous dit sur les progrès de l'enquête ?

— Qu'est-ce qu'il y a à dire ? Je ne suis pas à proprement parler dans le secret des dieux.

Dempsey pointa le doigt sur lui mais ses yeux ne quittaient pas Page.

— Je veux qu'il parte, vous avez entendu ?

— Haut et clair, répondit Page.

Dempsey remontait déjà dans sa grosse berline et son chauffeur reprit sa route.

— Merci de m'avoir soutenu, patron, dit Rebus.

— Vous retournez à l'hôtel, vous prenez vos affaires et vous quittez votre chambre – Gayfield Square se chargera de la note. Nous vous reverrons à Édimbourg.

Rebus songea à tout ce qu'il pourrait dire, des choses du genre : « Je résolvais des meurtres alors que vous étiez encore au berceau. » Mais il s'en abstint. Il se contenta d'incliner brièvement la tête à l'adresse de Clarke comme pour lui souhaiter bonne chance, jeta son mégot au sol et s'exécuta.

À sa sortie, Mme Scanlon – maquillage impeccable comme à l'accoutumée – l'accompagna et lui souhaita bon voyage vers le sud. Page et Clarke étaient partis. Rebus regarda Mme Scanlon refermer la porte puis se décida pour une nouvelle cigarette avant le grand départ. Quand son portable sonna, il songea un instant à ne pas répondre mais c'était Gayfield Square.

— Qui est à l'appareil ? demanda-t-il.

— Christine Esson.

— Salut, Christine. Si vous n'êtes pas encore au courant, je viens vous rejoindre très bientôt.

— Des nouvelles ?

— Vu la façon dont les choses se passent, Internet saura avant moi.

— J'ai effectivement vu votre photo avec Hammell et Hazlitt…

— Et vous avez pensé m'appeler pour vous en réjouir ?

— En quoi pourrais-je me réjouir ?

— En rien.

Il écrasa son mégot sous son talon et monta dans la Saab. Était-ce aujourd'hui qu'elle choisirait de ne pas démarrer ?

Le moteur reprit vie et aucun voyant de sécurité ne s'alluma au tableau de bord.

— En tout cas, lui disait Esson, je lui ai dit que je vous passerais son numéro de téléphone.

— Excusez-moi, Christine, mais j'ai raté le début. Le numéro de qui ?

— Celui de la femme qui a appelé parce qu'elle voulait vous parler de Sally Hazlitt.

Rebus roula les yeux au ciel. Encore quelqu'un qui avait reconnu une disparue.

— Elle vous a paru comment ? À côté de la plaque ?

— Elle m'a semblé parfaitement saine d'esprit. Elle m'a dit de vous donner son nom en vous priant de la rappeler.

Il soupira en glissant la main dans sa poche pour en sortir calepin et stylo. Lorsque Esson lui annonça le nom de la femme, il se raidit. Et demanda qu'elle le répète.

— Susie Mercer, articula-t-elle soigneusement.

— C'est bien ce que j'avais cru entendre la première fois, dit-il.

53

Glasgow.

— Il faut que je vous voie en chair et en os, avait-il dit à la femme qui se faisait appeler Susie Mercer.

Elle lui avait demandé pourquoi.

— J'ai besoin d'une certitude.

Elle se trouvait à Glasgow. A9 vers le sud, puis M80 vers l'ouest. À son arrivée, l'heure du déjeuner était passée et il se gara dans un parking à plusieurs niveaux près de la gare routière. Buchanan Street était tout près et il s'y rendit à pied avant de la rappeler, comme convenu.

— Je suis là, dit-il.

— Où ça ?

— Je descends Buchanan Street.

— Tournez à gauche au Royal Exchange. Vous y verrez un café appelé Thompson's. Asseyez-vous au comptoir près de la fenêtre.

— Nous ne sommes pas dans un film de James Bond.

— Faites-le sinon je repars.

Il s'exécuta, commanda un café et un jus d'orange, s'assit et contempla le défilé des passants. Glasgow n'était pas son territoire de prédilection, comparée à Édimbourg, la ville était tentaculaire. Tant qu'il se cantonnait à une demi-douzaine de rues, il y trouvait ses marques, sinon, hors de ce périmètre restreint, il se serait perdu.

Il attendit cinq bonnes minutes avant qu'elle ne fasse son apparition et s'installe sur le tabouret voisin.

— Il fallait que je m'assure qu'*elle* ne vous accompagnait pas, lui déclara-t-elle d'emblée.

Il l'étudia de plus près. Elle avait coupé ses cheveux désormais teints en blond oxygéné et épilé ses sourcils au point de les rendre quasiment inexistants. Mais ses yeux et ses pommettes étaient toujours ceux de sa mère.

— Vous avez fait des progrès au fil des années, à ce petit jeu, lui dit-il en la fixant droit dans les yeux.

— Pas suffisamment, rétorqua-t-elle sèchement.

— Mais ce portrait-robot électronique était très ressemblant néanmoins – pas étonnant que vous ayez paniqué… Donc est-ce que je vous appelle Sally ou vous êtes-vous déjà décidée pour un nouveau nom ?

— Nina ne cesse de citer le vôtre aux infos. Ensuite j'ai vu cette photo de vous deux…

— Et ?

— Et il faut lui dire qu'elle *arrête*.

— Qu'elle arrête de vous chercher ou qu'elle cesse de penser que vous avez été victime d'un meurtre ?

— Les deux.

Elle ne cilla pas.

— Alors pourquoi ne pas lui dire vous-même ?

— Hors de question, répondit-elle en secouant la tête.

— Alors expliquez-moi pourquoi vous avez fait ça, dit Rebus en portant sa tasse de café à ses lèvres.

— D'abord j'ai besoin que vous, vous me disiez quelque chose : pourquoi fait-elle ça à votre avis ?

— C'est votre mère. La raison ne se suffit pas à elle-même ?

Sally Hazlitt secoua de nouveau la tête.

— Vous a-t-elle dit quoi que ce soit sur notre vie de famille ?

Il réfléchit un instant.

— Votre père et votre mère étaient enseignants. Vous viviez à Londres…

— Et c'est tout ce que vous savez ?

— Elle m'a parlé de Crouch End – un quartier plus chic que ce qu'ils auraient pu normalement s'offrir. Grâce à un parent qui leur avait laissé un héritage… À propos, elle habite toujours la même maison, qu'elle partage avec votre oncle Alfie. Votre père aimait à vous lire des histoires quand vous étiez gamine.

Il s'interrompit, sans la quitter des yeux.

— Vous savez qu'il est mort ?

Elle fit oui de la tête.

— Bon débarras, dit-elle.

C'est alors seulement qu'il commença à comprendre.

— Il y a bien des choses qu'il aimait m'enseigner, expliqua-t-elle avec force et conviction. Des tas de choses.

Le silence s'éternisa jusqu'à ce qu'il choisisse de le rompre d'une voix plus douce.

— L'avez-vous dit à votre mère à l'époque ?

— C'était inutile – elle *était au courant*. C'est uniquement pour cette raison qu'elle tient obstinément à savoir si je suis toujours en vie : si c'est le cas, elle court le risque que je raconte tout et fasse éclater le scandale au grand jour.

Elle contemplait le sol, les yeux mouillés de larmes.

— Pourquoi avoir attendu Aviemore pour disparaître ?

Il fallut un moment à Sally pour se reprendre.

— Je savais que je ne voulais pas faire d'études d'anglais à l'université – c'était son idée à *lui* depuis toujours. Et plus on parlait de nos avenirs respectifs dans ce chalet à Aviemore, plus je comprenais que je ne pourrais jamais le lui dire en face.

Rebus acquiesça, il comprenait.

— À ce… stade, il avait arrêté. Il a arrêté quand j'avais quatorze ans.

Elle s'éclaircit la gorge.

— Ça paraît dingue mais à l'époque, je pensais que ça devait être ma faute, ce qui rendait la situation encore plus insoutenable. Ensuite, j'ai passé des années à réfléchir à la manière de le punir et ce soir-là, le 31 décembre, j'ai trouvé juste assez de courage en moi – ou dans tout le gin que j'avais bu – pour passer à l'acte. La décision m'a paru tellement plus facile en ce lieu qui m'était étranger, à des centaines de kilomètres d'*eux*.

— Mais quand vous avez appris qu'il était décédé… ?

— C'était trop tard. Je savais que je ne reviendrais pas.

— Ça ne doit pas être drôle tous les jours de vivre dans la peur d'être reconnue.

— C'est bien pour cette raison que vous devez lui demander d'arrêter, à elle. Je suis vivante, je vais bien et je ne veux plus jamais la revoir ni même lui parler.

— Ce serait beaucoup plus facile si vous le lui disiez vous-même.

— Pas pour moi.

Elle se laissa glisser de son tabouret et se planta devant lui.

— Alors, vous le ferez ?

Rebus gonfla les joues.

— Vous êtes sûre que c'est la vie que vous voulez ?

— C'est celle que j'ai, dit-elle avec un haussement d'épaules. Là-dehors, il y a des tas d'individus dont l'existence est bien pire que la mienne. Vous devriez le savoir.

Il réfléchit un instant avant de hocher la tête et de lui donner son accord.

— Merci, dit-elle avec un filet de sourire un peu forcé.

Il essaya bien de trouver quelque chose à ajouter mais elle avait déjà gagné la porte. Elle sortit, hésita et revint sur ses pas.

— Vous vous êtes également trompé sur un autre point – je n'ai pas d'oncle Alfie. Ni d'oncle tout court, d'ailleurs.

Elle quitta le café et s'éloigna à grands pas, le sac à l'épaule, tête haute, avant de disparaître, engloutie par la foule des piétons. Il sortit son téléphone et ajouta son numéro de mobile à sa liste de contacts. Elle allait probablement en changer, de la même façon qu'elle endosserait une nouvelle identité avec, en cadeau, un passé différent. Ce fut plus fort que lui, mais à ses yeux, c'était une vie gâchée – hormis que c'était sa vie à elle, et elle en avait le droit. Son numéro dûment répertorié, il remit le téléphone dans sa poche et passa les mains sur son visage en se remémorant la conversation.

Il y a bien des choses qu'il aimait m'enseigner…

… le risque que je raconte tout…

Je n'ai pas d'oncle Alfie. Ni d'oncle tout court, d'ailleurs.

— Alors, c'est qui, Alfie, nom de Dieu ? se demanda-t-il, en contemplant son reflet dans la vitre.

CINQUIÈME PARTIE

Des odeurs de sang partout –
Même dans la pierre…

54

À son entrée dans le bureau du SCRU au QG de Fettes, Rebus put constater que les caisses d'emballage étaient arrivées. Peter Bliss et Elaine Robison s'occupaient de l'inventaire et collaient des étiquettes.

— Tu es venu nous donner un coup de main ? demanda Robison en faisant mine de le supplier.

— Tout ça part au Bureau de la Couronne ? demanda-t-il en tapant de la pointe du pied un des cartons.

— C'est exact, dit Bliss. Et sacrément mieux rangé qu'à son arrivée.

— Ne t'en fais pas, dit Robison, on t'en a gardé un ou deux. On ne voulait pas que tu te sentes exclu.

— Où est Danny Boy ?

— Une nouvelle réunion avec les huiles.

— Il va l'avoir, son poste, non ?

— Ça y ressemble, lui concéda Bliss.

— Il va devenir complètement invivable, dit Rebus.

— Mais ce ne sera plus notre problème, pas vrai ? Nous en serons réduits à la télé de jour et aux visites des représentants de passage.

— En lieu et place des visites d'archives, ajouta Robison en souriant. Mais je crois que je vais d'abord m'offrir de petites vacances en Australie.

Elle prit la photo du port de Sydney sur son bureau et l'embrassa.

— Nous pensions à vendredi prochain pour aller manger et boire un verre, ajouta-t-elle.

Rebus ôta la caisse posée sur son fauteuil et s'assit à son bureau.

— Je dois consulter mon agenda, dit-il.

— C'était comment, Inverness ? À la télé, ça ressemblait un peu à un cirque.

— Il n'y a rien que les médias aiment plus qu'un nouveau Sawney Bean pour nous faire peur.

— C'est qui, ça ?

— Un cannibale, probablement imaginaire.

— Tu es passé voir Gregor Magrath ? demanda Bliss.

Rebus acquiesça.

— Et je lui ai transmis la nouvelle.

— Comment a-t-il pris ça ?

— Avec philosophie.

— Il s'est trouvé un joli petit coin là-bas, non ?

— Ça ne doit pas être mal les jours de grand calme…

Bliss gloussa.

— Oui, car avant d'être retraité, Gregor ne recherchait qu'une chose, le soleil. Margaret et lui rentraient de Tenerife dorés comme des petits pains.

— Margaret, c'était son épouse ? demanda Rebus en se souvenant des photos sur l'étagère. Quand est-elle décédée ?

— Deux ans avant qu'il ne parte à la retraite. C'est vraiment malheureux – il avait toujours avec lui des brochures de croisières et racontait à tout le monde où ils iraient quand il serait parti. Comment va-t-il ?

— Bien à première vue. Tu ne travaillais pas encore ici quand il a reçu Nina Hazlitt ?

— Je ne crois pas. Il m'en aurait parlé.

— Ça devait être en 2004.

— Juste avant que je n'arrive, alors.

— Vous n'avez jamais discuté d'elle tous les deux ?

Bliss fit non de la tête.

On frappa à la porte encore ouverte et Malcolm Fox apparut sur le seuil.

— Je pourrais m'entretenir un instant avec vous ? demanda-t-il à Rebus.

— Puisqu'il le faut...

— Dans le couloir, peut-être...

Rebus le suivit jusqu'à l'antre des Plaintes. Fox composa le code d'entrée en veillant à bien masquer la combinaison. Aussi grande que le SCRU, la pièce était disposée presque exactement de la même façon : des bureaux, des ordinateurs portables et une fenêtre ouvrant sur Fettes Avenue. Un mec en costard les attendait : l'âge de Fox mais plus sec, une joue grêlée de cicatrices d'acné juvénile, l'air du parfait pendant de son patron au petit jeu de bon flic-méchant flic.

— Tony Kaye, dit Fox en demandant à Rebus de s'asseoir.

— Je suis très bien debout.

Fox haussa les épaules et posa une fesse sur le coin du bureau de Kaye.

— J'ai pensé que vous étiez toujours dans le Nord, c'est pourquoi j'ai d'abord téléphoné à Inverness, où on m'a répondu qu'on vous avait viré, expliqua-t-il.

Ses yeux ne lâchaient plus Rebus.

— Vous voulez bien me dire pour quelle raison ?

— Je les ai fait passer pour des amateurs et vous savez combien les autres forces de police sont chatouilleuses sur ce point.

— Donc rien à voir avec Frank Hammell ?

— Je ne vois pas le rapport.

— Cette photo de vous deux en train de boire un pot en toute amitié, suggéra Tony Kaye.

— C'est juste une coïncidence.

— Ne nous prenez pas pour des taches.

Rebus se tourna vers Fox, impatient de savoir ce qui allait suivre.

— D'abord Morris Gerald Cafferty, lui expliqua ce dernier, et maintenant Francis Hammell. Vous avez le don de les choisir, vos amis, Rebus.

— Ils ne sont pas plus mes amis que vous.

— C'est drôle, ça, dit Kaye, parce que nous ne sommes jamais allés au pub ensemble, alors qu'on vous a vu boire en compagnie de ces deux hommes.

Rebus ne quittait pas Fox des yeux.

— Je perds mon temps ici, et vous aussi, lui dit-il.

— J'ai entendu dire que le SCRU mettait la clé sous la porte. Vous voilà donc une nouvelle fois rayé des cadres… À moins que vous ne teniez absolument à vous réengager dans la police.

— Le statut de simple civil présente soudain des avantages, répondit Rebus en tournant les talons direction la porte. Je ne suis pas obligé d'écouter vos conneries.

— Jouissez du temps qui passe, Rebus, s'écria Kaye dans son dos. Enfin, ce qu'il en reste…

*

Ce soir-là, à son retour dans son appartement, un petit mot avait été glissé sous sa porte. Il le déplia : MGC – Morris Gerald Cafferty – lui disait simplement combien il avait été déçu par son comportement, en frayant comme il l'avait fait avec « une raclure du genre de Frank Hammell », le mot raclure souligné trois fois. Il ramassa le reste de son courrier et alla au salon qui sentait le renfermé. Il ouvrit une fenêtre et, pour compenser, enclencha le radiateur. La platine de disque était restée branchée et continuait à tourner à vide. Il y posa un album de Bert Jansch, posa la tête de lecture et mit son portable en charge avant de se diriger vers sa chambre où il vida son baluchon et remplit deux sacs en plastique de linge sale. La laverie la plus proche ne fermait pas avant une heure et il décida d'y déposer ses paquets – en profitant de l'occasion pour rapporter de quoi manger. Il laissa son téléphone, releva le bras de lecture et verrouilla sa porte avant de descendre les deux volées de marches jusqu'à la rue.

— Oui, je sais, s'excusa-t-il auprès de la Saab en s'approchant.

Il venait de balancer ses sacs de linge sale sur la banquette arrière quand il entendit crier son nom. Il se raidit et, tournant la tête, aperçut Darryl Christie qui sortait d'une Mercedes noire Classe M. Le chauffeur ne quitta pas son volant mais baissa sa vitre pour mieux surveiller ce qui allait suivre. Rebus le reconnut, le videur insolent du Jo-Jo Binkie's – Marcus ou quelque chose comme ça.

— Salut, Darryl, dit Rebus en s'appuyant à la Saab. Est-il nécessaire que je vous demande comment vous connaissez mon adresse ?

— Au cas où vous ne l'auriez pas remarqué, nous sommes à l'âge de l'information.

— Comment va votre mère ? Et le reste de votre famille ?

— Il y a un enterrement à préparer.

— Il y a aussi un ami de votre mère qu'il faudrait calmer.

— Vous croyez que je me préoccupe de lui ?

— Je crois que vous avez la tête sur les épaules. À bien des égards, vous êtes plus intelligent que Frank Hammell. Il ne faut pas le laisser à Inverness, il doit rentrer.

— Ce sera fait demain, déclara Darryl.

Toujours en costume sombre et chemise blanche propre mais sans cravate, les mains dans les poches, il étudiait Rebus.

— Frank dit qu'on peut vous faire confiance.

— Je suis flatté.

— Même si vous êtes l'homme de Cafferty.

— Ce qui est faux.

— Aucune importance. Frank souhaiterait que vous vous teniez informé de la situation, de la part de la famille.

— Oh ?

— Les noms des éventuels suspects – il nous suffit d'avoir une tête de liste, un point de départ.

— Et Frank aimerait lui mettre la main dessus avant qu'il ne soit incarcéré ?

Christie hocha lentement la tête.

— Mais je ne tiens pas à ce que cela se produise.

— Non ?

— Les choses pourraient devenir très moches et ma mère est déjà suffisamment bouleversée comme ça. Je ne veux pas la voir souffrir encore plus.

— Frank Hammell a un parcours quasiment sans faute, Darryl. S'il chope quelqu'un, il n'en restera aucune trace ensuite – et pour longtemps.

— Cette fois, c'est différent. Je ne l'ai encore jamais vu perdre les pédales à ce point.

Ce fut au tour de Rebus d'étudier le jeune homme qui lui faisait face.

— C'est vrai que vous êtes plus intelligent, n'est-ce pas ?

— Je suis simplement plus rationnel face à la situation présente. En outre, je risque d'y perdre mon boulot, s'il commet une ânerie.

— M'est avis que ça va bien au-delà. Je dirais que vous êtes rusé et méfiant de nature et je parierais qu'à l'école, vous avez tout fait pour passer inaperçu et réussir vos examens. Mais en gardant toujours les yeux ouverts, en apprenant les choses de la vraie vie et tout ce qui fait marcher le monde.

Pour toute réponse, Darryl haussa les épaules et sortit les mains de ses poches. Il tenait une carte.

— J'ai beaucoup de téléphones, dit-il. Si vous appelez ce numéro, je saurai que c'est vous.

— Vous croyez vraiment que je vais vous offrir sur un plateau celui qui a fait ça ?

— Un nom et une adresse, c'est tout.

Il jeta un œil aux sacs de linge sale à l'arrière de la Saab.

— On ne sait jamais – il y aurait peut-être à la clé de quoi vous offrir une machine à laver…

Rebus le regarda tourner les talons et regagner la Mercedes. Pas d'arrogance dans la démarche, rien qu'une belle assurance sans complexe. Le chauffeur ne quittait pas Rebus des yeux, à croire qu'il voulait le mettre au défi de ne pas satisfaire aux exigences de Darryl, quelles qu'elles puissent être. Rebus lui offrit un petit clin d'œil en voyant la vitre remonter puis monta dans la Saab et démarra. Il sortit en marche arrière de son emplacement de parking et descendit jusqu'au croisement d'Arden Street. La Mercedes avait disparu.

Le gars de la laverie lui apprit qu'il n'aurait pas son linge avant deux jours, ce à quoi il répondit qu'il ne pouvait attendre aussi longtemps. Le type lui montra alors tout ce qui lui restait à laver.

— Vu la situation, dit-il, je vous paierais presque pour charger la machine vous-même.

En rentrant à l'appartement, il hésita entre trois options possibles : *fish and chips*, indien et chinois. La victoire revint à l'indien et il s'arrêta au Patake où il commanda un *rogan josh* à emporter, du ragoût d'agneau à la mode persane. Il accepta de patienter et on lui proposa une bière blonde qu'il refusa. L'endroit était couru, les boxes pleins de couples qui se partageaient des plâtrées de nourriture et des bouteilles de vin glacé. À moins de deux minutes de là, il connaissait au moins trois ou quatre pubs mais se contenta de lire l'*Evening News*. Sa lecture terminée, son plat était prêt. Il retourna à Arden Street accompagné par Maggie Bell à la radio. Il se demanda si ça marchait toujours bien pour elle…

Sa cuisine s'emplit d'arômes quand il ouvrit les boîtes et en déversa viande, sauce et riz sur une assiette. Il avait des bières dans le placard, en ouvrit une et l'ajouta à son plateau qu'il porta jusqu'à sa table. Le salon s'était aéré aussi ferma-t-il la fenêtre, puis il remit l'album de Bert Jansch sur la platine. Son téléphone annonça un nouveau message mais il décida que ça pouvait attendre. Deux minutes plus tard, nouvelle sonnerie de rappel et cette fois, il consulta l'écran. Un message raté, un message sur sa boîte.

Nina Hazlitt.

— Devinez où je me trouve, disait-elle.

55

Ils se retrouvèrent dans un vieux bar passé de mode derrière la gare. Elle avait réservé sa couchette pour son retour à Londres et disposait de deux heures à tuer avant de prendre son train. À son arrivée, elle était assise au comptoir et la pinte qu'elle lui avait commandée était là depuis un moment. La bière était plate mais ce n'était pas un problème, lui dit-il.

— Je pensais que vous seriez encore à Inverness, lui dit-elle.

— La cinquième roue du carrosse, c'est moi désormais.

— Tous les corps ont été identifiés ?

Il acquiesça et but une gorgée de bière.

— Et toujours aucune trace de Sally, poursuivit-elle en baissant les yeux.

— Ce qui signifie peut-être qu'elle n'est pas liée à ces meurtres, proposa-t-il.

— Mais ce n'est pas possible ! Est-ce que je n'ai pas été la première à établir le lien ?

Le barman leur lança un regard d'avertissement, on n'élevait pas la voix dans son établissement. Remarquant que le couple à la table près de la fenêtre se préparait à partir, Rebus prit son verre et la valise de Nina Hazlitt. Elle le suivit quelques instants plus tard avec sa vodka-tonic et, une fois assise, attendit qu'il daigne relever la tête. Il comprit à ses yeux injectés de sang et à sa peau trop tendue sur son visage cireux qu'elle manquait de sommeil… et de réponses.

— Que pensez-vous de Frank Hammell ? lui demanda-t-il.

— Je dirais qu'il a beaucoup de cœur.

— C'est un gangster.

— C'est effectivement ce que sous-entendent les journaux.

— Ce genre d'individu n'a pas sa place dans votre existence.

— Il n'en a aucune.

— Sauf qu'à Inverness, vous sembliez l'un et l'autre plutôt complices, non ? Lequel de vous deux a arrangé ce petit reportage télé ?

— En quoi est-ce important ?

— J'essaie juste de mettre les choses au clair dans ma tête.

— Je ne vois pas en quoi cela vous concerne, John.

— Vous avez peut-être raison… Et pour ce qui est de cet autre type… je suppose aussi que ce ne sont pas mes oignons.

Elle soupira.

— De quel autre type parlons-nous, là ?

— De celui qui vit avec vous – il s'appelle vraiment Alfie ?

— Je vous l'ai dit, c'est mon frère.

— Vous n'avez pas de frère, Nina.

Sa bouche s'entrouvrit et elle rougit.

— Qu'est-ce… qui vous fait dire ça ? finit-elle par demander avec quelque difficulté.

— Je suis flic, je sais dénicher les secrets… Alors, c'est qui ?

— Il… il vit avec moi.

Il hocha la tête, lentement.

— Pourquoi avez-vous menti ?

— Je ne sais pas.

— Pensiez-vous que vos charmes si féminins me feraient moins d'effet s'il y avait un autre homme dans votre vie ?

Elle avait de nouveau baissé les yeux, les mains sur son giron, paumes en l'air.

— Peut-être, reconnut-elle timidement.

— Sans compter que la mère éplorée passe probablement beaucoup moins bien auprès des médias s'il y a quelqu'un qui l'attend à la maison.

— John…

Il lui fit signe de ne pas en rajouter. Il n'avait même pas bu la moitié de sa pinte mais savait d'avance qu'il n'y toucherait plus. Il se sentait nauséeux, l'estomac trop plein de riz et de viande mal digérés et se leva de table. Nina Hazlitt ne bougea pas, apparemment fascinée par ses propres mains. Ou peut-être était-ce tout bonnement une pose très étudiée qui avait déjà fait ses preuves par le passé. Rebus posa les poings en appui sur le bord de la petite table et se pencha vers elle en baissant la voix.

— Elle ne veut pas vous voir, lui dit-il. Mais si vous voulez vraiment savoir, je ne pense pas qu'elle ait jamais l'intention de révéler au monde ce que son père lui a fait subir.

Nina Hazlitt tressaillit, relevant brusquement la tête.

— Où est-elle ?

Rebus secoua la tête en se levant.

— Vous l'avez vue ?

Il lui tournait le dos, direction la sortie, quand elle se leva à son tour.

— Je vous en supplie ! s'écria-t-elle. Je veux juste lui dire que je regrette, c'est tout ! Vous lui direz que je regrette ? John ! Vous lui direz… ?

Mais il avait déjà ouvert la porte du pub, en l'abandonnant une bonne fois pour toutes au monde qui était désormais le sien.

Pendant le trajet jusqu'à son appartement, il s'attendit à recevoir des appels et des messages. Mais non, rien. Une fois sa voiture garée, il prit son portable, trouva le numéro du mobile de Sally Hazlitt, et pianota un texto – *Elle dit qu'elle regrette* – qu'il envoya. Sans même savoir s'il trouverait jamais sa destinataire.

*

Après Bert Jansch, ce fut le tour des Stones puis un peu de Gerry Rafferty. Après la dose substantielle de Highland Park qu'il s'était enfilée, il était toujours incapable de décider s'il s'en sentait mieux ou plus mal. Il avait sorti le médiator en plastique de sa poche, fabriqué tant d'années auparavant par l'entreprise de Jim Dunlop, et le frottait entre ses doigts en s'interrogeant sur sa rencontre avec Nina Hazlitt. Lui avait-il dit la vérité par simple dépit ? Aurait-il été préférable de ne rien révéler ? Il avait failli appeler sa propre fille, rien que pour entendre sa voix l'espace de quelques minutes, mais la soirée était trop avancée.

Cinq familles, à même désormais de faire leur deuil proprement, malgré toute l'horreur qui l'accompagnait. Cinq victimes arrachées à ce monde, dévêtues et enfouies sous terre. Leur tueur gardait-il ses trophées – un stock de vêtements, de sacs à main, de téléphones portables ? Il l'espérait sincèrement. Il savait que Dempsey allait faire un appel au public lors de sa conférence de presse suivante, en se fondant sur des descriptions précises des affaires des victimes au moment de leur disparition. Il se posa la question de savoir si Dempsey était mariée – elle ne portait pas d'alliance mais aujourd'hui, cela ne prouvait rien. Peut-être avait-elle des enfants ? Son téléphone était posé sur l'accoudoir de son fauteuil et il ne cessait de le consulter, en se demandant à chaque fois qui il pouvait appeler… Siobhan Clarke par exemple, juste pour lui parler de la soirée qu'il venait de vivre. Au lieu de quoi il retourna l'album, baissa un peu le volume et versa une dernière mesure de malt dans son verre.

La télé marchait son coupé, une chaîne d'infos. L'histoire de l'A9 avait perdu de sa nouveauté, cédant la place à une nouvelle crise politique en Europe. Il eut droit à une nouvelle interview de Frank Hammell qui ne dura que trente secondes. Lorsque l'antenne repassa au studio, derrière l'épaule du présentateur, apparut un plan fixe de Hammell au barrage de police d'Edderton, les yeux exorbités et la bouche ouverte, des pellicules de salive aux commissures des lèvres, le doigt pointé comme un poignard sur le spectateur comme pour lui arracher un œil. Si jamais un suspect apparaissait au grand jour pour disparaître presque aussi vite, Hammell serait à la fois acclamé et premier accusé. Rebus essayait de comprendre le bonhomme. Se montrait-il aussi virulent et enflammé parce que c'était dans sa nature, ou essayait-il d'impressionner la mère d'Annette ? Ou alors aimait-il tout simplement l'attention des médias ? Les autres familles avaient appris à se montrer stoïques ou en étaient arrivées à s'avouer vaincues. Pas Frank Hammell, même s'il n'était pas de la famille.

Pas de la famille.

Filant Annette… se disputant avec elle.

Mais pas de la famille.

L'idée continua à lui trotter dans la tête quand il vida ce qui restait de whisky dans son verre en décidant d'en rester là et de se préparer du thé. Du thé qui fit passer les deux cachets de paracétamol qu'il avala au passage. Après quoi, malgré l'heure indue, il appela Frank Hammell. Une voix féminine préenregistrée lui apprit que le numéro demandé n'avait pas été reconnu. Il vérifia et rappela aussitôt – même résultat. Il sortit alors la carte de Darryl Christie et composa celui qui s'y trouvait inscrit.

— Déjà ? répondit aussitôt Darryl.

— Il faut que je parle à Hammell. Je croyais que j'avais le bon numéro.

— Il en change à quelques semaines d'intervalle – il craint que vos collègues ne le mettent sur écoute. Puis-je vous aider en quoi que ce soit ?

— Non.

— Même pas un petit indice pour me mettre sur la voie ?

Rebus entendait une musique douce en fond sonore. Il savait que Darryl habitait toujours à la maison. Peut-être était-il dans sa chambre.

— Ce n'est pas important, dit-il.

— Ça vous arrive souvent d'appeler les gens chez eux à minuit quand ce n'est pas important ?

Seigneur, ce gamin avait oublié d'être bête.

— Désolé de vous avoir importuné, dit-il.

Il se préparait à raccrocher quand Christie lui dit d'attendre, comme s'il réfléchissait à ce qu'il allait dire ensuite. En arrière-plan, des tintements de verres et des quintes de toux. Un bar, certainement, ou un club, mais sans grand monde dans la salle. La musique ne semblait pas être *live*.

— C'est du jazz ? demanda-t-il.

— Vous aimez le jazz ?

— Pas énormément. Et j'aurais pensé que vous étiez trop jeune de trois décennies pour ce genre de musique.

— Vous avez un stylo ?

— Oui.

Christie lui dicta le nouveau numéro de Hammell, qu'il nota au dos de la carte avant de le remercier.

— Je vais vous donner le secret du jazz, dit Christie, si vous voulez.

— Allez-y.

— Tout y est question de maîtrise…

La musique se tut et il comprit que Darryl avait coupé la communication.

En fixant les chiffres qu'il venait d'inscrire sur la carte, il n'eut soudain plus du tout envie d'appeler Hammell. Il aurait la nuit pour réfléchir – après l'avoir ajouté à sa liste de contacts.

Il restait trois centimètres de whisky dans la bouteille.

Il décida de l'y laisser et appela ça une victoire morale.

— Tout est question de maîtrise, se répéta-t-il pour lui-même en glissant le médiator dans sa poche avant de rejoindre son lit.

56

Rebus sortait de chez lui le lendemain matin quand il entendit un coup de klaxon et vit Hammell lui faire signe depuis sa Range Rover Sport blanche avant de baisser sa vitre. Il traversa la chaussée.

— Il faut que je change d'adresse, se plaignit-il. Apparemment, tous les enquiquineurs de la planète savent où j'habite. Quand êtes-vous rentré ?

— Au milieu de la nuit. Aucun intérêt à rester là-bas, expliqua Hammell qui ne s'était pas rasé de deux jours et n'avait pas non plus beaucoup dormi. Darryl semblait penser que vous alliez m'appeler.

— J'en avais l'intention.

— Eh bien, je suis là, non ?

— Vous êtes là, effectivement, lui concéda Rebus.

Hammell attendait. Rebus inspectait la rue dans les deux sens.

— Le téléphone serait peut-être préférable, je crois…

— Pourquoi ?

— Moins de risque pour vous d'être inculpé de coups et blessures.

Hammell plissa les yeux.

— Vaudrait peut-être mieux cracher le morceau.

Rebus réfléchit aux choix qui lui étaient offerts.

— O.K., finit-il par dire.

Il se pencha vers l'intérieur de la voiture et demanda à voix basse :

— Est-ce qu'Annette McKie est votre fille ?

La portière s'ouvrit brutalement, le touchant au passage alors qu'il reculait pour se placer à distance respectueuse. Hammell sortit et les deux hommes se retrouvèrent face à face, à quatre mètres l'un de l'autre.

— Qu'est-ce que vous avez dit, nom de Dieu ? aboya Hammel en montrant les dents.

— Vous êtes sûr de vouloir faire ça ici, Frank ?

Rebus lui montra les dizaines de fenêtres de part et d'autre de la chaussée.

— Elle a quinze ans, poursuivit Hammell en avançant de deux pas, les poings serrés. Vous êtes en train de dire que je sautais sa mère dans le dos de Derek ?

— Je vous dis simplement que vous vous comportez en parent : vous la suivez, vous la surveillez, vous lui donnez de l'argent et ensuite, vous vous disputez avec elle sur la façon dont elle l'a dépensé et qui elle voit. Et si ce n'est pas le cas…

— Ça ne l'est pas, cracha Hammell.

— Alors il nous faut éliminer un autre scénario.

— Quel scénario ?

— Il existe désormais une preuve scientifique, Frank. Un poil pubien a été trouvé et il n'appartient pas à Annette. Une fois le profil ADN établi, il sera procédé à une comparaison avec ses partenaires sexuels. Le labo voudra savoir s'il appartient à celui qui l'a tué, ou simplement à quelqu'un qu'elle voyait.

Il avait reculé de deux pas mais Hammel n'avait pas bougé.

— Donc je suis bien obligé de poser la question, Frank – aviez-vous une liaison avec Annette ? Parce que si c'était le cas, il y a de fortes chances que cet ADN vous revienne de droit. Et entre-temps, toute l'équipe d'enquêteurs sera occupée à chercher une aiguille dans une botte de foin pendant que l'assassin en profitera pour couvrir ses traces.

— Vous me demandez si je couchais avec la fille de mon amie ?

Rebus ne répondit rien.

— C'est ça que vous me demandez ? insista Hammell.

Devant son silence obstiné, il se lança en avant et atterrit sur lui de tout son poids en l'écrasant au sol. Rebus sentit ses poumons se vider à l'impact et roula sur lui-même pour tenter de déloger Hammell qui cherchait une prise. Une camionnette de livraison s'était engagée dans la rue. Elle s'arrêta tout net et le chauffeur descendit. Rebus repoussa violemment son adversaire et tentait de se relever quand un coup de pied dans les côtes le réexpédia au sol. Il tomba mains en avant et s'écorcha les jointures sur le macadam.

— Espèce d'en…

Hammell n'eut pas le temps de finir sa phrase. Son bas ventre était juste à bonne hauteur pour un coup de tête et la cible était trop belle pour être ratée. Le souffle coupé, il se plia en deux et Rebus en profita pour l'agripper par les cheveux et tirer de toutes ses forces en lui écrasant la figure sur la chaussée. Le chauffeur de la camionnette s'était prudemment avancé.

— Arrêtez ! les avertit-il. Quelqu'un va finir par appeler la police !

Rebus s'était redressé, haletant, le cœur battant la chamade, la tête résonnant encore de sa chute et à sa première inspiration, ses côtes se rappelèrent à son bon souvenir. Son adversaire était à quatre pattes, des filets de sang gouttant de sa bouche et il attendit qu'il se relève en restant à bonne distance. Le visage de Hammell était presque violet, sa peau sale et constellée de particules diverses.

— J'ai perdu un putain de plombage, dit-il.

Il essuya le sang et la salive sur son menton sous le regard circonspect de Rebus qui signifia au chauffeur de mettre les voiles.

— Un plombage et probablement aussi une couille. Vous êtes un vrai vicieux quand vous vous bagarrez, mon salaud, lui lança Hammell, le regard féroce.

— C'était le seul moyen de vous arrêter, Frank. Alors on peut discuter, oui ou non ?

Hammell avait glissé un doigt dans sa bouche et inspectait les dégâts. Il acquiesça lentement.

— Venez chez moi, dans ce cas. Vous pourrez vous nettoyer un peu.

Rebus ouvrit le chemin et atteignit son palier à bout de souffle. Sa main tremblait si fort qu'il lui fallut plusieurs essais avant de pouvoir extraire sa clé de sa poche et la glisser dans la serrure.

— La salle de bains est là-bas, dit-il.

La porte se referma et il entendit un robinet couler. Dans la cuisine, il brancha la bouilloire en vérifiant au passage sur son crâne une coupure qui n'existait pas, puis ôta sa veste et déboutonna sa chemise. Ses côtes étaient douloureuses au toucher et des hématomes ne tarderaient pas à apparaître : il espérait simplement qu'elles n'étaient pas fêlées. Ses chaussures étaient tout éraflées après leur contact avec le macadam mais à première vue, son costume était intact. Devant l'évier, il se lava les mains sous l'eau froide, ses phalanges égratignées piquant affreusement. Il prépara deux mugs de café noir et les porta au salon. Lorsque Hammell refit son apparition, il était assis à la table.

— Du sucre ? demanda-t-il.

Le visage amoché – rien de dramatique, juste quelques coupures et écorchures –, Hammell déclina son offre et s'assit en faisant mine d'examiner la pièce pour éviter de croiser son regard.

— Je suis désolé, lui dit Rebus, mais la question était inévitable. À un moment ou à un autre, quelqu'un vous l'aurait posée.

Hammell hocha lentement la tête et vit la main que Rebus lui tendait au-dessus de la table. Il s'en saisit sans grand enthousiasme et la serra.

— J'ai les couilles explosées, dit-il.

Rebus s'excusa à nouveau et ils burent leur café. Il restait deux bonnes doses de whisky dans la bouteille de Highland Park posée près du fauteuil mais il n'en offrit pas et Hammell ne posa pas la question.

— Ils sont vraiment capables de déterminer l'ADN à partir d'un poil de pubis ? finit-il par demander.

Rebus confirma.

— Eh bien… (il se racla la gorge) je suppose qu'il pourrait être à moi.

Il attendit un commentaire puis perdit un peu de sa raideur en constatant que Rebus se contentait de souffler sur son café sans émettre de jugement.

— Vous savez, c'est le genre de chose qui arrive. On n'est pas toujours aussi maître de ses actes qu'on le croit.

— Personne n'a jamais rien su de votre liaison ?

— Vous croyez que Gail accepterait de me voir, sinon ?

Rebus repensa une seconde à Nina et Sally Hazlitt, aux familles qui parviennent à cacher leurs secrets au reste du monde.

— Et Darryl ?

Hammell secoua la tête.

— Il se passe quoi maintenant ? Tout doit forcément être étalé sur la place publique ?

— Ce n'est pas ce que vous croyez, dit Rebus en prenant son temps. Un prélèvement d'ADN ne demande que quelques secondes et il peut se faire très discrètement. S'il y a correspondance, le poil peut être éliminé comme pièce à conviction et les enquêteurs pourront se concentrer sur d'autres problèmes.

— À moins qu'ils ne me collent ça sur le dos, naturellement, lui répondit Hammell sans le quitter des yeux. Votre pote Cafferty serait aux anges.

— Ça ne risque pas d'arriver, déclara Rebus.

— Vous pensez vraiment que personne n'en saura rien ? Nous savons l'un et l'autre comment ça se passe dans les postes de police.

— Ça durait depuis longtemps entre vous deux ?

— Occupez-vous de vos putains d'oignons, répondit Hammell avec colère.

— Elle n'était pas enceinte, dites-moi ?

— Quoi ?

— Elle a eu des nausées dans le bus.

Hammell secouait la tête quand le téléphone de la maison se mit à sonner. Rebus l'ignora.

— Ça pourrait être important, dit Hammell.

— C'est juste un message préenregistré à propos d'un plan de retraite inadapté auquel je n'ai jamais souscrit.

— C'est du vrai travail de détective, ça.

— Ce sont les seules personnes qui daignent m'appeler par les temps qui courent.

La sonnerie s'arrêta et un sourire maussade barra le visage de Hammell.

— Tout ça va me retomber sur la gueule, je le sens, mais je n'arrive pas vraiment à vous en vouloir, dit-il en se levant.

— J'en toucherai un mot à l'inspecteur Clarke, l'informa Rebus. Je lui demanderai de passer le message directement à la superintendante Dempsey. Le prélèvement peut se faire dans un lieu privé – pas forcément dans un poste de police.

Hammell le regarda de plus près.

— Pourquoi vouloir m'aider ? demanda-t-il.

— Je suis au service du public, monsieur Hammell, et vous – que ça me plaise ou non – vous êtes le public.

Les deux hommes se levèrent avant d'échanger une nouvelle poignée de main.

— Mais la prochaine fois, je vous démolis, déclara Hammell.

— Je n'en doute pas une seconde, répondit Rebus en le raccompagnant.

57

— Tu sais comment ça se passe dans les postes de police, l'avertit Siobhan Clarke, toujours à Inverness.

Le portable à l'oreille, Rebus était debout à côté de sa voiture garée sur un emplacement réservé à la police devant Gayfield Square.

— C'est exactement ce qu'a dit Hammell. Et c'est pour cette raison que je ne le dis qu'à toi seule et que tu dois transmettre l'info de vive voix à Dempsey.

— Malgré tout… (Elle paraissait sceptique.) Et en plus, on ne lui doit rien, à Frank Hammel, tu ne crois pas ?

— Il ne s'agit pas uniquement de lui. Tu estimes que la famille d'Annette n'a pas suffisamment de problèmes comme ça ?

— Si, je suppose.

— Alors…

Un contractuel s'approcha de la Saab et, voyant la pancarte posée sur la tableau de bord, poursuivit son chemin.

— Il y a un petit hic cependant, disait Clarke, si jamais James apprend que j'ai agi derrière son dos…

— Il n'y aucune raison pour qu'il l'apprenne.

— Qu'est-ce qui empêche Dempsey de l'informer ?

— Tu lui demanderas de n'en rien faire. Et n'oublie pas qu'elle sera en dette avec toi. Pense au budget qu'elle aurait gaspillé sinon en prélevant l'ADN de tous les mecs de la région.

Il l'entendit soupirer.

— Comment ça va à part ça ? lui demanda-t-il.

— On interroge tous les gens des environs d'Edderton. Rien à signaler pour l'instant.

— Le moindre indice sur quiconque chercherait à protéger un cher et tendre ?

— Rien du tout.

— Et les fouilles ?

— Elles n'ont strictement rien donné, bon Dieu. J'ai l'impression que Dempsey va nous offrir notre ticket de retour aujourd'hui, à James et à moi.

— Alors dépêche-toi de lui parler – en personne plutôt qu'au téléphone.

— Je suis impatiente de retrouver Édimbourg.

— Crois-moi, notre belle cité ne demande que ça. Elle pleure d'ailleurs sur mon épaule au moment où je te parle.

Il tendit le visage vers la pluie. Une simple averse, le ciel à l'ouest s'éclaircissait déjà.

— Alors quels sont tes projets aujourd'hui ? lui demanda-t-elle.

— Nettoyer ma table dans *ton* bureau, et immédiatement après, la table de *mon* bureau.

— Et c'est tout ?

— *Game over*, en particulier si les Plaintes arrivent à leurs fins.

— Tu en as tellement fait sur cette affaire, John. Il faut qu'elles soient mises au courant.

— Je suis sûr que mon fan club fait la queue pour en témoigner… Tu parleras à Dempsey ?

— Elle va forcément me demander d'où je tiens l'info.

— Un anonyme.

— Elle ne va pas apprécier.

— Elle ne peut pas y faire grand-chose – tu rentres bientôt au bercail. J'ai commandé un lancer de ballons et tout le tralala pour ton retour.

— J'y pense… je dois lui faire mon petit exposé sur les tueurs en série et leurs cimetières de cadavres.

— As-tu déniché quelque chose sur ce merveilleux Internet toujours si digne de confiance ?

— Uniquement qu'il y a toujours une bonne raison – la plus élémentaire étant que l'endroit choisi se trouve souvent à proximité de leur lieu d'habitation. Ou, pour dire les choses autrement, leur « comportement spatial » est « modélisé empiriquement ».

— Je préfère ta première réponse.

— C'est bien ce que je pensais.

La conversation terminée, il monta à l'étage. Le bureau ressemblait à une salle d'attente. Clarke et Page étant absents et l'enquête désormais sous la seule houlette de Dempsey et son équipe, personne n'avait grand-chose à faire. Des corvées, oui, mais aucun engagement et pas le moindre sentiment d'accomplissement.

— Heureux de vous voir aussi oisifs, dit-il, parce que j'aurais besoin d'un coup de main avec ces boîtes…

Finalement, Esson et Ogilvie l'aidèrent à tout descendre dans la Saab. Esson lui demanda si les dossiers partaient pour Inverness et quand il répondit qu'il n'en savait rien, elle lui suggéra de les laisser à Gayfield Square, juste au cas où.

— Si je ne reste pas, elles non plus, expliqua-t-il.

Ils célébrèrent son départ un peu plus tard, devant des mugs de thé et les restes d'un paquet de biscuits Bourbon.

— Rien à me rapporter comme dernières merveilles dénichées sur votre ordinateur ? demanda-t-il à Esson.

Elle secoua la tête en mordillant son biscuit tandis qu'Ogilvie le trempait dans son thé avant d'en aspirer la substantifique moelle.

— Alors autant coincer la bulle tant que vous le pouvez, poursuivit-il. Apparemment, Page risque d'être là avant la fin de la journée.

— Et vous retournez à Fettes ? demanda Ogilvie.

— Pas pour longtemps – c'est décidé, le SCRU ferme.

— Alors qu'est-ce que vous allez faire ? voulut savoir Esson.

Elle eut droit à un haussement d'épaules un peu trop démonstratif.

— Jeu de boules en salle… rediffusion d'*Antiques Roadshow*…

Le grand sourire qu'elle lui offrit la rajeunit encore.

— Mais ç'a été chouette de travailler avec vous deux, dit-il.

Il balaya une dernière fois du regard le bureau et se dirigea vers la sortie en saluant au passage les policiers présents. Il s'immobilisa en haut de l'escalier en voyant Dave Ormiston gravir les marches, le nez plongé dans une liasse de papiers.

— Ça veut dire que je récupère mon bureau ? lui demanda le policier, un petit sourire étriqué aux lèvres.

Rebus acquiesça.

— Je vous dis au revoir alors.

Ormiston lui tendait la main mais Rebus refusa de la lui serrer. L'autre se raidit.

— Je vous explique, dit Rebus. Votre façon de vouloir me tirer les vers du nez au téléphone m'a mis la puce à l'oreille et j'ai aussitôt pensé à Big Ger Cafferty.

— Ah oui ?

— Vous comprenez, Cafferty était informé de l'existence des vidéos enregistrées à la station de bus alors même qu'il ne pouvait pas être au courant.

— Ce n'est un secret pour personne, c'est votre pote.

— Mais vous et moi savons que ce n'est pas là le problème, n'est-ce pas, Dave ? Nous savons qu'il a quelqu'un dans sa poche – quelqu'un qui travaille justement ici.

Il se pencha vers Ormiston jusqu'à coller son visage au sien.

— L'heure est venue de mettre un terme à vos petits bavardages, sinon je serai peut-être contraint de me gagner quelques bons points auprès des Plaintes. Vous les avez déjà vus en action, ces messieurs, Dave ? Ils vont décortiquer votre téléphone et votre ordinateur, ils vérifient vos petites dépenses. Et ils trouvent des trucs. Après quoi il ne vous restera plus qu'à dire adieu à votre pension… Vous êtes prévenu – tenez-vous bien à l'écart de Cafferty et restez-y.

De retour à la Saab, il enleva la pancarte ENQUÊTE OFFICIELLE DE POLICE et remonta le perron, prêt à la rendre à la réception. Avant de s'arrêter. Après tout, personne ne la lui avait demandée, pas vrai ?

Il avait à peine parcouru cinquante mètres en direction de Broughton Street que son téléphone se mit à vibrer. Siobhan Clarke.

— Des problèmes avec Dempsey ? dit-il aussitôt.

— Tu es près d'un écran de télévision ?

— Non.

Il regarda à droite et à gauche. Les pubs ne manquaient pas, leurs écrans non plus.

— Je vais essayer de m'en trouver un. Accorde-moi une minute.

La communication fut coupée. Il se rangea contre le trottoir, remit sa pancarte en place et entra dans le premier bar sur sa route. Lorsque le barman lui demanda ce qu'il pouvait faire pour lui, il lui dit qu'il pouvait d'abord changer de chaîne.

— Les infos, BBC News ou Sky.

Ne voyant aucun client protester, le barman s'exécuta. Comme la BBC diffusait un reportage sur l'Afghanistan, il passa sur Sky, où un reporter interviewait Jim Mellon, le fermier d'Edderton. Mais l'antenne fut reprise par le studio avant même qu'il ait pu voir le gros titre. Il appela Siobhan et la mit au courant.

— Je t'ai envoyé une photo, dit-elle. Pas de 3G ici, alors ça risque de prendre un moment.

— Une nouvelle piste ?

— Une piste ? Non, ils parlent au fermier faute de mieux. La moitié des équipes de presse ont déjà décampé pour retourner là d'où elles venaient. Appelle-moi quand tu auras reçu la photo.

— Tu ne peux pas me dire de quoi il s'agit, tout simplement ?

— Ce n'est peut-être rien, dit-elle. C'est même très probable, d'ailleurs.

Fin de communication. Il fixa l'écran, voulant à tout prix que le message arrive par la seule force de sa volonté. Le barman lui demanda s'il voulait boire quelque chose en attendant.

— Une demi-pinte d'IPA, alors, répondit-il.

La bière fut tirée, réglée et séchée avant que son mobile ne lui fasse savoir qu'il avait un nouveau message. Il ouvrit le fichier et se retrouva face au même plan qu'à la télé – le reporter plus Mellon, dans la cour de la ferme avec, en arrière-plan, une petite camionnette blanche dont le flanc portait un nom inscrit en épaisses capitales noires.

MAGRATH.

Il rappela Siobhan.

— Alors ? lui demanda-t-il.

— Tu penses que c'est une coïncidence ?

— Le nom n'est pas si inhabituel.

— En fait, si – avec cette orthographe. Je viens de vérifier dans l'annuaire.

— Tu crois que Gregor Magrath dirige une entreprise ou quelque chose dans ce genre ?

— Google à la rescousse – il n'existe qu'un seul Magrath dans un rayon de quatre-vingts kilomètres… Un électricien, installé à Rosemarkie.

Rebus resta songeur.

— Tu estimes qu'il s'est comporté en électricien quand on l'a vu ?

— Il m'a bien plus fait l'effet d'un retraité standard. Et la camionnette n'était pas là, tu te souviens ?

— Ce n'est probablement rien, dit-il. Tu as eu l'occasion de parler à Dempsey ?

— Pas tout à fait, mais elle se trouve quelque part dans le bâtiment.

— Et tu penses que tu seras de retour ici ce soir ? Tu veux qu'on se retrouve pour boire un verre ?

— Oui, mais pas toute la soirée – rien qu'un verre.

— Absolument.

— Je t'appellerai.

— Je serais heureux de me désister, au cas où Page ferait une contre-proposition.

— Au revoir, John.

Il sourit au téléphone et le glissa dans sa poche. Le barman était derrière la pompe à IPA, prêt à lui remplir son verre, mais il déclina son offre et quitta le pub.

Au SCRU, ses deux collègues l'aidèrent à vider la voiture, Robison lui posant la même question que Esson : est-ce que les dossiers partaient pour Inverness ?

— C'est bien possible, se contenta-t-il de répondre.

À l'instant précis où ils déposaient la dernière boîte sur le sol et se relevaient pour essuyer la sueur dans leurs yeux et reprendre un souffle normal, Daniel Cowan fit son entrée, de retour d'une de ses sempiternelles réunions, l'air plus gandin que jamais et encore plus satisfait de sa petite personne.

— Je ne suis pas ici pour vous critiquer, leur déclara-t-il, mais notre stratégie ne serait-elle pas de vider ce bureau plutôt que de le remplir ?

— L'affaire de l'A9, l'informa Rebus.

Cowan parut soudain très intéressé, au point qu'il laissa courir le doigt sur l'arête de la boîte du dessus. L'A9 était une enquête digne de ce nom, une enquête d'aujourd'hui et tous les médias en parlaient. Une lueur de frustration éclaira brièvement son regard : il la voulait, cette enquête, mais elle ne lui était pas destinée. En plus de quoi, s'il obtenait son poste au Bureau des affaires classées de la Couronne, il y avait de fortes chances qu'il ne puisse plus jamais travailler à une enquête criminelle contemporaine.

— J'allais gratifier les troupes d'un Kit-Kat à la cantine pour leur peine, lui dit Rebus.

— Je ne suis pas invité ? demanda Cowan.

— Je m'étais dit que vous préféreriez rester ici et passer le coup de fil.

— Quel coup de fil ?

— À Inverness, pour leur faire savoir que les dossiers se trouvent dorénavant ici, au cas où ils les voudraient.

Le regard de Cowan s'illumina.

— Oui, je suppose que c'est à moi qu'il revient de les avertir, n'est-ce pas ?

— À plus tard, dans ce cas, lui dit Rebus en ouvrant la marche, suivi par Bliss et Robison.

Une fois qu'ils furent installés à une table, Rebus questionna Bliss sur les talents d'électricien de Gregor Magrath.

— Il savait changer une ampoule, répondit Bliss. Mais je ne lui aurais pas confié le branchement d'une nouvelle prise.

Rebus s'expliqua à propos de la camionnette.

— Il a de la famille dans la région ?

— Pas à ma connaissance.

— Il l'aurait dit, non ? Je veux dire par là, vous étiez toujours en contact – tu es allé chez lui…

— D'un autre côté, ça pourrait expliquer pourquoi il a choisi de se retirer dans le Nord plutôt que de prendre une retraite au soleil.

— Je suppose.

Robison mordit dans sa pomme après avoir refusé les biscuits ou les chips que lui proposait Rebus.

— Ça pourrait être quelqu'un qui porte le même nom de famille, dit-elle entre deux bouchées.

— C'est possible, reconnut Rebus.

— Entre-temps, ajouta-t-elle, tant que nous sommes là tous les trois, peut-être qu'on pourrait décider de l'endroit où aller pour notre petite soirée…

58

Ce même soir, Rebus et Siobhan Clarke se retrouvèrent à l'Oxford Bar et s'installèrent à une table dans l'arrière-salle. Il lui demanda s'il y avait du neuf à Inverness.

— La machine est en marche, lui dit-elle. De nouvelles recrues ont été incorporées et Dempsey élargit le champ des recherches. Les gens du coin font la queue pour apporter leur aide, sans oublier tout un bataillon de superbes pompiers.

Lui repensait à ses affaires classées – tout ce travail de tâcheron auquel il avait été confronté, et dans quel but ? Bien montrer qu'on ne levait jamais le pied pour éviter toute accusation de négligence.

— Le problème, dit-il en la mettant en garde, c'est qu'un des habitants du coin pourrait parfaitement cacher des choses.

— Elle le sait bien. Chaque équipe de civils est accompagnée par l'un des nôtres qui a l'ordre d'ouvrir l'œil et de repérer quiconque se comporte de manière étrange ou un peu trop nerveuse.

— Et tout ça dans l'espoir de trouver les vêtements et les affaires personnelles des victimes ?

— Ils doivent bien être quelque part.

Il hocha lentement la tête et lui demanda si elle avait parlé à Dempsey. Elle lui confirma que oui et leva son verre.

— Visiblement, elle voulait savoir pour quelle raison je n'en avais pas informé mon chef.

— Mais elle n'en a rien fait ?

— Elle m'a simplement dit qu'elle se chargeait du prélèvement ADN de Hammell.

— Comment a-t-elle réagi quand tu lui as dit que Annette et lui avaient été amants ?

— Un léger haussement de sourcils.

— Et ta source…

— Reste confidentielle… Il y a toujours le risque que le poil n'appartienne pas à Hammell.

— Auquel cas il redevient utile, reconnut-il.

Elle but une autre gorgée.

— À propos, j'ai téléphoné chez cet électricien – pas de réponse. Tu penses toujours qu'il s'agit d'une coïncidence ?

— Peter Bliss est resté en contact avec Gregor Magrath. Il ne le voit pas bien en électricien et ignore s'il a des parents dans la région.

Il réfléchit un instant et sortit son portable.

— Qui appelles-tu ?

— Jim Mellon – je viens de me rappeler que j'avais son numéro.

C'est l'épouse de Mellon qui répondit. Son mari était dans une des granges et ne serait pas de retour avant un moment. Il lui donna son numéro et demanda si son homme pouvait le rappeler.

— Je ne peux pas vous aider, alors ? demanda-t-elle.

— Peut-être bien, en fait. C'est simplement parce que j'ai vu M. Mellon à la télé un peu plus tôt…

— Il commence à y prendre un peu trop goût, si vous voulez mon avis.

— Je voulais lui poser une question sur une camionnette blanche dans la cour derrière lui. Avec le nom de Magrath sur le côté. Je crois qu'elle appartient à un électricien…

— Kenny Magrath, déclara-t-elle.

— Kenny Magrath, répéta-t-il à l'intention de Clarke. Il habite à Rosemarkie, c'est ça ?

— C'est exact.

— Il se trouve que je connais un autre Magrath à Rosemarkie, un dénommé Gregor.

— C'est peut-être son frère.

— Un frère ? dit-il sans quitter Clarke des yeux.

— Je suis sûre que Kenny a parlé d'un frère.

— Ça doit être ça alors.

— Vous voulez toujours que Jim vous rappelle ?

— Je ne pense pas que ce soit nécessaire. Vous m'avez été d'une aide précieuse, madame Mellon.

Il mit fin à son appel, les yeux toujours rivés sur Clarke.

— Alors ? dit-elle.

— Alors Gregor Magrath prend sa retraite et s'achète une maison dans le Nord – en dépit du fait que son épouse et lui étaient de grands amoureux du soleil pour leurs vacances…

— Et d'un coup, le choix de Black Isle devient bien étrange.

— À moins qu'il n'ait de la famille dans la région – ce qui est le cas. Mais comment se fait-il qu'il n'en ait jamais rien dit à Peter Bliss ? Même lorsque Bliss est passé le voir, le frère n'a pas donné signe de vie.

— Peut-être s'étaient-ils disputés tous les deux à un moment ou à un autre ? Ça arrive dans les familles.

— Mais il y avait des photos sur le mur – une mère et un père avec deux jeunes gamins, plus les mêmes gamins un peu plus grands. Ça devait être le frère et sa famille.

— Pas nécessairement.

— J'ai toujours aimé ton attitude si positive.

— C'était ma réplique, ça, dans le temps, tu te souviens ? dit-elle avant de lui demander ce qu'il retirait de tout ça.

— Je ne sais pas bien.

— Ça mérite d'être glissé à l'oreille de Dempsey, tu crois ?

Il haussa les épaules et se concentra sur sa bière. Clarke consulta l'heure sur son portable.

— Un dernier verre, vite fait ? lui suggéra Rebus.

— J'ai une vie qui m'attend à la maison, dit-elle en faisant non de la tête.

— Ce qui veut dire… ?

— Le courrier à ouvrir, les factures à payer, une lessive…

Il acquiesça et jeta un coup d'œil à sa montre : il était trop tard pour aller récupérer son linge.

— On se retrouvera bientôt, dit-il.

Elle s'était levée et lui tendait la main. Il la serra mais le geste lui parut incongru, beaucoup trop formel. Était-ce sa façon de lui signifier que le temps passé ensemble était désormais révolu ? Avant qu'il ait posé la question, elle n'était plus là.

— Rien que toi et moi, hein ? dit-il à sa pinte de bière. Comme ç'a toujours été.

Il s'appuya au dossier de sa chaise et concentra son attention sur le mur qui lui faisait face, à réfléchir une nouvelle fois à Gregor Magrath, aux familles et à leurs secrets.

*

C'était le début de soirée au Jo-Jo Binkie's. Frank Hammell était allé chez son dentiste pour quelques réparations d'urgence mais personne n'avait osé lui poser la moindre question sur les coupures qui marquaient sa figure. Il était au balcon et suivait le DJ qui s'agitait et dansait derrière ses platines : il ne passait pas de disques, se partageant entre CD, MP3 et ordinateurs portables. La musique n'était pas vraiment du goût de Hammell, mais Darryl cherchait à fidéliser une clientèle plus jeune, des gens qui ne regardaient pas vraiment à la dépense. Aujourd'hui, l'endroit était devenu très branché et les clients arrivaient de partout – parfois même en autocars depuis l'ouest, Fife ou les Borders. Quelques dizaines de danseurs tournoyaient sur la piste en contrebas et il jeta un œil aux nanas. En particulier une blonde maigrelette dont il voyait quasiment tout le devant sous sa robe courte au décolleté vertigineux.

Quasiment.

Deux videurs patrouillaient en périphérie, en quête d'éventuels fauteurs de troubles. Il ne connaissait pas leurs noms, ils étaient là depuis trop peu de temps. Pratiquement tout le personnel était nouveau. Darryl lui avait expliqué – les employés qui n'arrivaient pas à l'heure, ceux qui cassaient du sucre sur Frank dans son dos, il fallait les remplacer. Tout comme les gens trop âgés pour bien faire le travail et ceux qui n'en fichaient pas une rame. Ce soir, quand il était entré dans son propre club, Hammell n'avait pas reconnu un seul des portiers. Même Rob, l'homme de confiance, avait disparu sans prévenir. Idem pour le personnel de ses pubs : dehors les vieux et place aux nouveaux, Darryl appelait ça « rajeunir la marque ». Néanmoins, l'argent continuait à rentrer dans les caisses – un exploit en ces temps de récession, comme l'avait suggéré Darryl – et grâce à quelques jeux d'écriture et un peu de comptabilité inventive, rien n'en ressortait.

Hammell se passa la langue sur son nouveau plombage dont il aimait la rugosité et pivota sur place en sentant un mouvement à côté de lui : c'était Darryl et il le salua d'une tape sur le bras.

— Pas mal pour un soir de semaine, dit-il assez fort pour couvrir la musique.

— Il y aura bientôt foule, déclara Darryl, chemise vert pâle sous un costume sombre flambant neuf.

— Où est Rob ce soir ?

Darryl abandonna le spectacle des danseurs et se retourna vers son employeur.

— J'ai été obligé de m'en séparer.

— Qu'est-ce qui s'est passé ? demanda Hammell, interloqué.

— Il ne s'est rien passé. Mais comme tu étais dans le Nord, il m'a été plus facile de lui dire de prendre la porte. Il a reçu un peu d'argent, comme tous les autres.

— C'était un brave gars.

— Mais c'était *ton* gars, Frank, et c'était ça le problème de Rob. Désormais – il montra la piste de danse – ce sont tous *mes* gars.

Hammell carra les épaules en arrière et serra les poings.

— Putain, ça veut dire quoi, ça ?

Darryl lui répondit par un sourire glacé.

— Tu es viré, Frank, voilà ce que ça veut dire. Des papiers vont arriver, de la part de ton avocat – je précise que c'est dorénavant le *mien*. Tu vas me vendre toutes tes affaires pour une livre sterling.

— Espèce de merdaillon, tire ton cul loin d'ici ! aboya Hammell en lui crachant des postillons à la figure. Après tout ce que j'ai fait pour toi ? Petit salaud d'ingrat.

Il lui montra l'escalier du pouce.

— Fous-moi le camp, avant que je ne t'arrache ta putain de tête.

— Regarde bien, répondit calmement Darryl.

Hammell vit trois hommes apparaître en haut des marches. Des portiers, des hommes dont il ne connaissait ni les noms ni les visages. Les hommes de Darryl Christie.

— J'ai tout, poursuivit Darryl, la voix toujours aussi glaciale. Les mots de passe, les détails des comptes, absolument tout. Les banques offshore, les numéros que tu croyais ignorés du reste du monde. Ça a marché pour Al Capone et ça marchera pour toi. Les impôts vont se régaler.

— Et ta mère dira quoi ?

— Rien du tout, nom de Dieu, parce que tu ne l'approcheras plus jamais. À partir d'aujourd'hui, tu restes loin de ma famille… À moins que tu ne veuilles que je lui parle de toi et de ma sœur.

Le visage de Hammell se changea en glace.

— C'est Annette qui me l'a dit. Elle était ainsi, incapable de garder un truc pareil pour elle toute seule. J'ai failli te fracasser le crâne pour ça, pour ça et pour tout le reste.

— Tu te fourres le doigt dans l'œil jusqu'au coude si tu crois une seconde que je vais signer quoi que ce soit.

— Alors une clé USB arrivera demain au ministère des impôts de Sa Majesté. Ce qui ne te laissera même pas le temps de quitter le pays, sans compter que ton passeport, c'est moi qui l'ai, bien en sûreté comme tout le reste.

Les trois videurs attendaient les ordres, debout derrière Hammell. Lorsque celui-ci voulut se lancer en avant, ils le saisirent par les épaules et l'immobilisèrent pour l'empêcher de toucher leur employeur.

— J'ai fait de toi celui que tu es aujourd'hui, grogna Hammell en essayant de se dégager. Je t'ai donné un boulot, je t'ai pris dans ma maison…

— Et très bientôt, j'aurai une maison exactement pareille, dit Christie. Mais il y aura toujours une grande différence entre nous deux.

Hammel le foudroya du regard.

— Laquelle ? ne put-il s'empêcher de demander.

Christie se rapprocha.

— Je ne ferai jamais confiance à *personne*, lui confia-t-il en faisant signe aux videurs d'emmener Hammell dans son bureau.

— Je signe rien du tout, putain de merde ! hurla ce dernier.

Mais il signerait, Darryl en était convaincu. Il appuya les avant-bras à la rambarde du balcon en entrant le texto dans son mobile. Un message destiné à son père, des plus brefs.

C'est fini, la boucle est bouclée.

Même s'il savait que ce n'était pas tout à fait le cas.

59

Après une nuit en dents de scie, Rebus arriva au parc de stationnement du QG de Fettes et le trouva à moitié vide. Le jour n'était pas complètement levé, les lampadaires brillaient encore. Il verrouilla la Saab et, à son entrée dans le bâtiment, reconnut l'agent à la réception : c'est lui qui, le premier jour, avait appelé le SRCU pour l'informer qu'un visiteur demandait l'inspecteur Magrath. Un autre membre de l'équipe aurait pu répondre à sa place, ou il aurait pu être sorti pour une pause cigarette.

Et tout aurait été différent.

Il prit les escaliers plutôt que l'ascenseur – tout exercice physique, même infime, pouvait faire une différence, lui avait déclaré son médecin lors de son dernier check-up. N'empêche que la rampe fut la bienvenue ainsi qu'une pause à mi-étage pour lui permettre de reprendre son souffle. Le couloir était désert, les bureaux également. Il ouvrit la porte du SCRU et s'arrêta sur le seuil. La salle était comme figée dans le temps – des caisses à moitié remplies, une poubelle vidée par les femmes de ménage prête à reprendre du service, des feutres et des trombones, des mugs sales en attente de lavage. Sur sa table il trouva une feuille de papier qu'il data avant d'y coucher un minimum de détails sur sa rencontre avec Sally Hazlitt. Il la signa, ouvrit le dossier de la disparue et la fixa d'un trombone au dos de la couverture. Sur le bureau de Cowan toujours aussi parfaitement rangé – juste au cas où une huile aurait décidé de faire un saut jusque-là – était posée une agrafeuse à son nom, COWAN, qu'il avait achetée de ses deniers en constatant que toutes celles qui l'avaient précédée avaient mystérieusement disparu. Il l'empocha, comme les autres avant elle, et repartit d'où il était venu.

Pour une sortie en voiture, la journée aurait pu être pire et il n'était pas d'humeur à s'arrêter en si bon chemin. Il avait fait le plein de la Saab – son vieux cheval de guerre était bon pour son voyage dans le Nord – et se fit la promesse de lui offrir une révision dans les règles quand tout serait terminé, pour la récompenser de ses efforts. Tambourinant des doigts sur le volant, Nazareth dans le lecteur CD, il prit la route sans penser à rien de particulier hormis le trajet qui l'attendait avec ses petites ponctuations : le moment où la quatre voies repassait à double sens, les points de repère obligés comme le chantier de Pitlochry et House of Bruar, les panneaux le renvoyant à des endroits qu'il ne visiterait probablement jamais, tels que Waltzing Waters et Killiecrankie. La neige était présente sur la plupart des collines et les moutons indifférents continuaient à paître sans sc préoccuper des défilés de camions, de camionnettes et de voitures. Il se rappela les paroles de Siobhan tandis qu'ils se dirigeaient tous deux vers Chanonry Point : *c'est un bien étrange petit pays que le nôtre… difficile à saisir,* avant qu'elle ne l'accuse de réagir avec trop de virulence – rien que de bien naturel, avait-il estimé sur le moment alors même qu'il était d'accord avec elle. Une nation de cinq millions d'individus perdus dans l'immensité de ce paysage qui se blottissaient les uns contre les autres en se raccrochant désespérément à des notions de communauté et d'histoire partagée dont certaines étaient identifiées ou sous-entendues dans le livre de légendes que Nina Hazlitt lui avait donné. Même les croquemitaines avaient leur fonction : si « eux » existaient, par la force des choses, il existait aussi un « nous », et si « eux existaient », les boucs émissaires ne manqueraient pas…

Aviemore.

Inverness.

Kessock Bridge.

Puis Munlochry, Avoch, Fortrose.

Pour arriver finalement à destination : la rangée de maisons face au front de mer à Rosemarkie.

Aucun signe de Gregor Magrath dans sa petite véranda. La vénérable Land Rover vert olive était toujours garée au même endroit. Il frappa à la porte et attendit. Pas de réponse. Il jeta un coup d'œil à la fenêtre du salon : rien ne bougeait à l'intérieur et il distinguait tout juste les photos encadrées sur les rayonnages. Il se redressa, batailla contre les éléments pour allumer sa cigarette et se posta à côté de la Saab en fixant le rivage. À sa droite, à bonne distance, un chien aboyait sur la plage, suivi par son maître qui traînait loin derrière et une silhouette masculine marchait à la limite des vagues. Une main en visière pour mieux y voir, il suivit des yeux l'homme qui avançait d'un pas lourd et, sans même prendre la peine de verrouiller sa voiture, se dirigea vers lui, sous les rafales de sable soulevées par le vent.

— Monsieur Magrath ! s'écria-t-il.

Magrath tourna la tête puis lui tourna délibérément le dos quand il l'appela une seconde fois.

— Encore vous ! lui lança-t-il sans aménité.

Il creusait le sable humide du bout de sa chaussure et regardait le trou se remplir d'eau.

— Qu'est-ce qu'il y a ? lui demanda Rebus. Vous n'avez pas le cran de me regarder dans les yeux ?

Magrath releva le défi et les deux hommes se firent face, sans échanger une parole pendant un moment.

— Comment se fait-il que personne ne soit au courant pour votre frère ? demanda Rebus, sans crier cette fois.

— Kenny ? Tout le monde connaît Kenny.

— Par ici, peut-être, confirma Rebus. Mais toutes les fois que vous avez parlé à Bliss au téléphone… toutes les années que vous avez passées au SCRU… et quand Bliss est venu vous voir et aussi moi quand je suis passé chez vous…

Magrath avait baissé les yeux et contemplait le sable entre ses pieds. Il ouvrit la bouche mais rien n'en sortit. On n'entendait que le bruit des vagues et les claquements du vent.

— Vous avez toujours manifesté un intérêt certain pour les dossiers du SCRU et vous cassiez régulièrement les pieds à Bliss pour qu'il vous tienne au courant.

— N'est-ce pas à moi qu'on la doit, cette fichue unité ? protesta Magrath.

— Absolument, répondit Rebus. Mais c'est plus compliqué que ça, à mon avis. Une femme du nom de Nina Hazlitt se présente un jour à votre bureau et peu de temps après, vous décidez de prendre votre retraite – à la grande surprise de tout le monde. Le SCRU est votre enfant et soudainement, vous n'en voulez plus. Vous déménagez dans le Nord pour vous rapprocher de votre frère. Sauf que vous ne l'expliquez pas en ces termes, vous ne mentionnez même pas son nom…

Comme Magrath continuait à se taire, il poursuivit :

— Nina Hazlitt est venue vous voir parce qu'elle pensait avoir trouvé un lien entre la disparition de sa fille et celle de Brigid Young. Ce lien, c'était l'A9. À ses yeux, vous avez été gentil avec elle, en ce sens que vous avez écouté son histoire. Mais vous l'avez dit vous-même, vous n'avez progressé en rien, vous n'avez réussi à intéresser personne à cette affaire… Je me demande d'ailleurs si vous avez seulement essayé…

À ces mots, Magrath tressaillit et reprit sa marche le long de la plage, Rebus sur ses talons.

— Votre frère fait des travaux dans la ferme de Jim Mellon. Il connaît bien le coin, j'imagine, vu le nombre de kilomètres qu'il parcourt entre deux chantiers.

— Où voulez-vous en venir ?

Magrath avait accéléré le pas et respirait bruyamment.

— Nous le savons tous les deux, répondit Rebus.

— Je n'en ai pas la moindre idée !

— C'est laquelle, la maison de Kenny, monsieur Magrath ? J'aimerais lui parler.

— Fichez-nous la paix.

— Écoutez…

Magrath s'arrêta et lui fit face.

— Puis-je voir votre carte officielle ? C'est impossible, pas vrai ? Parce que vous n'êtes même pas flic ! Je devrais peut-être téléphoner à la police et porter plainte. Rentrez chez vous, Rebus. Et foutez-nous la paix, c'est tout !

Il repartit d'un pas décidé, Rebus collé à ses basques.

— De quoi avez-vous peur ? demanda celui-ci.

Pas de réponse.

— Très bien, si vous voulez voir Dempsey et son équipe ici, ça peut s'arranger.

Magrath avait gravi les marches en béton reliant la plage à la chaussée et se dirigeait vers son cottage en sortant ses clés de sa poche.

— C'est vous qui avez fait entrer Peter Bliss au SCRU, s'obstina Rebus, de manière qu'il y soit vos yeux et vos oreilles. Pour toujours être le premier informé des affaires dont on rouvrait le dossier. Vous auriez bien sûr abouti au même résultat en restant sur place, à votre poste, mais il fallait absolument que vous soyez ici, tout près de votre frère, plutôt que sous des cieux plus cléments, ces pays chauds que vous aimiez tant. Sauf que les liens du sang sont plus forts que l'ambre solaire, hein, Gregor ?

— Je ne vous écoute pas.

— Réfléchissez une seconde, rétorqua Rebus. Ça simplifiera les choses à tout le monde.

Mais Magrath lui claqua la porte au nez. Il le regarda par la vitre ouvrir une seconde porte puis disparaître dans la maison. Un quotidien traînait sur le fauteuil de la véranda, plié à la page du dernier reportage relatif à l'affaire d'Edderton, et les articles des autres journaux étalés par terre semblaient aux aussi traiter du même sujet. Il cogna du poing à la porte, secoua violemment la boîte aux lettres à plusieurs reprises puis recula pour s'approcher de la fenêtre du salon, à l'instant précis où Magrath tirait les rideaux. Il attendit une bonne minute et s'avança vers le cottage voisin où il sonna. Une femme octogénaire ouvrit, s'essuyant les mains à un torchon.

— Excusez-moi, lui dit Rebus tout sourire. Je cherche M. Magrath.

— Il habite la maison d'à côté.

— C'est Kenny que je cherche – l'électricien.

Elle lui montra une maison plus loin sur la rue.

— Le jardin avec la balançoire, expliqua-t-elle. Mais la porte d'entrée est de l'autre côté.

Il la remercia et s'avança le long du bord de mer. Derrière la rangée de cottages, il vit plusieurs maisons modernes indépendantes aux jardins pentus. La voisine ne se trompait pas : elles tournaient toutes le dos à la mer. On avait ajouté à l'une d'elles une serre octogonale devant laquelle se dressait une balançoire au cadre métallique rouillé dont le siège manquait. Il remonta l'allée au bout de la promenade, prit à gauche et trouva la porte qu'il cherchait. Il pressa la sonnette et l'entendit tinter. Une femme entre deux âges ouvrit.

— Oui ? dit-elle.

— Je cherche Kenny Magrath.

— Il travaille. C'est pour un chantier ?

— Quand sera-t-il de retour ?

La question la surprit. Elle avait l'air affable, un visage rond et plaisant, des cheveux châtains bouclés et des yeux du même vert olive que la Land Rover de son beau-frère.

— Je peux peut-être vous aider ? dit-elle.

Il lui présenta sa pièce d'identité.

— J'appartiens à l'équipe d'enquêteurs d'Edderton, expliqua-t-il. Votre mari est passé à la ferme de Jim Mellon hier.

— C'est exact.

— Nous avons pensé qu'avec le métier qui est le sien, il aurait pu remarquer des activités bizarres ou un inconnu dans les parages.

— Il vous l'aurait dit dans ce cas, j'imagine, non ? dit-elle en plissant les yeux.

— C'est bien possible, rétorqua-t-il. Mais il peut arriver qu'on ne se souvienne de quelque chose qu'une fois confronté à la question.

— Vraiment ?

Elle réfléchit un instant et il profita de son silence pour en poser une autre.

— Il y a combien de temps que vous vivez ici, madame Magrath ?

— Depuis que je suis née.

— Vous êtes mariée depuis un moment ?

— Inutile de me le rappeler, répondit-elle sur le ton de la plaisanterie.

Il lui offrit en retour un grand sourire amical.

— Vous avez deux enfants ?

Elle se raidit.

— J'ai vu les photos dans la maison de Gregor Magrath, se justifia-t-il. Ils vivent toujours chez vous ?

— Ils ont plus de vingt ans tous les deux, répondit-elle, l'air plus décontractée. L'un est à Inverness, l'autre à Glasgow. Vous avez parlé à Gregor, alors ?

— Pas officiellement. Je travaille avec un de ses vieux collègues. C'est cet homme qui m'a dit de passer le saluer.

Elle semblait s'être fait son opinion sur son visiteur et, se reculant dans le couloir, lui demanda s'il voulait entrer.

— Je ne veux pas vous déranger, dit-il.

— Vous ne me dérangez pas, répondit-elle. Kenny a dit qu'il repasserait à la maison pour un petit en-cas. La bouilloire est déjà allumée…

La maison était lumineuse et joliment meublée. Beaucoup de photographies sous cadre sur les murs du salon, pratiquement toutes des clichés des enfants, un garçon et une fille, à tous les âges, depuis le berceau jusqu'à la fin de leurs études. Rebus essaya de ne pas trop afficher sa curiosité.

— Est-ce que votre mari dispose d'un atelier pour travailler ? demanda-t-il.

— C'est plutôt un hangar – juste un endroit où il peut stocker ses équipements et son matériel.

— C'est tout près, j'imagine ?

Elle acquiesça.

— Juste en face du pub… excusez-moi, mais je n'ai pas bien saisi votre nom.

— Rebus.

— Rebus ?

— Si vous remontez assez loin, c'est d'origine polonaise.

— Les Polonais sont nombreux en Écosse aujourd'hui. Kenny l'a remarqué sur les chantiers du bâtiment.

— Mais il a suffisamment de travail, lui ?

— Oh oui. Il n'y a pas à se plaindre de ce côté-là.

— Il travaille toujours dans la région ?

Elle se tourna vers lui, essayant visiblement de comprendre la raison de sa question et il lui refit le coup de son grand sourire.

— Désolé, je me montre indiscret, dit-il.

— Kenny s'est fait un nom à la force du poignet, expliqua-t-elle.

Elle servit le thé, lui tendit une tasse et lui présenta une assiette de sablés qu'il refusa en secouant la tête.

— Il est très demandé ?

— Toujours.

Elle but une gorgée de thé, un breuvage que le père de Rebus aurait qualifié de « spécial sergent-major » – couleur d'acajou et si riche en tannin qu'il en tapissait tout l'intérieur de la bouche. Il étudia quelques-unes des photos.

— Vous voyez souvent votre fils et votre fille ?

— Quand nous pouvons. C'est plus facile avec Joanne.

— C'est elle qui vit à Inverness ?

Mme Magrath acquiesça.

— Mais en fait, Kenny a vu Brendan il y a quelques semaines de ça.

— Brendan, qui est à Glasgow ?

— Je n'ai pas pu y aller. Je devais aller rendre visite à une amie à Raigmore.

— Ça fait un sacré trajet d'ici dans l'ouest, non ?

Il sympathisait, vu que ce trajet, il l'avait fait. A9 puis A80, et Sally Hazlitt qui l'attendait au bout du voyage.

Et quand on avait besoin d'essence, on pouvait sortir à Pitlochry…

— Il y a quelques semaines, vous dites ? Vous pouvez être plus précise, madame Magrath ?

— Toujours aussi curieux, c'est ça ? dit-elle d'une voix plus froide.

— Difficile de changer ses habitudes.

— C'était un sam…

Elle entendit avant lui la camionnette qui se rangeait devant la maison.

— Un samedi ? insista-t-il.

Annette avait été enlevée un samedi.

— Il y a un peu plus de trois semaines, non, madame Magrath ?

— Kenny a son petit système. Il vous en parlera lui- même. Il part d'ici de bonne heure, déjeune avec Brendan et il peut rentrer en évitant la cohue des supporters de football.

Un moteur vrombit une fois et s'arrêta sur une secousse.

— C'est une bonne idée, dit Rebus. Il ne faut pas que j'oublie.

Départ de Glasgow juste après quinze heures… arrivée à Pitlochry entre seize heures trente et dix-sept heures…

Une portière mal huilée grinça en s'ouvrant et se referma brutalement.

— Je ne dispose que de dix minutes, gronda une voix d'homme.

Kenny Magrath fit son entrée et y regarda à deux fois en découvrant un inconnu chez lui.

— Je te présente l'inspecteur Rebus, commença à expliquer sa femme.

— Je sais qui c'est, Gregor m'en a rebattu les oreilles à l'instant, répondit-il en pointant le doigt sur Rebus. Vous n'êtes pas le bienvenu dans cette maison.

— Qu'est-ce qui se passe ? demanda son épouse en les regardant tous les deux.

Plus jeune que son frère d'une dizaine d'années, plus grand et plus large d'épaules, Kenny Magrath le fusillait du regard. Une tête pleine de cheveux qui commençaient tout juste à grisonner aux tempes. Un visage en lame de couteau, de petits yeux enfoncés dans leurs orbites sous des sourcils broussailleux. Rebus ne céda pas, ravi de poursuivre leur duel silencieux. Il s'était remis debout et glissait les mains dans ses poches pour bien montrer qu'il n'était pas pressé d'aller voir ailleurs, les doigts de sa main droite grattant son médiator.

— Je vous demande de partir, dit Magrath en lui montrant la porte. Puis, s'adressant à sa femme : Maggie, appelle la police.

— Mais c'est *lui*, la police.

— Ce n'est pas ce que dit Gregor.

Le regard de Maggie Magrath montra clairement qu'elle était blessée comme si Rebus l'avait trompée.

— Je suis rattaché à l'enquête d'Edderton, déclara-t-il, sans quitter Kenny des yeux.

— Il vient d'Édimbourg, expliquait Magrath à sa femme. Il n'a rien à faire ici, à entrer chez les gens comme dans un moulin…

Sur le point de répondre qu'on l'avait invité, il s'abstint, ne voulant pas attirer d'autres ennuis à l'épouse.

— Il faut que nous parlions, dit-il au mari.

— Certainement pas, répondit celui-ci en s'avançant d'un pas.

— Mais je ne sais même pas de quoi il s'agit, protestait Maggie.

— Il s'agit de toutes ces femmes retrouvées mortes et enterrées, madame Magrath, expliqua Rebus.

Le mari montra les dents et avança d'un autre pas.

— Vous voulez que je vous jette dehors ?

Les yeux toujours rivés aux siens, Rebus savait très bien qu'une bagarre risquait de mettre à mal la maison impeccablement tenue.

— Nous devrions peut-être discuter dehors.

— Nous ne discutons nulle part ! répondit Magrath en lui agrippant l'avant-bras.

— Lâchez-moi, dit paisiblement Rebus.

— Répondez-moi d'abord.

— Je m'en vais. Dès que vous aurez enlevé votre main… cela m'épargnera la peine de vous la briser.

— Ça, c'est une menace, dit Magrath qui relâcha sa prise et recula. Vaudrait mieux vider les lieux pendant que vous le pouvez encore.

— Qui profère des menaces maintenant ?

— Pas moi, dit Magrath. Et mon épouse pourra en témoigner.

Maggie fut incapable de regarder Rebus en face et il comprit brusquement qu'elle savait – elle savait ou au moins, elle avait eu des soupçons.

— Partez, c'est tout, dit-elle d'une voix brisée.

— D'une façon ou d'une autre, vous et moi, nous nous reparlerons, affirma Rebus en se dirigeant vers la porte.

— Et puis quoi encore ! Allez au diable ! répondit Kenny.

La camionnette était dehors, avec le nom MAGRATH sur le côté, ses vitres à l'arrière couvertes d'une couche de peinture. Rien à l'avant mis à part quelques outils et un vieux tabloïd. Rebus nota le numéro de la plaque dans son répertoire puis retourna sur ses pas, direction le front de mer et sa Saab.

60

— Qu'est-ce que vous fichez ici ? demanda Gillian Dempsey.

— J'essaie de vous voir, répondit-il sans préciser qu'il faisait le pied de grue depuis plus d'une heure devant le QG de la Northern Constabulary. J'ai demandé à la réception de vous prévenir.

— J'ai été très occupée, expliqua-t-elle sans s'arrêter.

Elle rejoignait sa voiture dont le chauffeur tenait déjà la portière arrière ouverte, en essayant tant bien que mal de maîtriser la liasse de papiers serrée sous son bras, une main à l'épaule tenant son sac en bandoulière et l'autre, sa mallette. Les rares journalistes à encore attendre sur le trottoir semblaient savoir d'avance que leurs questions resteraient sans réponses, en plus de quoi ils étaient tenus à bonne distance par deux agents en uniforme qui avaient dû mériter cette tâche ingrate d'une façon ou d'une autre.

— Ils n'ont pas voulu me laisser entrer, poursuivit Rebus en avançant au côté de Dempsey. Ma pièce d'identité n'a apparemment pas suffi.

— Nous avons eu notre comptant de badauds, sans oublier quelques journalistes qui ont tenté leur chance.

— Votre neveu était du nombre ? dit-il sans pouvoir s'en empêcher.

Elle lui lança un regard glacial.

— Qu'est-ce que vous voulez à la fin, Rebus ?

— Je crois que je suis sur quelque chose.

— Alors faites un rapport à Page, il me fera passer le message.

— Il n'y a pas une minute à perdre, il faut couper au plus court.

— Et pourquoi ?

— Sinon, nous lui donnerons le temps de se débarrasser de preuves éventuelles.

Elle réfléchit un instant.

— En d'autres termes, il sait que vous le soupçonnez ?

— Désolé.

Elle soupira et roula les yeux au ciel.

— Montez, dit-elle. Dites ce que vous avez à dire.

Comme il ignorait sa destination et le temps dont il disposait, il ne perdit pas un instant et se lança dans des explications trop rapides, au point de commettre quelques erreurs qu'il lui fallut reprendre et corriger. Dempsey était assise à côté de lui, l'accoudoir baissé les séparait. Un air de musique classique passait en sourdine – son choix à elle, estima-t-il, plutôt que celui de son chauffeur. Elle lui posa quelques questions et attendit qu'il en eut terminé pour se tourner vers lui et croiser son regard.

— C'est tout ? dit-elle. C'est tout ce que vous avez ?

— J'ai déjà eu des intuitions bien pires par le passé.

— Oh, je n'en doute pas un instant, dit-elle en vérifiant ses messages. Mais nous sommes complètement débordés. On nous demande des résultats à cor et à cri et tous les cinglés de la planète nous téléphonent pour nous proposer leurs services. Ils s'accusent eux-mêmes ou dénoncent un voisin qui leur déplaît. Nous avons également des spirites qui sont en contact avec les victimes et des chasseurs de fantômes qui veulent visiter le site l'espace d'une nuit. La moindre information doit être répertoriée et ajoutée à la pile, et voilà que vous débarquez à votre tour, et avec quoi ? Une *intuition* ?

Elle secoua la tête d'un air désespéré avant de lâcher un petit rire sans joie, le seul moyen pour elle d'étouffer dans l'œuf l'aboiement de frustration et de furie qu'elle lui réservait.

— La marche à suivre me paraît simple, poursuivit-il dans le droit fil de ce qu'il venait d'exposer. Fouiller son domicile, son garage et sa camionnette. Vérifier les vidéos de sécurité à la station-service de Pitlochry le jour où Annette a disparu. Ensuite l'interroger sur son emploi du temps les jours où les autres femmes ont été enlevées.

— Je suis heureuse de constater qu'au moins l'un d'entre nous a tout compris.

— Habituellement, les tueurs vivent à proximité de leurs sites d'enfouissement des cadavres.

— Vous tenez ça de votre amie Clarke.

— Kenny Magrath *connaît* Edderton.

Elle le regarda comme si elle le voyait pour la toute première fois.

— Vous avez l'air épuisé, dit-elle. Épuisé, avec la gueule de bois. À quand remonte la dernière fois où, en toute honnêteté, vous avez eu les idées claires ? La tête lucide, sans dévider des salades ou des sornettes ?

— Nous parlons de qui, là ? De vous ou de moi ?

— C'est de vous que nous parlons.

— Parce que je sais à quel point une affaire de ce genre est capable de vous grignoter à petit feu au point que vous n'avez plus qu'une envie, la ranger aux oubliettes.

— J'ai du travail qui m'attend, Rebus. Du vrai travail – et non pas des raccourcis tendancieux pour arriver plus vite à une conclusion. N'oubliez pas, il nous manque encore un cadavre – en dépit d'une autre de vos « intuitions » concernant Sally Hazlitt.

— Sally Hazlitt est vivante, déclara-t-il. Je l'ai rencontrée à Glasgow.

— Quoi ?

— Elle fuyait les attentions trop pressantes de son père. Et elle continue à fuir.

— Et pourquoi ne me l'apprenez-vous que maintenant ?

— Parce que ça ne change rien aux faits. Il y a un tueur en liberté et je viens de vous donner son nom.

— Il me faut plus qu'un simple nom. Des noms, j'en ai des dizaines ! Comment osez-vous taire le fait que vous avez rencontré cette fille !

— Vous auriez dû demander à voir les dossiers, objecta-t-il aussi sec.

Elle prit la mouche, le visage encore plus sombre, et se tourna vers son chauffeur.

— Alex, arrêtez-vous ! Immédiatement. C'est ici que vous descendez, ordonna-t-elle à Rebus.

La voiture s'immobilisa dans un couinement de freins mais Rebus ne bougea pas d'un pouce.

— Je vous le répète, insista-t-il, plus vous laisserez la situation se déliter, plus vous paraîtrez stupide aux yeux de tous.

— Alex, dit-elle, d'un ton qui se suffit à lui-même.

Alex descendit, s'approcha et ouvrit la portière arrière.

— Bouclez-le, disait Rebus quand deux mains le saisirent par les revers de son manteau.

Il accrocha le regard de Dempsey et une seconde plus tard, se retrouva sur le trottoir. La portière claqua. Il se pencha en avant mais Dempsey avait tourné la tête du côté opposé.

— Salut, Alex ! cria-t-il au chauffeur en le saluant du geste. Faites attention sur la route !

La voiture s'engagea dans la circulation et l'abandonna à son triste sort, planté en bordure d'une grande artère pleine de voitures.

Quelque part aux abords d'Inverness, incapable de savoir comment il allait pouvoir retrouver la Saab.

— Tu t'es encore débrouillé comme un chef, John, marmonna-t-il en cherchant ses cigarettes.

Finalement, il lui fallut marcher pendant trente-cinq minutes, et tomber sur un unique piéton qui s'était trompé quand il lui avait demandé sa route…

*

Le hangar ne fut pas bien difficile à trouver – il se contenta d'aller au pub et se renseigna. Le pub était situé en bordure d'un virage serré à l'extrémité nord de Rosemarkie, au bout de l'allée qui conduisait à la plage et aux domiciles des frères Magrath. Le hangar se trouvait juste en face, à côté d'une maison moderne et séparé d'elle par un mur bas en briques, avec une aire de stationnement sur le devant où il se rangea. Une porte en bois verrouillée par un cadenas. Une seule fenêtre, protégée à l'extérieur par un grillage à poules et, à l'intérieur, par un sac en plastique punaisé au châssis pour se prémunir des regards trop curieux. Il retourna à sa voiture et alluma le lecteur CD. Rien à faire sinon attendre. Il avait acheté de quoi manger au pub – deux paquets de chips fromage-oignons et deux sachets de cacahuètes salées – et il lui restait une demi-bouteille d'eau sur le siège passager. La circulation était quasi-inexistante. À sa connaissance, la route – l'A832, après vérification sur sa carte – n'allait pas au-delà de Cromarty. Il suivit du doigt l'itinéraire de jonction avec l'A9 puis plein sud jusqu'à Perth avant de remonter l'A9 jusqu'au Dornoch Firth pour se diriger vers l'intérieur des terres en direction de Tongue. Il garda le doigt sur la carte et se remémora le panorama face à la maison de sa fille, son intérieur juste entrevu par la fenêtre du salon qui lui avait offert quelques indices et détails du quotidien de Samantha. Durness, Laxford, Colaboll et Lairg, puis Edderton. Il pressa la main sur son volant.

— On en a fait du chemin, hein, ma vieille, dit-il à la Saab.

Le CD terminé, il essaya la radio mais le signal fluctuait trop en ne lui laissant pour seul choix que de la musique celte. Il remplaça John Martyn par Wishbone Ash à leurs débuts et s'appuya au dossier en fermant les yeux.

Il se réveilla dans un silence absolu, la nuque raide quand il consulta sa montre. Impossible de lire l'heure aussi alluma-t-il son portable. Deux heures du matin. Plus une lumière dans le pub. Il but une gorgée d'eau et alla jusqu'au hangar pour se soulager contre le mur latéral. Il regagna la Saab et consulta ses messages. Rien. Il se frotta bras et jambes pour leur redonner un semblant de vie. La température ne descendrait pas sous zéro cette nuit, trop de nuages. Il fixa un moment le cadenas sur la porte qui lui faisait face puis, sentant sa vison se brouiller, referma les yeux.

61

Le jour commençait à se lever quand il fut réveillé par des coups sur la vitre côté passager. Il tourna la tête et vit un visage à quelques centimètres de lui : Kenny Magrath avait ouvert la portière de la Saab.

— Qu'est-ce que vous foutez là, nom de Dieu ? aboya-t-il, prêt à mordre.

— Je vous empêche de sortir des choses.

— Sortir quoi ?

— Des preuves.

— Vous avez complètement perdu la boule.

— Sept heures du matin. Que feriez-vous ici sinon ?

— Je viens prendre ce dont j'ai besoin. J'ai quarante-cinq minutes de trajet qui m'attendent.

Il fixa Rebus encore un moment, secoua la tête et s'approcha du cadenas en cherchant la clé dans sa poche.

— Venez jeter un coup d'œil, lui cria-t-il. Et je ne vous demanderai pas de mandat de perquisition vu que vous n'êtes même pas flic.

Il ouvrit la porte en grand, entra et alluma la lumière. Rebus sortit de la voiture et s'étira en vérifiant sur sa droite et sa gauche. Personne aux environs. Pas âme qui vive. Il alla jusqu'au seuil du hangar et s'arrêta. Le mur du fond était couvert d'étagères maison garnies de bacs en plastique pleins de pièces électriques, prises, interrupteurs, fusibles et boîtes de dérivation. Un établi courait sur toute la longueur du mur avec, de part et d'autre de la fenêtre, des outils suspendus à des pointes et des crochets. Divers appareils en réparation occupaient la surface de l'établi, leurs composants soigneusement disposés dans l'ordre de démontage. Magrath garnissait ses poches de blouson de sachets de vis, de rondelles et de chevilles.

— Vous vous êtes bien rincé l'œil ? demanda-t-il. Ouvrez aussi les tiroirs si vous voulez. Et vous trouverez également des cartons et des boîtes à biscuits sous l'établi – il ne faudrait pas les oublier.

— Regardez-moi, lui dit Rebus d'une voix tranquille.

Magrath se retourna.

— Vous avez déjà entendu l'histoire de Dennis Nilsen ?

— Pourquoi, je devrais ?

— Des restes humains ont été découverts dans sa rue. À l'instant où il a ouvert sa porte, l'inspecteur a su… Ça se passait à Londres mais quand je vous ai vu hier, il s'est passé la même chose. Je *sais*, Kenny. Je l'ai vu dans vos yeux. N'oubliez pas ça… Donc, si vous avez l'intention de vous servir de ce tournevis, c'est maintenant ou jamais…

Magrath regarda sa main et l'outil qu'elle serrait. Il le reposa sur l'établi en prenant tout son temps.

— Je constate que vous êtes quelqu'un de méthodique, poursuivit Rebus en balayant le garage des yeux. Vous êtes soigneux et prudent. Ce qui explique que vous êtes resté sous les radars pendant toutes ces années – sans oublier le frère qui a essayé de faire tout son possible pour veiller sur vous. Mais le radar vous a désormais repéré, Kenny. Vous êtes en plein milieu de l'écran.

— Je n'ai rien fait.

— C'est à elles que vous pensez en cet instant – à Annette McKie, tout particulièrement. C'est la plus récente. Vous sentez toujours vos doigts autour de sa gorge.

— Vous êtes fou.

Magrath regarda autour de lui comme s'il avait oublié quelque chose. Il palpa chacune de ses poches bourrées de matériel et s'avança vers Rebus. Qui recula, de manière à lui permettre d'éteindre et de refermer la porte.

— Vous l'avez dit à Gregor ou est-ce lui qui a fini par comprendre tout seul ? Quand vous étiez gamin, peut-être a-t-il vu les signes avant-coureurs.

— Quels signes ?

— Je ne sais pas, moi, arracher les pattes des grenouilles, attacher des pétards à la queue des chats et des chiens...

— Ce n'est pas moi, ça. Posez-lui la question.

— C'est peut-être ce que je vais faire. Il est temps qu'il se libère la conscience de ce fardeau. Même chose pour votre épouse.

— Laissez Maggie en dehors de tout ça !

— Il est un peu tard pour ça.

— Le ciel m'en soit témoin, je vais vous...

Magrath parvenait tout juste à contenir sa furie et quand il inspira profondément avant de souffler, on aurait dit un grognement. Rebus ne bougea pas, prêt à toute éventualité. L'électricien parut peser le pour et le contre avant de tourner les talons, direction sa camionnette.

— Où allez-vous, Kenny ?

Pas de réponse.

— Vous étiez à Pitlochry, n'est-ce pas ?

Magrath montait à bord en détournant les yeux et Rebus s'avança lentement vers lui. Il mit le contact et entama aussitôt un demi-tour. Un minibus qui arrivait au coin de la rue en provenance de Cromarty dut freiner d'urgence pour éviter de l'emboutir. Le chauffeur klaxonna mais Magrath l'ignora et partit à toute vitesse dans la direction de Fortrose. Rebus alluma une cigarette petit déj' et décida qu'il avait fait tout ce qu'il pouvait. Deux minutes plus tard, il se garait devant le cottage de Gregor Magrath. Le vent était tombé et les habituels promeneurs de chien marchaient sur la plage. Il aperçut quelque chose dans l'eau, au large, peut-être un dauphin ou un phoque. Il cogna à la porte et attendit. Gregor sortit dans la véranda et l'examina par la fenêtre.

— Il faut que nous parlions de votre frère, lui cria Rebus.

Pour toute réponse, il eut droit à un non de la tête.

— Avez-vous emménagé ici pour l'arrêter ? Si c'est le cas, vous avez merdé.

— Partez, dit Magrath.

— La première année a dû bien se passer, j'imagine, mais ensuite…

— Allez-vous-en ! hurla-t-il.

— La fin est proche, Gregor, insista Rebus. Vous devez vous en rendre compte vous-même. Le moment est venu de mettre un terme à tout ça et de sauver ce qui reste de votre réputation.

— Je n'écoute pas !

— Vous allez devoir le convaincre : s'il se livre à la police, ça simplifiera les choses pour tout le monde. Dites-lui qu'il devrait au moins penser à Maggie…

Il lut sur le visage de Magrath une profonde répugnance mais aussi un soupçon de résignation, avant de le voir tourner les talons et disparaître dans la maison. Il attendit, le temps qu'il réapparaisse dans la véranda en brandissant cette fois sa matraque en bois.

— Ce n'est pas ça qui réglera le problème, lui dit-il en secouant la tête, avec aux lèvres un sourire à peine perceptible. Plus maintenant. Je sais que vous voulez protéger votre famille et peut-être aussi votre belle réputation tant qu'on y est. Mais ce n'est pas votre arrivée ici qui l'a arrêté. Il est temps de passer à l'étape suivante, Gregor.

— Allez au diable !

Il disparut une nouvelle fois et Rebus resta sur place quelques minutes supplémentaires, cognant de temps à autre la porte du poing, mais il savait cette fois que Gregor ne reviendrait pas. Il retourna à la Saab et appela Siobhan Clarke à Édimbourg.

— C'est un peu tôt pour toi, non ? protesta-t-elle.

— Je t'ai réveillée ?

— Pas tout à fait.

Il crut l'entendre s'asseoir dans son lit. Elle avait la bouche sèche et s'éclaircit la gorge.

— Alors, c'est quoi l'urgence ?

— Je suis à Rosemarkie, avoua-t-il.

— Et tu y fais quoi très exactement ?

— C'est le frère de Magrath, Siobhan, je serais prêt à le jurer.

— Quoi ?

— Magrath s'est installé dans le Nord pour essayer de mettre l'étouffoir sur les pratiques de son frère. Un frère qui voyage beaucoup. Il était à Glasgow le jour où Annette McKie a été enlevée et il a dû remonter l'A9 pour rentrer chez lui, expliqua-t-il en frottant sa repousse de barbe de sa main libre.

— Attends une seconde… (il l'entendit aller dans une autre pièce) tu peux au moins prouver une part de ce que tu avances ?

— Je l'ai dit à Dempsey. Il faut faire examiner la camionnette de Magrath et fouiller sa maison et son garage.

— Tu l'as dit à Dempsey ?

— Elle ne mordra pas à l'hameçon à moins que je ne lui donne quelque chose de concret. C'est pour cette raison que j'ai pensé à toi.

— Tu as perdu la tête ?

— C'est ce que tout le monde semble croire. Mais je sais que c'est lui.

— Ce n'est pas comme ça que ça marche, John.

Elle s'interrompit, comprenant seulement à cet instant ce qu'il venait de lui dire.

— Tu as besoin de moi pourquoi ?

— Le numéro de téléphone de la station-service de Pitlochry. Je veux jeter un coup d'œil à leurs vidéos de surveillance. Si Annette a fait du stop pour regagner la ville, Kenny Magrath devait s'y trouver.

— Il est sorti de l'A9 pour faire le plein ?

— Peut-être.

Elle lâcha un long long soupir et il l'imagina assise au bord de son canapé, le coude sur le genou, la main pressée sur son front. Pas encore tout à fait prête pour affronter sa journée et d'un coup, *ça* qui lui tombait dessus sans prévenir.

— Plus on lui laisse de temps, plus il aura d'occasions pour se débarrasser de tout ce qui risquerait de l'incriminer.

— Ne quitte pas, dit-elle en se relevant.

Elle trouva le numéro qu'elle répéta deux fois. Il le nota et vérifia qu'il ne s'était pas trompé.

— Merci, Siobhan.

— Je suppose que Dempsey aura contacté James, dit-elle.

— J'oserais dire que ça va être ma fête encore une fois.

— Sauf que tu n'es plus flic… ce qui veut dire que je ne devrais même pas te parler, et toi, tu ne devrais pas faire ça.

— Je suis vraiment vilain, tu ne trouves pas ? dit-il avec un sourire las. Je crois que j'ai aperçu un dauphin tout à l'heure.

— À moins que ce ne soit un selkie ?

— Vous sous-entendez que je vois des choses qui n'existent pas, inspecteur Clarke ?

— Combien de mensonges vas-tu servir aux employés de cette station-service ?

— Le strict nécessaire. Je te contacterai un peu plus tard.

— En supposant toujours qu'on t'autorise plus d'un coup de téléphone, dit-elle.

Il réussit une fois encore à sourire avant d'appeler le numéro qu'elle venait de lui donner. Pour apprendre que la vidéo correspondant au jour de la disparition d'Annette McKie n'était pas disponible

— C'est vous qui l'avez, lui dit-on.

— Elle est à Inverness ?

Il hocha la tête, coupa l'appel et essaya un autre numéro.

— John ? répondit Gavin Arnold. Que puis-je faire pour vous en cette belle matinée si paisible ?

— Augmenter les niveaux de stress, peut-être, lui suggéra-t-il.

— En faisant quoi ?

— En contournant le règlement, répondit Rebus avant de lui exposer sa requête.

62

En temps ordinaire, le premier arrivé aux Plaintes était toujours Fox, mais pas aujourd'hui. Debout derrière le bureau de son chef, un grand gobelet de café dans une main, Tony Kaye fouillait de l'autre une des piles de documents qui constituaient le dossier de John Rebus.

— Tu t'es levé bien tôt aujourd'hui, lui dit Fox en se débarrassant de son manteau qu'il accrocha à une patère.

— Je me suis dit que je pourrais te dire un mot avant que Joe Naysmith ne débarque.

— T'as perdu ton téléphone ?

— J'ai pensé qu'un tête-à-tête serait préférable.

— Crache ce que tu as sur le cœur, alors.

Kaye posa la main sur un des paquets de feuilles.

— Tu sais ce que je vais dire.

— Tu vas me dire que nous perdons notre temps.

— Ce mec est de la vieille école, Malcolm. C'est même étonnant, je les croyais tous disparus.

— Il appartiendrait donc à une espèce menacée et nous devrions le nourrir de tiges de bambou ?

— Un bon chasseur sait quand il ne doit pas appuyer sur la détente.

— Tu as vu ses relevés téléphoniques, Tony : y a-t-il seulement un seul truand dans cette ville avec lequel il ne fasse pas copain-copain ?

— L'inspecteur Clarke l'a dit clairement. Si Rebus est détaché à l'enquête McKie, il a toutes les raisons du monde de parler à Frank Hammell.

— Et Cafferty ?

— Hammell a travaillé pour lui.

Fox secoua lentement la tête.

— Cet homme est un vrai boulet, et en plus, c'est un danger.

— Ça, c'est au conseil d'en décider.

— En s'appuyant sur notre dossier. Tu voudrais peut-être que j'en fasse un petit saint aux mains blanches ?

— Contente-toi de t'attacher aux *faits*. N'en fais pas une affaire personnelle.

— Qui dit que j'en faisais une affaire personnelle ?

— C'est pourtant le cas. Tu as travaillé au CID de St. Leonard en même temps que lui.

— Et alors ?

— Je me souviens d'une phrase que tu m'as dite un jour : les bons inspecteurs n'ont pas forcément tous leur place aux Plaintes.

— Qu'est-ce que je dois comprendre ? Que je n'aurais jamais été accepté à la Criminelle ?

Ce fut au tour de Kaye de secouer la tête.

— Je dis simplement que Rebus obtenait des résultats à la manière d'antan, sans même paraître les mériter. Il réussissait parce qu'il avait ses entrées auprès d'individus de bas étage, chose dont tu aurais été totalement incapable. Voici ce pour quoi tu es doué, Malcolm, dit-il en tapotant le bureau. Et ce n'est pas la spécialité de Rebus. Cela n'en fait pas un ennemi pour autant.

— Nous devons tous répondre de nos actes, Tony. Rebus et ceux de son espèce ne le voient pas comme ça. En fait, je crois qu'il prend son pied à fourrer deux doigts là où je pense au reste d'entre nous.

— Ce qui n'en fait pas un ennemi, répéta Kaye sans s'émouvoir.

Le téléphone de Fox vibra, lui signifiant qu'il avait un message. Il regarda l'écran puis son collègue.

— As-tu parlé de ça au chef ?

Tony fit non de la tête.

— Pourquoi ?

— Parce qu'il veut me parler.

Fox balaya des yeux la masse de paperasses, des boîtes entières posées par terre à côté de son bureau. Des milliers de feuillets détaillant des dizaines d'infractions. Mais aussi des dizaines d'arrestations. Sans le moindre coup de feu. Idem pour les notes qu'il gardait à la maison – rien que des preuves indirectes qu'il était facile d'infléchir dans un sens ou dans l'autre.

— Tu crois que c'est à propos de Rebus ?

— Que veux-tu que ce soit ? répondit Fox en se dirigeant vers la porte.

*

— C'est un truc à me faire rétrograder, gémit Arnold quand il le retrouva devant le QG de Northern.

Il prit le sac en papier brun que Rebus lui tendait, sortit un croissant et mordit dedans avant de lui faire signe de le suivre dans le bâtiment où, en échange de sa signature sous l'intitulé « visiteur », Rebus reçut un laisser-passer à « porter en permanence ».

Arnold mastiquait toujours quand ils atteignirent la salle d'enquête et lui signifia d'un geste de rester là avant de disparaître derrière une porte. Quand il réapparut, il tenait à la main une enveloppe en plastique transparent contenant plusieurs disques argentés format CD.

— Un ordi portable ? demanda-t-il.

Rebus secoua la tête.

À voir sa grimace, Arnold ne fut pas surpris et ouvrit la marche dans le couloir jusqu'au premier bureau inoccupé. Il remua la souris pour activer le moniteur et entra son mot de passe.

— CaleyThis ? demanda Rebus.

— Un raccourci de Caledonian Thistle[1], dit Arnold.

1. Équipe de football d'Inverness.

Il tira une chaise, lui fit signe de s'asseoir et dut s'accroupir pour introduire le premier disque dans la tour posée au sol sous la table avant de le prévenir :

— Huit heures d'enregistrement.

— Ça ne me prendra pas aussi longtemps.

— Si quelqu'un vous pose une question, racontez ce que vous voulez.

— Mais je ne cite pas votre nom, j'imagine ? Merci, Gavin, dit Rebus.

Les deux hommes échangèrent une poignée de mains et Arnold le laissa à ses œuvres.

Rebus estima qu'il pouvait réduire son temps de visionnage à une heure : trente minutes avant l'arrivée d'Annette Pitlochry et les trente minutes suivantes. Le premier disque n'avait aucun intérêt, la matinée commençait à peine. Idem pour le deuxième et le troisième. Quand il arriva au quatrième, il passa en avance rapide en surveillant l'horloge dans un coin de l'écran pour finalement tomber sur ce qu'il cherchait. Il se pencha alors en avant et regarda attentivement.

*

D'abord interloquée, Dempsey fit la grimace en reconnaissant l'intrus qui venait la déranger.

— Comment êtes-vous entré ici, nom d'un chien ?

Rebus avait planqué son laisser-passer dans sa poche.

— Ce n'est pas un crime, si ?

— C'en est un, probablement.

Il l'avait trouvée assise à une table dans une salle de réunion et elle s'était levée à son entrée. Le policier qui lui faisait face se demanda ce qui se passait et elle le fit sortir d'un geste en annonçant qu'ils finiraient leur entretien plus tard. Une fois seule avec Rebus, elle croisa les bras et attendit.

— Je le tiens, annonça-t-il avec, à la main, un petit objet argenté.

*

Les deux frères Magrath ainsi que Maggie, l'épouse de Kenny, furent amenés pour interrogatoire le même après-midi. Les demandes de mandats de perquisition étaient en cours et de l'avis de Dempsey, elles ne devaient pas tarder à arriver. Entre-temps, on interrogeait les voisins à Rosemarkie.

Les médias n'avaient pas été longs à réagir. Les rangs de journalistes avaient grossi devant le QG et une voiture radio avec antenne satellite sur le toit était déjà en position. Pas encore de camions de télévision, en tout cas aucun qu'il pût voir depuis les fenêtres de la salle d'enquête. Il avait demandé à être présent lors des interrogatoires mais Dempsey avait aussitôt mis le holà. Rebus n'était même pas officier de police en activité, un petit détail « potentiellement dévastateur » dans la bouche d'un avocat.

— En fait, lui avait-elle déclaré, il serait préférable pour tout le monde que vous regagniez Édimbourg. Et rappelez-moi déjà… comment êtes-vous parvenu à entrer ici ?

Elle lui avait également dit qu'elle le tiendrait au courant. Elle ne voulait pas qu'il croie avoir affaire à une ingrate. Mais pour l'instant, tout n'était que suppositions et spéculations qui pourraient aisément passer pour de simples coïncidences.

Et ce fut tout : il était viré.

Comme il n'avait pas réussi à lui parler de vive voix, il envoya un bref message à Gavin Arnold et sortit du bâtiment. Raymond, le neveu de Dempsey, le salua de la tête et lui demanda s'il avait des commentaires à faire. Les autres journalistes, intrigués par cet homme qu'ils ne connaissaient pas, commencèrent à s'agiter et se dépêchèrent d'entourer Raymond pour être eux aussi de la fête. Rebus prit le temps d'allumer une cigarette avant de répondre.

— Des individus dignes d'intérêt sont interrogés en ce moment même par la superintendante-chef Dempsey et son équipe, leur confia-t-il.

— Des noms ?

Rebus fixait Raymond qui tendait vers lui son mobile en mode micro.

— Lesdits individus sont des gens du coin. Je pense aussi que les langues doivent se délier…

Et sur ces mots, il monta dans sa voiture et démarra.

Pour aller où ? Rentrer chez lui ? Rien de moins sûr. Il se rendit d'abord à Rosemarkie et passa devant le garage de Kenny dont la camionnette était garée devant l'entrée. Il s'arrêta et sortit pour jeter un coup d'œil par la fenêtre. Le hangar avait le même aspect que la dernière fois, excepté une boîte Tupperware et une Thermos, un déjeuner certainement préparé par Maggie. Un reste de sandwich était visible à travers le plastique de la fenêtre et le cadenas toujours en place. Il fit le tour du véhicule, petit, des pneus minces déjà presque lisses. Un tel véhicule avait-il pu s'engager dans les bois d'Edderton sans s'embourber ? Il chercha d'éventuels chocs à la carrosserie mais ne trouva rien, hormis un peu de boue. La camionnette était récente, à peine un an, à en juger par sa plaque minéralogique. Il refaisait un tour en y regardant de plus près, toujours à la recherche d'éraflures et de tôle emboutie inexistantes, quand l'équipe de la police scientifique débarqua. Ils étaient quatre, deux dans un Ford Transit et deux dans une Vauxhall Astra. L'un d'eux le reconnut, il l'avait vu dans le Portakabin à Edderton. Il avança le menton et releva brièvement la tête, le seul salut qu'il daigna lui adresser.

Avant que quiconque ne lui demande de justifier de son identité, Rebus se mua du mieux qu'il put en figure d'autorité et leur expliqua qu'ils allaient trouver le hangar bien rangé sans beaucoup de cachettes possibles.

— Il serait peut-être bon d'inspecter le périmètre, ajouta-t-il. S'il a conservé des trophées, je doute qu'il les ait laissés bien en évidence.

— Pourquoi dites-vous ça ? lui demanda-t-on.

— Je l'ai vu ici même un peu plus tôt. Il m'a paru tout à fait décontracté quand je lui ai parlé de perquisition.

Le poseur de question acquiesça.

— Les mandats ont tous été signés ? demanda-t-il.

Un nouveau hochement de tête lui confirma que oui.

— Pour les domiciles des deux frères ?

— C'est exact.

— Je crois que vous devriez y ajouter la Land Rover verte garée devant la maison de Gregor Magrath. Je ne sais pas bien qui en est le propriétaire, mais à mon avis, elle mérite d'être examinée avec soin. C'est un vrai véhicule tout-terrain, bien plus que cette camionnette.

— Pourquoi ne pas vous en charger ? demanda le chef de l'équipe.

— Pas mon boulot, répondit Rébus en regagnant la Saab.

63

Retour au Whicher's. Le tumulte déclenché par la découverte des cadavres était de l'histoire ancienne et des chambres étaient disponibles, mais Rebus n'était pas sûr de vouloir rester. Il alla s'installer au salon, brancha son portable pour le recharger et commanda une tourte à la viande et des frites accompagnées d'un pot de thé.

Il passa aux toilettes et en profita pour se passer de l'eau sur la figure avant de s'examiner dans le miroir. On aurait dit qu'il venait de passer la nuit dans sa voiture. La réception lui fournit le nécessaire, un sachet avec brosse à dents, dentifrice, rasoir et crème à raser et il retourna aux toilettes pour s'arranger un peu et avoir meilleure mine.

Le ventre plein et une deuxième théière en attente, il se sentit plus humain. Il ne manquait pas de journaux pour passer le temps et retrouva l'exemplaire de *Cracking The Code*. Il demanda qu'on branche la télé sur une chaîne d'informations en coupant le son.

— Pas de problème, monsieur, lui dit le garçon en gilet tartan.

Deux heures s'étaient écoulées et aucun message de Dempsey. Il vérifiait que son mobile recevait un bon signal quand il sonna. L'appel venait de Siobhan Clarke. Il le prit.

— Dempsey vient de s'entretenir avec James Page, l'informa-t-elle. Elle se demande si tu es rentré à Édimbourg.

— Et ?

— Et James a parlé au sergent Cowan au SCRU, mais lui non plus ne t'a pas vu.

— Comme c'est drôle.

— Tu es toujours à Inverness ?

— Naturellement.

Il lui parla des vidéos de surveillance – Kenny Magrath s'arrêtant à la station-service pour faire le plein moins de cinq minutes après le départ d'Annette McKie à pied –, puis des interrogatoires de Kenny et de Gregor Magrath au QG de la Northern.

— Dempsey a-t-elle dit à Page si les interrogatoires étaient terminés ?

— Aucune idée, avoua Clarke.

— Vous n'êtes plus les meilleurs amis du monde, toi et lui ?

— Laisse tomber, John.

— Quel dommage ! Il me plaisait bien, ce mec.

— Il faut te le répéter combien de fois ?

Rebus sourit.

— Dempsey est censée me tenir au courant, expliqua-t-il. C'est pour ça que je suis encore ici.

— Tu penses vraiment que tout est réglé et que c'est dans la poche, c'est ça ?

— L'espoir fait vivre.

— Eh bien, pour tout te dire, je n'ai pas vraiment eu l'impression que Dempsey criait victoire.

Il reçut alors un autre coup de fil, numéro masqué, et dit à Clarke qu'il la rappellerait.

— Rebus ? demanda Gillian Dempsey.

— Du neuf ?

— Ils ont été interrogés et relâchés.

— Et ?

— Il n'y a pas grand-chose d'autre à ajouter. L'atelier et la camionnette de Kenny Magrath ont été fouillés : diverses choses ont été envoyées au labo mais rien de très encourageant, à en croire l'équipe. Même chose pour les deux maisons.

— Et la Land Rover ?

Un temps de silence au bout du fil.

— C'est vous qui avez eu cette idée, n'est-ce pas ? Eh bien, notre gentil shérif a signé un mandat supplémentaire mais encore une fois, la voiture a l'air propre.

— Propre ou récurée ?

— Il est possible que quelqu'un l'ait nettoyée tout récemment, reconnut-elle. Mais pas aussi soigneusement que vous croyez. En outre, nous savons que c'est la camionnette qui se trouvait à Pitlochry et non pas la Land Rover.

— Que dit-il à propos de son arrêt à la station-service ?

— Il rentrait chez lui après une visite à son fils à Glasgow et il ne lui restait plus beaucoup d'essence.

— Vous ne pensez pas qu'il s'agit quand même d'une sacrée coïncidence ?

— Il se trouve justement que c'est ce que je pense, et lui aussi d'ailleurs. Il en a d'ailleurs parlé à sa femme quand Annette McKie a fait la une et il lui a demandé s'il ne devrait pas se présenter à la police. Elle lui a répondu que s'il n'avait rien vu, elle n'en voyait pas l'utilité.

— C'est drôle qu'elle ne m'en ait pas parlé, dit Rebus en se frottant les yeux.

— Vous croyez qu'elle le couvre ?

— Ce sont des choses qui arrivent dans les familles.

— Bon, poursuivit Dempsey, à moins que le labo ne trouve quelque chose, nous voilà un peu dans l'impasse, non ?

— L'avez-vous regardé dans la salle d'interrogatoire ? Je veux dire, vraiment regardé dans les yeux ?

— J'ai fait mieux que ça. Un psychologue suivait les images de la caméra. Il n'a rien vu qui ait éveillé ses soupçons. Cet homme est père de famille, il a deux grands enfants et une épouse dévouée. Des voisins qui ne tarissent pas de compliments et même pas un PV pour excès de vitesse.

— Faites au moins en sorte de fouiller un peu plus profond, si vous le voulez bien. Vérifiez où il se trouvait lorsque les autres victimes ont disparu…

— Je le lui ai demandé. Il va devoir replonger dans ses archives pour pouvoir répondre.

— Ça ne devrait pas être *votre* travail justement ?

— Un agent a été envoyé à son domicile, il est chargé de tout rapporter, répondit-elle froidement. Mais en l'état actuel des choses, nous sommes toujours dans la même impasse… Incidemment, pouvez-vous me dire où vous êtes ? Je n'ai pas l'impression que vous soyez en voiture.

— En effet. Je me suis arrêté à House of Bruar pour une pause.

— Vous rentrez donc à Édimbourg, alors ?

— Comme vous me l'avez ordonné, dit-il en lui laissant entendre le bruit de sa tasse qu'il cogna délibérément contre la soucoupe. Mais vous m'informerez s'il y a du neuf ?

— Bien sûr. Oh, à propos, cette déclaration impromptue à mon neveu ? Ce n'est pas votre plus brillante initiative… une parmi tant d'autres…

Elle raccrocha et il posa le portable sur la table à côté de la théière. Il n'y avait que lui dans le salon. Il avait lu les journaux de bout en bout et la télévision continuait à diffuser un programme sur un entraîneur de football tombé en disgrâce, un reportage de quinze minutes qui se dévidait en boucle, répétant inlassablement les mêmes plans et les mêmes images, et rien sur Edderton, même pas sur la bande défilant en bas de l'écran et réservée aux nouvelles de dernière minute.

— Et je fais quoi, maintenant, nom de Dieu ? se demanda-t-il.

La réponse lui vint immédiatement.

— Cigarette, dit-il avant de se lever.

Quarante minutes plus tard, il était toujours dans le salon, les yeux dans le vide, la tête prise par un tourbillon de réflexions, quand il aperçut un visage connu : Gavin Arnold, en grand uniforme, la casquette sous le bras.

— Qu'est-ce que vous faites ici ? lui demanda-t-il.

— Je vous cherche, sur ordre de la superintendante-chef Dempsey. L'hôtel était le deuxième choix sur ma liste.

— Le premier étant ?

— Le Lochinver.

— Vous voulez vous asseoir ?

Arnold fit non de la tête.

— Je lui ai dit que j'étais à House of Bruar, reprit Rebus.

— Apparemment, elle n'a pas été dupe. Mes ordres sont de vous escorter jusqu'à l'A9 et de rester avec vous jusqu'à Daviot.

— Je me fais chasser de la ville par le shérif ?

— Je ne vous le fais pas dire, Hopalong.

— Je ne vous ai pas balancé, Gavin.

— Je le sais. Mais si elle avait vraiment voulu, il lui aurait suffi de cinq minutes pour comprendre que c'est moi qui vous avais fait établir ce laisser-passer de visiteur.

— Eh bien, dans ce cas, nous ferions bien de vous remettre au plus vite dans ses petits papiers, vous ne croyez pas ?

Rebus se leva et prit sa veste.

— Mais si vous entendez des bruits qui circulent…

— Vous aimeriez que je vous en informe ? devina Arnold, un sourire aux lèvres. Mais dites-moi… est-il possible qu'on puisse vous apprécier et vous connaître mieux sans avoir le sentiment de se passer dans le même temps un nœud coulant autour du cou ?

— Il faudrait poser la question à mes cohortes d'amis.

— Vous devez régler votre consommation ?

— C'est fait, répondit Rebus.

— Alors nous sommes bons pour le départ.

Rebus s'avança alors vers lui, le nez à quelques centimètres de sa figure.

— C'est Kenny Magrath qui a fait ça, Gavin. Jamais de ma vie je n'ai été aussi sûr de ce que j'avance.

— Alors nous l'attraperons, répondit Arnold.

— Vraiment ? Nous ne réussissons pas toujours, vous savez.

En passant devant la réception, Rebus pensa à Sally Hazlitt et à l'identité de rechange qu'elle s'était créée, loin de ses amis et de sa famille, Sally dont la vie n'était plus qu'un perpétuel mouvement, incapable qu'elle était dorénavant de faire confiance, de s'installer à demeure ou de baisser la garde.

*

Arnold resta à ses basques jusqu'au panneau signalant Daviot puis décrocha, après deux appels de phares qui brillèrent comme un dernier adieu, absolu et définitif.

SIXIÈME PARTIE

Au réveil ce matin, de la neige dans les yeux
Et je dors désormais sous de terribles cieux…

64

Il ne se passa rien.

Tous les matins, Rebus rejoignait son poste au SCRU et constatait que les tas de cartons et de caisses s'amenuisaient petit à petit, emportés sur des chariots par des hommes en salopette. Un envoyé du Bureau de la Couronne, Unité des affaires classées, vint même leur rendre visite pour les remercier de tous leurs efforts en leur assurant qu'aucune des affaires archivées à Lothian and Borders ne serait rangée aux oubliettes. Le visiteur semblait connaître Daniel Cowan et les deux hommes disparurent pour un long déjeuner. À son retour, Cowan, les joues roses, offrit à chacun d'eux un large sourire.

— Vous l'avez, le poste, n'est-ce pas ? lui demanda Elaine Robison, tandis que Rebus et Bliss faisaient mine de n'avoir rien entendu.

— Rien d'officiel encore.

— Mais vous l'avez, insista-t-elle, ce à quoi Cowan répondit par un sourire encore plus large.

Le SCRU mettait la clé sous la porte à la fin de la semaine mais dès le mercredi, les étagères étaient vides. Un technicien du service informatique s'attaqua à leurs ordinateurs et transféra leurs fichiers sur un disque dur externe avant de tout vider.

— Comme ça, nous pouvons les recycler, expliqua-t-il.

Rebus n'en perdait pas une miette et lui revint en mémoire

une scène de *2001 l'Odyssée de l'espace*, lorsque la voix de Hal commence à ralentir inexorablement.

— Quand je pense… tout ce sang, cette sueur et ces larmes, dit Bliss.

Un soir qu'il l'avait invité à boire un pot, Rebus lui avait exposé ses théories à propos de Gregor et Kenny Magrath, mais Bliss s'était montré plus que réticent à leur accorder le moindre crédit. Il avait d'ailleurs fini par s'en aller et depuis, son attitude se limitait à une courtoisie strictement professionnelle. Rebus lui avait laissé sur son bureau un petit mot à ce sujet « *Réfléchis bien. Qu'est-ce qui cloche ?* » que Bliss avait roulé en boule avant de le jeter à la corbeille.

— Eh, vous deux, les avait grondés Robison. Vous ne pouvez pas vous rabibocher ?

— C'est lui qui a commencé, avait-il répondu, escomptant susciter un sourire chez Bliss.

En pure perte, comme il put le constater.

Il contacta Siobhan Clarke pour se tenir au fait de l'enquête à Inverness, Gavin Arnold ayant été prévenu, vraisemblablement par Dempsey, de ne pas lui fournir de détails. Clarke ne lui fut guère d'un grand secours. Comme Édimbourg avait transmis à l'équipe d'Inverness toutes les informations concernant Annette McKie, James Page et ses inspecteurs se retrouvaient sur la touche. Dempsey était même descendue en personne vers le sud pour réinterroger Gail McKie, Frank Hammell et Thomas Redfern et, suite à sa requête, le QG de la Northern Constabulary avait reçu tous les enregistrements vidéo de la station de bus.

— Ça ne leur servira pas à grand-chose, lui avait-il déclaré. Ils se raccrochent à des bouts de ficelle faute de mieux.

Aucun indice incriminant n'avait été découvert dans la camionnette ou la Land Rover et malgré des tests exhaustifs après l'autopsie, rien ne permettait d'établir un lien quelconque entre Annette McKie et Kenny Magrath. Le poil pubien appartenait bien à Frank Hammell. Les familles des victimes obtinrent le feu vert pour les funérailles. Rebus avait regardé la cérémonie à la télévision : Darryl en tête de cortège, sa mère s'accrochant à son bras, Hammell ayant disparu du paysage, et s'était rendu compte qu'il connaissait ce cimetière. C'était celui où l'on avait enterré Jimmy Wallace. Il se rappelait cette journée, les porteurs de cordon appelés par leur numéro, la veuve hurlant son chagrin et Tommy Beamish à côté de lui.

Il y en a trop comme Jimmy – ils se gagnent une montre en or et peu de temps après, ils se retrouvent entre quatre planches... C'est pour ça que tu continues à bosser... ?

Bien sûr que c'était pour ça, sacré nom de Dieu. Qu'est-ce qu'il allait bien pouvoir foutre la semaine à venir – aller tremper son fil dans l'eau ? S'acheter un chien ? Ou plus vraisemblablement fixer un portique de bouteilles sur un comptoir comme certains vieux de sa connaissance pour lesquels un petit passage au pub était quasiment devenu une activité en soi.

Un jour, dans les escaliers, il avait croisé Malcolm Fox, lequel s'était arrêté pour l'informer que les Plaintes avaient cessé de manifester à son endroit « un intérêt actif ».

— Oh ?

— Pour l'instant, je veux dire. Alors bonne chance pour votre candidature.

— Oui, merci.

— Je suis sérieux, lui avait déclaré Fox en vrillant ses yeux dans les siens. Je tiens absolument à vous revoir dans les rangs de la police. Je n'aurai pas à attendre bien longtemps votre prochaine grosse boulette et c'est là que nous apprendrons vraiment à nous connaître mieux. Je prie juste le ciel que vous n'entraîniez pas quelqu'un comme Siobhan Clarke dans votre chute...

Le jeudi, Elaine Robison avait essayé de prévoir une sortie commune le lendemain soir, mais Bliss lui avait battu froid.

— Je suis pris, avait-il répondu.

— Le week-end alors ?

— Restons en là, d'accord, avait-il ajouté en secouant la tête. Après tout, on n'a pas grand-chose à fêter, pas vrai ?

— Peter...

Mais il avait pris sa décision, toujours incapable de regarder Rebus dans les yeux. Et ce, jusqu'au vendredi soir, tandis qu'ils vidaient tous les deux leurs tiroirs dans des sacs en plastique. Daniel

Cowan leur avait déjà fait ses adieux dans l'après-midi, avant de les quitter d'un pas léger pour une réunion de la nouvelle unité et Robison était aux toilettes. Bliss avait bien choisi son moment et affronta Rebus.

— Gregor Magrath, c'était un des bons, déclara-t-il d'emblée. Et à mes yeux, il l'est toujours et le restera. Ce que tu essaies de faire, c'est comme si tu chiais sur son héritage. Je ne veux en aucun cas participer à un truc pareil et je ne te le pardonnerai jamais.

— Est-ce que tu lui as parlé, au moins ?

— Il souffre le martyre par ta faute. À cause de toi, il a dû subir un interrogatoire dans les règles.

Le rouge lui montait aux pommettes et sa voix commençait à trembler d'émotion.

— Ça fait des années qu'il couvre les miches de son frère.

— À t'entendre, on dirait un disque rayé, Rebus.

— Peut-être bien, mais n'empêche que la chanson reste superbe. Magrath s'est joué de toi, Peter. C'est ça qui te reste au travers de la gorge ?

— Cet homme mérite un peu de dignité.

— Et les victimes, elles méritent quoi, elles, hein ?

Bliss se racla la gorge, attrapa le sac en plastique posé sur son bureau et le bouscula au passage pour gagner le couloir d'un pas décidé. Rebus attendit le retour de Robison.

— Je crois que ça s'arrête là, lui dit-il. Il était pressé, s'excusa-t-il quand elle remarqua l'absence de Bliss.

Elle faillit lui en faire le reproche mais le cœur n'y était pas et ils se séparèrent sur une accolade après une bise sur la joue.

— À de nouveaux pâturages, lui dit-elle en pressant son bras.

Il referma la porte derrière eux.

Ce soir-là, après un verre de trop, il passa son coup de fil habituel. Il entendit sonner à l'autre bout, encore et encore, jusqu'à ce que le répondeur prenne le relais.

— Nous devons parler, Gregor. Vous le savez comme moi. Il faut que ça s'arrête.

Il répéta une nouvelle fois son numéro de téléphone avant de couper la communication. Les cinq ou six premières fois, Magrath avait en fait répondu, avant de lui raccrocher au nez dès qu'il s'était identifié. Depuis, il laissait la machine répondre à sa place.

Rebus étudia son reflet sur la fenêtre du salon.

— Vendredi soir dans la grande ville, hein ? dit-il à la pluie dégoulinant sur les vitres.

Comme les copies des dossiers de personnes disparues étaient toujours sur sa table à manger, il tira une chaise et s'assit. Un jour, bientôt, il se sentirait à même de les balancer à la poubelle, mais pas encore. Jusqu'à présent, rien ne permettait de prouver que Kenny Magrath se trouvait à proximité des autres femmes le jour où celles-ci avaient disparu. Ses archives s'étaient révélées incomplètes mais qui pouvait prétendre que ce n'était pas le cas chez lui ? Il ne tenait pas de journal quotidien de ses activités et ne gardait ni calendriers ni carnets, son épouse non plus.

Rebus attrapa la bouteille de bière et but une gorgée. Sa main était posée sur une lettre qui n'avait pas bougé depuis deux jours, sa convocation pour un entretien avec le comité de recrutement de Lothian and Borders. S'y trouvaient également la date de sa visite médicale plus un accusé de réception à retourner une fois toutes les cases cochées. Il le relut pour l'énième fois en frottant le médiator qu'il tenait entre les doigts.

— Peut-être que si je l'avais achetée, cette foutue guitare, marmonna-t-il avant de se lever pour se mettre en quête d'un stylo.

*

Cafferty habitait une maison victorienne indépendante dans une rue pleine d'arbres en retrait de Colington Road, avec un terrain de deux mille mètres carrés et une ancienne remise pour voitures à chevaux. Les pièces ne manquaient pas mais Cafferty se retirait d'habitude dans son bureau avec vue sur l'arrière du jardin. Il y avait installé un gros fauteuil ancien qu'il possédait depuis ses vingt ans et aimait à s'y asseoir pour lire et réfléchir. Ce soir, il pensait à Darryl Christie, qui l'avait invité à l'enterrement d'Annette. Il s'était présenté à la chapelle à l'heure dite en remarquant au passage que le jeune homme s'était entouré de quelques gros bras. Une demi-douzaine, qu'il ne reconnut pas. Jeunes mais déjà endurcis, peut-être d'anciens militaires de retour d'Irak ou d'Afghanistan. Ils se tenaient à l'écart des amis et de la famille et avaient suivi à bonne distance le cortège funèbre jusqu'à la tombe, Darryl et ses deux jeunes frères faisant office de porteurs du cordon avec trois autres hommes.

Pas de Frank Hammell. Pas de Derek Christie.

La policière venant du Nord était là elle aussi. Il ne connaissait pas son nom mais l'avait vue à la télé. Il avait pensé voir Rebus mais lui non plus n'était pas venu. Un des jeunes gros bras avait fendu la foule dans sa direction pour lui murmurer à l'oreille :

— M. Christie voudrait vous parler avant votre départ.

Il était resté jusqu'au bout, observant les gens qui se préparaient à la réception prévue ensuite. Darryl avait aidé sa mère à monter dans la limousine avant de l'embrasser sur la joue et de refermer la portière. Après quoi il avait rectifié sa cravate et sa veste et s'était dirigé vers lui. Il lui avait tendu la main mais Darryl l'avait ignorée.

— Tu tiens le coup ? avait-il jugé poli de demander.

— Ce n'est pas vraiment à cette question-là que vous attendez une réponse.

— Très bien alors… où est Frank Hammel ?

— Il n'est plus dans la partie. Il a transféré tous ses biens à mon nom, avec sa signature. Cela vous pose-t-il un problème ? avait alors demandé Darryl à Cafferty en le regardant dans les yeux.

— Pourquoi y verrais-je un problème ?

— Parce que vous vous obstinez à vous prendre pour un joueur toujours conquérant. Mais nous savons l'un et l'autre que cela n'arrivera pas. J'ai vu la façon dont vous opériez et cela signifie que je suis désormais bien armé pour la bataille, au cas où vous voudriez la guerre.

— J'ai laissé ça derrière moi.

— Ce sont en effet les mots qui conviennent mais votre cerveau a besoin de s'en convaincre. J'ai bossé dur, Cafferty, et je sais quels secteurs de cette ville Hammell contrôlait. Toutes choses restant en l'état, je ne cherche pas la guerre – ce qui est à vous reste à vous. C'est le seul fait tangible qui risque de changer si vous décidez que le moment est bien choisi pour tenter une incursion ou un passage de frontière inconsidéré. Est-ce que nous nous comprenons ?

Et c'est seulement à cet instant que Christie lui avait tendu la main. Un gamin de dix-huit ans ! *Dix-huit !* À dix-huit ans, lui-même n'était qu'un vulgaire soldaillon. Et voilà qu'un morveux malingre aux rêves de grandeur d'un Napoléon le faisait revenir sur terre pour le confronter à la dure réalité des choses avec, pour seule protection, une poignée de mercenaires veillant à ce qu'il ne lui arrive rien.

Mais Cafferty avait serré la main tendue, en tout état de cause.

Et là, dans son bureau, il comprenait que Darryl Christie avait pris la bonne décision au bon moment. La passation de pouvoir s'était déroulée sans heurts. Hammel se terrait en restant invisible mais jusqu'à nouvel ordre, personne ne pouvait dire qu'on ne le reverrait pas vivant.

Ce qui est à vous reste à vous… toutes choses restant en l'état…

Il ne manquait pas de culot, ce petit salopard !

Salopard, certes, mais ce môme avait oublié d'être bête ; c'était quelqu'un à ne pas sous-estimer ni à méjuger. Lui-même se sentait gêné par la façon dont il avait joué son coup, endossant le rôle du bon tonton, un bras autour de ses épaules, alors que Darryl avait déjà tout mis en place, aussi froid et calculateur que le meilleur des stratèges.

On ne pouvait qu'admirer… au moins un temps, à court terme.

Car tout compte fait, le môme n'avait pas vingt ans et il lui faudrait encore quelques dures leçons que la vie ne manquerait pas de lui apprendre. Il allait commettre des erreurs, il se ferait des ennemis. Personne n'était intouchable.

Personne.

C'est la raison pour laquelle Cafferty se leva de son fauteuil et alla vérifier les verrous des portes de devant et de derrière.

65

Le samedi matin, Rebus remit le couvert et rappela Magrath. Sauf que cette fois, le téléphone ne sonna pas : il n'eut droit qu'à une voix automatique lui disant que le numéro qu'il avait composé n'avait pas été reconnu et qu'il devrait réessayer. Il le recomposa, en veillant à ne pas se tromper. Même message.

— T'as changé de numéro, Gregor ? demanda-t-il d'une voix douce.

Puis, hochant la tête, il alla prendre une douche.

L'heure du déjeuner touchait à sa fin quand il se gara sur le front de mer à Rosemarkie, directement face au cottage. Il actionna son klaxon à plusieurs reprises en surveillant les fenêtres pour y déceler quelque signe de vie. Tous les rideaux avaient été tirés. Finalement, il alla vérifier de plus près, frôlant au passage la Land Rover, et aperçut du courrier par terre à l'intérieur de la véranda. Il alla chez la voisine et frappa à sa porte.

— Vous vous souvenez de moi ? lui demanda-t-il. Je suis déjà passé vous voir.

La vieille dame répondit que oui, il ne lui était pas inconnu.

— Je me demandais juste si vous saviez où était passé Gregor.

— Je l'ai vu au magasin hier, il prenait son journal.

— Il va donc bien ? Le fait est qu'il ne répond pas à la porte et sa maison a l'air vide.

— Les journalistes ont défilé chez lui du matin au soir, expliqua-t-elle. Et aussi le téléphone. Il n'a pas arrêté, je l'entends de chez moi.

Elle s'interrompit, se pencha vers lui et baissa la voix.

— Vous avez entendu ce qui est arrivé ?

Rebus confirma de la tête, elle n'attendait que ça.

— Une histoire abominable, tout simplement abominable. Jamais on ne pourrait croire que ces choses-là… Vous comprenez ce que je veux dire.

— Ça cause beaucoup dans le village, j'imagine.

La femme rejeta la tête en arrière.

— Vous n'imaginez pas.

— Et tout le monde est unanime pour dire que c'est à n'y pas croire ?

Il faisait de son mieux pour la lui jouer comme un gars du coin, dans la voix et l'attitude, l'air décontracté, appuyé au chambranle, les bras croisés – à l'image de deux vieux potes en train de tailler le bout de gras.

— À n'y pas croire, répéta-t-elle.

— Et personne pour les contredire ? dit-il en haussant le sourcil. D'habitude, dans le lot, il y en a toujours qui se posent des questions.

— Il n'y a pas une seule famille des environs que Kenny n'ait pas aidée à un moment ou à un autre.

— Je suis sûr que c'est la vérité, mais quand même…

La vieille dame faisait non de la tête avec une absolue conviction.

— Donc vous vous serrez tous les coudes, en veillant sur l'un des vôtres ? demanda-t-il d'une voix soudain moins conciliante.

Elle fronça aussitôt le sourcil, recula d'un pas et commença à refermer sa porte.

— Gregor vous aurait-il donné son nouveau numéro de téléphone, par hasard ?

Il dut se contenter pour toute réponse du déclic du verrou.

— Ravi de vous avoir parlé, marmonna-t-il en retournant au cottage de Magrath pour en marteler la porte.

La pluie s'était remise à tomber, d'énormes gouttes luisantes qui claquaient comme des gifles en frappant ses épaules et son dos. Il battit vite en retraite dans la Saab pour y attendre que la saucée passe. Le ciel était presque noir et il mit ses essuie-glaces en marche. Et maintenant des grêlons rebondissaient sur la chaussée qui en devenait toute blanche.

Comme le pare-brise commençait à s'embuer, il enclencha la ventilation et entrouvrit sa vitre. La grêle s'arrêta quelques minutes plus tard. Malgré un ciel toujours de plomb, il ne pleuvait plus mais il éprouva un violent sentiment de suffocation, comme si une masse énorme pesait de tout son poids sur la localité. Il aspira l'air à pleins poumons avant d'essuyer son cou et son front mouillés de sueur. Quand il sortit une cigarette de son paquet, ses mains tremblaient et il les pressa l'une contre l'autre comme si ce geste allait les apaiser. Son cœur aussi battait la chamade.

— Pas encore, dit-il à sa poitrine et à ses organes. Pas tout de suite, d'accord ?

Il remonta l'allée et vira à gauche vers la porte d'entrée de Kenny Magrath. Pas de camionnette. La maison semblait désertée. Petit trajet jusqu'à l'atelier. Toujours pas de camionnette. Peut-être travaillait-il le samedi. Ou alors il avait persuadé son épouse qu'ils avaient besoin de changer d'air, avec le frangin Gregor en remorque. L'occasion pour eux de faire coller au mieux leurs récits respectifs. Bon dieu, peut-être étaient-ils tout simplement partis faire des courses, une sortie régulière à Inverness ou Dingwall. Des photographies des deux frères étaient apparues dans les médias, mais elles n'avaient tenu qu'une journée, et ils ne devaient guère craindre d'être reconnus à l'extérieur de leur petite communauté.

Il resta là, à tambouriner sur son volant, à se demander le genre de week-end dont d'autres que lui pouvaient profiter. Siobhan achetait-elle de quoi manger ou avait-elle suivi son équipe de foot ? Daniel Cowan faisait-il prendre ses mesures pour un nouveau costard en prévision de son nouveau poste ? Gillian Dempsey avait-elle prévu un dîner de famille avec peut-être son neveu Raymond sur la liste des invités ? Les supermarchés devaient être pleins, les cinémas se préparer à distraire les foules et les clients commencer à affluer dans les bars et les restaurants. Certains entamaient leurs mots-croisés, d'autres balançaient leurs chaussures de randonnée dans les coffres des breaks. Ski, bateau et golf. Natation et jeux d'intérieur. Les gamins avec leurs devoirs, les adultes avec leurs corvées, les queues aux pompes et aux stations de lavage de voitures. Tout le monde vaquait à ses occupations. L'équipe d'Edderton disposait peut-être d'un budget suffisant pour assurer des équipes de permanence le week-end. Mais des équipes qui feraient quoi ? De nouveaux interrogatoires, de nouvelles paperasses et encore des réunions ? Pour n'aboutir à rien de neuf sinon à gonfler un peu leur salaire…

— Mais qu'est-ce que tu fous, John ? se demanda-t-il.

Il retourna au cottage de Magrath, rédigea un petit mot et le glissa sous un essuie-glace de la Land Rover.

Il disait simplement : *Il faut que ça s'arrête.*

*

Sur le trajet de retour, il remarqua que le chantier au nord de Pitlochry semblait achevé. Outre le fait que personne ne travaillait, on chargeait un des Portakabin sur le plateau d'un camion et les toilettes préfabriquées étaient déjà parties. Il se demanda ce qu'il adviendrait de ces hommes. Avaient-ils de nouveaux chantiers qui les attendaient ? À poursuivre éternellement la même tâche, défoncer, creuser et goudronner ?

— Bienvenue au club, dit-il à haute voix.

Et qu'était-il advenu de Thomas Robertson ? Quelques jours auparavant, il avait téléphoné à l'hôpital d'Aberdeen, le Royal Infirmary, et bien sûr, leur patient n'était plus là. Peut-être était-il de retour au Tunnel Arms en train d'expliquer à Gina Andrews pourquoi il lui avait menti sur sa condamnation. Ou peut-être encore sur la route, en direction d'un autre lieu, d'une autre ville, sans véritable destination en tête.

Constatant qu'il ne lui restait plus qu'un quart de réservoir, il décida de sortir à Pitlochry, traversa le centre bondé et s'arrêta à la station-service. Il commençait à faire le plein quand il entendit qu'on l'appelait.

— Qu'est-ce qui est arrivé à l'Audi ?

Il regarda la pompe suivante et reconnut le représentant de commerce avec lequel il avait échangé quelques mots en attendant que Clarke en ait terminé avec ses questions.

— Le monde est petit, lui dit le gars en souriant.

— Et après ça, une pause cigarette ? lui suggéra Rebus.

L'autre lui parut tout à fait d'accord et ils remplirent le réservoir en silence, allèrent payer en boutique et se retrouvèrent sur le trottoir en bordure de la grand-route. Un car de touristes en voyage organisé venait d'arriver à la distillerie Bell et on conduisait les occupants au centre des visiteurs.

— Pour répondre à votre question, dit Rebus en montrant la Saab, je suis plutôt du genre classique.

L'homme exhala un long filet de fumée.

— La dernière fois, je n'ai pas bien saisi dans quelle branche vous étiez.

— J'étais flic.

— Et vous faites quoi aujourd'hui ?

— Pour le moment, j'essaie toujours de me faire à ma nouvelle situation, répondit-il. Et vous, vous m'aviez dit que vous étiez dans les « solutions », c'est ça ?

— Un mot chic pour ne pas dire vendeur.

— Et vous travaillez aujourd'hui.

— Demain également, si un client accepte de me recevoir. C'est la jungle, là-dehors, au cas où vous ne l'auriez pas remarqué.

— J'avais remarqué. Et qu'en pense votre femme ?

Le gars haussa les épaules.

— On va ouvrir une bouteille ce soir et essayer d'en profiter.

— Des enfants ?

— Une fille.

— Comme moi, alors.

— Laurie est en seconde.

— La mienne a quitté le nid il y a bien longtemps, dit Rebus, les yeux fixés sur le bout incandescent de sa cigarette. Je ne la vois pas beaucoup.

Ils contemplèrent le flot de voitures qui entraient et sortaient de la ville.

— Il me semble vous avoir entendu dire que vous faisiez des centaines de kilomètres par semaine, dit Rebus

— Suffisamment en tout cas pour reconnaître les lieux et les entreprises, répondit le gars en montrant un semi-remorque. Des fleurs en provenance de Hollande. Il remonte jusqu'à Aberdeen pour sa livraison et reprend le ferry.

— Je crois que je l'ai déjà vu moi aussi, dit Rebus en se souvenant de l'aire du repos et du chauffeur de camionnette dont l'allume cigares était HS.

— La première et même la deuxième année, disait le représentant, je ne voyais rien du tout. En fait, je ne prêtais aucune attention à tout ça. Je ne m'intéressais qu'à ma pomme.

Il tira sur sa cigarette et souffla.

— Ensuite, j'ai commencé à retrouver des visages connus dans les mêmes cafés et les mêmes stations-service.

— Et vous avez entamé la conversation ?

— Ben oui, sinon, on se sent un peu seul, vous ne trouvez pas ?

— Je suppose.

— Et vous commencez aussi à reconnaître des détails précis, comme la camionnette snack qui se gare toujours à côté du panneau « Bienvenue dans les Highlands ».

— Le Slochd Summit, précisa Rebus.

— Mille trois cent vingt-huit pieds au-dessus du niveau de la mer, récita le commercial.

— Dewars' World of Whisky…

— À seize kilomètres de l'A9.

Échange de sourires.

— Mais je dois reconnaître que j'aime vraiment ça. Sauf que je ne le dirais jamais à ma femme. Je ne me sens jamais tout à fait chez moi quand je suis bloqué dans un bureau ou même en train de buller devant la télé. Vous devez me prendre pour un cinglé, non ?

— Pas vraiment. Quand on est sur la route, il y a toujours une destination et on sait qu'on va l'atteindre à un moment ou à un autre.

— C'est tout à fait ça, confirma le représentant d'un hochement de tête.

Ils fumèrent en silence pendant quelques minutes jusqu'à ce que le gars tousse et s'éclaircisse la gorge.

— La fille qui a été assassinée tout près d'ici…

— Annette McKie ?

Nouveau hochement de tête, plus solennel cette fois.

— C'est pour ça que vous étiez ici la dernière fois ? Je crois me souvenir que votre collègue était dans la boutique, elle posait des questions.

Il attendit que Rebus confirme, d'un bref signe de la tête.

— Dans le temps, il m'est arrivé de prendre des auto-stoppeuses et je les prévenais toujours du danger à voyager toute seules. À l'époque, elles étaient plus nombreuses mais elles sont toujours là. J'ai demandé à Laurie de me promettre de ne jamais faire ça. Je sais ce que vous pensez, ajouta-t-il en lui jetant un coup d'œil : on les élève dans le coton de nos jours. Moi aussi j'ai fait du stop, il y a longtemps, ma chère et tendre aussi. Mais c'est complètement différent maintenant.

— Je suppose que vous avez raison.

— Vous pensez que vous allez l'attraper, ce salaud ?

— Difficile à dire.

— Et de toute façon, même si vous l'attrapez, vous ne trouvez pas qu'on les chouchoute en prison aujourd'hui ? dit-il.

Rebus avait bien quelques objections toutes prêtes mais le gars avait terminé sa cigarette et l'écrasa par terre du bout du pied sans attendre de réponse

— Je ferais bien de reprendre la route, expliqua-t-il. Dans un boulot comme le mien, si on ne se bouge pas, l'argent ne rentre pas. Mes solutions ne se vendront pas toutes seules, conclut-il sur un grand sourire plein de dents d'une blancheur très professionnelle.

Après une poignée de main, ils regagnèrent chacun son véhicule et Rebus le regarda s'éloigner vers le nord après un dernier salut par sa vitre ouverte. Pour la plupart des gens, la route comme passage obligé n'était qu'une contrainte occasionnelle, au contraire de cet homme : avec ses semaines de six ou sept jours ponctuées par des étals à sandwichs sur les bas-côtés et des arrêts inévitables aux stations-service, elle était devenue un univers permanent dont le quotidien se passait à mémoriser les raccourcis ou planifier les itinéraires de contournement en cas de bouchons, un monde en soi où il rencontrait des individus partageant la même routine et échangeait avec eux des tuyaux sur le meilleur fast-food, l'essence la moins chère ou les toilettes les plus propres. Rebus avait toujours considéré les routes comme de simples entités muettes mais il savait dorénavant qu'il n'en était rien : elles avaient toutes leur identité et leurs marottes, un cœur battant d'une vie propre. Il resta dans sa voiture, sortit son téléphone et composa le numéro de Samantha.

— C'est moi, dit-il quand elle répondit.

— Salut, P'pa.

— Tu as un moment ?

— Rien de prévu sauf un week-end à ne rien faire.

— Tu en as de la chance. Je voulais juste savoir comment tu allais.

La nuque contre son appuie-tête, le dos collé au dossier, le portable à l'oreille, il était tout simplement bienheureux d'entendre sa voix.

— Tout va bien ? demanda-t-elle. C'est juste…

— Quoi ?

— Ça ne te ressemble guère de décrocher ton téléphone.

— Cela ne signifie pas pour autant que je ne pense pas à toi, Samantha. Au contraire, je pense beaucoup à toi.

— Je vais bien.

— Je sais.

— Et toi ? Vous allez bientôt l'arrêter, ce fou furieux ?

— On n'arrête pas de me poser la question.

Il se rappela ce qu'il avait dit au représentant : *il y a toujours une destination et on sait qu'on va l'atteindre à un moment ou à un autre…*

— Et tu réponds quoi ?

— Tu crois vraiment qu'il s'agit d'un fou furieux ?

— Je ne vois pas comment il pourrait en être autrement.

— Parfois, c'est bien difficile à déterminer.

— J'ai les jetons quand je pense qu'il est toujours en liberté. J'ai un rendez-vous à Inverness dans quelques jours avec l'équipe de fécondation in vitro, mais j'ai dit à Keith que je n'y allais pas sans lui.

— Tout ira bien.

— C'est facile à dire pour toi.

— Je suppose que tu as raison. Tu me diras comment ça se passe à Raigmore ?

— Bien sûr.

— Et vous devriez peut-être envisager un week-end à Édimbourg, Keith et toi. Je pourrais vous trouver un hôtel. C'est moi qui régale.

— Tu es sûr que tu vas bien ?

— Arrête tes petites insolences, jeune dame.

Il entendit son rire tinter dans ses oreilles.

66

Ce soir-là, il retrouva Cafferty au Tannery.

— Merci d'être venu, dit-il en payant la tournée avant de se diriger vers une table.

— Et c'est maintenant que tu me présentes tes excuses ? lui demanda Cafferty.

— Quel genre d'excuses ?

— La dernière fois que tu es venu ici, tu as été tout sauf courtois.

— Je suppose que c'est une façon de voir les choses.

— Et alors ?

— Tu ne vas quand même pas me dire que je t'ai vexé ?

Avec bien du mal, Cafferty réussit un semblant de sourire, mince comme une lame.

— Peut-être pas, lui concéda-t-il. Alors pour quelle raison m'as-tu fait venir ce soir ?

Rebus tira de sa poche et déplia une page arrachée au *Scotsman* qu'il aplatit sur la table. Un reportage sur l'enterrement d'Annette McKie, accompagné d'une photo de quelques membres du cortège à leur sortie de la chapelle. Cafferty était du nombre.

— J'ai été invité par la famille, expliqua-t-il.

— Je ne savais pas que tu connaissais ces gens-là.

— Je connais Darryl.

— Depuis quand ? Il n'y a pas si longtemps encore, tu ignorais qu'il travaillait pour Frank Hammell.

— C'est toi qui m'as renseigné, dit Cafferty en levant son verre comme pour lui porter un toast.

— Et en un laps de temps aussi bref, tu es parvenu à t'insinuer dans les bonnes grâces de tous ?

— C'est Darryl qui a voulu que je sois présent.

— Et pourquoi ?

— Les affaires.

Cafferty but une gorgée de whisky, qu'il savoura avant d'avaler.

— Je n'ai pas vu Hammell parmi les invités.

— Tu aurais eu du mal.

— Parce qu'il a été mis sur la touche et forcé de se retirer ? devina Rebus. Tu as retourné Darryl contre lui ?

— Tu ne lui accordes pas suffisamment de crédit, à ce môme.

— Et ça veut dire quoi ?

— Juste que mon aide n'a pas été vraiment nécessaire. Le jeune Darryl a Frank dans son collimateur depuis le début.

Il fallut un moment à Rebus pour digérer ce qu'il venait d'apprendre.

— J'oserais dire que dans les années à venir, toi et les tiens, vous lui devrez quelques belles migraines, poursuivit Cafferty. Tant qu'il fera preuve d'intelligence et que la chance lui sourira.

— Alors où se trouve Hammell maintenant ?

— Il garde un profil très bas.

— Je ne marche pas. Hammell, c'est trop gros.

— Il y a longtemps que le môme le grignote petit à petit en le sapant à la base. Il a viré ses hommes et mis les siens à la place. Et il a réussi cet exploit sous les yeux de son patron qui n'y a vu que du feu. C'est te dire s'il a fait preuve d'une intelligence rare. Si jamais Hammell avait eu le moindre soupçon, le gamin serait sous terre quelque part en forêt.

— Quelque part en bordure de l'A9 ?

— Aussi bien là qu'ailleurs.

Rebus secoua lentement la tête.

— Darryl devait forcément avoir obtenu ton aval.

— Tu ne penses pas que c'est moi qui en tirerais tout le crédit si c'était vrai ?

— Il est trop jeune.
— Mais aussi affûté qu'un cutter.
— C'était quoi, ton plan de départ ? Le retourner contre Hammell ?
— Peut-être bien.
— Et jouer au fauteur de troubles ?
— Là, tu sais de quoi tu parles, dans le genre, tu es champion. Pas étonnant que les Plaintes s'intéressent autant à ta personne. Mais apparemment, ça ne semble pas avoir mis un terme à nos petites rencontres, dis-moi ? Je crois bien que sinon, tu t'ennuierais.
— Tu crois ?
Cafferty hochait la tête avec conviction.
— Dis-moi un truc, poursuivit-il, les coudes sur la table. Cette dispute entre Hammell et la gamine. C'était quoi, la raison ? Tu as une idée ?
— J'en connais très exactement la raison.
— Mais tu ne m'en diras rien.
— Non, effectivement, et inutile de demander à Ormiston parce que je peux t'assurer qu'il n'en sait rien, lui.
Les deux hommes se jaugèrent sans mot dire. Auraient-ils été séparés par un échiquier qu'ils se seraient peut-être préparés à un match nul, un de plus, dans une longue série toujours en cours.
Cafferty finit son verre et se leva.
— Un autre ? demanda-t-il, déjà en route vers le comptoir sans attendre de réponse.
Il passa sa commande et entendit dans son dos la porte s'ouvrir et se refermer. Quand il se retourna, Rebus n'était plus là, laissant derrière lui un verre à demi plein, et la photo des funérailles.

*

Une forêt quelque part…
Aussi bien là qu'ailleurs…
Une forêt…
De retour dans son appartement, Rebus entra le numéro que lui avait donné Frank Hammel dans son téléphone. Il laissa sonner

un moment sans que personne réponde et but son reste de whisky à même la bouteille, debout devant la fenêtre du salon et son panorama inchangé. Les deux gamins de l'immeuble d'en face étaient assis en tailleur sur la moquette face à la télé et il se demanda ce que la vie leur destinait. Un parent absent, peut-être. La fac ou un boulot au plus vite ? Ou encore, qui sait, le chômage ? Une rencontre avec quelqu'un qu'ils aimeraient vraiment. Et le saloon de la dernière chance, une fécondation in vitro. Après quoi ils seraient peut-être parents à leur tour, à se préoccuper de leur avenir en regrettant de ne pas savoir ce qu'il leur tenait en réserve. Son téléphone vibra et le nom de Hammell apparut sur l'écran. Il hésita puis décida de répondre.

— Il faudrait qu'on se voie, dit-il.

— Pour quoi faire ? demanda Frank, la voix sèche et sans substance.

— Parce que je suis au courant pour vous et Darryl.

— Je ne veux plus jamais entendre le nom de ce petit fumier.

— Il est bien possible que vous y soyez forcé, répondit calmement Rebus. Et qui plus est, ça en vaudra la peine, je crois.

— Je ne suis pas une balance, Rebus.

— Je ne vous demande pas de dénoncer quiconque. J'ai juste besoin d'une réponse à une question. Et la question ne concerne même pas Darryl.

— Et ?

— Possible que vous y trouviez votre compte.

Silence sur la ligne. Hammell réfléchissait et il l'entendit souffler.

— C'est quoi la question ?

— Possible aussi qu'il y ait une suite, tout dépendra de votre réponse.

— Vous me la posez, votre foutue question, ou quoi ?

— O.K.

Un des gamins d'en face apparut à la fenêtre et lui fit signe. Il lui rendit son salut.

— Où enterreriez-vous un corps ? demanda-t-il à Hammell en

regardant le gamin agiter de nouveau la main, cette fois avec un grand sourire édenté.

Une forêt…

*

Rebus venait de sortir de son immeuble et refermait la porte derrière lui quand il vit Siobhan sur le trottoir.

— Page est avec toi ? lui demanda-t-il en regardant à droite et à gauche.

— Non.

— Alors qu'est-ce que je peux faire pour toi ?

— Je me faisais du souci, c'est tout.

— Du souci ?

— Tu as complètement disparu du radar.

— Une petite chose t'échappe, on dirait : je ne suis plus inscrit au rôle.

— Quand même…

— Quoi ?

Elle l'étudia avec attention.

— Je ne me trompais pas. Cette expression, je la connais. Tu mijotes quelque chose.

— Je ne mijote rien du tout.

— Et le revoilà aussitôt sur la défensive.

Il ouvrit les bras en simulacre d'innocence mais elle ne s'y trompa pas.

— Où vas-tu comme ça ? demanda-t-elle.

— Je sortais, c'est tout.

— Ça te dérange si je t'accompagne ?

— Oui.

— Ce n'est donc pas au pub que tu vas.

— Pour l'amour du ciel, Siobhan…, lâcha-t-il, un peu exaspéré. C'est juste un truc que je dois faire.

— Un truc qui aurait un rapport direct avec Kenny Magrath ?

— Peut-être, reconnut-il.

— Et naturellement, en respectant scrupuleusement la loi ?

— Je ne suis pas la police ; je ne suis même plus un civil qui travaille pour la police.

— Et le fait qu'un inspecteur en exercice t'assiste dans tes œuvres ne serait pas un plus ?

Il la fixa dans les yeux et fit non de la tête.

— Tu devrais écouter Fox, Siobhan. Si tu veux continuer à grimper les échelons, tu dois te tenir à l'écart des individus de mon espèce, expliqua-t-il en se frappant la poitrine du pouce pour faire bonne mesure.

— Je grimperais donc les échelons et j'aurais l'insigne honneur de finir comme James Page et Malcolm Fox ? dit-elle en faisant mine de peser le pour et le contre comme une actrice de théâtre. D'une certaine façon, ta manière de faire les choses me paraît un tout petit peu plus fun.

— Non, répéta-t-il en secouant la tête.

— Si, rétorqua Clarke. Dis-moi ce qui te trotte dans la tête.

Il se frotta la mâchoire.

— Si je te réponds, tu voudras bien ficher le camp, rentrer chez toi et me laisser faire ?

Ce fut au tour de Clarke de secouer la tête.

— C'est bien ce que je pensais, conclut-il.

*

Frank Hammell les attendait dans un fast-food jouxtant une station-service. Sous la lumière crue, il était visible qu'il avait perdu de ses couleurs, les joues grisées de barbe et des cheveux qui auraient eu bien besoin d'un coup de peigne. Il faisait durer son café, son burger à peine entamé, les yeux sans cesse aux aguets, et à chaque nouvel arrivant qui poussait la porte, son corps tout entier semblait se raidir.

— Vous croyez qu'il vous cherche ? demanda Rebus en se glissant dans le box pendant que Clarke s'occupait des consommations au comptoir : jus d'orange pour elle et thé pour lui.

— Vous n'aviez pas dit que vous ameniez quelqu'un, lui renvoya brutalement Hammell.

— Elle n'est pas là – officiellement.

Il se glissa au fond de la banquette pour laisser la place à Clarke qui salua Hammell d'un signe de tête. Ce dernier l'ignora pour se concentrer sur deux nouveaux arrivants dans le restaurant.

— Je crois cette petite merde capable de tout, finit-il par marmonner dans sa barbe en réponse à la première question de Rebus.

— Et il n'aurait pas choisi le club pour passer à l'action ?

— Trop de témoins, répondit Hammell.

— Apparemment, vous avez beaucoup réfléchi.

— Et qu'est-ce que je peux faire d'autre ? Si je m'avise seulement de décrocher mon téléphone pour appeler Gail, il la mettra au courant pour Annette et moi. Il a même les clés de ma maison..., dit-il, complètement furieux. Si je le chope en tête à tête, je l'étrangle de mes mains, ce salaud.

— C'est noté. Je vous propose une autre solution : et si c'est nous qui le faisions tomber ?

Au regard qu'il lui lança, on aurait dit que Hammell le voyait pour la première fois.

— C'est un coup monté, c'est ça ?

— Absolument pas.

— Quoi alors ?

— Je veux arriver à un résultat et Darryl Christie en fait partie.

— Je ne comprends pas.

— C'est préférable, croyez-moi.

Hammell scruta le visage de Rebus, jeta un regard à Clarke et revint sur lui.

— Qu'est-ce que je dois faire ?

— Vous vous souvenez de la question que je vous avais posée ?

— Oui.

Rebus sortit une carte routière d'Écosse de sa poche.

— Montrez-moi, c'est tout, dit-il.

*

Ils raccompagnèrent Hammell qui ne s'était pas encore débarrassé de sa Range Rover.

— Un peu voyante, l'avertit Rebus.

— Le garage qui me l'a vendue m'en a offert quinze mille pour la reprendre, gémit Hammell. Elle en vaut trois fois plus.

— Malgré tout…

— Vous voulez qu'on échange ? dit-il en montrant la Saab. Quinze plus la vôtre ?

— Je ne peux pas faire ça, Frank.

Hammell monta dans sa voiture, démarra et se dirigea vers la grand-route pied au plancher. Rebus ouvrit la Saab et Clarke s'installa comme passagère.

— Ç'aurait été une sacrée affaire, dit-elle.

— Les choses que cette vénérable monture et moi avons traversées…, dit Rebus en tapotant le volant. L'argent n'y a pas sa place.

— Et maintenant ? demanda-t-elle en bouclant sa ceinture.

— Maintenant, on met un plan sur pied.

— Un plan pour faire quoi, exactement ?

— Pour offrir à Kenny Magrath la peur de sa vie…

67

Il passa son coup de fil le dimanche, à l'heure du déjeuner, en utilisant le numéro que Darryl Christie lui avait donné. On décrocha mais il ne reconnut pas la voix.

— Il faut que je parle à votre patron.

— De quel patron parlez-vous ?

— Ne soyez pas débile, fiston. Donnez à Darryl le nom de John Rebus et dites-lui de me rappeler.

Sur ce, il raccrocha et attendit. Moins de trois minutes plus tard, son mobile trillait.

— J'écoute, dit Darryl.

Pas de salut, pas de banalités. Tout avait changé. Ce n'était pas plus mal, se dit-il.

— Le mec que vous cherchez s'appelle Kenny Magrath. Il vit avec sa femme à Rosemarkie. Je peux vous donner l'adresse.

— Je suis au courant, l'interrompit Christie. Tout le monde en a parlé sur le Net – les hommes de Dempsey ont vérifié et ils l'ont remis en liberté.

— C'est en effet ce qui s'est passé, dit Rebus. Mais écoutez ce que j'ai à vous dire, ensuite vous déciderez.

— Vous avez deux minutes.

Il lui fallut un peu plus longtemps pour exposer le détail de ses raisonnements : la camionnette à la station-service, le départ en retraite de Gregor Magrath, la façon dont Kenny Magrath avait réagi une fois confronté à l'accusation. Puis la voix de Darryl Christie :

— Pourquoi me le dire à moi ?

— Parce que je ne peux rien contre lui. Il a trop bien couvert ses traces.

— Enregistrez-vous cette conversation ?

— Si c'est le cas, je suis sur le point de signer mon propre mandat d'arrêt. Il faut qu'il disparaisse, Darryl. Et il faut que ça ressemble à une fuite, sinon c'est nous deux qui risquons de nous retrouver sous le feu des projecteurs. Son corps doit rester introuvable, c'est impératif.

— Sauf que les corps ont une fâcheuse tendance à réapparaître au grand jour, vous ne trouvez pas ?

— Tout dépend de l'endroit où on les abandonne.

— Dois-je vous compter parmi les invités à la petite fête ?

— Non, lui assura Rebus. Moins vous m'en direz, mieux ce sera. Magrath a un atelier, un garage en fait, en face du pub au bout du village. Il y passe tous les matins à la première heure et ensuite le soir, quand il a fini sa journée. À mon avis, le soir est préférable. Il fait bien sombre dès dix-sept heures. Impossible de laisser sa camionnette sur place s'il est censé avoir mis les bouts à son volant.

— Vous avez sérieusement réfléchi à la question.

— Je n'ai pas eu grand-chose d'autre à faire. Vous l'avez dit vous-même, Dempsey ne s'est guère révélée utile quand je suis allé la voir.

— Vous savez ce que je ferai s'il s'agit d'un coup monté ?

— Oui.

— Il ne s'agit pas non plus d'une entourloupe mise sur pied par Cafferty ?

— Non.

— Et qu'est-ce qui m'empêche d'aller droit jusqu'à la maison de cette ordure pour défoncer sa porte ?

— D'abord il a des voisins. Ensuite, vous seriez obligé de régler le problème de son épouse. C'est mieux à ma façon. Vous l'emmenez dans les bois quelque part – les forêts ne manquent pas vers le nord. Je peux même vous en suggérer quelques-unes…, dit-il en gardant la voix en suspens pour savoir ce que Christie allait répondre.

— Ce ne sera pas nécessaire, entendit-il.

Bonne nouvelle : le môme avait déjà son idée sur l'endroit.

— Je dirais que c'est un homme d'habitudes réglé comme une horloge, poursuivit Rebus en s'efforçant de masquer toute émotion dans sa voix. J'imagine que le dîner doit être prêt quand il rentre le soir, ce qui signifie que sa femme commencera à se faire du souci sans trop tarder. S'il a une demi-heure de retard sur l'horaire prévu et ne répond pas au téléphone, elle va se lancer à sa recherche et il ne lui faudra pas bien longtemps ensuite pour prévenir la police.

— Ce n'est pas un problème.

— Vous connaissez un endroit où conduire la camionnette ?

— Vous voulez que je vous dise où ?

— Je veux juste m'assurer que tout se déroulera comme il se doit, pour vous comme pour moi.

— Pas de scrupules ?

— Pas le moindre.

— Nous ne nous reparlerons plus, vous et moi.

— Je ne demande qu'une chose, réussir à boucler ce dossier. Appelez ça un petit cadeau de départ en retraite que je me fais à moi-même.

— Si tout se passe bien, je pourrais même y aller de mon écot pour une horloge que vous mettrez sur votre cheminée. En revanche, dans le cas contraire…

Darryl Christie raccrocha sans même prendre la peine de préciser sa menace et Rebus fixa son mobile jusqu'à ce que l'écran s'éteigne.

— Alors ? demanda Siobhan Clarke.

Elle était debout dans le salon, les mains serrées autour d'un mug de café. Rebus se leva de son fauteuil et se versa un verre puis, y réfléchissant à deux fois, le repoussa de côté et choisit plutôt d'allumer une cigarette. Il alla la fumer à la fenêtre à guillotine dont il releva l'ouvrant pour que Clarke ne rouspète pas.

— Prometteur, répondit-il en soufflant la fumée dans l'entrebâillement. Sans plus.

— A-t-il dit quelle forêt ?

Rebus secoua la tête.

— Mais il connaît celle que son ancien patron utilise de temps à autre. Et elle est parfaite, à trois quarts d'heure de la Black Isle. Il n'aura aucune envie de s'embarquer sur des routes qu'il ne connaît pas avec un homme qu'il vient juste de kidnapper, sachant que l'épouse du gars est à la maison et se prépare à appeler la police.

— Et la camionnette ?

— J'imagine qu'il va la larguer au fond d'un loch ou la vendre à la ferraille.

— Pourquoi ne pas se débrouiller pour que ça ait l'air d'un accident ? La camionnette qui quitte la route avec Magrath au volant.

— Trop de paramètres impossibles à maîtriser : n'importe quelle équipe de scène de crime un tant soit peu attentive pourrait y trouver anguille sous roche.

Clarke s'assit sur le canapé où était posée la carte routière, un cercle dessiné autour d'une zone boisée aux environs d'Aviemore.

— Il ne va pas s'y précipiter dès ce soir ?

— Darryl est du genre prudent. Il passera un moment à retourner ça en tous sens dans sa tête.

— Sous-entendu, il risque malgré tout de se dégonfler ?

— C'est toujours une possibilité.

— Mais tu ne l'envisages même pas ?

— Non.

— Et tu ne penses pas non plus qu'il touchera à Mme Magrath ?

— Il n'est pas du genre à faire ça. Il cherchera les failles du plan, il essaiera peut-être de réfléchir à un autre moyen.

— Combien d'hommes emmènera-t-il ?

— Deux ou trois : un pour conduire la camionnette en lieu sûr.

— Est-ce qu'il nous faut des renforts ? Je pourrais demander à Christine ou Ronnie…

Elle n'avait pas encore fini sa phrase que Rebus secouait déjà la tête.

— Je me fais suffisamment de mauvais sang comme ça pour t'avoir embarquée, *toi,* dans cette histoire.

— Comme si je t'avais laissé le choix.

Elle lui souriait par-dessus le rebord de son mug de café.

— N'oublie pas : tu es le seul flic ici. Si jamais Fox et son équipe ont vent de tout ça...

— Je saborderais toutes mes chances d'entrer aux Plaintes.

— Tu veux travailler pour Fox ?

— Il m'a dit que je ferais ça très bien. Et je crois qu'il l'entendait comme un compliment.

— Et ?

— Et quoi ?

— Ça te plairait ?

— Il faudrait que je fasse vœu de silence, tu ne crois pas ?

— À propos de moi, tu veux dire ?

Il souffla un nouveau panache de fumée par la fenêtre.

— Je pourrais leur en raconter tellement...

— C'est pas faux, dit-il.

Il écrasa sa cigarette sur le rebord de la fenêtre et la jeta dans le vide d'une pichenette.

68

Le lundi, ils étaient à Rosemarkie, en position, dès 15 h 30, après avoir jeté un coup d'œil au garage de Magrath. Comme il était impossible de se garer à proximité sans éveiller les soupçons, ils avaient choisi d'attendre dans l'étroite rue principale, l'Audi de Clarke nichée entre deux véhicules, l'avant pointé vers le sud. Raisonnement de Rebus : après s'être emparés de Magrath, c'est de là que les autres arriveraient s'ils ne voulaient pas se retrouver à Cromarty.

— Espérons que tu as raison, lui avait répondu Clarke.

Leurs courses faites, les gens du village revenaient du magasin aux vitrines éclairées et Rebus passait le temps en expliquant à Clarke que c'était Darryl Christie qui avait enlevé Thomas Robertson.

— Son occupation favorite, c'est surfer sur le Web. C'est comme ça qu'il a appris que nous avions embarqué un gars de l'équipe qui travaille au chantier de Pitlochry. Il n'a pas eu beaucoup de mal à le retrouver, ensuite il l'a filé jusqu'au Tummel Arms et il l'a embarqué.

— Pour le passer à tabac ?

— Pour le faire parler. Avant d'apprendre que finalement, ça ne pouvait pas être lui et c'est pour cette raison que le pauvre mec s'est retrouvé largué à Aberdeen.

— Pourquoi Aberdeen ?

Rebus suivit des yeux une voiture de passage – mais il ne reconnut aucun visage à l'intérieur.

— Peut-être parce que Frank Hammell y avait des amis… de cette façon, nous allions continuer à croire que c'était lui qui était derrière tout ça et non pas son petit lieutenant boutonneux.

Clarke hocha la tête, elle était d'accord.

— Une chose que je voulais te demander, poursuivit Rebus.

— Quoi ?

— Fox m'a déclaré en personne qu'il me lâchait les basques pour l'instant. Tu ne lui en as pas touché un mot, dis-moi ?

— Non.

— Il veut que je revienne au CID de manière à me choper la main dans le sac une bonne fois.

— Et tu le crois ?

— Je ne suis pas sûr.

— As-tu signé les formulaires ?

— Il y a toujours le risque que j'échoue à l'examen médical.

— Je te l'accorde volontiers.

— Merci mille fois.

Une autre voiture, conduite par une jeune femme.

— Est-ce que Magrath va se diriger par ici ? demanda-t-elle.

— Tout dépend de l'endroit où il aura travaillé aujourd'hui.

— En partant de l'hypothèse qu'il est bien parti au boulot ce matin.

— Je n'ai jamais prétendu que mon plan était parfait.

Il consulta sa montre. Le jour diminuait vite. Quand il releva les yeux, il aperçut la Mercedes noire Classe M.

— Les voilà, dit-il à Clarke.

Il détourna la tête, masquant son visage aux passagers du véhicule qui approchait. Elle, de son côté, se baissa vers l'avant en faisant mine de régler la stéréo.

— Ils sont quatre, je crois, dit-elle, les yeux sur le rétroviseur intérieur.

— Darryl à la place du passager, confirma-t-il.

— En tout cas, c'est un bon début… (Elle souffla pour relâcher un peu de sa tension.) Ils sont même en avance.

— Il leur faut du temps pour repérer les lieux.

— Si Christie est du genre précautionneux, il va ouvrir l'œil et chercher les pièges.

Elle redémarrait la voiture.

— Et tu en conclus quoi ?

— Je déplace la voiture un peu plus loin, peut-être même un peu en retrait dans une rue adjacente. Nous savons ce que nous cherchons : une grosse Mercedes qui se dirige vers le sud.

— Tu crains qu'ils ne reviennent sur leurs pas et nous repèrent ?

— Oui.

Il était d'accord et ce fut l'affaire de quelques minutes pour dénicher l'endroit adéquat, face à la rue principale. Clarke coupa aussitôt le moteur puis changea d'avis et le remit en marche.

— Un peu de chaleur, expliqua-t-elle avant d'augmenter la température.

— Bonne idée.

À en croire le tableau de bord, il faisait cinq degrés dehors. Un coup de gel était à prévoir un peu plus tard. Deux étoiles étaient déjà visibles dans le ciel clair. Rebus plaça les mains face à la grille de ventilation et les frotta l'une contre l'autre.

Vingt minutes plus tard, ils repéraient l'un et l'autre la camionnette, le nom de MAGRATH bien visible sur les flancs.

— Il se dirige vers l'atelier, déclara Rebus.

— Il est encore temps de changer de stratégie, proposa Clarke. En les prenant en flagrant délit là-bas et maintenant.

Rebus secouait la tête.

— Il nous le faut mort de trouille, n'oublie pas.

— Ma solution est moins risquée.

— Ne les perds pas, c'est tout.

— Pourquoi, tu mets en doute mes capacités de conduite, c'est ça ?

Elle eut droit à un simple regard en guise de réponse et Rebus se concentra sur la route. Deux minutes pour que Kenny Magrath arrive à son atelier… et se retrouve proprement ficelé dans la voiture… Les autres ne devaient pas traîner. Oui, mais si un client du pub était sorti fumer une cigarette ? Ou si un bus plein de regards inquisiteurs passait à ce moment-là ? Jamais encore ou presque, il n'avait vu le temps s'écouler avec une telle lenteur. Et à l'instant précis où il ouvrait la bouche pour en faire part…

— Camionnette ! s'écria Clarke.

Elle repartait d'où elle était venue, MAGRATH toujours bien visible sur ses flancs. La forme au volant n'était pas Kenny – trop petite, trop sèche. La Mercedes noire suivait à quelques secondes, ses occupants difficiles à distinguer, et Clarke commença sa filature en gardant ses distances. Quand un camion de livraison apparut derrière elle, elle ralentit pour lui permettre de la doubler. Pour avoir étudié la carte, elle savait que la Mercedes disposait d'un nombre d'options limité, ce qui n'empêcherait pas le chauffeur d'effectuer certaines manœuvres destinées à vérifier qu'il n'était pas filé, ralentir presque jusqu'à l'arrêt sans prévenir ; se ranger sur le bas-côté et prendre son temps ; revenir sur ses pas et choisir un itinéraire différent. Mais pour l'instant, l'Audi était cachée par le camion de livraison.

Première grande décision : direction Munlochy. La Mercedes resta sur l'A832.

— Ensuite tu auras le rond-point de Tore, dit Rebus. Et après ça l'A9 plein sud.

— Si ton intuition ne t'a pas trompé, l'avertit Clarke.

— Ô femme de peu de foi, sourit-il, mais elle savait qu'il était nerveux : s'il agrippait comme il le faisait la poignée de la portière, sa conduite n'y était pour rien.

Arrivé sur la quatre voies, le cortège suivit les panneaux en direction d'Inverness et Rebus tendit le cou pour voir ce qui se passait au-delà du camion.

— Ils prennent de la vitesse, informa-t-il Clarke.

Elle mit son clignotant et se déporta à droite. La Mercedes avait doublé la camionnette en restant néanmoins à proximité.

— Tu sais qu'ils pourraient parfaitement être en train d'étrangler Magrath à cet instant, dit-elle.

— Ils pourraient, reconnut-il.

— Possible qu'on n'ait qu'un cadavre sur les bras au bout du compte.

— C'est exact.

— Et je suppose que cela ne t'empêcherait pas de dormir.

— Je ne suis pas un monstre, Siobhan… mais je présume que j'y survivrais…

Franchissement de Kessock Bridge et entrée dans Inverness, puis à la sortie, toujours l'A9 direction sud.

— Jusqu'ici, tout va bien, dit-elle en serrant les dents.

— Tu as l'intention de rester à leurs basques jusqu'au bout ?

— Encore deux ou trois kilomètres.

Après quoi elle écrasa l'accélérateur, prit la file extérieure et doubla la camionnette avant de se rabattre derrière la Mercedes pour accélérer de nouveau et la doubler à son tour. Cent cinquante à l'heure au compteur, constata-t-elle en surveillant les phares qui disparaissaient dans son rétroviseur.

— Ils se cantonnent à un petit cent dix, dit-elle.

— Ils n'ont aucune envie de se faire arrêter, j'imagine.

Quelques kilomètres plus loin, un panneau signalait une aire de repos. Elle ralentit, s'arrêta derrière un semi-remorque garé là pour la nuit et éteignit ses phares avant de se laisser glisser sur son siège, aussitôt suivie par Rebus qui fit de son mieux pour l'imiter. Il sentait la sueur dans son dos, sa chemise collée à sa peau.

— Les voilà, dit-elle, les yeux sur son rétroviseur latéral.

D'abord la Mercedes puis la camionnette mais aussi quelques véhicules dans leur sillage. Dans la nuit noire, vu la vitesse du convoi, l'Audi ne pouvait pas être repérée. Elle ralluma ses phares et reprit la route.

— Les sites pour se débarrasser des cadavres ne manquent pas dans le coin, dit-elle.

— Il n'a pas l'expérience, Siobhan. Mon petit doigt me dit qu'il se tient à ce qu'il connaît, des endroits qu'il a vus ou dont on lui a parlé.

Vingt minutes plus tard, ils passaient devant un panneau indiquant l'embranchement vers Aviemore.

— Là où tout a commencé, dit-elle.

— Je suppose, répondit-il.

Quelques rares flocons de neige tombaient et plusieurs voitures signalèrent qu'elles tournaient à gauche.

— La Mercedes ? devina Rebus.

— Je serais prête à le parier, dit-elle. Mais pas forcément avec mon argent.

Effectivement, la voiture quittait l'autoroute tandis que la camionnette restait sur l'A9 pour rejoindre le ferrailleur qu'on lui destinait ou un sort similaire.

— Tu es sûr que Magrath n'est pas saucissonné à l'arrière de sa propre camionnette ?

— Aussi sûr qu'on peut l'être.

L'Audi suivit la Mercedes, seuls deux autres véhicules l'en séparaient.

— Je crois que ça va marcher, déclara-t-elle. À condition qu'ils ne nous aient pas repérés.

Malheureusement, les voitures intercalées les quittèrent trop vite pour se diriger vers des lotissements nouvellement construits, ne laissant que la Mercedes et l'Audi sur la route – à cinquante mètres l'une de l'autre.

— Je m'arrête et je les laisse prendre de l'avance ?

— Je ne sais pas, reconnut Rebus.

— On pourrait les doubler et leur bloquer la route. Ne me dis pas que Magrath n'est pas en train de faire dans sa culotte.

— Pas encore.

Elle tourna la tête et vit ses yeux qui ne lâchaient pas la Mercedes une seconde, sa main gauche toujours agrippée à la poignée de la portière. Aviemore était désormais loin derrière eux et ils s'enfonçaient dans un univers sauvage de montagnes et de forêts.

— Je pourrais les doubler à nouveau, suggéra Clarke.

Elle n'en dit pas plus : sans prévenir, la Mercedes quitta la route et s'engagea sur un chemin de terre dont la barrière d'accès était restée ouverte. Elle poursuivit sa route sans s'arrêter, Rebus fixant les feux arrière du quatre-quatre jusqu'à leur disparition, engloutis par le couvert des arbres.

— C'est bon, dit-il.

Clarke arrêta la voiture et fit demi-tour, tous feux éteints, pour rejoindre lentement la barrière ouverte.

— Exactement ce qu'avait dit Hammell, marmonna-t-elle.

Le 4 × 4 n'était plus visible. Elle descendit sa vitre et tendit l'oreille pour le repérer au bruit.

— Il roule toujours, dit-elle.

— Dans ce cas, nous aussi.

L'Audi emprunta à son tour le chemin à faible allure, les deux vitres baissées. Malgré les rafales de vent et l'air mordant de la nuit, Rebus sortit la tête, tout ouïe, et scruta les ténèbres. Le chemin encadré par une forêt de pins qui remontait vers une colline lui évoqua Edderton. Arrivée à une bifurcation, Clarke s'arrêta et prit la précaution de couper son moteur.

— Tu entends quelque chose ?

— Non, lui répondit-il.

— Et je ne vois pas non plus de lumière.

— Tu crois qu'ils se sont arrêtés ? demanda-t-il à voix basse.

— Peut-être.

— On prend à gauche ou à droite ?

— À toi de me dire, répondit-elle.

— Le sol est bien gelé ; difficile d'y distinguer des marques de pneus.

— Mais tu as bien été boy-scout, non ?

Rebus réfléchit un instant.

— À droite, dit-il. Avant de se raviser : Non, à gauche.

— T'es sûr ?

— Plutôt.

— Tu joues aux devinettes, c'est ça ?

— Fifty-fifty, Siobhan.

— Je doute que Magrath apprécie beaucoup la cote offerte. Et si on mettait pleins phares en fonçant droit devant ?

— Et si on faisait le reste à pied ?

— À pied ?

Elle écarquillait les yeux, le front plissé.

— À pied.

— Ensemble ou chacun de son côté ?

— Bon Dieu, Siobhan, c'est donc à moi de prendre *toutes* les décisions ?

69

Une main enleva le sac qui couvrait la tête de Kenny Magrath. Il avait reçu quelques coups, ses yeux le piquaient et il dut cligner des paupières avant d'y voir distinctement. La lune était presque pleine dans le ciel embrumé et l'odeur de mousse omniprésente. Les mains attachées dans le dos, il respirait par le nez à cause de l'adhésif qui le bâillonnait, au centre d'un triangle formé par trois hommes dont la taille lui parut si démesurée qu'il ne comprit pas immédiatement : il était debout dans une tombe peu profonde. Il tenta bien de hurler mais seule une bulle sanguinolente jaillit d'une narine. Tant bien que mal, il chercha alors à s'extraire de la fosse mais un des hommes fit un pas en avant et leva une pelle. Il comprit aussitôt et s'immobilisa. La voiture dans laquelle ils l'avaient amené était à une dizaine de mètres, ses feux de croisement allumés éclairant la scène et quelques flocons qui tombaient au ralenti.

— Tu as tué ma sœur, dit quelqu'un.

Magrath regarda alentour, incapable de savoir qui avait parlé. Darryl, en jean, polo sombre et tennis, se pencha alors en avant et accrocha son regard. Magrath secoua la tête avec véhémence et sentit monter une nouvelle nausée, le cerveau palpitant de douleur.

— Cette tombe a été creusée pour un autre que toi, expliqua Darryl. Mais ce n'était pas le bon. Tu es celui que je cherche, alors n'essaie pas de nier.

Ce fut plus fort que lui, Magrath lâcha un cri suraigu étouffé par son bâillon. Darryl se détourna comme si ce petit numéro l'ennuyait à mourir et tendit le bras. Lorsque l'homme le plus proche plaça la pelle dans sa main, il la soupesa, vérifia son point d'équilibre puis la leva au-dessus de sa tête et frappa le vide à plusieurs reprises pour s'entraîner. Dès lors, ne restaient plus à Magrath que ses yeux pour pleurer. Et il pleura, paupières fermées, serrées, avant que ses genoux ne le lâchent et qu'il ne s'affaisse lourdement sur le sol, le menton en appui sur le rebord de la tombe.

— Chhuut, lui dit Christie comme un père à son enfant.

Puis il arqua le corps en arrière, leva la pelle bien haut et l'abattit de telle sorte qu'elle frappe la terre juste devant son prisonnier. Magrath rouvrit les yeux, nez à nez avec le tranchant luisant de l'outil. Christie libéra le fer et s'accroupit, la pelle tenue devant lui, face à un Magrath larmoyant couvert de morve.

— Tu ne croyais quand même pas que ça irait vite, dis-moi ? Avant que ce ne soit terminé, il y a encore beaucoup à faire, des tas de choses à fracasser. Toutes ces vies que tu as prises. Dans le seul but de prendre ton pied, n'est-ce pas ? Sans véritable raison. Rien qui puisse s'expliquer. Ce n'est pas dans une prison qu'ils vont te coller mais dans un asile de fous. Jeux de société et télé de jour, promenades dans le jardin et un gentil psychiatre. Tu trouves que c'est juste, toi ? Toutes ces vies que tu as bousillées, aussi bien chez les vivants que chez les morts. L'heure est venue d'un vrai règlement de comptes. L'heure est venue d'apprendre toi aussi la douleur…

Il se redressa et leva sa pelle, au niveau de la taille cette fois, se préparant à frapper Magrath à la tête.

— Ça suffit !

Christie pivota en direction de la voix et Rebus apparut, les poings serrés contre ses flancs, comme s'il mourait d'envie de se battre.

— Qu'est-ce que vous fichez ici ? s'écria Christie.

— Je vous arrête, dit Siobhan Clarke, en s'avançant à son tour dans la clairière, son insigne ouvert à la main.

Les hommes de Christie se tournèrent vers leur patron, attendant ses instructions. Christie désigna Rebus du doigt.

— C'est lui qui a voulu ça ! protesta-t-il.

Clarke l'ignora et lui dit qu'il était en état d'arrestation. Christie n'avait d'yeux que pour Rebus, des yeux incendiaires.

— Vous deux contre nous trois ? annonça-t-il. Regardez autour de vous. La place ne manque pas pour quelques tombes de plus.

— Lui est peut-être stupide, l'interrompit Clarke en montrant Rebus, mais pas moi. Les renforts seront là dans cinq minutes.

— Qu'est-ce qu'on fait ? demanda un des hommes de Christie à son patron.

Rebus le reconnut : Marcus, portier et chauffeur. Christie prit un moment pour évaluer les choix qui s'offraient à lui.

— On s'en va, dit-il.

Puis, se tournant vers Magrath, il ajouta :

— Ce n'est pas terminé. Tu auras l'occasion de la revoir, ma figure, tu peux y compter.

Il conclut par un coup de pied qui frappa Magrath sur le côté de la tête avant de regagner la Mercedes à grandes enjambées. Clarke regarda Rebus, qui ne faisait pas un geste. Les deux hommes suivirent leur patron, Marcus allongeant le pas pour arriver le premier et ouvrir la portière passager. Après un dernier regard farouche à Rebus, Christie jeta sa pelle par terre et monta dans la voiture. Une fois les portières fermées, Clarke s'avança d'un pas.

— On les laisse partir ?

— Tu crois vraiment qu'on serait les plus forts ? demanda Rebus.

Il s'approcha du prisonnier et lui arracha son bâillon.

— Ils vont s'échapper ! bredouilla Magrath en crachant une pluie de postillons roses.

Le moteur grondait déjà et la Mercedes repartait en marche arrière comme elle était venue.

— Oui, répondit-il en commençant à détacher les liens des poignets de Magrath.

— Ils allaient me tuer.

— Nous avions remarqué.

Magrath ne comprenait plus rien. Son regard passa de Rebus à Clarke et retour.

— Mais vous allez les capturer, hein ? Les renforts…

— Pas de renforts, l'informa Rebus. L'inspecteur Clarke a juste dit ça pour nous sauver la peau.

— Ils allaient me tuer, répéta Magrath, plus pour lui-même qu'à leur intention.

— Un merci serait le bienvenu.

— Quoi ?

— Aucune importance.

Rebus l'agrippa par le bras et le fit sortir de sa fosse.

— Ils ont pris ma camionnette.

— Vous ne la reverrez plus.

— Ils allaient…

— Vous ne cessez de vous répéter.

— Probablement le choc, expliqua Clarke.

Magrath comprit soudain qu'on le faisait sortir de la clairière.

— Où allons-nous ?

— Nous vous raccompagnons chez vous. La voiture est par là-bas.

— Mais eux aussi sont là-bas !

— Vaudrait mieux accélérer le mouvement alors, avant qu'ils comprennent qu'il n'y a pas de cavalerie dans les parages.

— Attendez une minute, dit Magrath. Avez-vous dit que vous me rameniez à la *maison* ?

— Où sinon ?

Magrath s'arrêta de marcher.

— Je ne peux pas rentrer à la maison. Ils savent où j'habite… où Maggie habite…

— Il y a des chances qu'ils la laissent tranquille. C'est vous qu'ils veulent.

— Alors pourquoi les avez-vous laissés partir ?

— Vous savez ce qu'ils répondront si on les interroge ? Ils diront qu'ils voulaient juste vous coller une belle trouille. Et ça, uniquement dans le cas où ils accepteraient d'ouvrir la bouche.

— Mais vous les avez *vus* de vos yeux !

Rebus haussa les épaules et fixa Clarke.

— Apparemment, ça ne lui suffit pas qu'on ait sauvé sa carcasse.

— Nous avons fait ce que nous avons pu, répondit-elle.

— Vous pouvez toujours tenter votre chance et fuir, suggéra Rebus. Vous trouver une nouvelle identité. Mais il faudrait que ce soit loin d'ici cependant. Darryl Christie a des tas d'amis.

— Et Maggie alors ? Et Gregor ?

— Eux aussi ont fait ce qu'ils ont pu. À vous de prendre vos décisions, il est grand temps.

Magrath regarda autour de lui, totalement désemparé, comme saisi de vertige. Il tremblait mais le froid n'était pas seul responsable.

— Je ne peux pas… Je ne…

— C'est votre décision, répéta Rebus en mettant les mains dans ses poches.

Le regard de Magrath parut s'éclaircir quand il affronta celui de Rebus.

— Qu'est-ce que je fais ? Dites-moi.

— Vous me demandez conseil ?

Magrath acquiesça, saisi d'un tremblement violent. Rebus jeta un coup d'œil en direction de Clarke puis fit semblant de réfléchir un moment.

— Je vous le donne alors, dit-il. Mais à une condition…

Magrath cilla deux fois.

— Oui ?

— Vous nous laissez en dehors de ça.

Nouveau battement de paupières.

— En dehors de quoi ?

— De vos aveux, lui dit Rebus.

*

Ils le déposèrent devant le poste de police sur Burnett Road. Rebus avait passé un coup de fil et Gavin Arnold attendait. Ils restèrent tous deux dans la voiture et virent Arnold conduire

Magrath à l'intérieur du bâtiment. Rebus avait baissé sa vitre pour pouvoir fumer. Sa main tremblait… Juste un peu.

— Il pourrait très bien changer d'avis, tu sais, dit Clarke sans s'émouvoir outre mesure.

— Il pourrait, effectivement, admit Rebus. D'un autre côté, il ne sera jamais mieux à l'abri des représailles de Darryl Christie que dans une unité de sécurité.

— Il est sûr que tu lui as bien fait passer le message… Et en parlant du loup…

Rebus se tourna pour lui faire face.

— Christie ?

Elle confirma d'un hochement de tête.

— Tout dépend de ce que Kenny Magrath dira dans sa déposition. S'il laisse de côté la forêt…

— Christie allait vraiment le tuer.

— Au tribunal, on parlera d'incitation au meurtre.

Il regarda les ténèbres au-delà du pare-brise.

— C'est moi qui l'ai mené tout droit à ça… On ferait bien de lever le camp avant l'arrivée de Dempsey.

— Tu as vraiment l'intention de laisser Darryl s'en tirer comme une fleur ?

— Ce n'est pas moi, le flic, ici, Siobhan, dit-il en se tournant une fois encore vers elle. Ta décision plutôt que la mienne.

Clarke fixa son attention sur la porte du poste et le panneau POLICE éclairé qui la surplombait.

— Ils sauront que quelqu'un lui a forcé la main. Et il y a de fortes chances pour que ton nom apparaisse.

— Tant que ce n'est pas le tien. En plus, je suis simple civil, ne l'oublie pas. Je surveillais son atelier faute de mieux à faire, j'ai vu qu'on l'emmenait de force et décidé de suivre ses kidnappeurs pour finalement lui sauver la vie. Ça, c'est au cas où il choisirait de jeter mon nom en pâture.

S'ensuivit un moment de silence dans la voiture, que Clarke rompit.

— Nous ne lui avons pas demandé pourquoi il a fait ça.

— Les meurtres ou les photos ?

— Les deux, je suppose.

— Je doute fort qu'il connaisse lui-même la réponse à cette question.

Nouveau silence, Clarke détournant toujours la tête quand elle s'adressa à lui.

— L'espace d'un instant, là-bas, quand Christie a levé cette pelle, une pensée m'a brutalement traversé l'esprit : tu allais le laisser faire.

— Vraiment ?

— Oui, vraiment.

— Magrath mort et Christie avec une inculpation de meurtre sur le dos ?

— Oui.

— Eh bien, ça aussi, ç'aurait été un résultat, j'imagine.

— Et ce sont les résultats qui importent plus que la manière de les obtenir.

— C'était comme ça dans le temps.

— Mais plus aujourd'hui ?

— Peut-être pas à ce point-là.

Il s'appuya au dossier de son siège.

— Cette tombe n'était pas destinée à Magrath, tu sais.

— Non ?

Il secoua la tête.

— Mais à Thomas Robertson. Quand je l'ai vu à l'hôpital, j'ai mentionné à un moment une tombe peu profonde. Ça l'a épouvanté et nous savons maintenant pourquoi – ils l'ont emmené jusque là-bas et il l'a vue de ses yeux. Une trouille telle qu'elle lui a coupé le sifflet…

— Mais Christie l'a laissé partir.

— Darryl n'est pas un tueur, Siobhan. Peut-être qu'un de ses gars se serait chargé de Magrath, mais Darryl ne serait jamais allé plus loin que son coup de pelle dans la terre.

Il parut un instant se perdre dans ses pensées.

— Tu sais ce que ça signifie, non ?

— Je n'en suis pas sûre.

— Ça veut dire que j'avais raison depuis le début à propos de cette foutue chanson.

Il jeta sa cigarette au moment où Clarke tournait la clé de contact.

— Quelle chanson ? demandait-elle tandis que Rebus commençait à remonter sa vitre.

Composition réalisée par PCA

Impression réalisée par CAYFOSA
en juillet 2014

PAPIER À BASE DE
FIBRES CERTIFIÉES

LE MASQUE
s'engage pour l'environnement
en réduisant l'empreinte carbone
de ses livres.
Celle de cet exemplaire est de :
1,6 kg éq. CO_2
Rendez-vous sur
www.lemasque-durable.fr

Dépôt légal : septembre 2014
N° d'édition : 01
Imprimé en Espagne